KB087998

너
의
바
이
라
인

너의 바이라인

ⓒ김이비 2020

초판1쇄 인쇄	2020년 2월 20일
초판1쇄 발행	2020년 3월 3일

지은이	김이비

펴낸이	박대일
편집	이문영 · 임유리 · 신지연 · 전보라 · 곽현주
교정	박준용
마케팅	임유미 · 손태석
표지디자인	이매진
내지디자인	박현주

펴낸곳	파란미디어
출판등록	2004년 9월 14일 제313-2004-00214호

주소	03992 서울시 마포구 동교로23길 14 국제빌딩 6층
전화	02.3141.5589 영업부 070.4616.2012 편집부
팩스	02.3141.5590
전자우편	paranbook@gmail.com
카페	http://cafe.naver.com/paranmedia
페이스북	http://www.facebook.com/paranbook

ISBN	978-89-6371-722-7(03810)

너의 바이라인

김이비 장편소설

YOUR BY-LINE

파란

차 례

더러워서 못 해 먹겠네

"씨발, 진짜 못 해 먹겠네!"

깔끔하게 정리된 보도블록 위를 걷다 말고, 다임은 버럭 괴성을 내질렀다. 검찰청을 찾은 민원인들이 미친 여자 보듯 그녀를 쳐다봤지만, 다임은 신경 쓰지 않았다. 울화통을 풀자면 왕복 16차선 도로에서 헤드뱅잉을 해도 모자랄 것이다.

그런 와중에도 초가을의 노을은 무척이나 청명한 오렌지색으로 빛났다. 그래서 다임은 더 약이 올랐다.

"이건 또 왜 이래?"

손끝에 감기는 묘한 감촉 때문에 다임은 들고 있던 쇼핑백을 내려다보았다.

아니나 다를까. 우지직하는 소리와 함께 노트북 패드와 핸드크림, 칫솔 같은 것들이 길바닥에 우르르 나뒹굴었다. 쇼핑백

밑이 터져 버린 것이다.

"정말 되는 일이 하나도 없어!"

분을 이기지 못한 다임은 쇼핑백을 바닥에 패대기쳤다. 그 바람에 아슬아슬하게 걸려 있던 명함과 키보드마저 바닥에 나뒹굴고 말았다.

하나일보 이다임, 사회부 법조팀 기자

명함 속 글자는 속도 없나 보다. 노을빛을 받아 눈부시게 반짝거리는 글자가 얄미웠다.

그런가 하면, 지난 2년의 때가 찌든 키보드는 서럽기만 했다. 길바닥에 초라하게 나뒹굴고 있는 그 꼴이 꼭 지금의 자신 같다고 다임은 생각했다.

다임 자신이 생각하기에도 지금 이 행동들은 생산성 하나 없는 분풀이에 지나지 않았다. 하지만 이렇게라도 하지 않으면 견딜 수가 없었다.

다임이 그러고 있는 동안에도 멀찍이 흡연 구역에서는 남자 기자 두어 명이 다임의 눈치를 보며 조심조심 담배에 불을 붙이고 있었다.

다임도 지난 2년간, 바로 저기서 선후배들과 함께 줄기차게 담배를 피워 댔다. 안줏거리는 사소한 농담, 업무나 취재원에 관한 이야기, 때로는 회사 윗선을 향한 짜증 같은 것이었다.

하지만 그것이 다 무슨 소용이랴. 미운 정 고운 정 다 들었던 사이였건만, 선후배들은 갑작스레 검찰청을 떠나게 된 다임에게 제대로 된 인사 한마디 하지 않았다. 아니, 하지 못했다고 하는 것이 옳았다.

보통의 경우, 검찰청에 출입하는 기자들은 검찰청을 떠나게 된 동료 기자에게 '드디어 탈출하는 거야?'라며 농담 반 진담 반의 축하 인사를 건네기 마련이다. 하지만 이번만은 아무도 그렇게 하지 못했다. 다임이 쏟아 내는 분노에 선배고 후배고 할 것 없이 다들 기가 죽어 버렸기 때문이다. 고작해야 연차 높은 몇몇 선배들이 나서서 '나중에 술이라도 한잔하자.'라고 다임을 다독여 주는 것이 전부였다.

다임은 분노로 발갛게 변한 눈두덩을 비비면서 어디론가 전화를 걸었다. 하지만 애타게 목소리를 듣고 싶었던 상대는 오늘도 전화를 받지 않았다.

"박성화, 또 전화 안 받지!"

다임은 홧김에 휴대폰을 내던지려고 했다. 하지만 차마 실행에 옮기지는 못했다. 잔여 할부 기간이 장장 10개월도 넘게 남은 휴대폰이다. 할부가 끝날 때까지는 이 거지 같은 회사도 그만두지 못할 것이다.

결국, 다임은 휴대폰을 던지는 대신 소매 끝으로 화면을 닦았다. '♥박성화씨'라는 글자가 보이자 금세 코끝이 찡해졌다. 이런 날 남자 친구한테 위로 한마디 받고 싶다는 바람이 사치였던가, 다임은 가만히 생각했다.

그런 건 다 부질없는 생각이었다. 다임은 서러운 마음에 고개를 들고 예쁘게 노을 진 하늘을 올려다보았다.

그때 갑자기 휴대폰이 울렸다.

다임은 얼른 휴대폰을 뒤집어 발신인을 확인했다. '부재중 전화' 글자를 본 성화가 곧바로 연락해 온 것일지도 모른다는 생각에서였다. 하지만 기대는 금방 실망으로 변했다. 전화를 건 사람은 성화가 아니었던 것이다.

그래도 다임은 금세 마음을 다잡았다. 기다린 상대는 아닐지라도 성화만큼이나 반가운 상대인 것은 맞았기 때문이다.

다임은 아무렇지 않은 듯한 목소리를 내려고 최대한 노력하면서 휴대폰을 얼굴 가까이 가져갔다.

"선우야, 이 시간에 웬일이야?"

※

다임에게 있어서 선우는, 성화만큼 반가운 사람일 뿐만 아니라 성화보다 더 오래된 인연으로 엮인 사람이기도 했다.

다임과 선우가 처음 만난 것은 5년 전, 서울 목동의 어느 아파트에서였다. 다임은 그날 새하얗기만 했던 선우의 방과, 아무런 의욕이 없었던 선우의 얼굴을 아직도 잊지 못한다.

"선생님, 오시느라 힘들지 않으셨어요?"

선우의 어머니인 난경은 흐트러짐 하나 없는 동작으로, 아주 반가이 문을 열어 주었다.

"주말이라 괜찮았어요. 집이 학교랑 가까워서 주중에도 수업

오는 데에는 문제가 없겠네요."

다임도 난경을 따라 부드러운 미소를 지어 보이려 애썼지만, 이제 겨우 대학 졸업반 학생인 다임이 난경의 뼛속 깊은 대외용 미소를 흉내 낼 수 있을 리 없었다. 말끔한 매무새를 갖춘 난경과 깔끔히 단장된 넓은 집을 보고, 다임은 조금 기가 죽었다.

"선생님, 이리로 와서 앉으세요. 얘가 선생님 오셨는데 나와 보지도 않고."

난경은 선우가 나타나지 않아 난처해하면서도 일단 다임을 거실로 안내했다. 첫 방문에 학생이 얼굴조차 비추지 않는 것은 다임도 처음 겪는 일이었다.

자리에 앉은 난경은 두통이 이는 머리를 한 손으로 꾹꾹 누르면서, 다른 손으로는 종잇조각 하나를 꺼내 테이블 위에 올려놓았다. 다임이 맡게 될 학생, 선우의 모의고사 성적표였다.

"오시기 전에도 말씀드렸지만, 선우가 초등학교 때까진 공부를 곧잘 했어요. 그런데 중학교 때부터 영 안 하더니 고등학교에서는 아예 손을 놓더라고요. 인문계 고등학교도 정말로 어렵게 들어갔거든요."

다임은 난경의 설명을 들으면서 선우의 모의고사 성적표를 들여다보았다. 무척이나 처참한 숫자가 쓰여 있는 성적표였다. 무려 352명 중 339등.

다임은 '예상은 했지만, 이거 골치 아픈 과외가 되겠다.'라는 속마음을 들키지 않으려 애쓰면서, 살짝 미소를 지었다.

"먼저 선우부터 봐야겠네요."

"네, 선생님. 선우 방은 이쪽이에요."

다임은 선우의 방으로 향하는 난경의 뒤를 따라가면서 마음 속으로 생각했다.

'애가 나 싫다고 하면 다른 과외 구하면 되지.'

다임도 공부하기 싫어하는 학생을 억지로 끌고 갈 만큼 의욕 넘치는 과외 선생은 아니었다.

선우의 방 앞에 도착한 난경은 닫힌 문을 가볍게 두드렸다.

"선우, 안에 있니?"

방 안에서는 인기척 하나 나지 않았다. 어쩔 수 없었다. 난경 은 난처해하면서 방 주인의 허락도 받지 않은 채 슬그머니 문 을 열었다.

그 문의 안쪽에는 문제의 청소년, 그러니까 한창 질풍노도의 시기를 겪고 있던 선우가 있었다. 선우는 어머니와 새 과외 선 생님이 방에 들어왔는데도 침대에 가로로 길게 누운 채 미동조 차 없었다.

"애가, 애가! 선생님 오셨는데 뭐 하는 거야!"

화들짝 놀란 난경은 급히 선우를 일으켜 세웠다.

'잘생겼네. 학교에서 인기 좋겠다.'

난경으로부터 등짝 몇 대를 얻어맞고서야 엉거주춤 자리에 서 일어난 선우를 보며, 다임은 그런 생각을 했다. 부스스하게 흐트러진 머리에, 얼굴 여기저기가 이불에 눌려 있긴 해도 꽤 준수한 생김새를 가진 녀석이었다.

들어온 김에, 다임은 선우의 방도 한번 훑어보았다. 난경의 솜씨인지 살림을 봐주는 사람의 솜씨인지는 모르지만, 선우의 방도 거실만큼이나 깔끔했다.

그러나 방이 깔끔한 것이야 살림하는 사람의 솜씨였다고 해도, 그 방에 손가락 하나 까딱하지 않은 것은 방 주인의 솜씨일 것이다. 선우는 이 방에서 침대를 제외한 다른 공간을 전혀 사용하고 있지 않는 것으로 보였다.

게다가 책장에 가지런히 꽂혀 있는 책들을 보니 다임은 딱 머리가 아파 왔다. 아동용 서적이나 초등학교 교재에는 조금이나마 손때가 묻어 있었지만, 중학교 교재에는 아주 약간의 사용감만 남아 있었다.

최근에 들여왔을 고등학교 교과서는 사용 흔적이 아예 보이질 않았다. 고등학교에 들어온 이후로는 공부에 전혀 손을 대지 않았다는 뜻이다. 참으로 골치 아픈 과외가 되겠다는 생각이 새삼 또 들었다.

"네가 선우니? 이다임이야."

밖으로 나가는 난경에게 가볍게 묵례를 한 다임은 책상에 앉은 선우에게도 첫인사를 건넸다. 하지만 선우는 뚱하니 아무런 대답을 하지 않았다.

다임은 속으로 '이 새끼가……'라고 중얼거리긴 했지만, 일단 미소만은 유지하려고 최대한 노력하면서 다시 선우에게 말을 걸었다.

"오늘은 일단 영어로 시범 수업을 할 건데 혹시 수학을 먼저 봤으면 좋겠어?"

"……."

"그래, 그럼 영어부터 먼저 하자."

다임이 무슨 말을 하든, 선우는 대꾸할 생각이 전혀 없어 보였다. 그래서 다임은 살짝 약이 올랐다.

스스로 생각하기에도 다임은 참 얕보이는 것을 싫어하는 성격이었다. 그런 주제에 끝까지 밀어붙이는 뚝심은 또 없다시피해서, 승부라면 뭐 하나 제대로 마무리 지어 본 적이 없었다. 그래도 상대가 먼저 시비를 걸어오고 있다면 좋게 좋게 넘어가 줄 수는 없는 법이다. 다임은 선우가 대답을 하든 말든 신경 쓰지 않고 일방적으로 수업을 이어 나가기로 마음먹었다.

"오늘은 일단 실력부터 테스트해 보자. 풀기 어려운 문제가 있어도 혼자서 한번 끝까지 풀어 보고. 설명은 채점 후에 해 줄게."

다임은 가방에서 꺼낸 문제지 몇 장을 선우 앞에 내려놓았다. 선우는 당연히, 손가락 하나 까딱하지 않았다.

"마음대로 해. 하든지 말든지. 난 그냥 네가 다 풀기 전에 수업 안 끝내면 되거든? 아니면 어머니께 말씀드리고 올까?"

그래도 '어머니께 말씀드리고 올까?'라는 협박은 효과가 있었던 모양이다. 선우의 얼굴에 '의욕 없음' 이외의 감정이 처음으로 떠올랐던 것이다. 선우는 짜증스레 다임을 째려본 후 오른손으로 샤프펜슬을 들었다.

다임은 승리의 미소를 지었다.

'그럼 그렇지. 네깟 게 별수 있겠어.'

하지만 다임이 그렇게 생각할 수 있었던 것도 아주 잠시였다. 선우가 모든 답을 '1'로 표시해 놓고 샤프펜슬을 던져 버린 것이다. 게다가 주관식 문제에는 'A?'라고 답을 써 두는 치밀함도 잊지 않았다.

다임은 머리끝까지 화가 치밀어 오르는 것을 억지로 내리누르면서, 선우 앞에 놓여 있던 종이를 확 잡아챘다.

"이거 중학교 2학년 문젠데 다 모르겠나 보구나?"

다임의 얼굴이 이상하게 구겨진 것을 보았는지, 이번엔 선우의 입매에 승리의 미소가 떠올랐다.

학생이 이렇게 나온다면 이제 곱게 나갈 수만은 없다. 다임은 분노에 찬 숨을 억지로 골라 내면서 가방에서 문제지 몇 장을 더 꺼냈다. 딱 유치원생용으로 만들어졌을 법한 귀여운 문제지였다. 영어 학원에서 보조 교사 아르바이트를 할 때 몇 장 챙겨 뒀던 것이다.

알록달록 예쁜 문제지를 내려다보는 잘생긴 눈썹에 불쾌한 주름이 졌다. 다임의 의도를 알아차린 것이다.

"어때, 이건 풀 수 있겠어?"

선우는 구겨진 얼굴로 다임을 한 번 더 째려보더니 모든 정답 칸에 또 'A?'라는 글자를 채워 넣었다. 다임은 속으로 코웃음을 치면서, 선우가 써넣은 글자 전부를 빨간 사인펜으로 죽죽 그어 버렸다.

"이거 애기들도 풀 수 있는 문젠데……. 고등학교 1학년이 이것도 모르면 진짜 큰일이다."

이어 다임은 유치원생들을 상대하던 실력을 한껏 발휘해 문제지를 풀이하기 시작했다.

"오늘은 시범 수업이니까 간단하게나마 설명을 해 줄게. 다음부터는 힌트만 줄 테니까 네가 끝까지 다 풀어 봐야 돼. 알았지? 우선 이 문제부터 보자. 'Do you have a pen?'이라는 건 펜을 가지고 있냐고 묻는 거야. 그러니까 'Yes, I have a pen.'이나 'No, I don't have a pen.'이라고 쓰면 돼. 혹시 이 단어들 뜻도 모르는 거니? 'have'는 '가지다'라는 뜻이거든. 옆에 뜻 적어 둘 거니까 외우고."

이제는 선우도 더 이상 의욕 없는 상태를 유지할 수가 없었다. 처음에는 '어이없네요.'라는 얼굴이 되더니, 나중에는 '무시도 정도껏 하세요.'라는 얼굴로 바뀌었다.

그리고 다임이 'apple'이라는 단어의 뜻을 설명하기 시작할 때쯤에는 선우도 끝내 폭발하고야 말았다.

"지금 뭐 하는 거예요. 이딴 걸 왜 가르쳐 줘요."

"선우야, 모르는 건 부끄러운 게 아니야. 유치원 수준의 문제를 모른다면 지금부터라도 배우면 돼."

선우는 잠시 다임을 노려보나 싶더니 그어 놓은 빨간 선 위에 정답을 죽죽 써 내리고는 샤프펜슬을 책상 위에 내던졌다.

그 모습을 본 다임은 능청을 떨며 다른 문제지를 한 장 더 꺼냈다.

"알고 있었잖아? 근데 왜 그랬어."

이번엔 초등학교 4학년용 문제지였다. 선우는 문제지가 책상에 놓이자마자 다시 샤프펜슬을 쥐고는 정답을 모조리 적어 내렸다.

다임은 만족스럽게 웃으면서 처음 내줬던 문제지를 다시 앞으로 가져다 놓고 펜 끝으로 톡톡 두드렸다.

"잘 아네. 그럼 이것도 다시 풀어 봐."

그러나 선우가 수업에 응한 것은 딱 거기까지였다. 갑자기 무슨 생각을 하기 시작한 건지, 선우는 샤프펜슬을 잡지 않고 그저 자신이 적어 놓은 답들을 노려보기만 했다.

아주 잠깐, 다임과 선우 사이에 미묘한 침묵이 흘렀다. 그리고 그 침묵은 곧 선우의 볼멘소리로 깨어졌다.

"선생님, 일부러 그러셨다는 건 알겠는데요. 저는 공부가 하기 싫은 거예요. 할 마음이 없는 사람 붙잡아 놓고 시간 낭비할 필요가 있을까요?"

아무래도 다임을 무시하기만 해서는 이 상황을 헤쳐 나갈 수 없다고 판단한 모양이었다. 나름대로 틀린 판단은 아니었으나, 다임은 속으로 혀를 끌끌 찼다. '그럴 거면 처음부터 그렇다고 얘기를 하지.'라고 생각하면서.

"그건 네 사정이고. 나는 네 어머니로부터 네 공부를 가르쳐 달라는 부탁을 받았으니까 계속해야 해."

"그 부탁에 전 동의 안 했는데요."

"그건 너와 네 어머니 사이의 문제지, 너와 나 사이의 문제가 아니잖아? 사람을 이렇게 불러 놨으면 예의는 갖춰야지. 사람 앞에 두고 무시하거나 하고. 이게 뭐 하자는 거야?"

"선생님도 저 무시하셨잖아요."

"나도 똑같이 해 준 거뿐인데? 너만 기분 나쁘니?"

"선생님이 그래도 돼요?"

"너도 하는데 내가 왜 못 해? 근데 너 그거 아니? 난 교육청에 신고 안 된다? 선생님이 학생 인권 침해한다고 신고 못 한다고. 정 기분 나쁘면 네 어머니께 말씀드려서 자르든가 말든가."

속사포같이 쏟아지는 다임의 말에, 선우의 표정이 이번엔 '황당함'으로 바뀌었다. 그러나 다임은 개의치 않고 한쪽 손으로 턱을 괸 채, 다른 쪽 손으로 문제지에 정답을 써 내려갔다. 선우는 또 한숨을 내쉬었다.

"네, 아까 건 제가 잘못했어요. 그건 인정할게요."

"그래? 사실 나도 잘못했어."

영혼 없는 사과에, 선우의 표정이 다시 살짝 구겨졌다.

"그렇지만 그건 그거고요. 엄마가 멋대로 과외를 하겠다고 한 거지 전 할 생각 없어요. 그러니까 피차 시간 낭비는 그만하는 게 어때요?"

"다시 말하는데, 그건 너랑 네 어머니 사이의 문제지 너와 나 사이의 문제가 아니라니까."

"저하고 선생님이 이 수업을 하느냐 마느냐 문제인데요?"

"너 말이야. 이 수업 시작하기 전에 나한테 수업 안 하겠다고 얘기한 적 있어? 아님 이 수업 놓고 너랑 네 어머니, 나 이렇게 셋이 있는 자리에서 그런 얘기 했니?"

"……."

"싫으면 아까 거실로 나와서 안 하겠다고 떼라도 썼어야지. 가만 보니까 나 있는 자리에서 이 수업 놓고 어머니랑 싸울 배짱은 없는 것 같네. 내 말 틀려?"

선우는 대답하지 않았다. 할 말이 없어서인지, 아니면 다임의 궤변에서 틀린 부분을 찾아내기 위해 한 템포 쉬고 있는 것인지 표정만으로는 알 수가 없었다.

"네 어머니랑 문제 있다고 나한테 예의 못 지킬 짓은 하지 마. 난 네 어머니 부탁으로 이 수업에 들어왔고, 널 가르칠 의무가 있어. 그리고 너도 수업을 못 듣겠다고 네 어머니 앞에서 얘기할 생각 없으면 네 어머니가 고용한 사람에게 최소한의 예의는 갖추라고."

"알았어요."

선우는 결국 순순히 고개를 끄덕이고야 말았다. 다임은 속으로 '네깟 게 별수 없지.'라고 생각하면서 가슴을 쓸어내렸다.

그런데 그 순간, 다임은 숨이 멎는 것 같은 기분이 들었다. 선우가 갑자기 고개를 들어 다임을 정면으로 쳐다보았기 때문이다. 준수한 얼굴이라고 생각은 했지만, 정면에서 보니 아이돌 가수를 해도 좋을 만큼 잘생긴 얼굴이었다.

'이런 얼굴인데 공부 따위가 무슨 필요 있을까.'

다임은 선우의 마음을 너무도 쉽게 이해할 수 있었다.

"오늘 수업까지는 들을게요. 엄마랑 얘기는 최대한 빨리 끝낼 테니 다음부터는 오지 마세요."

"그러시든가요."

다임은 태연한 척하면서 샤프펜슬을 필통 속에 집어넣었다. 그리고 선우에게 네 필기구를 꺼내 놓으라고 턱짓으로 말했다.

그런데 어쩐지 또 오기가 생겼다. 이 쪼끄만 꼬맹이가 하자는 대로 하자니 왠지 심기가 불편했던 것이다.

"다음에 오고 말고는 네 어머니가 하자는 대로 할 테니까, 넌 네 어머니 설득이나 잘해 봐."

"알았어요."

선우는 고개를 끄덕이면서 제 필기구를 꺼내 들었다. 그제야 다임도 겨우 제대로 된 시범 수업을 시작할 수 있게 되었다.

그날 수업이 끝난 후, 선우가 처음으로 시범 과외를 끝까지 들었다며 감개무량해하는 난경을 보고서 다임은 아차 싶은 생각이 들었다.

이건 다행이 아니라 불행이었다. 이런 꼴통에게 노력을 낭비하기 싫어서 대충 하고 관두려던 시범 과외가 아니었던가. 이 꼴통이 온전히 자신의 몫이 되어 버릴 거라고 생각하니 다임은 가슴이 답답해졌다.

그래도 이미 엎질러진 물이었다.

⁓⁓

— 누나, 목소리가 왜 그래?

전화 건너편에서 선우가 건넨 한마디는, 다임이 가장 듣고 싶어 했던 바로 그 말이었다. 서러움이 북받쳐 올라 눈물이 핑

돌았다. 하지만 선우에게 그런 티를 낼 수는 없어서 다임은 큼큼거리며 목을 가다듬었다.

"목소리 이상해? 아까 점심때 반주를 했더니 아직 목이 가라앉았나 보네."

— 그런 목소리가 아닌 것 같은데. 무슨 일 있는 거 아니야?

"무슨 일이라니……."

다임은 말꼬리를 흐렸다.

선우가 눈치 좋게 알아차려 준 대로 정말로 '무슨 일'이 있기는 했다. 사실 다임은 지금, 서울중부지검 기자실에서 쫓겨나고 있던 신세였다.

지금으로부터 30분 전, 하나일보의 이정혁 사회부장은 다임에게 전화를 걸어 불같이 화를 냈다.

— 이다임, 지금 당장 검찰 기자실에서 짐 빼!

제아무리 '부장에게 개기기'로 유명한 이다임 기자라지만, 이번만은 별수 없었다. 인사권자가 인사권을 행사하겠다는데 더 개길 도리도 없었다. 그런 마음에, 다임은 항의조차 포기해 버리고 말았다.

하지만 그런 사정은 선우에게 할 얘기가 아니다. 그래서 아주 간략하게 설명했다.

"별일 아냐. 지금 검찰청에서 짐 빼는 중이야."

— 그럼 어디로 가는 거야?

"내일부터 도북경찰서로 출근하래."

— 이렇게 갑자기 인사가 나는 거야? 왜?

"그건……."

다임은 구체적인 사정을 얘기해도 좋을지 또 잠깐 고민했다. 다임이 검찰청에서 쫓겨나게 된 것은 '부장에게 개기기' 전문인 하나일보 이다임 기자가 또 부장에게 개겼기 때문이다. 아니, 이번에는 부장도 모자라 편집국장에게까지 개겼다.

이날 오후, 다임은 잘나가는 대기업인 KG그룹에 대한 기사를 썼다. 기사 자체는 그리 특별하지 않았다. 왜냐하면 중부지검이 현재 KG그룹에 대한 수사를 진행하고 있었기에. 그리고 전 국민의 이목이 집중된, 굉장히 핫한 수사이기 때문에. 문제는 기사의 논조였다.

정혁은 이번 수사와 관련해 최대한 건조하게 기사를 쓰라고 다임에게 주문했다. 판단이나 평가는 빼고, 수사 진행 상황만 무미건조하게 써 달라는 뜻이다.

하나일보 입장에서는 꽤 합리적인 결정이었다. 검찰의 수사가 차근차근 진행되고 있는데, 하나일보만 관련 기사를 안 쓸 수는 없고, 그렇다고 KG그룹에 문제가 있다고 쓸 수도 없으니 말이다. 국내 최고의 대기업인 KG그룹은 하나일보 최대의 광고주이자 돈줄이었던 것이다.

그런데 다임이 이날 쓴 기사는 정혁의 주문과는 정반대되는 내용으로, 검찰 수사를 항목별로 조목조목 짚으면서 KG그룹이 받고 있는 혐의를 아주 자세하게 설명하는 기사였다.

차라리 데스크 선에서 다임의 기사가 잘리기라도 했으면 좋앉을 것을, 정혁이 대충 보고 넘긴 탓에 이 기사는 하나일보 인터넷판에 쫙 깔려 버리고 말았다.

산업부장은 KG그룹 홍보팀으로부터, 정혁은 산업부장으로부터 각각 연락을 받고 나서야 다임이 그런 기사를 썼다는 사실을 알게 됐다. 급한 불부터 꺼야 했던 정혁은 다임에게 아무런 말도 하지 않고 멋대로 기사를 수정해 버렸다.

"부장! 기사를 이렇게 바꾸는 게 어디 있습니까! 그것도 제가 모르는 사이에요!"

— 이다임, 내가 기사 어떻게 쓰라고 했어. 이따위로 써 놓고 지금 할 말이 있냐?

"제 이름으로 나간 기사인데 고치시려면 말씀이라도 주셨어야 하는 거 아닙니까!"

— 기사를 고치는 건 데스크 권한이고, 네가 지금 하고 있는 건 데스크 권한을 무시하는 행동이야. 항명이라고! 그리고 말이 나와서 말인데 이 기사가 지금 필요한 이유가 대체 뭐냐? 기사 가치 판단도 안 되는 게 어디서 지금 큰소리야!

"이제 검찰 수사가 중반부에 접어든 시점입니다. 이렇게 혐의점을 조목조목 짚으면서 수사 방향을 잡아 주는 기사는 독자를 위해서도, 검찰을 위해서도 필요하다고 생각하는데요?"

— 실제로 혐의가 있는지 없는지도 모르는데 이렇게 단정적으로 기사를 쓰는 게 맞다고? 그런 판단은 네 몫이 아니라 내 몫이야.

"현장 기자가 기사 판단을 안 하면 누가 합니까!"

— 시끄러워! 너 이렇게 위아래 모르고 대드는 거 한 번도 아니고. 내가 지난번에 분명히 경고했다? 너희 팀장하고 얘기할 테니까 전화 끊어!

다임이 씩씩거리며 다시 전화를 걸었지만, 정혁은 받지 않았다.

한 시간이 지난 후, 정혁에게서 다시 전화가 왔다. 그 전화는 다임을 검찰 기자실에서 내쫓는 전화였다.

다임이 사건팀*으로 쫓겨난 것은, 정혁이 다임을 바로 쫓아낼 수 있는 곳이 사건팀이었기 때문이다. 다른 부로 보내려면 다른 부의 부장과 상의가 필요하지만, 사회부 내 사건팀으로 이동시키는 건 정혁 혼자서도 할 수 있다.

심지어 다임이 가게 된 라인**은 서울 변두리를 묶어 놓은 지역이라 사건도 많지 않았다. 1년에 살인 사건 한 번쯤 날까 말까 한, 보통은 수습 딱지를 갓 뗀 기자들이 담당하는 라인이었다.

그러니까 4년 차 기자를 이런 라인으로 쫓아낸다는 건 다음 인사 시즌에 사회부에서 내쫓아 버리겠다는 엄포였다.

"캡***도 배울 게 많은 기자야. 다임이 너 뒷심 부족하잖아. 이

---

* 경찰서와 경찰서 주변 사회단체 등을 담당하는 팀. 사건팀 기자는 경찰서를 출입하는 기자를 말함.

** 가까운 경찰서 몇 곳을 묶어서 '라인'이라고 부름. 담당 기자는 그 라인이 속한 지역에 있는 대학교, 시민단체 등을 모두 담당하며 그 지역에서 발생하는 기사도 모두 맡아 처리함.

*** 사건팀 팀장.

참에 김 캡한테 제대로 배우러 간다고 생각해."

법조팀장은 '넌씨눈 중의 넌씨눈'이라는 별명이 참으로 잘 어울리는 소리를 내뱉었다. 어이가 없어진 다임은 그저 입만 뻐끔거릴 뿐이었다.

어쨌든 이런 이야기는 선우에게 말할 수 있는 사정이 아니었다.

"갑자기 왜냐니. 기자 인사에 언제는 때가 있었다고."

— 그래? 그래도 너무 갑작스럽다.

말하지 않은 사정을 눈치껏 알아차린 건지, 아니면 정말로 사정을 눈치채지 못한 건지 선우는 담담하게 대답했다.

— 저녁에 별일 없으면 맥주나 한잔하자, 누나.

"갑자기 웬 맥주 타령이야."

— 저녁에 할 일도 없고. 누나 본 지도 오래됐고.

"별일 없다니까."

— 그래서 그러는 거 아니야.

다임이 가만히 눈치를 살폈지만, 선우의 목소리엔 아무런 감정이 담겨 있지 않았다. 그래도 말하는 내용을 보면 그건 또 아니라는 생각이 들었다. 선우는 다임을 위로해 주고 싶은 마음에 술 얘기를 꺼낸 것 같았다. 그 말을 직접적으로 하지 못하는 것은, 두 사람 사이에 존재하는 어떤 선을 넘지 않기 위한 것이라는 짐작이 들었다. 다임과 선우가 알고 지낸 지난 5년처럼.

다임은 잠깐 저녁 스케줄을 살펴보았다. 어느 부장검사와의 저녁 술자리는 KG그룹 수사 때문에 기약 없이 밀렸다. 큰 수사가 진행되는 중에 기자와 저녁 자리를 가지는 건 부적절한 것 같다고 했다. 또, 아직 연락이 되고 있지 않은 성화도 오늘 저녁에는 약속이 있다고 했던 것 같다.

다임은 쭈그리고 앉은 채로 깊은 한숨을 내쉬었다. 그래, 이런 저녁에 선우와 술 한잔하는 것도 나쁘지는 않겠지.

"그러자. 어디서 볼래?"

휴대폰 너머로 선우가 기뻐하는 것이 느껴지자 다임도 아주 작게, 웃었다. KG그룹 기사로 정혁과 싸우고 난 이후 처음으로 짓는 미소였다.

고속터미널 근처 작은 호프집. 퀴퀴한 냄새가 가득한 실내에 한 남자가 걸어 들어왔다. 지나가던 여자 서넛은 돌아볼 만큼 준수한 청년이었다. 어느 연예 기획사에서 연습생 생활을 하고 있다고 해도 믿을 법했다.

나이는 이제 갓 스물을 넘겼을 것이다. 아직 소년의 태를 완전히 벗지 못한 얼굴에는 젖살이 조금 남아 있었다. 키가 크고 훤칠한 데다가 비율도 좋다. 하얗고 자그마한 얼굴에 눈도 크고 콧대도 날렵하지만, 전체적인 인상은 순했다.

선우는 다임을 찾기 위해 두리번거렸다. 곧 선우의 눈에 구석에 앉아 있는 단발머리 여자가 보였다. 선우는 다임을 발견하자 기쁜 마음에 환하게 웃었다. 그러지 않아도 순한 인상인데, 애교 어린 미소까지 더해지니 꼭 잔망스러운 강아지 같은 느낌이 난다.

선우는 급한 마음에 얼른 다임에게로 달려가려 했다. 그러나 금방 마음을 고쳐먹었다. 다임이 노트북을 들여다보며 일을 하고 있었기 때문이다. 무슨 일이 그리 바쁜지, 다임은 노트북 화면을 들여다보다가 키보드를 두드리는 동작을 반복하고 있었다.

선우는 다임이 이렇게 일에 빠져 있을 때를 참 좋아했다. 일에 빠져 있을 때의 다임은 두 눈이 반짝반짝 빛났다. 평소 일부러 험악하게 힘을 주고 있던 인상도, 일에 집중할 때는 스르르 풀려 버리고 만다. 그러면 무척이나 귀여운 얼굴이 되었다.

그래서 선우는 다임이 일하는 모습을 남들에게 보여 주기가 싫었다. 다임의 귀여운 모습은 혼자 알고 싶었다.

다임을 방해하고 싶지 않은 마음에, 선우는 조심조심 다가 갔다. 그러나 다임은 선우의 인기척을 귀신같이도 알아차리고, 선우가 가까이 다가오기 무섭게 노트북을 덮었다.

"선우 왔어?"

다임은 안경을 벗어 놓으며 선우에게 손을 흔들었다.

"누나, 나 좀 늦었지. 많이 기다렸어?"

"아니. 나도 집에 들렀다가 왔어. 짐 들고 올 수는 없잖아."

"진짜? 그럴 거면 차라리 홍대 쪽에서 볼 걸 그랬네."

"됐어. 여기 어차피 중부지검하고 가깝지도 않아."

다임이 노트북을 가방 속으로 밀어 넣자, 곧 다임 앞에 놓여 있던 것과 같은 맥주잔이 선우 앞에도 놓였다.

"내일부터 다른 데 간다며. 근데 아직 일이 많은가 봐."

"어, 인수인계하느라고. 검찰팀에 새로 사람이 오지는 않는다는데, 그래도 내가 알아보고 있던 사건들은 팀에 알려 주긴 해야 하니까."

"누나는 인수인계 안 받고?"

"받았지. 그런데 별거 없네."

한가한 라인이라는 평가답게, 도북 라인에는 인수인계받을 일도 많지 않았다.

다임은 자신을 도북 라인으로 보내 버린 정혁의 속셈을 생각하자 또 우울해졌다. 선우는 눈치 좋게 그것을 알아차리고 다임의 잔에 자신의 잔을 맞부딪쳤다.

"캬, 좋다."

한꺼번에 맥주잔을 반이나 비워 버리고 만 다임은 그런 소리를 냈다. 그만큼 속이 탔던 것이다. 그래도 다임은 무슨 일이 있었는지 털어놓는 대신, 선우의 안부부터 먼저 물었다.

"넌 요새 안 바빠? 극단에서는 새로 작품 안 들어간대?"

"새로 작품 들어가긴 하는데 정규 단원이 아니라 그런지 배역이 없대."

"아무리 그래도 그렇지 배역 하나를 안 주냐. 저번에도 그러더니 또 그런대?"

"정규 단원으로 들어간 게 아니라 선배 도움으로 겨우 배역 하나 맡았던 거니까. 가끔 남는 자리 있으면 이것도 인연이라고 주는 게 고맙지."

"너 그렇게 순둥이처럼 살다가 언제 뒤통수 크게 맞는다."

"나한테 순둥이라고 하는 거 누나밖에 없는 거 알아?"

"순둥이니까 순둥이라고 하지. 진상을 부리는 자가 세상을 지배하는 거야. 너도 극단 가서 막 진상 부려. '배역 내놔! 한번 불렀으면 책임지라고!' 이러면서 말이야."

"뭔 소리 하는 거야, 누나."

선우는 다임의 말에 그만 크게 웃고 말았다. 모처럼 기분이 좋아진 다임 역시 환하게 웃을 수 있었다.

하지만 잠시 밝았던 분위기는 요란스러운 진동을 울린 다임의 휴대폰 때문에 금방 깨어지고 말았다. 기자의 휴대폰이란 참 쉴 틈 없는 물건이다.

"누나, 회사에서 전화 온 거 아냐? 받아도 괜찮아."

"어? 전화 아냐. 메시지야. 후배가 검찰에서 진행되고 있는 사건 하나 물어보네."

그러나 다임의 말이 무색하게도, 휴대폰은 곧 길게 진동을 울리기 시작했다.

"전화 같은데?"

"그러네."

휴대폰 화면을 들여다본 다임의 얼굴이 살짝 굳었다. 선우의 얼굴도 따라서 조금 굳어졌다. 온종일 연락이 되지 않았던 성화, 즉 다임의 남자 친구가 이제 와서 겨우 전화를 해 온 것이다.

"하루 종일 메시지 하나 없더니, 이제 와서 전화를 하네."

"그럼 얼른 받아야지. 누나 남자 친구잖아."

"땡큐, 선우야."

둘이서 만난 자리, 상대를 내버려 두고 사적인 전화 통화를 길게 하는 것은 예의가 아니라고 생각했기에, 다임은 아무리 남자 친구의 전화라 하더라도 항상 선우의 허락을 얻은 후 통화를 시작했다.

"너 오늘 왜 이렇게 연락이 안 돼?"

전화를 받은 다임은 다짜고짜 따지는 것부터 시작했다. 말투가 퉁명스러워서 그렇지, 목소리는 밝았다. 기분 나빠 한 것이 언제였냐 싶게 다임은 금방 환하게 웃으면서 재잘재잘 떠들어 댔다.

웬지 기분이 복잡해진 선우는 맥주잔만 가만히 입으로 가져갔다.

"나? 선우 만나고 있어. 선우 알지? 내가 여러 번 얘기했잖아. 뭐? 여기 오겠다고?"

그런데 웬일인지, 다임의 목소리가 또 조금 어두워졌다. 그래서 선우는 그러면 안 된다는 걸 알면서도, 저도 모르게 통화 내용에 귀를 기울였다.

"아니, 선우가 먼저 얘기를 꺼내면 몰라도 갑자기 이렇게 불쑥 온다는 건 예의가 아니지. 너 아직 선우 얼굴도 모르잖아. 너도 어차피 그 자리에서 못 나오는 거 아냐?"

성화의 목소리는 들리지 않았지만, 대화 내용은 충분히 짐작할 수 있었다. 아마도 이 자리에 오겠다고 억지를 부리고 있고, 다임은 그 억지에 화를 내고 있는 것이리라.

하지만 다임이 선우와 만나고 있는 것이 싫어서 성화가 저렇게 구는 것 역시 아닐 것이다.

성화는 다임이 누군가와 술을 마시고 있다고 하면 무조건 그 자리에 합류하겠다며 진상 아닌 진상을 부려 대는 사람이었다. 다임을 보고 싶어 한다기보단 '술'을 보고 싶어 하고, 마시고 싶어 하는 것일 뿐이다.

"알았어. 전화 끊어. 이따 얘기해. 내가 연락하면 제발 전화 좀 받고."

다임은 목소리에 이어 표정까지 어두워진 채로 휴대폰을 내려놓았다.

"할 얘기 있었는데."

선우는 다임이 속삭이듯 중얼거린 그 혼잣말도 놓치지 않았다.

선우는 다임의 눈치를 살피면서 다시 잔을 들었다. 그러자 다임도 어두워졌던 분위기를 억지로 털어 내면서 자신의 잔을 선우의 잔에 부딪쳤다.

"남자 친구가 뭐래?"

화가 났었다고 해야 할지, 울고 싶어 했었다고 해야 할지. 한마디로 말하기 어려웠던 분위기가 겨우 사라지는 것을 보며 선우는 그렇게 물었다.

"얘기하는 거 들렸구나."

"내 이름 들려서 들었어. 미안해."

"아냐, 별거 아닌데 뭘. 성화가 지금 동종 업계 선배 만나고 있다면서 여기 오겠다잖아. 막상 오라고 하면 어차피 완전 꽐라 돼서 올 거면서."

"누나 남자 친구가 누나 보고 싶은가 보지."

선우가 무심한 듯 한마디 던졌다. '누나 남자 친구'라는 단어에는 어딘지 가슴이 묵직해지는 데가 있었다.

"그런 거 아니야."

"그럼 질투하나?"

"그러겠냐? 그냥 술 마시고 싶은 거야. 걔가 내가 보고 싶겠냐, 아님 네가 보고 싶겠냐."

다임의 표정이 다시 어두워졌다.

평소라면 어떤 일이 있어도 완벽하게 표정 관리를 했을 것이다. 하지만 다임에게 오늘은, 그런 노력조차 하지 못할 만큼 진이 빠진 힘든 하루였다. 오늘처럼 성화의 다정한 목소리를 기다렸던 날도 없었고, 말로만 자신을 보고 싶다고 하는 성화가 서러웠던 날도 없었다.

"그래서 어떻게 하기로 한 거야?"

"못 오게 했어."

"그렇구나. 아쉽네. 나도 누나 남자 친구분 한번 뵙고 싶었는데."

"그래도 오늘은 아니지. 사전에 약속도 하지 않았는데 오는 건 예의가 아니잖아. 성화랑 너랑 아직 얼굴 튼 사이도 아니고."

자칫 성화의 태도 쪽으로 흐를 뻔했던 대화의 방향이, 간신히 옆으로 샜다. 선우는 다임이 서글프게나마 씩 웃는 것을 보고 겨우 가슴을 쓸어내렸다.

"그러네. 다음에 약속 잡고 누나 남자 친구분 한번 봐야지."

"응, 그렇지? 내가 다음에 정식으로 자리 만들게. 그때 제대로 인사해."

"오케이, 누나."

선우는 다임의 기분이 조금 풀렸다는 것을 확인하고 나서야 맥주를 한 모금 더 마실 수 있었다. 그런데 오늘따라 다임과 선우의 대화를 방해하는 불청객이 유독 많았다. 다임의 휴대폰이 또 울린 것이다.

"아이, 씨."

이번에는 확실한 업무 전화였기에, 다임은 귀찮은 티를 숨기지 않았다. 휴대폰 화면에는 '서주지검 현도준 검사'라는 글자가 찍혀 있었다.

다임이 휴대폰을 들어 보이며 양해를 구하자, 선우도 이번만은 눈에 띄지 않을 만큼 입을 삐죽였다. 현도준이라는 사람의 전화가 다임의 남자 친구 전화보다 더 마음에 들지 않았기 때문이다.

다임은 선우와 있을 때는 업무상 걸려 오는 전화도 가려 받곤 했다. 그러면서 반드시 받아야 하는 중요한 전화가 올 때면 양해를 구했다.

그런데 그 '받아야 하는 중요한 전화' 상당수는 도준에게서 걸려 온 것이었다.

"네, 현 검사님. 저야 잘 지내죠."

다임은 귀찮아했던 것이 언제였냐는 듯, 아주 밝은 영업용 멘트들을 쏟아 냈다.

"네, 오늘 짐 뺐어요. 어디서 들으셨어요? 진짜 대단하시다, 현 검사님."

그나마 다임의 목소리 톤이 한층 더 낮아졌다는 것은 선우에게 자그마한 위안이 되어 주었다. 도준과는 업무 관계 이상으로 친하게 지내고 있지 않다는 의미였기 때문이다.

다임의 영업용 목소리는 평소보다 톤이 매우 낮다. 다임은 그 이유에 대해 '여기자가 목소리까지 예쁘면 이상한 새끼들이 얕보기도 해서.'라고 말했다.

"내 발로 가고 싶어 나간 게 아니란 건 또 어떻게 아셨대. 소문 한번 빠르네요. 축하요? 아, 네에, 저도 그럼 현 검사님 어디 멀리 오지로 나가시게 되면 축하 화환 보내 드려야겠어요. 그렇죠, 뭐. 다음에 언제 한번 뵙죠. 네에, 저도 농담이었어요."

다임은 통화를 끝내고 싶어 하는 기색이 역력했지만, 도준이 좀처럼 놓아주지 않는 것 같았다.

선우는 저 기분 나쁜 대화가 언제쯤이면 끝날까 싶어 다시 맥주만 홀짝거렸다.

"네, 네. 다음에 봐요. 알았어요. 제가 서주지검으로 한번 갈게요. 정말이에요."

다임은 인상을 팍 구기며 휴대폰을 내려놓았다. 다임이 보여 주는 표정 변화, 분위기 변화는 그야말로 대종상 수상감이라고 선우는 생각했다.

"누나, 또 왜 그래?"

"현도준 이 새끼 정말."

"이 새끼 저 새끼 나오는 거 보니 누나 화 많이 났나 본데?"

말은 그렇게 하면서도 선우는 아주 약간, 기분이 좋아졌다. 무슨 일인지는 몰라도, 도준은 그 짧은 통화에서조차 다임에게 호감을 안겨 주지 못했다.

"아니, 내가 저랑 둘이 봐서 좋을 게 뭐가 있다고 자꾸 서주 지검으로 오라는 거야? 몰라, 나 이제 전화 안 받아. 마셔. 마시자."

"에이, 그래도 이다임 기자님이 일 안 하시면 되나."

"몰라. 나 퇴근 시간 지났어! 수당도 안 쳐줄 거면서 일은 무슨 일!"

마음에도 없는 소리를 하는 걸 보니, 다임도 이제 완전히 기분이 풀린 모양이다. 선우는 잔망스럽게 웃으면서 맥주잔을 들어 올렸다.

"오케이, 다임 누나. 그럼 이제 빼기 없기다?"

다임과 본격적인 시간을 시작할 때까지 오늘도 선우는 꽤 오래 기다려야 했다. 그러나 다임의 밝은 얼굴을 보자, 기다리는 그 시간조차 충분히 값졌다는 생각이 들고 마는 선우였다.

기분 좋게 취한 다임은 담배를 입에 물었다. 마신 술은 고작 맥주 500cc 세 잔. 만취할 정도의 술은 아니었는데도 어쩐지 기분이 좋았다. 서늘한 바깥 공기가 다임의 뺨을 기분 좋게 간질였다.

다임은 저 먼 길 끝에서 선우가 전속력으로 달려오는 것을 보고서, 채 다 피우지 못한 담배를 바닥에 비벼 껐다. 선우는 거친 숨을 내뱉으며 비닐봉지 속 아이스크림을 다임에게 내밀었다.

"안 사 와도 된다니까."

"누나가 술 샀는데 내가 이런 거라도 사야지."

선우는 다임의 손에 아이스크림을 쥐여 주면서 해맑게 웃었다.

술을 마시자고 불러낸 것은 선우였지만, 계산은 다임이 했다. 선우의 주머니 사정을 잘 알고 있는 다임의 마음 씀씀이였다. 선우는 그 마음이 고마워서, 다임이 좋아하는 아이스크림을 찾아내기 위해 근방 편의점을 모조리 뒤지는 수고를 마다하지 않았다.

"누나, 많이 취했어?"

"아아니, 기분 좋을 정도로 마셨어."

그렇지만 다임의 혀는 살짝 꼬이고 있었다. 선우는 다임을 이대로 들여보내기가 좀 걱정이 되었다.

"누나, 우리 술도 깰 겸 좀 걸을까?"

"그래, 그러자. 너 취한 채로 들어가면 너희 어머니 또 난리 나신다."

다임도 흔쾌히 동의했다. 하지만 다임은 선우와 걸음을 맞추지 않고 먼저 앞으로 훌쩍 걸어 나갔다.

선우는 혹시나 하는 마음에 다임에게 손을 내밀었지만, 다임이 앞서 나가자 그 손을 슬그머니 거둬들였다.

저 작은 손을 잡고 싶었지만, 선우의 것이 아닌 손이었다. 선우는 애꿎은 자신의 손만 만지작거리다가 조용히 다임의 뒤를 따랐다.

아직 깊은 밤이 아니라 해도, 초가을의 밤공기는 한여름보다는 싸늘했다. 선우는 짧은 반팔 블라우스 차림으로 찬바람에 쓸린 다임이 감기에 걸리지나 않을지 걱정되었다.

선우가 다임의 남자 친구였다면, 얇은 카디건이라도 하나 사서 다임의 어깨에 둘러 줬을 것이다. 하지만 선우는 다임의 남자 친구가 아니었다. 다임에게 있어서 아직은 '그래도 되는 사람'이 아닌 것이다.

그래도 선우는 미련을 버리지 못하고 아직 문을 닫지 않은 옷 가게를 몇 번씩 들여다보다가, 결국 포기하고 다임의 뒤를 따랐다. 그러면서도 선우는 다임에게서 눈을 떼지 못했다. 혹여나 넘어지거나 어디 부딪힐까 걱정이 되었기 때문이다.

"선우야."

앞서가던 다임이 갑자기 큰 목소리로 선우를 불렀다. 선우는 다임의 뒤에서, 다임의 속도에 맞춰 보폭을 조절하면서 대답했다.

"왜, 누나?"

"다음 촬영은 언제야?"

밤바람에 실린 다임의 목소리가 선우의 귀에 닿았다. 그것만으로도 행복해졌기에 선우는 미소를 참을 수가 없었다.

"촬영?"

"영화 출연한다고 하지 않았었어? 무슨 액션 영화라고 했던 것 같은데."

선우가 스쳐 지나가듯 했던 얘기를 다임은 용케도 기억하고 있었다. 올봄, 선우는 유명한 감독이 메가폰을 잡은 액션 영화에 출연할 기회를 얻었다. 다만 선우가 맡은 배역은 엑스트라에 가까운 조연이었다.

"무지막지 조연이라서 분량이 별로 없어. 그래서 촬영도 거의 없어."

"그래도 전체 대본은 받지 않았어?"

"받았지. 근데 이번 주에는 촬영 없대."

"촬영 없으면 오지 말라고 해?"

"오지 말라고 하는 건 아닌데 내가 굳이 갈 필요 없는 신이라서."

"다 잘될 거야. 우리 선우가 어떤 선우인데."

취중이어도, 겉치레 아닌 진심을 담은 한마디 말이었다. 선우는 다임의 응원을 들을 때마다 마치 되돌려 주지 못할 선물을 받는 것 같아서 늘 고맙고 미안했다.

"고마워, 누나. 누나도 다 잘될 거야."

"글쎄. 나도 그랬으면 좋겠다. 근데 사회생활이 내 마음 같지가 않네."

눈에 비친 것은 뒷모습뿐이었지만, 다임이 쓴웃음을 짓는 것이 선우의 눈에는 보였다.

"선우 넌 나처럼 하지 말고 너 하고 싶은 대로 하고, 그러고 도 잘돼야 해."

"누나도 그래야지."

"나도 그랬으면 좋겠다."

그렇게 걷고 또 걷다 보니 어느새 잠수교였다. 한강에서 불 어오는 바람은 도심의 공기보다 확연히 싸늘했다. 선우는 알딸 딸하게 올라 있던 취기가 강바람에 싹 가시는 것을 느꼈다.

그래서 선우는 정말로 다임이 걱정되었다. 다임에게 둘러 줄 얇은 옷가지 하나 가져오지 않은 것을 후회하면서 지금이라도 옷 가게로 달려가야 하나 하고 고민했다.

선우의 그런 고민 따윈 전혀 모를 다임은, 느닷없이 속력을 내어 한강 쪽으로 달려 나갔다.

선우는 급히 다임의 뒤를 쫓았다. 다임이 강물에 뛰어들려는 게 아닌가 하고 순간적으로 걱정이 되었던 것이다.

하지만 소리를 지르며 깡충깡충 뛰는 것을 보니 다임도 나쁜 기분에 내달린 것은 아닌 것 같았다. 그저 걷는 동안 취기가 얼 큰하게 올라 버리는 바람에, 선우가 뒤따라오고 있다는 것조차 잊어버린 모양이었다.

선우는 다임의 뒤를 따라 달리다 말고 서서히 속도를 늦췄 다. 그러는 사이 다임은 어느샌가 강가에 멈춰 섰다. 그리고 그 자리에 우두커니 서서, 하염없이 강물만 바라보았다.

선우가 지금 서 있는 자리에서는 다임의 얼굴이 보이지 않았다. 그래서 선우는 다임이 지금 울고 있는지, 기분이 좋아 웃고 있는지 알 수 없었다.

"씨발! 내가 더러워서 못 해 먹겠네!"

다임이 갑자기 소리를 지르는 바람에, 선우는 화들짝 놀라 다임에게로 달려가려고 했다. 그러나 곧 다임이 허리를 굽히는 것을 보고 선우는 자리에 멈춰 섰다. 다임이 누군가에게 보이고 싶지 않은 행동을 하고 있는 것 같았기 때문이다.

바로 상체를 일으킨 다임은 손에 돌멩이 비슷한 것을 들고 있었다. 다임은 그 돌멩이를 강물에 냅다 던져 버렸다.

"부장, 이 개새끼야! 네가 편집국장 딸랑이 양아치 새끼지 기자 새끼냐!"

다임은 선우가 있다는 사실이나 한강변에 수많은 다른 눈이 있다는 사실을 잊은 것처럼 보였다. 그래서 선우는 다임 가까이로 다가가지 않았다.

하지만 다임의 주변을 매의 눈으로 감시하는 것만은 잊지 않았다. 혹시나 수상한 사람이 다임 가까이 다가서면 가만두지 않을 생각이었다.

"야, 박성화 새끼야! 연락 좀 받으면 큰일 나냐!"

다임의 원망은 그새 타깃을 바꿨다. 다임은 돌멩이를 던지는 것으로도 모자랐는지 자신의 휴대폰마저 강물에 집어 던지려고 했다.

그러나 다행히 그 정도까지 만취하지는 않은 듯, 다임은 휴대폰을 들어 올렸던 손을 슬금슬금 아래로 내렸다.

그리고 곧, 다임은 그 자리에 주저앉아 버렸다.

"어떻게 된 새끼가 전화 끊은 후로 메시지도 안 봐."

선우가 귀를 기울이고 있지 않았다면 들리지 않았을 만큼 작은 소리였다. 쪼그리고 앉은 다임의 어깨가 처량하게 들썩거린다.

선우도, 다임이 남자 친구와의 관계에서 지치고 지쳐 버렸다는 사실을 언젠가부터 알게 되었다. 그러면서도 어떤 미련 때문에 남자 친구를 놓지 못하고 있다는 것 역시 선우는 알고 있었다. 그 사실을 알면서도 선우는 아직 다임에게 가까이 다가갈 수 없었다.

선우라고 해서 작게 웅크린 다임의 어깨가 안쓰럽지 않을 리 없었다. 그 어깨를 감싸 안아 주고, 그 귓가에 위로의 속삭임을 건네주고 싶었다.

하지만 선우가 있는 자리는 아직 그런 자리가 아니었다. 그저 선우는 조금 멀찍이 떨어진 곳에서, 다임이 스스로 자리를 털고 일어설 때까지 가만히 지켜보아야만 했다.

"휴."

선우는 오늘 처음으로 깊은 한숨을 내쉬었다.

지난 몇 년 동안, 선우는 이 자리를 좀처럼 벗어나지 못했다. 다임의 성격상 선우가 다임에게 마음을 품고 있다는 걸 알게 된다면 선을 긋고 도망가 버릴 것이 뻔했기 때문이다.

"박성화, 이 나쁜 새끼."

다임의 원망은 끝내 울음소리로 변했다. 하지만 선우는 언제나처럼 다임에게 가까이 가지 못했다. 그저 다임의 어깨에 닿고 싶은 손을 가만히 뻗어 볼 뿐이었다.

그렇게, 선우는 갈 곳 없는 마음만 품은 채 다임의 곁을 오랫동안 지켜 왔다.

벌써 몇 년이나 계속된, 오래된 짝사랑이었다.

첫인상 참 나빴던 우리

　　'인생에서 가장 첫인상이 나빴던 사람'이 누구냐고 묻는다면 다임과 선우 모두 주저 없이 서로를 꼽을 것이다.

　　사람과 사람 사이의 관계는 참 묘하다. 그렇게 서로 첫인상이 나빴는데, 날이 지나고 달이 바뀌고 해가 넘어갈 때마다 두 사람 사이의 간격은 조금씩 줄어들었다.

　　선우는 난경을 설득해 과외를 그만두겠다던 장담은 보기 좋게 실패했다. 선우가 웬일로 얌전히 수업을 받는 것을 보고서, 다임에게 선우를 완전히 맡기기로 난경이 아예 작정해 버렸던 것이다.

　　그렇게 어영부영 다임이 과외를 시작한 지 3주가 되는 날이었다. 이러지도 저러지도 못하고 문제집만 계속 풀어 나가던 선우도, 이날만은 참을 수 없었는지 끝내 샤프펜슬을 바닥에 내던지고 말았다.

"갑자기 왜 그러냐."

다임은 샤프펜슬을 주워 와 선우의 손에 도로 쥐어 주었다. 선우는 마지못해 샤프펜슬을 건네받긴 했지만, 문제를 풀고 싶은 생각이 전혀 들지 않았다. 마음 같아서는 눈앞에 있는 영어 문제집마저 꽉 구겨 버리고 싶었지만, 차마 그렇게까지 하지는 못했다.

"선생님, 진짜 수업 계속하실 거예요?"

"네 어머니가 수업 그만두라고 안 하잖아. 그럼 계속해야지."

"선생님, 이 수업 아무 의미 없어요. 정말 하기 싫다고요."

선우가 그러거나 말거나, 다임은 선우가 지금까지 풀어 놓은 문제부터 채점하기 시작했다.

"몇 주 보니까 알겠는데, 너 머리가 나빠서 성적이 낮은 건 확실히 아니야. 그냥 공부를 안 해서 성적이 나쁜 거거든. 근데 또 가만 보면 공부하는 게 너어무 싫은 것도 아니야. 공부하는 게 죽기보다 싫은 애라면 나도 '어머니, 얘는 정말 안 되는 앱니다.'라고 말하고 두 손 들고 도망갈 텐데 그런 게 아니라서 그냥 수업하는 거야."

"제가 싫다고 하는데 왜 선생님이 아니라고 하세요."

"아니, 시키면 시키는 대로 문제도 잘 풀어 오고 꼬박꼬박 단어도 외워 오긴 하잖아. 정말로 공부가 죽기보다 싫은 애들은 그렇게 안 해. 다 됐다."

다임은 채점을 끝낸 문제집을 선우 앞에 내려놓았다. 얼핏 보기에도 시범 과외 때보다 빨간 빗금이 많이 줄었다.

"문법도 고1 평균 수준은 되고 독해력도 나쁘지 않거든? 영단어가 문제야. 성실하게 공부 안 한 애들이 여기서 딱 걸리거든. 영어도 어느 정도는 암기 과목이라서 아무리 문장을 잘 읽어도 단어를 모르면 소용이 없어. 그러니까 오늘부터는 하루에 외울 단어 스무 개씩만 더 늘리자."

"선생님!"

"집안일 하시는 분 들으셔. 수업 중에 이렇게 큰 소리 내는 거 알면 네 어머니가 너 가만 안 두려고 할걸?"

"단어고 뭐고 안 해요. 안 한다고요! 안 할 거라고요! 선생님 혼자 시간 죽이다 가시든지 말든지 마음대로 하세요. 엄마한테는 말하지 않을 거니까 그냥 놀다가 과외비 받아서 가시라고요."

선우는 그 말이 끝나자마자 저 스스로 깜짝 놀라 입을 다물었다.

선우도 요 3주간 다임을 겪어 오면서 조금 알게 된 것이 있었다. 그것은 이다임이라는 사람이 '넘어서는 안 될 선'을 갖고 있는 사람이라는 것이었다. 그리고 방금 선우가 한 말은 딱 그 선을 넘는 말이었다.

"야, 선우."

아니나 다를까. 다임을 둘러싼 공기가 매우 험악해졌다.

그 분위기란 게 예상한 것보다 더 무시무시해서, 선우는 지레 겁을 먹고 숨을 죽였다. 동글동글하고 귀여운 인상이라고만 생각했는데, 지금 보니 이다임이라는 사람 자체는 굉장히 무서운 사람이었다.

"죄송합니다."

다임은 '후.' 하고 짧은 숨을 한 번 내뱉는 것으로 선우의 사과를 받아들였다. 다임을 둘러싸고 있던 험악한 분위기도 조금 풀어졌다.

"공부를 엄청 싫어하는 것 같지는 않다고 말한 게 거짓말 같아?"

"……."

"진짜로 그래 보여서 그렇게 얘기한 거야. 나도 과외하면서 애들 좀 봤거든? 숙제해 오는 거나 수업 태도 보면 공부가 싫은 건지 아닌지 금방 티 나."

"……."

"알았어, 알았어. 무슨 대역죄인 같은 얼굴은 그만하고 얘기나 한번 들어 보자. 대체 왜 공부가 하기 싫은 건데? 공부가 체질적으로 안 맞는 게 아니라면 무슨 이유가 있을 거 아냐."

선우는 대답하지 않았다. 대답하고 싶지 않은 질문이었기 때문이다.

다임은 깊은 한숨을 내쉬면서 문제집을 덮어 버렸다.

"그래, 오늘은 네가 얘기할 때까지 수업 안 할게. 얘기하고 싶으면 하고, 하기 싫으면 하지 마. 대신에 오늘 얘기하지 않으면 다음 수업부터는 그대로 진행할 거야."

"……."

선우는 아무런 말 없이, 다임이 덮어 버린 영어 교재의 표지만 뚫어져라 바라봤다. 표지에 그려진 동그라미와 네모 무늬가 빙글빙글 돌면서 춤을 추는 것 같았다.

침묵이 길어졌지만, 그래도 다임은 자신이 한 말을 지키려는 듯 선우가 말을 시작할 때까지 잠자코 기다려 주었다. 휴대폰을 보거나 책장을 뒤적이는 것도 아니고, 그저 조용히 선우를 쳐다보기만 했다.

사실, 안 지 겨우 3주일밖에 안 된 과외 선생에게 자신의 속마음을 털어놓기란 질풍노도의 청소년에게는 쉽지 않은 일이었다.

게다가 선우의 경우 속마음을 다른 사람에게 쉽게 내비치지 않는 신중한 성격의 소유자였다. 부모님이 워낙 바빠 거의 방치 상태로 키운 탓에, 선우는 부모님과도 제대로 얘기를 해 본 적이 없었다. 그리고 그런 습관은 자라면서 그대로 성격이 되었다.

친한 친구가 누구냐고 물으면 선우도 여러 이름을 댈 자신이 있었다. 그러나 속마음을 털어놓을 만큼 절친한 친구가 누구냐고 물어본다면 단 한 사람의 이름도 댈 수 없었다.

그래서 선우는 고민이 있어도 누군가에게 제대로 털어놓지 못한 채 혼자 생각하고 혼자 결론을 내렸다. 그러다 보면 때로는 속이 곪아 문드러지기도 했다.

선우는 영어 교재의 표지에 적혀 있는 제목과 저자 이름을 몇 번이나 반복해서 읽어 내렸다. 그러나 다임의 집요한 시선을 이기지 못해. 결국 천천히 입을 열었다.

"하고 싶은 일은 이미 있고요. 하고 싶은 일이랑 공부가 전혀 상관이 없단 말이에요."

"하고 싶은 일? 그게 뭔데?"

선우는 다임의 눈치를 슬쩍 살폈다. 다임에게 이런 얘기를 해도 좋을지, 다임을 믿어도 좋을지 확신이 서지 않았기 때문이다.

"부모님께 말 안 해. 과외비 입금해 주실 때 말고는 통화도 잘 안 하는데, 뭐. 너희 부모님 바쁘신 거 네가 더 잘 알잖아."

다임은 선우의 그런 속마음을 꿰뚫어 보기라도 한 것 같은 말을 했다.

그러자 웬일인지, 선우를 둘러싸고 있던 뾰족뾰족한 가시가 다임의 그 말 한마디에 확 풀어졌다. 분위기가 부드러워졌다기보다는 경계를 포기했다고 표현하는 쪽이 조금 더 정확할 것이다.

"말해도 돼요. 어차피 엄마랑 아빠도 알고 있는 거예요. 그래서 과외를 붙이니 마니 난리가 나신 거니까."

"알았어. 그래서 넌 뭐가 하고 싶은 건데?"

선우는 말하기 전에 또 잠시 다임의 눈치를 살폈다. 이번엔 다임을 믿지 못해서가 아니었다. 말을 꺼내기 쑥스러웠기 때문이다.

"배우요."

선우는 그 말을 하면서 속에 담아 둔 무거운 숨도 모두 토해 버렸다. 그래도 뱉어 놓고 나니 의외로 마음이 가벼워졌다.

"배우? 탤런트? 영화배우?"

"그런 게 아니라 그냥 연기가 하고 싶단 거예요."

"전에 연기해 본 적 있어?"

"아니요. 그냥 중학교 때부터 그게 하고 싶었어요."

"그래? 그거 뜻밖의 꿈이라고 해야 하나, 아니라고 해야 하나."

선우는 혹시나 다임이 자신을 비웃지는 않을까 싶어 한 번 더 다임의 눈치를 살폈다. 그러나 다임은 비웃지도, 선우를 얕보지도 않았다. 오히려 다임의 눈빛은 수업을 할 때보다 훨씬 더 진지했다. 아버지인 주민이나 어머니인 난경도 보여 준 적 없는 눈빛이었다.

저도 모르게 안심이 된 선우는 훨씬 더 편하게 말할 수 있었다.

"연기를 하려면 이것저것 아는 게 많아야 된다는 거 알고 있어요. 책도 닥치는 대로 열심히 읽고 있고요. 지금부터 당장 시작해도 늦은 일인데, 이렇게 공부하느라고 시간 뺏기는 게 싫다고요."

"그럼 부모님께 연기 학원 보내 달라고 조른 거야? 아님 몰래 오디션이라도 보러 다니거나?"

"네, 뭐, 학원 쪽으로⋯⋯."

선우는 어쩐지 민망해져서 말꼬리를 흐렸다.

연기를 하고 싶다고 선언한 이후 선우는 부모님께 계속 연기 학원에 보내 달라고 조르고 있었다. 그러나 연예 기획사에 오디션을 보러 가지는 않았다. 연예 기획사라면 얼굴을 먼저 평가할 게 뻔했고, 그것은 자신이 원하는 길이 아니라고 생각했다. 선우는 연극배우부터 시작해 차근차근 단계를 밟아 나가는 그런 배우가 되고 싶었다.

"아무튼, 넌 연기가 하고 싶단 거고. 네가 과외를 하겠다고 한 것도 아니고. 그런데도 엄마가 과외를 붙여 줘서 대판 싸웠겠고. 그래서 아직도 너희 부모님이랑 완전 전쟁 상황이고?"

"네. 하고 싶은 건 대학 가서 하라던데요?"

"보통 부모님들이라면 당연히 그렇게 얘기하시겠지."

"어쨌든 그러니까 이제 수업 그만할래요. 안 하고 싶어요."

선우는 그렇게 말하면서 또 다임의 눈치를 살폈다. 다임이 철없는 소리 하지 말라고, 연기와 공부는 상관없는 것 아니냐고 말을 할지도 모른다는 생각에서였다. 아니면 현실적인 문제를 들먹이면서 그를 설득하려 들지도 모르니까.

그런데 다임은 선우가 예상하지 못한, 전혀 뜻밖의 말을 했다.

"알았어. 네 얘기는 잘 알겠는데, 네 부모님이 왜 그러시는지 그것도 뻔히 이해가 가서 뭐라고 말하기가 어렵네."

선우는 잠깐 놀라긴 했지만, 금방 다시 또 뚱해졌다. 이것 역시 '어른'들이 보일 법한 반응 중 하나라는 생각이 들었던 것이다.

"자식새끼가 하라는 공부는 안 하고 탤런트 하겠다면서 놀러 다니는데 좋아하는 부모가 어딨겠어요."

"그런 문제가 아예 없다고는 할 수 없지만 그런 얘기가 아니야. 우선은 나도 네 얘기를 듣고 반신반의하는데?"

"그렇죠? 정말로 아무 생각 없이 사는 것처럼 보이죠?"

"얘가 사람 말을 삐딱하게 듣네. 그게 아니라, 네가 정말로 연기가 너어무 하고 싶어서 그런 소리를 하는 건지, 공부가 하기 싫어서 이상한 소리나 지껄이는 건지 확신할 수가 없단 얘기야. 제삼자인 내 눈에도 그렇게 보이는데, 네가 제대로 된 길을 갔으면 싶은 네 부모님은 어떻겠어."

들다 보니 왠지 묘한 설득력이 있었다. 공부하기 싫어서 이상한 소리 말라는 식이었다면 분명 선우도 발끈했을 것이다. 하지만 다임은 자신의 눈에 비친 선우의 모습을 객관적으로 이야기했을 뿐이다. 또, 선우 부모님의 눈에 비칠 선우의 모습 역시 객관적으로 전달했을 뿐이다.

선우는 이 여자의 궤변에 말려들어서는 안 된다는 생각이 퍼뜩 들었다.

"그래서 결국 선생님도 철없는 소리 하지 말란 거네요. 공부나 하라고요."

"아냐, 아냐. 그것도 아닌데. 고민 상담해 주는 재주가 없어서 어렵네. 이걸 어떻게 말로 풀어야 하지."

다임이 갑자기 생각에 빠져들었다. 신중하게 단어를 고르며 선우에게 할 말을 정리하고 있는 것 같았다.

선우가 불퉁해진 기분을 달래지 못하고 한마디 더 쏘아붙이려는 찰나 다임이 다시 입을 열었다.

"너, 네가 연기를 하겠다고 하고 나서 보여 준 성과 같은 거 없어?"

"성과요?"

"부모님께 네 진심을 전달할 만한 보증 수표라도 보인 적이 있냐고. 연기 경험도 없는데 갑자기 연기를 하겠다고 하고, 거기에 네가 연기를 제대로 할 수 있으리란 보증 수표도 없는 거잖아. 네 부모님은 그래도 네가 먹고살 수 있을 정도로만은 해 주길 바랄 텐데, 지금 널 봐선 네가 연기로 먹고살 수 있을지 확신이 안 서거든. 아니, 그 전에 네가 진짜 진지하게 연기를 생각하고 있는 건지도 전혀 모르겠는데?"

"그건……."

선우는 갑자기 말문이 막혔다. 매일같이 부모님과 싸우기만 했지, 그런 문제는 한 번도 생각해 본 적이 없었기 때문이다. 다임에게 말려들고 있다는 사실을 알면서도, 이번 지적만은 깨끗하게 인정할 수밖에 없었다.

"선생님 말씀이 맞아요. 그런데 그렇다고 제가 뭘 어떻게 해요? 부모님이 못 믿으니까, 하지 말란다고 안 하나?"

"너 보기보다 되게 부정적이다."

"제가 할 수 있는 게 그거밖에 없는데요?"

"왜 그거밖에 없어. 뭐라도 성과를 하나 보여서 네 부모님이 널 믿게 만들면 되지. 네가 진지하게 생각하고 있다는 걸 부모님께 어떻게 보여 줄지 한 번이라도 고민한 적 있어?"

"……."

"대답 못 하는 걸 보니 아무것도 생각해 본 게 없나 보네."

다임은 또 아무런 말 없이 무언가를 묵묵히 생각했다. 선우 역시 덩달아 아무 말도 하지 않았다.

선우의 하얀 방에는 적막감이 감돌고 시곗바늘이 째깍째깍 돌아가는 소리만 공기를 가득 울렸다. 그렇게 몇 분이 지났을까. 마침내 다임이 말을 이었다.

"생각한 게 없다면 일단 공부라도 하는 수밖에 없겠네."

마치 입 속에서 몇 번이나 굴리고 있던 생각을 천천히 꺼내 놓는 듯한 말투였다. 하지만 선우 입장에서는 발끈할 수밖에 없는 결론이었다.

"왜 얘기가 그렇게 돼요?"

선우는 다임이 처음부터 이런 결론을 내리려고 자신의 말을 들어 주는 척한 게 아닌가 싶은 생각까지 들었다.

하지만 다임의 눈을 본 선우는, 그런 생각을 모두 지워 버릴 수밖에 없었다. 다임이 여전히 무척이나 진지한 눈빛을 하고 있었기 때문이다.

그래도 불쑥 튀어나온 마음은 가시 돋친 말이 되어 저도 모르게 입 밖으로 비어져 나왔다.

"결국 공부하란 소리나 하려고 했네요?"

"달리 방법이 없잖아. 제일 좋은 방법은 기획사 오디션 합격하는 건데 그건 싫다고 하고. 아니면 극단 오디션이라도 보러 다닐래?"

"그건……."

"솔직히 붙을 자신 없지? 완전 연기 초짜라서?"

선우는 왠지 또 뚱해지는 기분을 느꼈다. 그래서 저도 모르게 뚱하니 책상만 바라봤다. 선우의 그런 모습에, 다임도 그만 피식 웃음을 흘리고 말았다.

"그래서 하는 소리야. 지금은 네가 마땅히 할 수 있는 게 없어서, 그저 부모님께 공부하기 싫다고 대드는 거밖에 할 수 없는 거잖아. 그럼 공부라도 해서 그 성과를 보여 드리는 수밖에 없네."

"공부할 시간도 아깝다고 했는데요."

"너 지금 이러고 있는 거 보면 전혀 설득력 없거든? 너 방과 후에 맨날 농구하러 가고, 코인노래방 가고 그런다며?"

"……."

"할 수 있는 게 없다면 대학이라도 합격할 수 있다는 걸 부모님께 보여 줘 봐. 그리고 그동안 혼자서라도 연기 연습해 보든가. 수능 보기 전에 극단이나 영화 같은 거 오디션 합격하면 아주 잘된 거고, 안 되면 대학 갈 성적 만들어 놓고 부모님께 뻗대 보든가. 근데 지금 너 하는 걸로 봐서는 연기는커녕 아무것도 못 할 것처럼 보인다."

선우는 다임의 말을 들으면서 점점 더 기분이 복잡해졌다. 부모님의 마음을 생각해 본 적도 없었지만, 이렇게 구체적으로 앞날의 일을 생각해 본 적은 더더욱 없었기 때문이다. 그저 연기가 하고 싶다고, 연극배우나 영화배우가 되고 싶다고 생각했을 뿐 그 길을 가기 위해 무언가를 해야겠다는 계획을 짜 본 적은 전혀 없었다.

그래서 선우는 다임의 말에 설득당하지 않을 수 없었다. 스스로 생각한 것이 있었다면 모르겠지만, 선우는 정말로 아무것

도 없는 텅 빈 백지상태였다. 다임이 그려 주는 그림을 곧이곧
대로 받아 그릴 수밖에 없는 것이다.

선우는 다임의 말 한마디 한마디를 다시 곱씹으면서 아주 조
심스럽게 다임에게 물어보았다.

"그게 될까요?"

"그거야 너 하기에 달린 거지. 점쟁이도 아닌데 내가 그걸 어
떻게 알아?"

"아니, 부모님이요."

"안 될걸. 네 부모님이 '어이구, 아드님 잘 알겠습니다.' 하고
넙죽 받아들이시기야 하겠니."

"그럼 아무 의미가 없잖아요."

"그래도 아무 의미가 없는 건 아니지. 적어도 지금처럼 네가
부모님께 일방적으로 밀리는 싸움은 되지 않을 거거든. 너 솔
직히 얘기해 봐. 부모님한테 대들면서도 딱히 할 말이 없어서
맨날 소리 지르고 우기기만 하지?"

또 정곡이었다. 그렇지만 선우는 정곡을 찔린 것을 인정하기
싫어서, 이번에는 고개를 끄덕이지 않았다.

그 대신, 선우는 다임의 눈을 다시금 똑바로 바라보았다. 정
확히 말하자면 '다시금'은 아니었다. 다임의 눈을 바라본 적은
있어도 이렇게 눈동자 너머에 있는 그 생각까지 바라보려 한
것은 처음이었다.

선우는 다임의 눈이 반짝반짝, 예쁘게 빛난다고 새삼 생각
했다. 처음에는 성질 더럽고, 친구로 지내고 싶지 않은 성격의

여자라고만 생각했는데 지금 이렇게 보니 나쁘지 않았다. 만난 지 얼마나 됐다고 자신을 이렇게 똑바로 바라봐 주는 다임이 선우는 은근히 고마웠다.

그제야 선우는 다임이라는 여자가 약간 마음에 들었다. 어쩌면 첫날, 다임을 쫓아내지 않았던 것은 자그마한 행운일지도 모른다.

그래도 다임이 하자는 대로 하자니 내키질 않아서 선우는 괜히 심통을 부렸다.

"선생님 하자는 대로 해 봤다가 안 풀리면 어떡해요? 선생님이 책임지실 건가?"

"나 점쟁이 아니라니까. 풀릴지 안 풀릴지 어떻게 알아. 그래도 해 놓은 소리가 있으니까, 안 풀리면 안 풀리는 대로 최대한 책임지려고 노력은 해 봐야지."

"진짜죠?"

"지키지 못할 말은 안 해. 그리고 너도 내 말만 무작정 믿지 말고 생각해 봐. 더 좋은 방법이 있을지 누가 알아?"

"알았어요. 생각해 볼게요."

선우는 아직도 다임이 미덥지 않았다. 하지만 이렇게까지 얘기하는 사람이라면 한 번쯤은 믿어도 좋지 않을까 하는 생각이 얼핏 들었다.

"그럼 오늘 수업은 계속할까?"

"아까 안 하신다면서요."

"알았어. 까칠하기는."

다임은 입술을 삐죽 내밀고 가방에 수업 교재를 밀어 넣었다. 말한 대로, 지키지 못할 말은 하지 않는다는 것을 몸소 보여 주려는 모양이었다.

선우는 그제야 이다임이라는 사람을 아주 조금은 알게 된 것 같다고 생각했다.

첫인상이 더럽게 느껴졌던 것은 다임이 처음부터 진심으로 부딪치고 있었기 때문이다. 먼저 기분 나쁜 말을 한 것은 선우였고, 다임은 그런 선우를 진심으로 마주하느라 선우를 기분 나쁘게 했다. 진심이 아니었다면 오히려 상냥하게 수업을 진행했을 것이다.

"아무튼, 선생님 말씀하신 대로 한번 해 볼게요. 그리고 다른 방법도 생각해 보고요."

"알았어."

다임이 빙긋 웃었다. 그러자 선우도 따라서 웃었다. 그 순간은, 선우의 마음에 걸린 빗장 하나가 스르르 풀리는 순간이었다.

그 후로 선우는 다임의 말을 제대로 따랐다. 전에 없이 충실한 시간을 보내자 성적은 조금씩 올랐다. 공부하는 틈틈이 대학로에 연극을 보러 다녔고, 독학이나마 몰래몰래 연기 연습도 하곤 했다.

하지만 선우가 고3이 됐을 무렵 다임은 갑작스레 선우의 수업을 그만두게 됐다. 하나일보 기자 공채 시험에 합격한 것이다. 다임이 과외를 그만두던 날, 난경도 굉장히 아쉬워했다.

"선우 이제 겨우 마음잡았는데……."

그래도 다임은, 과외를 그만둔 후에도 선우를 놓지 않았다. 정신없이 보낸 수습기자 시절만 제외한다면 귀찮은 기색 하나 없이 선우의 학업 스케줄을 관리해 줬다. 그때그때 딱 맞는 문제집이라든가 인터넷 강의 같은 것을 알려 줬고, 하루 공부 계획도 꼼꼼하게 봐줬다.

그렇게 1년이 지났다. 선우는 턱걸이로나마 서울 소재 4년제 대학교에 합격할 수 있는 성적을 기어이 만들어 냈다.

하지만 일은 다임이 한 말처럼 쉽게 풀리지 않았다. 선우가 대학교에 가지 않겠다고 선언하자, 아버지인 주민이 불같이 화를 낸 것이다.

"너도 이제 성인이니 네가 하고 싶은 일을 하고 싶겠지. 인정한다. 하지만 부모 말 듣지 않고 네가 하고 싶은 대로 하려거든 이 집에서 나가. 생활비도 못 준다."

"아빠!"

"부모 돈은 받고 싶은데 다른 건 네 멋대로 하고 싶어? 난 그런 일은 절대로 용납 못 한다."

주민은 그렇게 딱 잘라 말한 후 다시 영문 학술지로 시선을 돌렸다.

"쯧쯧, 네 엄마가 교육을 어떻게 했기에……."

난경 역시 선우와 대화를 나눌 시간조차 부족할 만큼 바쁘다는 것을 알고 있으면서도, 주민은 그런 식으로 말했다.

서러움이 복받친 선우는, 그길로 집 밖으로 뛰쳐나갔다. 모처럼 집에 있던 난경은 그 모습을 걱정스럽게 지켜보면서도 말리거나 따라나서지는 않았다.

갈 곳이 없었던 선우는 아파트 단지 내 놀이터에 앉아 다임에게 메시지를 보냈다.

[선생님, 아빠가 집 나가라는데요?]

다임은 한 시간이 지나고 두 시간이 지나도록 답이 없었다. 다임이 수습기자 생활을 하느라 제대로 밥을 먹기는커녕 잠조차 자지 못하고 있다는 것은 알았지만, 서러움이 걷잡을 수 없이 밀려왔다.

선우는 이 모든 게 다임의 탓인 것만 같았다. 차라리 다임의 말을 듣지 않았더라면 그 지겨운 공부라도 하지 않고 잘 놀았을 텐데.

[다 선생님 때문이에요. 공부해서 대학교 합격하면 될 거라면서요. 안 되잖아요.]

다임 탓을 하며 혼자 눈물을 펑펑 쏟아 내던 선우는, 두어 시간이 지나고 나서야 겨울밤의 한기에 못 이겨 자리에서 몸을 일으켰다. 다임에게서는 그제야 겨우 답장이 왔다.

[그런 일이 있었구나. 근데 어쩔 수 없다. 네가 어떻게 하고 싶은지 잘 생각해 보고, 아버지를 설득하는 수밖에 없겠네.]

찬바람이 쌩쌩 부는 것처럼 냉정하기만 한 답장에, 선우는 울컥했다. 섭섭함이 눈사태처럼 몰려와 또 눈물이 삐질 흘렀다.

하지만 선우는 다임에게 답장을 보내지 않고, 그저 소매로 눈가를 슥슥 닦아 내기만 했다. 어차피 혼자 사는 인생, 이제는 아버지에게도 다임에게도 기대지 말자고 생각하면서.

다음 날, 아이스크림 가게에서 아르바이트를 하고 있던 선우는 전혀 예상하지 못한 갑작스러운 손님을 맞이했다.

"다임 쌤?"

당황한 선우는 우선 다임의 자리부터 만들어 줬다. 그리고 곧 제 돈으로 아이스크림을 사서 다임에게로 가져왔다.

"수능 끝나니까 이런 데서 아르바이트도 하고 기특하네."

다임은 배시시 웃으면서도 아이스크림에는 손 하나 대지 않았다. 추운 겨울의 수습기자 생활, 감기라도 걸리면 저승사자가 꽃밭 너머에서 손짓하는 광경을 보게 될 것이다.

선우는 그런 속사정까지 알 수 없었지만, 그래도 다임이 사람의 꼴을 하고 있지 않다는 것만은 충분히 알 수 있었다. 제대로 손질하지 못한 머리칼은 이리저리 뻗치다 못해 그대로 굳어 버렸고, 화장기 하나 없는 얼굴은 푸석푸석하기 이를 데 없었다. 얼마나 잠을 못 잔 건지, 다크서클이 눈 아래로 10센티미터는 내려와 있는 것처럼 보였다.

"선생님, 괜찮은 거예요?"

선우는 다임의 상태가 걱정되어 그렇게 물었지만, 다임은 그 질문을 다른 뜻으로 받아들였다.

"응, 지금은 점심시간이라서 이렇게 나와 있어도 선배가 뭐라고 안 해."

"그게 아니라……. 아니, 됐어요. 근데 점심시간이라면서 식사는요."

"괜찮아. 아까 김밥 한 줄 사서 먹으면서 오는 길이야."

"좀 제대로 된 거 드시지……."

"괜찮아. 요번 주 내내 그렇게 먹고 점심시간에 계속 잤는데 괜찮더라."

또릿또릿하던 평소와 달리, 오늘 다임은 무척 정신없이 말했다. 잠을 제대로 못 잔 탓인 듯했다. 선우를 보러 온 지금 이 시간도, 원래대로라면 밥을 먹거나 쪽잠을 자야 할 시간이었다.

"아, 맞다. 잠깐만, 선우야."

다임은 무언가 생각난 것처럼 주섬주섬 가방을 뒤지기 시작했다. 그러더니 곱게 포장된 상자 하나를 선우 앞에 내어놓았다.

"이게 뭐예요?"

"이거? 핫초코……가 아니라, 아니, 핫초코도 사 오려고 했는데 깜빡했거든. 사람이 잠을 못 자면 이렇게 되네."

전에 없이 동문서답까지 하는 걸 보니, 아무리 봐도 지금의 다임은 정상적인 상태가 아닌 듯했다. 그래서 선우는 다임에게 더 물어보지 않고 그냥 포장을 풀어 보았다. 예쁘게 포장된 초콜릿 박스였다.

난데없는 선물에 선우는 고개를 갸웃거렸다.

"초콜릿이네요."

"어, 내가 뭐 해 줄 건 없고. 어디 가서 밥이라도 사 주고 싶은데. 아무튼, 싸우려면 당 필요해. 당 떨어지면 못 싸우겠더라.

그래서 사 온 거야."

다임은 여전히 정신없이 말했지만, 선우는 그 의미를 충분히 알아들을 수 있었다. 다임은 선우의 메시지에 걱정돼서, 부모님과 잘 싸워 보라는 응원의 선물을 들고서 직접 찾아온 것이다. 그것도 잠잘 시간, 밥 먹을 시간까지 쪼개어 가며.

선우의 눈에 눈물이 핑 돌았다. 그것은 전날 보였던 눈물과는 전혀 다른 의미의 눈물이었다.

"우냐? 선생님 좀 감동적이냐?"

다임은 선우의 속도 모르고 그 눈물을 놀렸다. 선우는 그런 다임이 얄미워서 괜히 째려봤다.

"내가 끼어들 수 있는 문제라면 나도 네 아버지한테 한마디 해 주겠는데, 그런 문제가 아니잖아. 너랑 네 아버지가 해결해야 할 문제고. 또 너도 생각이란 게 있을 텐데 내가 이래라저래라 할 수도 없고. 그냥 힘내라고 응원해 주는 것밖에 할 수 있는 일이 없네. 미안하다, 선우야."

"아니에요, 선생님."

선우는 그것만으로도 고마웠다. 서러움도 눈 녹듯 녹아내렸다.

다임은 입 발린 위로에는 서툴지만, 정말로 필요한 격려를 할 줄 아는 사람이었다. 자신의 도움이 필요한 사람이 있으면 자기 자신을 쪼개어서라도 나누어 줄 줄 아는 사람이기도 했다. 선우는 그 사실을 3년 만에 처음으로 알게 됐다.

그러나 감동도 잠시였다. 선우가 다임에게 무언가를 말하려는 찰나, 다임의 휴대폰이 울렸던 것이다.

"씨발, 선배한테 전화 왔다. 밥 먹으라고 하더니 또 왜 지랄이야. 진짜 밥 먹을 땐 개도 안 건드린다는데. 수습이나 개나 뭐가 달라."

다임은 선우에게 양해를 구하지도 못하고 급하게 가게 밖으로 나가 전화를 받았다. 가게 음악 소리가 들렸다간, 지금 놀고 있냐고 혼날 게 뻔했기 때문이다.

선우는 유리창 너머로 보이는 다임의 모습을 가만히 지켜보았다. 전화를 받는 동안에는 군기가 바짝 잡혀 얼어 있고, 전화를 끊은 후에는 인상을 잔뜩 구긴 채 욕설을 내뱉었다. 또, 가게로 다시 들어오면서는 환하게 웃었다. 울고 웃고 짜증을 내는 그 표정들 전부 다임이었다.

다임은 가게로 들어오자마자 급하게 가방부터 챙겼다.

"선생님, 왜요? 갑자기 불러요?"

"선우야, 미안. 얘기는 다음에 하자. 선배가 지금 종로 쪽으로 가 보래."

다임은 선우에게 무척 미안해하며 목도리를 단단히 둘렀다.

"참, 내일 점심때 시간 괜찮아? 집회인지 농성인지 가야 해서 점심은 요 근처에서 먹을 것 같은데, 밥이나 같이 먹자. 내일도 알바하러 오지?"

"네. 2시에요. 점심도 괜찮아요."

"그래? 다행이다. 내일 점심 먹으면서 다시 얘기하자."

다임은 그렇게 정신없는 말만 남긴 후 후다닥 밖으로 뛰쳐나갔다. 나가면서 또 어딘가에 전화를 하는 모습이, 정말로 없는 짬을 내어서 찾아온 모양이었다.

"쌤 진짜 바쁘셨구나."

원망하는 마음이 흐려지자 이번엔 미안한 마음이 찾아왔다. 번개처럼 왔다가 바람처럼 사라져 버린 다임이었지만, 어쩐지 그 잔상은 쉽게 사라지지 않았다.

⁓ℓℓ⁓

선우는 눈을 가늘게 뜨고 도로 주변을 두리번거렸다. 색색의 천막이 주르륵 늘어선, 앰프 소리가 시끄럽게 울리는 장소는 금방 찾아낼 수 있었다. 선우는 환하게 웃으며 쫄레쫄레 그쪽으로 걸어갔다.

사실, 약속 시간보다 30분이나 일렀다. 또 약속 장소도 여기서 10분은 더 걸어가야 하는 곳이었다. 그렇지만 점심시간을 뺏는 것조차 미안해서 일부러 이른 시간에, 다임이 일하는 곳까지 직접 찾아온 것이다.

"괜히 쌤한테 뭐라고 했어."

선우는 뒤늦은 후회로 머리를 긁적였다. 다임을 원망하는 마음이 툭 튀어나왔던 것은 사실이었지만, 다임이 이렇게 바쁜 줄 알았다면 그런 메시지 같은 건 보내지 않았을 것이다.

"점심 얼른 먹고 보내 줘야 쌤도 좀 자겠지?"

선우는 자신의 마음 씀씀이가 스스로도 대견하게 여겨져서,

몇 번이나 뿌듯하게 고개를 끄덕였다.

하지만 천막에 조금 더 가까이 다가섰을 무렵, 선우의 마음속을 가득 채웠던 뿌듯함은 순식간에 싹 빠져나가 버리고 말았다. 농성장 주변에서 들려온 살벌한 고함 소리 때문이었다.

"꺼지라고 안 하나! 하나일보 기레기 취재는 안 받는다!"

"왜요? 뭐가 꿀리세요? 지나가는 젊은 여자들한테 시비는 걸어도 되고 취재는 안 돼요? 할아버지가 뭔데요?"

"내가 기레기 새끼들 걸리면 아주 모가지를 따 버린다고 했지! 처맞아 뒈지고 싶나!"

"왜 욕을 하고 그러세요! 지나가는 사람들한테 시비 거는 것도 취재하면 안 돼요? 이건 정당한 취재 활동이라고요!"

험악한 분위기 때문에, 선우는 저도 모르게 뒤로 한 발짝 물러서고 말았다.

목소리를 높이고 있는 사람은 천막 농성 중이던 노인 대여섯명, 그리고 선우가 아주 잘 아는 여기자 한 명이었다. 주변의 경찰들은 난처한 듯 무전을 주고받긴 했지만, 다임이나 노인들을 말리지는 않았다.

"정당한 이유를 대면서 취재 거부를 하시면 저도 취재 안 하거든요! 근데 할아버지들이 지나가는 시민들한테 시비 거는 건 집회도 뭐도 아니잖아요! 기사가 무서우면 시민들한테 시비 안 걸면 되잖아요!"

"이 개호로잡것이 돌았나!"

노인 두어 명은 마치 다임의 머리채를 잡아챌 듯 위협적으로 덤벼들었다. 그제야 경찰들이 슬렁슬렁 앞으로 나와 다임과 노인 사이를 막아섰다.

"이거 폭행 현행범 아니에요? 저를 막을 게 아니라 저 할아버지들을 잡으라고요!"

다임이 항의의 목소리를 높였지만, 경찰들은 들은 척도 하지 않았다. 불미스러운 일이 일어나지 않으려면 다임을 현장에서 내보내는 게 낫겠다고 판단한 모양이었다.

"진짜, 이게 무슨 경찰이야!"

다임은 억울한 듯 그 자리에서 발을 콩콩 굴렀다. 노인들의 목소리도 커졌지만, 경찰들은 노인들 아닌 다임만 그 자리에서 밀어냈다.

그러나 선우는, 차마 다임에게 알은체도 하지 못하고 주춤주춤 뒤로 물러서기만 했다. 상황이 무서웠던 것이다. 그리고 선우는 이런 다임이 무척 낯설었다. 다임이 지금 보이는 표정이나 행동은 선우로서는 처음 보는 것이었다.

그런데 참 이상한 일이었다. 그렇게 느낀 순간, 영문 모를 부끄러움이 함께 밀려왔던 것이다. 선우는 저도 모르게 목덜미를 새빨갛게 물들이고 말았다.

"어, 선우니? 왜 여기까지 왔어? 아직 시간도 안 됐잖아."

엉거주춤하니 서 있는 선우를 뒤늦게 발견한 다임이 이쪽을 향해 손을 흔들며 반겼다. 방금 전까지 그렇게 거칠게 싸워 댄 것이 무슨 일이냐는 듯 엄청난 태세 전환이었다.

그래도 다임은 다임이었다. 취재를 포기하고 선우에게 다가오면서도 노인과 경찰을 향한 분풀이는 잊지 않았던 것이다.

"내가 저 씨발 영감탱들하고 짭새 새끼들 가만두나 봐라."

하지만 선우는 다임의 인사에 답을 하지 못하고 시선을 피했다. 영문 모를 부끄러움에 이제 귀까지 빨갛게 물들었지만, 다행히 얼굴로 번지지는 않았다. 그래도 다임은 선우의 분위기가 이상하다는 것을 용케 알아차렸다.

"야, 너 표정이 왜 그래? 무슨 일 있어?"

"아니에요, 아무것도……."

선우와는 달리 다임은 씩씩했다. 조금 전에 있었던 소동은 아무것도 아니라는 듯 멀쩡하기만 한 얼굴이었다.

"방금 그거 본 거야? 에이, 영감탱들 노망들어서 미친 거야. 신경 쓰지 마라. 하루 이틀 있는 일도 아닌데."

"쌤은 괜찮아요?"

"괜찮아, 괜찮아. 나도 처음에는 저거 다 마음에 두고 신경 쓰고 살았는데, 그러니까 신경이 버티질 못하더라고. 저 할배들 내가 기사로 아주 조져 버릴 거야. 그럼 되지. 뭐 먹고 싶은 거 없어? 아까 얘기한 대로 그냥 파스타 먹을래?"

선우는 대답하는 것조차 부끄러워서 말없이 고개를 끄덕이기만 했다. 그 순간, 선우는 부끄러움을 느꼈던 이유를 겨우 알 수 있었다. 부끄러운 마음 뒤로, 어쩐지 다임에게 지고 있는 것 같은 기분이 찾아왔던 것이다.

다임은 벌써 저런 곳에서 위풍당당하게 누군가와 싸우고 있는 사람이었다. 반면, 선우가 지금 서 있는 자리는 초라했다.

선우는 고작 아버지 한 사람조차 설득하지 못해 다임에게 징징 거리기만 했다.

다임은 크고, 자신은 너무 작았다. 이렇게 작기만 한 자신이 었기에, 다임의 옆에 서 있는 것이 어쩐지 어울리지 않았다.

다임과 눈높이를 맞추고 싶다는 생각이 갑작스레 들었다. 선우도 지금까지는 다임과의 격차를 의식해 본 적이 없었다. 그래서 그랬는지, 다임과 선우의 눈높이는 선우도 모르는 사이에 무척이나 달라져 있었던 것이다.

하지만 갑자기 왜 이런 생각이 드는 것인지는 잘 모르겠다.

"내가 왜 이러지?"

선우는 시뻘겋게 변한 목덜미를 털어 내려고 애쓰면서 뒤통 수만 벅벅 긁었다.

"쌤, 먼저 너무 멀리 가지 마세요!"

선우는 벌써 저만치 멀리 가 버린 다임을 향해 소리를 질렀다. 그러자 다임은 황당하다는 얼굴로 뒤를 돌아보았다.

"뭔 소리야? 밥 먹으려면 빨리 가야지. 거기 웨이팅 길다고."

"네, 그래도 같이 가요."

"알았어. 그럼 좀 빨리 가자."

말은 툴툴거렸지만, 그래도 다임은 선우가 올 때까지 잠시 그 자리에 서서 기다려 주었다. 그래서 선우도 다임과의 거리를 아주 조금, 좁힐 수 있었다.

그런데 신기했다. 이번엔 또 이상하게 몽글몽글한 기분이 들었던 것이다. 이게 무슨 느낌이고 무슨 감정인지는 잘 모르겠지만, 선우는 마침내 다임 곁에 도착할 수 있었다.

"파스타집 저쪽인데⋯⋯. 진짜 파스타 괜찮아?"

"네, 쌤."

다임은 선우가 곁에 도착하자, 다시 식당을 향해 속도를 내기 시작했다.

그리고 선우는, 다임과 발을 맞추어 걷는다는 것이 무척이나 기분 좋은 일이라는 것을 새삼 깨닫게 되었다. 부끄러움이 찾아왔던 것이 언제였냐는 듯, 걸음은 하늘을 날아갈 것만 같았다.

기다림의 끝을
기다리는 동안

선우와 주민의 전쟁은 그 후로도 한 달이나 이어졌다. 그리고 마침내 난경의 중재로 선우에게 '1년'이라는 유예 기간이 주어진 것이다. 주민은 그 기간 동안 아무런 성과도 내지 못한다면 다시 수능을 준비하거나 집에서 나가라는 조건을 내걸었다.

선우는 다임 없이 그 싸움을 혼자 이어 나갔다. 잘은 모르지만, 그 싸움을 혼자서 이겨 내지 못한다면 다임과 눈높이를 맞추지 못할 것 같다는 기분이 들었던 것이다.

유예 기간이 지나기 전인 그해 여름, 선우는 극단 '월동'의 연극에 조연으로 출연할 수 있는 기회를 잡게 되었다. 그러자 주민도 선우의 노력을 인정할 수밖에 없었다. 5년 가까이 선우의 집에 불었던 풍파도 드디어 그치게 됐다.

그동안, 다임과 선우 사이에도 몇 가지 사소한 일들이 있었다.

주민이 선우에게 유예 기간을 걸었던 날이었다.

"진짜? 완전 잘됐다!"

잔뜩 취해 제대로 걷지도 못하는 주제에, 다임은 뭐가 그리 좋은지 방싯방싯 웃었다. 선우는 다임에게서 풍겨 오는 엄청난 술 냄새 때문에 인상을 잔뜩 찌푸렸다.

"쌤, 꼭 술을 그렇게 마시고 와야 했어요?"

"내가 마시고 싶어 마셨니? 수습 막바지라고 매일 술자린데 어떡하니."

"적당히 피할 수도 있잖아요. 누가 보면 소주로 목욕이라도 한 줄 알겠네."

"얘는. 그래도 주는 대로 다 받아 마셨으니 지금 이 시간에 보내 준 거야. 안 마신다고 계속 뺐으면 새벽까지 안 보내 줬을걸?"

다임이 샐쭉하게 노려보자 선우도 그냥 웃어 버렸다. 퉁명스레 말을 하긴 했어도, 다임이 이렇게 찾아와 준 것이 사실은 고마웠던 것이다.

[다임 쌤, 아빠가 1년은 봐주신대요! 그 안에 오디션만 합격하면 돼요!]

아주 짧은 메시지였다. 그런데도 다임은 자기 일처럼 기뻐하더니, 회식이 끝나자 이렇게 쏜살같이 달려오기까지 했다.

선우는 다임이 이렇게 와 준 것도 좋았고, 드디어 다임과 눈높이를 맞출 수 있어서 좋았다. 단지 그 느낌만 선우를 찾아온 것은 아니었다. 어딘지 모르게 심장이 간질간질하다는 기분이 자꾸 들어 견딜 수가 없었다.

다임은 주정을 부리다 말고 느닷없이 백팩을 앞으로 돌려 매더니 안을 뒤적거리기 시작했다. 그러더니 헤벌쭉 웃으면서 무슨 종이 뭉치 하나를 선우에게 내밀었다.

선우는 수상쩍다는 듯한 눈으로 다임이 꺼낸 종이 뭉치를 살폈다. 꾸깃꾸깃하고 군데군데 얼룩까지 져 있는 게 다임의 가방에서 몇 날 며칠을 뒹군 모양새다. 그래도 나름대로 소중하게 챙긴다고 챙겼는지, 귀퉁이는 가지런히 맞춰져 있었다.

"이게 뭐예요?"

"뭐긴 뭐야. 펼쳐 봐."

선우는 의심을 눈에서 거두지 않은 채로 다임을 한 번 보고, 종이 뭉치를 한 번 봤다.

그러나 겉표지 역할을 하고 있던 A4 용지 한 장을 들어 올렸을 때는, 선우도 표정을 바꿀 수밖에 없었다.

"쌤, 이건……."

"응응, 공개 오디션 본다는 극단이 있더라고. 거기서 최근에 했던 공연 전단지 보일 때마다 챙겨 왔어. 뒤에는 그거 평론도 있다?"

다임 말대로, 신문이나 잡지 기사를 출력한 A4 용지가 뒤에 몇 장 더 붙어 있었다. 배우의 연기에 대한 평가 부분에는 형광펜으로 예쁘게 표시까지 해 두었다.

"대학로 쪽에 일 있을 때마다 극장에 들러서 하나씩 챙겨 왔지. 이다임 선생님 어떠냐? 역시 감동적이지?"

다임이 또 헤벌쭉 웃었다. 생색이었지만, 나쁘지 않은 생색이라고 선우는 생각했다.

'근데 진짜 왜 이러지?'

선우는 또 가슴 한쪽이 살짝 뻐근해지는 기분에 고개를 갸웃거렸다. 감동적이다, 고맙다, 그런 말로는 표현되지 않는 묘한 감각이었고, 선우에게는 낯설기만 한 감각이었다.

"쌤, 고맙긴 한데 이거 하나도 쓸모없어요. 이런 거 백날 외우고 공부해도 아무런 소용없어요."

"어? 진짜? 왜?"

"연극 오디션이 신문사 입사 시험이랑 같은 줄 알아요? 이런 거 볼 시간에 대본 연습이나 한 번 더 하는 게 나을걸요."

"그럼 이거 괜히 챙겨 온 거야? 난 이런 거라도 도움 될 줄 알고……. 아이고, 그냥 필요한 거 물어볼걸. 민망하네."

다임은 정말로 민망했는지 종이 뭉치를 되가져가기 위해 슬그머니 손을 뻗었다. 그러자 선우는 고개를 가로저으며 종이 뭉치를 든 손을 뒤로 감췄다. 입가에 장난스러운 미소가 걸렸지만, 선우는 자신이 그런 표정을 하고 있다는 사실도 몰랐다.

"안 돼요. 쌤. 이건 이제 제 거예요."

"야, 왜애? 쓸모없다며."

"그래도 제 거예요. 이제 쌤 거 아니라고요."

"너 나 민망하게 하려고 일부러 가져가려는 거지? 그거 갖고 있다가 나 놀려 먹으려고."

"어떻게 아셨어요?"

"아이고, 선우 너 진짜."

말은 그렇게 했지만, 다임도 굳이 종이 뭉치를 되가져가려 들지는 않았다. 그래서 선우는 종이 뭉치를 꼭 쥐면서 배시시 웃었다.

선우는 종이 뭉치가 꼭 연애편지 같다는 생각이 들었다. 쥐고 있는 것만으로도 어쩐지 훨훨 날아갈 것만 같은 기분이었다. 그런데 그런 기분도 잠시였다. 다임이 느닷없이 손을 뻗어 머리를 쓱쓱 쓰다듬는 바람에, 김이 확 새 버린 것이다. 선우는 다임의 손을 잡아 아래로 내리면서 볼멘소리를 내뱉었다.

"쌤, 지금 뭐 하시는 거예요?"

"왜? 기특해서 그러는데."

"이거 동의 없는 스킨십이에요."

"어? 미안. 내가 취했나 보다. 함부로 손 대는 거 아닌데, 나도 참. 기분 나빴다면 미안해."

다임은 정말로 당황했는지, 그 손을 금방 거둬들였다.

가만 보니 술김에 한 행동 같았다. 평소의 다임이었다면 기특하다고 말만 하고 말지, 이렇게 직접 스킨십을 하지는 않았을 것이다.

그래도 선우는 기분이 나빴다. 이제 겨우 눈높이를 맞춰 가고 있다고 생각했는데, 다임에게 자신은 아직도 눈 아래 있는 제자에 지나지 않나 보다.

선우의 기분은 아랑곳없이, 다임은 언제 당황했냐는 듯 또 헤실헤실 웃으면서 선우를 빤히 쳐다보았다.

"또 왜 그러시는데요, 쌤?"

"그냥. 우리 선우 잘생겼다 싶어서. 이렇게 잘생긴 선우인데. 잘될 거야, 전부 다."

여전히 술김인 듯, 다임은 낯부끄러운 소리를 몹시 당당하게 잘도 말했다.

"쓸데없는 소리 하지 마세요."

귀까지 새빨갛게 달아오른 선우는 다시 다임을 흘겨보았지만, 다임은 뭐가 그리 좋은지 계속 방실방실 웃기만 했다. 그래서 그냥 선우도 웃고 말았다.

알다가도 모를 일이다. 다임과 있을 때면 나빴다가 좋았다가, 기분이 아주 롤러코스터를 타 버린다.

⟶ ℓℓ ⟵

"정식 오디션도 아니고, 무대에 올려도 괜찮을지 정도만 보는 거니까 편하게 해."

연출가 선생님이 말했지만, 선우는 긴장을 풀지 못했다.

몇 번의 공개 오디션에 떨어진 후 잡은 마지막 기회였다. 고등학교 선배가 극단 월동의 단원이 아니었다면 잡지 못했을 기회. 단원 오디션도 아니고 땜빵용 단역을 구하기 위한 약식 오디션이었지만, 그래도 감지덕지였다.

다행히도 연출가 선생님은 선우의 연기가 마음에 든 눈치였다. 짧은 연기를 마치고 나자 연출가 선생님은 선우의 어깨를 가볍게 두드렸다.

"됐어. 선우 씨. 괜찮네."

겨우 가슴을 쓸어내릴 수 있었다. 주어진 것은 사랑에 빠진 남자의 대사였는데, 아직 사랑을 해 본 적이 없어 선우는 연기에 자신이 없었기 때문이다.

"일정이 빡빡해서 내일부터 바로 연습하러 와야 하는데 괜찮지? 대사가 별로 없어도 연습은 전부 와야 돼."

"네, 올 수 있습니다."

"그래? 그럼 다행이고."

연출가 선생님은 선우에게 대본을 건네주다 말고 괜한 소리를 하나 덧붙였다.

"근데 선우 씨 좋아하는 사람 있나 봐? 연기가 아주 좋았어."

"네?"

"나중에 단원 오디션 볼 때 얘기해 줄 테니까 꼭 와."

연출가 선생님은 선우의 어깨를 한 번 더 툭 치고는 가타부타 설명 없이 사무실 밖으로 나가 버렸다. 남겨진 선우는 그저 어안이 벙벙해 대본과 사무실 문을 번갈아 쳐다볼 뿐이었다.

"그런 거 없는데요."

선우는 연출가 선생님의 그 괜한 소리에 뒤늦게나마 대답했지만, 대답은 의미 없는 혼잣말처럼 고요히 맴돌기만 했다.

고등학교 선배 덕에 힘들게 따낸 땜빵 단역 출연이었지만 합격은 합격이었다. 선우는 주민이나 난경에게 이 소식을 알리기 전에 다임이 일하고 있는 경찰서부터 제일 먼저 찾았다.

[쌤, 저 지금 강남경찰서 앞이에요!]

선우는 경찰서에 도착하자마자 다임에게 메시지를 보냈다. 하지만 한참 후에야 경찰서 정문 앞으로 나온 다임은 어딘지 시큰둥한 얼굴이었다.

"연락도 없이 웬일이야?"

"많이 바빠요?"

"어, 약간. 못 봤어? 스토커 살인 사건."

"그거 쌤이 하시는구나."

다임이 말한 것은 이번 주 내내 인터넷 포털 사이트와 TV를 뒤덮고 있는 살인 사건이었다. 피해자를 2년 동안이나 스토킹한 어떤 남성이 피의자로 지목됐다.

사건에 치여 요 며칠간 거의 잠을 자지 못한 다임은, 푸석푸석한 얼굴에 눈 밑에는 깊은 그늘까지 진 몰골이었다.

"어젯밤에 체포됐거든. 그 새끼 경찰서 오는 거 보느라 새벽까지 기다리고 한밤중에 판갈이*했어."

"헐. 그럼 몇 시에 퇴근한 거예요?"

"새벽 1시. 잠도 못 잤는데 6시에 출근했어. 그 새끼 밤샘 조사 했다고 캡이 아침에 일찍 나오래서."

"쌤 그렇게 늦게 퇴근했는데, 아침엔 다른 분 시키시지."

"막내 주제에 까라면 까야지."

빈정대는 건지 화를 내는 건지 알 수 없는 말투였다. 선우는

---

* 지면 편집이 완료된 후 새 기삿거리가 발생하면 편집을 다시 하는 것.

괜히 찾아왔나 싶은 생각이 들어 머쓱하게 뒤통수를 긁었다.

"그런데 어쩐 일이야? 급한 일 아니면 들어가도 될까? 그 새 끼 때문에 브리핑한대서 준비해야 하는데."

선우는 잠시 대답을 망설였다. 다임이 하는 일에 비해 자신의 소식이 너무 초라하게만 느껴졌기 때문이다. 좁혀졌나 싶더니 높이는 아직도 이만큼이나 차이 났다.

"그게……, 별거 아닌데요. 그냥 연극 출연이 정해져서 그거 알려 드리려고요. 이렇게 바쁠 줄 몰랐어요. 죄송해요."

하지만 선우의 망설임은 쓸데없는 것이었다. 그 소식을 듣자, 퀭하기만 하던 다임의 얼굴에 웃음꽃이 한가득 피어올랐던 것이다.

"진짜? 그거 잘됐네. 그런 소식이라면 당연히 와서 알려 줘야지. 야, 진짜 잘됐다. 축하해."

"그래도 별거 아닌 역할이라……."

"그런 게 어디 있어. 드디어 무대에 서는 거잖아."

"그래도……."

"아냐, 진짜 축하할 일이다. 잘 왔어."

다임이 퀭한 눈매를 접어 미소를 만들었다. 그 순간 선우의 마음속에 있던 빗장 하나가 또 스르륵 풀렸다.

"잠깐만. 이거 축하를 하긴 해야 하는데 지금 상황이 마땅치가 않네."

"괜찮아요, 선생님."

선우가 말리거나 말거나 다임은 갑자기 어디론가 쌩하니 달려가 버렸다. 몇 분 후, 선우 앞에 다시 나타난 다임의 양손에는 과자가 한가득 들려 있었다.

"여기 경찰서 매점이 되게 부실해. 상황이 지금 이러니……, 이거라도 일단 받아. 축하가 부실해서 미안해. 나중에 저녁 쏜다, 내가."

"아니에요. 진짜 이런 거 안 해 주셔도 되는데."

마음의 빗장이 풀린 선우는 그 어느 때보다도 환하게 웃었다. 고작 과자 꾸러미를 받았을 뿐인데도 허공 위로 둥둥 떠오르는 기분이 되는 것이 너무나 이상했다.

그 속을 아는지 모르는지, 다임은 차가운 음료수 캔을 하나 더 선우에게 쥐여 주었다.

"밥도 잘 챙겨 먹고. 알았지?"

"네, 선생님."

"나중에 다시 얘기해. 맛있는 거 사 줄게."

다임은 한 번 더 눈매를 예쁘게 접어 보이고는 다시 경찰서 로비로 향했다. 휘청거리는 것이 위태로워 보였지만, 그러면서도 즐거운 듯 무게감이 느껴지지 않는 걸음이었다.

"자꾸 뒷모습만 보네."

선우는 괜히 서운해져서 그렇게 중얼거렸다. 과자를 선물로 받고서도 기쁜 마음이 더 컸는데 뭐가 그렇게 서운한 것인지 자신도 잘 모르겠다.

그래도 바쁘다는 다임의 말은 거짓이 아닌 것 같았다. 다임이 들어간 후에도 카메라를 든 기자 몇몇이 줄을 지어 경찰서 안으로 들어갔다. 아마도 브리핑을 촬영하기 위한 카메라 기자들인 모양이었다.

선우는 다임이 안겨 준 과자 꾸러미를 꼭 안았다. 과자가 든 비닐봉지에는 다임의 체온이 남아 있어, 그것만으로도 기분 좋았다.

그때, 선우는 자신의 입꼬리가 하늘을 향해 치솟아 있다는 것을 알아차렸다. 저도 모르게 자신의 입매를 더듬었다. 마음은 서운한데 얼굴은 웃고 있었다.

선우는 비로소 그 감각의 이름을 알 수 있었다. 다임을 볼 때마다 느껴지던 그 몽글몽글하고 간지러웠던, 바로 그 감각.

'좋아하는 사람 있나 봐? 연기가 아주 좋았어.'

연출가 선생님은 그 누구보다도 정확하게 선우의 연기를 꿰뚫어 보고 있었던 것이다.

"없는 게 아니라……, 있긴 있었구나."

선우는 한 번 더 과자 꾸러미를 꼭 끌어안으면서 조용히 중얼거렸다. 언제부터 그런 마음이었는지는 굳이 되짚어 볼 필요도 느껴지지 않았다. 그저 다임이 마음속에 젖어 드는 이 느낌이 마냥 좋기만 했다. 그리고 한번 깨닫게 된 마음이 번져 나가는 것은, 걷잡을 수 없을 만큼 순식간이었다.

⁓ℓℓ⁓

"우 새끼, 너 게임 로그인 안 하냐?"

모처럼 PC방에 같이 온 건데 시간 아깝지 않냐는 친구들의 원성은 전혀 들리지 않았다. 선우는 옆에서 뭐라고 하든 말든 인터넷 포털 사이트부터 찾았다. 검색창에 '하나일보 이다임'이라는 글자를 써넣자 최근 다임이 쓴 기사가 눈앞에 주르륵 펼쳐졌다.

선우는 다임이 쓴 기사를 하나하나 꼼꼼히 살폈다. 누가 세미나를 개최했다는 의미 없는 기사부터 성폭력 사건, 살인 사건 기사까지 다임이 쓴 기사는 참 다양했다.

그런데 기사를 읽는 입가에 어쩐지 미소가 번진다. 꼭 다임이 곁에서 기사를 읽어 주고 있는 것 같았다.

선우는 스크롤을 아래로 내리다가 다임의 사진이 걸려 있는 기사를 하나 발견했다. 다임의 사진과 '기자수첩'이라는 부제목이 함께 있는 기사였다.

선우는 다임이 쓴 기자수첩을 몇 번이고 반복해서 읽었다. 다임의 사진을 보는 것이 좋았고 다임의 목소리가 생생히 들리는 듯한 기사가 좋았기 때문이다.

기자수첩은 얼마 전 시끄러웠던 스토커 살인 사건에 대한 것이었다. 살인 사건이 벌어지기 전에도 피해자는 몇 차례 스토커를 신고했다고 한다. 하지만 출동한 경찰은 할 수 있는 게 없다며 순찰만 몇 번 돌고 돌아가 버렸다.

경찰이 피해자를 제대로 보호하지 않은 바람에 스토킹 사건이 살인 사건이 됐다고, 다임은 기자수첩을 통해 경찰에게 화를 내고 있었다.

기사를 읽어 내려가는 동안, 선우의 귀에는 다임이 화를 내는 소리가 생생하게 들리는 듯했다. 화를 내는 것조차 기분 좋게 들리는 게 변태라면 자신은 변태인 것이 분명했다.

안 그래도 어제, 다임은 이 기자수첩과 똑같은 이야기를 하면서 버럭버럭 화를 냈다. 원래는 선우의 첫 무대 데뷔를 축하하기 위해 만들어진 자리였다. 그런데 어쩌다 보니 화제는 그 스토커 살인 사건으로 옮겨 가 있었다.

'이런 일이 하루 이틀이어야지. 근데 하루 만에 피의자 체포했다고 자화자찬하고 있잖아. 전에 출동했을 때 뭐 했냐고 따졌더니 뭐라는 줄 알아? 법이 그래서 어쩔 수가 없었대. 그게 할 소리야?'

'그래서 선생님은 뭐라고 했어요?'

'경찰이 할 일은 치안 유지라고 했지. 근데 걔들은 법에서 벗어난 일은 할 수가 없대. 완전 개소리지. 피해자를 보호하기 위한 조치는 할 수 있는 거잖아. 그거 경찰이 원하면 할 수 있어. 하면 되는데, 누가 안 시켰다면서 안 하는 거야.'

'그치만 경찰 말도 일리가 있다는 기사가 많던데요.'

'그러니까 기레기 소리를 듣는 거야. 그거 다 피해자 입장이 아니라 경찰 측 입장에 서서 생각하고 쓴 기사야. 하여튼 출입 처랍시고 경찰서 들락거리면서 경찰이랑 친해져 놓으니까, 경찰 측 입장도 이해해 볼 만한 부분이 있다고 전제 깔고 시작하는 기자가 태반이야. 그런 생각이라도 하는 놈은 낫지. 아무 생각도 없이 경찰이 불러 주는 대로 받아쓰는 놈들이 더 많고.'

선우는 더 이상 토를 달지 않았다. 그냥 듣는 것만으로도 좋았기 때문이다. 과외 선생님으로서의 다임만 알고 있었던 선우는, 다임이 이렇게 열정적으로 자신의 일을 하는 것도 무척 보기 좋다고 생각했다.

"너 아직 짝사랑 중이야?"

선우가 혼자 헤벌쭉 웃고 있는 것을 본 친구 중 한 놈이, 회상에 불쑥 끼어들어 훼방을 놓았다. 선우는 즐거운 망상 시간을 방해받은 것이 기분 나빠, 퉁명스럽게 대답했다.

"그 얘긴 왜 하냐?"

"좋아 죽는단다, 아주."

"뒈질래? 작작 좀 해라."

"아, 씨발. 저 새낀 왜 지금 들어와. 완전 좆 됐네."

친구 놈은 선우와 얘기를 하다 말고 게임 화면을 향해 욕을 퍼부었다.

"열 번 찍어 보긴 했어?"

또 다른 친구 놈 하나가 게임 속 몬스터에게 온갖 기술을 난사하며 말했다.

"뭔 소리야."

"막 들이댔냐고."

"개소리 그만해라."

"상식적으로 네 얼굴에 열 번 찍으면 나라도 넘어가겠거든? 네 사진만 보고 소개해 달라는 여자애들이 얼마나 많은 줄 알아?"

"들이댄다고 넘어가고 그런 사람 아니야."

선우는 가볍게 한숨을 쉬었다. 컴퓨터 화면 속에 있는 다임의 사진이 마치 선우를 혼내고 있는 것처럼 보였기 때문이다.

"그런데 그 스토커란 사람 정신이상자였어요?"

"그것도 진짜 열 받는 포인트야. 정신과 치료 기록이 있긴 해. 근데 그 새끼 한 짓을 보면 그거랑 상관없는 짓이야. 짝사랑 고백해 놓고 안 받아 주니까 여자 욕하고. 그게 정신병 때문이면 대한민국 남자 절반은 정신병이게?"

"정신과 치료 기록 꺼냈으면 심신미약인가 주장하려고 그러는 거 아니에요?"

"그렇겠지. 기자들도 문제야. 그렇게 기사를 써 버리면 그런 범죄 저지르는 놈들은 다 정신이상자일 거라고 생각할 거 아냐. 정신이상자가 아니라도 그런 범죄 저지른다고."

다임은 눈앞에 있는 스테이크 조각이 그런 기사를 쓴 기자라도 되는 양 포크로 세게 콱 찍어 버렸다. 선우는 다임의 기세에 놀라 저도 모르게 움찔했다.

"한국식 짝사랑 그거 죄다 스토킹이야. 상대방이 마음을 안 받아 주면 접든지 가만있든지 해야지, 계속 대시하고 지켜보고 뭐 하는 짓이야. 상대방이 마음이 있든 없든 자기 마음만 일방적으로 표현하는 건데 폭력이 아니고 뭐야. 관계는 일방적인 게 아니라 쌍방향인 거고, 혼자 마음 가졌으면 그냥 혼자 묻는 게 맞는 거야. 그 스토커 새끼도 그렇게 쫓아다니다가 결국 그렇게 됐다니까?"

그런데 왠지 그 얘기를 듣는 선우 본인이 그만 뜨끔해 버리고 말았다.

자신도 깨달은 지 얼마 안 된 제 마음을, 다임은 벌써 눈치채고 있는 것만 같았던 것이다.

선우는 다임과 눈을 마주치지 못하고, 애먼 스테이크만 포크로 푹푹 찔렀다.

"그럼 짝사랑은 어떻게 해요? 상대방이 나 안 좋아하면 그냥 포기해야 하나?"

"아니지. 혼자 마음을 표현하거나 상대에게 강요하지 말라는 거지, 짝사랑하지 말란 얘기는 아니야. 되게 기본적으로 생각하면 돼. 정말로 상대방의 마음을 얻고 싶으면 당연히 자신의 매력을 먼저 어필해야 하는 거 아냐? 내가 보여 준 매력 덕분에 상대방도 감정을 갖게 되면 좋은 거고, 아니면 물 건너가는 거고."

"어렵네요."

선우는 그때 자신이 얼마나 튼튼한 성벽 앞에 서 있는지를 실감했다.

다임이 매우 확실한 선을 가진 사람이라는 것은 선우도 어렴풋이 알고 있었다.

하지만 그것은 과외 선생님이나 기자로서의 다임일 뿐, 이 다임이라는 사람 자체는 다르지 않을까 하는 얄은 기대가 있었다.

그러나 그 얄은 기대마저 와장창 깨져 나갔다. 선우는 자신의 짝사랑이 부모님과의 싸움보다도 더 힘들고 지루한 싸움이 되리라는 사실을 직감하지 않을 수 없었다.

선우는 다임의 마지막 말을 떠올리면서 공성전이 벌어지고 있는 친구의 컴퓨터 화면을 한심스럽게 쳐다봤다.

"그 사람, 그렇게 막 들이대는 건 폭력이라고 생각하는 사람이야. 들이대지 말고 곁에서 매력을 어필하다 보면 자연히 마음이 열릴 수도 있다나."

그사이 친구는 몬스터 한 마리를 때려잡았다. '이얏호!' 하고 환호성을 올린 그 친구 놈은, 다시 마우스를 움직이며 선우의 말에 답했다.

"그 선생 모쏠이네. 연애 못 해 봐서 하는 헛소리야."

"그건 네가 선생님을 잘 몰라서 그래."

선우는 그 말끝에 '말로 내뱉은 건 무조건 지키는 사람이야.'라고 작게 덧붙였다. 그러나 친구들은 선우의 말을 듣고 있지 않았다.

"야, 우 새끼야. 진짜 로그인 안 할 거야?"

선우는 주변에 둘러앉은 세 놈의 친구들을 보았다. 게임을 하다 욕을 하고 환호성을 올리는 게 다임과는 참으로 다른 친구들이다.

어떻게 봐도 선우의 연애 고민에는 평생토록 도움이 되지 않을 것 같은 모습이었다.

"알았어, 그만 징징거려라. 형 이제 들어간다."

선우는 한 번 더 작은 한숨을 내뱉은 후 친구들이 그렇게 기다리고 있는 게임 속 세상으로 빠져들어 갔다.

─ℓℓ─

그 날은 선우가 주민등록증을 '정식'으로 사용할 수 있게 된, 만 19세가 되는 생일날이었다.

'빠른년생'이었던 선우는 그동안 친구들과의 술자리에서 매번 사이다만 홀짝여야 했다. 그런데 막상 술을 합법적으로 마실 수 있게 되니, 친구 놈들보다는 다임이 먼저 떠올랐다. 다임에게 의기양양하게 주민등록증을 보여 주고, 자신도 더 이상 어린애가 아니라는 사실을 알려 주고 싶었다.

[쌤, 어디예요?]

[나? 경찰서지.]

[저녁에 봐요. 저 오늘 생일이에요.]

선우는 그런 메시지만 남기고 무작정 다임이 일하고 있는 경찰서로 찾아갔다. 그러나 다임은 업무를 마치고 곧바로 경찰서 앞으로 튀어나오면서도, 선우를 그리 반기지는 않았다.

"앞으로는 이렇게 연락도 없이 불쑥 찾아오고 그러지 마. 내가 저녁에 무슨 스케줄이 있을 줄 알고 멋대로 보자 말자 하는 거야?"

그 말에 선우는 금세 기가 죽었다. 선우에게는 겨울의 칼바람보다도 다임의 목소리가 더 맵고 무서웠다. 그래도 다행히, 다임은 여기까지 찾아온 제자를 돌려보낼 만큼 매정한 과외 선생은 아니었다.

"오늘은 다행히 내가 약속이 없으니까. 다음부터는 미리 약속 잡고 와. 그런데 갑자기 무슨 일이야? 생일인데 친구들 안 만나고 왜?"

다임의 목소리가 한층 누그러졌음에도 불구하고, 선우는 여전히 머뭇거렸다. 원래는 다임이 이렇게 물었을 때 의기양양하게 주민등록증을 꺼내어 보일 생각이었다. 하지만 일이 이렇게 되고 보니 주민등록증을 꺼내기가 어려웠다.

다임의 말 없는 눈빛 재촉에, 선우는 머뭇머뭇 대답했다.

"오늘부터 제가 합법적으로 술 마실 수 있게 됐으니까……, 선생님이 기념해 주셨으면 해서요."

말을 하면서도 선우는 또 괜히 찾아왔나 싶은 생각이 들었다. 분명히 수습기자 생활이 끝났다고 했는데도 다임은 아직도 상태가 좋지 않았다. 짧은 머리를 억지로 묶어 올린 상태에 얼굴에는 엷은 화장기조차 없었다.

그러나 다임은 의외로 흔쾌히 선우의 요구를 들어줬다.

"그래, 알았어. 네가 그렇게 합법적인 술자리를 기념하고 싶다니 가 보기나 하자."

선우는 그 말을 듣자 세상을 다 얻은 것 같은 기분이 되었다. 선우는 완전히 풀어져 버린 얼굴로, 강아지처럼 다임의 뒤를 쫄래쫄래 따라갔다.

다임이 선우를 데려간 곳은 강남역에 이자카야였다.

"술이야 불법적으론 마셔 봤을 거고……."

"아닌데요."

"거짓말하고 있네."

"……"

"그래도 이런 이자카야에서는 사이다만 마셨지? 합법적 음주 기념으로 딱이다."

다임이 장난스럽게 혀를 쏙 내밀었다. 곧 테이블 위에는 다임이 주문한 사케와 안주가 가지런히 놓였다.

"그런데 너 좋은 일 있냐? 왜 그렇게 실실 웃어?"

다임은 타코와사비 한 조각을 입으로 가져가며 물었다. 선우는 그제야 자신이 웃고 있다는 사실을 알게 됐다.

"아니에요. 그냥요."

선우는 그렇게 말하면서도 웃음기를 지우지 못했다. 하지만 잠시 후, 다임의 휴대폰이 그새를 참지 못하고 울리자 선우의 얼굴에서도 웃음기가 조금 빠져나갔다.

"쌤, 전화 오는데요?"

"어, 나도 알아."

다임은 방긋 웃으면서 휴대폰 화면을 들여다보았다. 여기까지는 선우도 익숙한 상황이었다. 다임과 함께 있는 동안, 기자의 휴대폰이라는 게 얼마나 쉴 틈 없는 물건인지를 알게 됐을 정도니까.

선우의 얼굴에서 웃음기가 빠져나간 것은 휴대폰에 떠오른 이름을 보는 다임의 표정 때문이었다. 발그스레하게 달아오른, 기쁜 표정. 그것은 선우가 단 한 번도 보지 못한 표정이었다.

다임이 전화를 받으러 잠시 밖으로 나간 사이, 무언가를 직감한 선우는 저도 모르게 얼굴을 구기고 말았다. 그것은 굉장히 좋지 않은 직감이었다.

그리고 짧은 통화를 마친 다임이 되돌아왔을 때 선우의 그 직감은 확신이 되었다. 통화를 끝낸 다임의 눈매와 입가에서는 미소가 떠나지 않았고, 두 뺨도 발갛게 달아올라 있었다.

"나 남자 친구 생겼다고 아직 얘기 안 했지? 울 동기가 소개시켜 줬어. 완전 똑똑하고 착한 사람이야. 완전 잘해 주고. 지금도 나 보고 싶다고 전화 왔잖아."

다임은 자리에 앉자마자 선우가 예상했던, 그리고 선우가 결코 듣고 싶지 않았던 말을 입 밖으로 꺼냈다.

바닥없는 구덩이에 빠져드는 기분이었다. 선우는 가라앉아 버린 마음을 다임에게 들키지 않기 위해 억지웃음이나마 지으려고 노력했다.

"다임 쌤도 연애를 하긴 하네."

"야, 내가 나이가 몇 갠데 연애를 안 했겠냐?"

"쌤은 연애 못 할 줄 알았거든요. 성격이 좀……, 그렇잖아요."

"얘가 못 하는 말이 없네. 너 지금 가만 보니까 날 아주 물로 보는데? 이거나 받아라."

다임이 장난스레 휙휙 던진 굴뚝과자가 총알처럼 선우의 마음에 박혔다.

눈높이만 맞추면 된다고 생각했는데, 아니었나 보다. 높이를 맞춘 만큼, 거리도 좁혀야 했나 보다.

눈물이 날 것 같았지만 눈물을 보일 수는 없었다.

"너도 여자 친구 얼른 만들어. 생일에 꿀꿀하게 과외 선생이랑 술 마시는 건 뭐니."

선우의 속을 알 리 없는 다임은 치킨가라아게 한 조각을 우물우물 씹어 댔다.

다임이 한 그 말에, 선우는 도저히 맞장구를 치고 싶지 않았다. 그렇게 툭 불거진 마음은 이상한 소리가 되어 입 밖으로 튀어나오고 말았다.

"선생님, 이제 저도 성인 됐으니까 그냥 누나라고 부르면 안 돼요? 말도 놓고."

다임은 젓가락 끝으로 선우의 머리를 콩 때리는 듯한 포즈를 취했다.

"안 돼. 한 번 선생님은 영원한 선생님이지 어디서 맞먹으려고 해."

"그런 게 어딨어요."

선우는 억울한 마음에 토를 달았지만, 다임에게는 씨알도 먹히지 않았다.

몇 차례의 시도 끝에, 이듬해에야 다임은 겨우 누나라는 호칭을 허락해 주었다.

하지만 선생님을 누나라고 부를 수 있게 되었다고 해서 딱히 달라진 것은 없었다. 거리는 쉽게 가까워지지 않았고, 다임에게는 선우와 상관없는 그녀 자신만의 영역도 생겼다. 기자 생활을 하면서 만난 사람들을 통해 인맥을 넓혔고, 남자 친구와도 웃고 우는 시간을 반복했다.

그래서 연습을 마치고 귀가하던 그 어느 날에도, 선우는 밤하늘에 뜬 달을 보면서 혼잣말을 했다.

"누나가 어떤 사람이건, 어떤 행동을 하건, 누나는 그 자체로 다 좋은 사람이야. 누나는 정말로 멋진 사람이고, 최고의 사람이야."

아마 그날은 다임이 남자 친구 때문에 선우 앞에서 처음으로 눈물을 보였던 날인 것 같다. 남자 친구가 엄청 잘해 주다가도 가끔씩 자신을 무시할 때는 감당할 수 없이 초라해지는 기분이라고 했다. 하지만 선우가 한 혼잣말은 다임에게 닿지 못하고, 밤하늘에 공허하게 흩어질 뿐이었다.

그래도 선우는 계속 기다렸다. 시간이 흐르고 다임이 누나라는 호칭을 자연스럽게 허락해 주었듯, 시간이 더 흐르면 다임의 곁에 나란히 설 수 있을 것이라고 믿으면서.

그렇게 몇 년이 흘러 버렸다. 처음에는 포기하기엔 너무 이르다고 생각했는데, 이제는 포기하기엔 너무 늦어 버렸다.

그렇게 선우는 기다림의 끝을, 계속 기다리는 중이었다.

끝의 마지막에서

머리가 깨질 듯이 아파서, 다임은 눈을 깜빡였다. 아이보리색 벽지로 덮인 익숙한 천장이 눈에 들어왔다. 그제야 정신을 차린 다임은 벌떡 몸을 일으켰다.

"쌍!"

다임은 주변을 더듬어 휴대폰부터 찾았다. 화면을 켜자 '08:00'이라는 숫자가 선명하게 보였다. 6시로 알람을 맞춰 두었는데도 듣지 못할 만큼, 아주 제대로 숙면을 취한 모양이었다.

"아악, 엿 됐어!"

다임은 침대를 박차고 나가 화장실에 뛰어들었다. 따뜻한 물이 나올 때까지 기다릴 시간이 없었다. 차가운 물을 머리에 쏟아부으면서 다임은 또 욕설을 내뱉었다.

"씨발, 첫날부터!"

다임의 당초 계획은 한 시간 일찍 출근하는 것이었다. 아무도 없는 기자실에 재빨리 자리를 잡은 후 라인 분위기를 살피며 우아한 첫 출근을 즐기고 싶었다. 하지만 술이 덜 깬 상태로 겨우 눈을 떴을 때, 망한 하루의 시작은 벌써 예고된 것이나 다름없었다.

화장을 할 여유도 없어서, 다임은 아무 옷이나 손에 잡히는 대로 입은 후 집 밖으로 뛰쳐나갔다. 택시에 오르자마자 다임은 휴대폰부터 다시 켰다. 길 찾기 앱은 40분 후에나 도북경찰서에 도착할 수 있다고 친절하게 알려 주었다.

생각해 보면, 택시를 타고서도 출근에 40분이나 걸리는 것은 당연한 일이었다. 다임의 집은 서울 남쪽 끝, 도북경찰서는 서울 북쪽 끝에 있기 때문이었다. 집에서 먼 경찰서로 가게 된 것 역시 정혁의 농간임이 분명했다. 다임이 서울 어느 구석에 살고 있는지는 정혁도 잘 알고 있었다.

"이 부장 이 개새끼."

다임은 급하게 노트북을 꺼냈다.

기자의 하루는 물 먹은 게 있는지, 즉 다른 조간신문에서 단독 기사가 나온 게 있는지 여부를 확인하는 것으로 시작된다. 단독 기사가 없으면 없는 대로, 있으면 있는 대로 캡에게 보고한다. 보고를 받은 캡이 그 단독 기사를 따라가라고 지시하면, 그 기사에 나온 팩트를 출입처에 확인한 후 기사를 쓰기 시작한다.

다임도 다른 기자들과 마찬가지로 인터넷 포털 사이트에서

'도북경찰서'와 '도북소방서'를 검색했다. 도북 라인 내 다른 경찰서와 소방서를 검색해 보는 것도 잊지 않았다. 다행히 오늘 아침, 도북 라인에서 나온 단독 기사는 없었다.

"아, 맞다. 강북지검."

다임은 급하게 '강북지검'이라는 글자도 검색창에 써넣었다. 이제 법조팀 소속은 아니지만, 그래도 봐야 하는 검찰 기사가 있었기 때문이다.

서초동에 있는 서울중부지검, 서울고검, 대검찰청은 법조팀 몫이다. 그러나 서울 각 지역에 흩어진 다른 검찰청은 사건팀 기자들이 나누어 맡고 있다. 마포경찰서 근처에 있는 강서지검은 마포경찰서 담당 기자가, 강동경찰서 근처에 있는 강동지검은 강동경찰서 담당 기자가 맡아 처리하는 식이다.

도북경찰서 근처에 있는 강북지검은 당연히 도북 라인 담당 기자인 다임의 몫이었다. 그래도 조용한 라인이라는 평가답게 강북지검에서도 단독 기사는 나오지 않았다. 강북지검의 성혁수 부장검사라는 양반이 무슨 상을 받았다는 기사만 쫙 깔렸다.

다임은 가슴을 쓸어내리면서 사건팀 단체 채팅방에 '도북 라인 특이 사항 없습니다.'라고 쓴 후 노트북을 닫았다. 그러고 나서야 겨우 지난밤의 일을 돌이켜 볼 여력이 났다. 다임은 혹시나 선우에게 실수를 하지 않았을까 싶어 급하게 기억을 되짚어 보았다.

선우가 뒤에서 보고 있다는 것도 잊고서 소리를 지르다가, 선우를 발견하고 선우도 데려와서 같이 소리를 질렀던 것 같다.

그뿐 아니었다. 무슨 정신이었는지 술이 부족하다며 선우를 끌고 실내 포장마차로 향했다. 선우를 붙잡고 회사 욕, 정혁 욕, 법조팀장 욕, 검찰 욕을 가리지 않고 했던 기억까지 어렴풋하게 난다. 그렇게 이어진 술자리는 새벽 1시가 넘어서야 끝이 났다.

다임은 뒷수습이라도 해 보겠다며 선우에게 '어젠 진짜 미안. 술 줄여야겠다. ㅜㅜ'라고 메시지를 보냈다.

"진짜 술 줄여야지. 이다임 진짜 미쳐 갖고."

그렇게 시작된 다임의 자학은, 택시 기사가 '저기……, 아가씨, 괜찮아요?'라고 물어볼 때까지 계속되었다.

다행히 다임은 9시 정각이 되기 직전 도북경찰서에 도착할 수 있었다. 하나일보 사건팀의 공식적인 출근 시간은 오전 9시이니, 도북 라인에서의 첫날을 지각으로 열지는 않은 셈이다.

다임은 기자실에 들어서자마자 비어 있는 자리에 냅다 가방부터 던졌다. 숙취로 골이 지끈지끈했지만, 넋을 놓고 있을 시간은 없었다. 얼른 메일함을 열어 오늘 자 기사 계획을 확인했다. 다행히 오늘은 보도 자료 계획은 없음, 주요 집회도 없음이었다.

"한가한 라인이라더니 진짜 한가하긴 하네."

어제까지만 해도 KG그룹 수사 관련 기사를 체크하느라 바빴던 아침이었다. 이렇게 여유롭게 아침을 시작하는 게 좋은 건지 아닌 건지 아직 잘 모르겠다.

다임은 다시 자리에 앉아 메신저를 켰다. 읽지 못한 메시지가 그새 또 가득 쌓여 있었다. 메신저는 1, 27, 8 등 다임이 읽지 않은 메시지의 숫자를 보여 주었지만, 그 어디에도 성화의 이름은 없었다.

"검찰보다 경찰이 한가한 줄 알았더니, 나 빼고 다 바쁜 거였네."

다임은 그렇게 중얼거리면서 사건팀 선후배들이 단체 채팅방에 올린 보고들을 훑었다.

스크롤을 죽 올리다 보니 눈에 걸리는 메시지가 하나 있었다. 임현주 바이스*가 보낸 메시지였다.

[이다임, 사건팀에 온 걸 환영한다. 첫 출근이라 정신없지?]

다임은 현주의 얼굴을 떠올리기 위해 기억을 되짚어 보았지만 영 가물가물했다. 현주는 하나일보에서 7년을 버틴 베테랑 여기자였지만, 정작 다임은 현주와 마주칠 기회가 없었다. 다임이 사회부에 있는 동안에는 현주가 정치부에서 근무했고, 현주가 바이스로 오게 된 것은 다임이 법조팀으로 팀을 옮긴 후였다.

[정신없네요. 아직 제대로 신고식도 못 했지만, 열심히 해 보겠습니다.]

다임은 다른 단체 채팅방도 살펴보았다.

입사 동기 채팅방에 올라온 '이다임, 도북 라인이라니 좋겠다~'라는 메시지 때문에 다임은 순간 발끈하고 말았다. 말이야 부러워하는 것이지만, 일이 없어서 좋겠다는 의미로밖에 보이

* 사건팀 부팀장.

지 않았기 때문이다.

다임은 한마디 쏘아붙이려다 말고 그냥 참기로 했다. 이 메시지를 보낸 진형이라는 동기는, 성격이 급해 종종 실수를 하기는 해도 악의는 없는 사람이다.

그렇게 다임이 수십 개의 메시지를 확인하는 사이에도 성화에게서는 연락이 오지 않았다. 다임은 깊은 한숨을 내뱉으며 성화에게 메시지를 남겼다. 먼저 연락을 하는 것은 오늘도 다임 쪽이었다.

[오늘도 많이 바빠? 시간 나면 연락 줘.]

그러는 동안 시곗바늘은 벌써 9시 30분을 지나고 있었다. 곧 데스크들의 아침 회의가 시작될 시간이었다.

데스크, 그러니까 각 부 부장들은 현장 기자들이 보낸 아침 보고를 모아서 회의를 한다. 회의에서는 신문지상에 들어갈 기사가 대충 정해진다. 오늘은 아직까지 종운으로부터 별도의 기사 지시는 없었다. 이대로 계속 지시가 없다면, 다임은 오늘 신문지상에 들어갈 기사를 쓰지 않아도 된다.

'잘됐지. 첫날이니까.'

어차피 숙취가 지끈지끈 밀려와 쉬고 싶은 마음도 굴뚝같았다. 다임은 이것만 확인하고 잠이나 자야겠다는 마음으로 마지막으로 메일함에 들어갔다. 메일함에는 그새 도북경찰서 기자실장이 보내 준 첫 보도 자료가 들어와 있었다. 확인해 보니, 별것 아닌 보도 자료였다.

"경찰이 제 할 일 해 놓고 생색내는 자료구면."

도북경찰서 관할 지구대의 순경이 데이트폭력을 당하고 있던 30대 여성을 구출했다는 내용이었다. 순경은 행인의 정신없는 신고를 듣고도 데이트폭력 상황이라는 것을 금방 간파했다고 한다.

"그럼 신고했는데 경찰이 출동을 안 해? 출동했는데 말리지도 않고 집에 가나? 업무상 할 일 해 놓고 더럽게 생색내네."

피해자에게만 '30대 여성'이라는 친절한 설명을 붙인 것도 마음에 들지 않았다. 가해자를 훈방 조치했다는 것도 칭찬할 만한 일은 아니었다.

다임은 종운에게 메신저로 보도 자료를 보고하면서 '킬*하겠음.'이라는 메시지도 하나 더 보냈다. 그러고는 책상에 엎드려 잠이 들었다.

데스크 아침 회의가 끝났을 즈음에야 다임은 숙취 때문에 빠진 아침잠에서 겨우 깨어나 기자실 밖으로 나갔다. 다임은 흡연 구역에 도착하자마자 담배부터 꺼내 입에 물었다. 그러면서도 손으로는 습관적으로 메신저를 한 번 더 확인했다.

여전히 성화에게서 연락은 오지 않았다. 사적인 연락이라고는 '미안할 일이 뭐가 있어 ㅋㅋ 속은 괜찮아?'라는 선우의 메시지뿐이었다. 다임은 담배에 불을 붙이며 '너도 속은 괜찮지? 아우, 해장하고 싶다.'라는 메시지를 선우에게 보낸 후 휴대폰을

---

* 기사화하지 않는다는 은어.

주머니에 넣어 버렸다.

곧, 휴대폰이 길게 울렸다. 전화를 받자마자, 귀청이 찢어질 것 같은 고함이 다임을 맞이했다.

― 이다임! 그걸 왜 네 맘대로 킬해!

"캡, 무슨 일이신데요. 그거라뇨?"

― 너 정신 못 차리지! 귓구멍 막혔어? 첫날부터 이럴 거야? 어?

"혹시 데이트폭력 보도 자료 말씀하시는 건가요?"

― 그래! 몇 년 찬데 아직도 앞뒤 구별 못 해? 네가 캡이야? 왜 마음대로 킬해? 너 법조팀에서 그따위로 배웠어? 아침부터 좆같아서 진짜.

고작 이런 일로 왜 화를 내는지 다임은 이해가 되질 않았다.

1, 2년 차 기자도 아니고, 다임도 이제는 사소한 기사 따위 쓸지 말지 스스로 판단해도 좋은 연차였다. 그리고 다임이 기사를 킬했다 해도, 팀장이 보기에 쓸 만하다고 판단했으면 쓰라고 다시 지시하면 그만이다. 화를 낼 이유가 전혀 없었다.

그런데 생각하다 보니 짚이는 데가 있긴 했다.

'혹시 부장한테 깨졌나?'

다임이 기사를 쓰지 않는 방향으로 보고하는 바람에 종운도 그 보도 자료를 건성으로 넘겼다면 있을 법한 일이었다. 보도 자료를 건성으로 넘긴 종운은 정혁에게도 그 내용을 보고하지 않았고, 그래서 아침 데스크 회의 때도 안건이 올라가지 않았을 것이다.

뒤늦게야 이 보도 자료의 존재를 알게 된 정혁은 종운에게 화를 냈고, 괜스레 부장에게 욕을 먹은 종운이 지금 다임에게 화를 내고 있는 것이다. 기자 조직 역시 내리갈굼 조직이니까.

"아침 회의 때 이 보도 자료 안 올라갔다고 부장이 뭐라고 해요?"

— 야, 말 한마디 한마디 똑바로 해라.

종운의 목소리가 한층 더 거칠어진 걸 보니, 추측이 들어맞은 모양이다. 그렇지만 여기에는 보고를 제대로 확인하지 않은 종운의 잘못도 있다고 다임은 생각했다.

"저 그 기사 안 쓸 건데요."

— 너 지금 나랑 장난해?

"장난 아닙니다. 안 쓸 거라고요."

— 지금 내가 한 말 뭐로 들었어? 아직 앞뒤 분간 못 하냐?

"제 말도 좀 들어 주세요. 전 그거 기사 가치가 없는 보도 자료라고 생각합니다."

— 그걸 네가 판단해? 써, 이다임.

"캡은 그 기사가 필요한 기사라고 생각하시는 건가요?"

— 말장난해? 가치가 있으니 쓰라고 하는 거 아니야! 첫날부터 해 보자는 거야?

"저는 기사 가치가 없다고 판단해서 안 쓴다니까요."

— 캡이 써야 한다고 하고 부장이 써야 한다는데 이다임 네가 상전이냐? 왜 말을 안 들어?

"경찰이 당연히 해야 할 일을 한 건데 홍보를 해 줄 이유가 없다고 판단했을 뿐입니다."

— 이다임!

"보도 자료가 나왔다고 반드시 써야 합니까? 경찰 홍보성이면 무조건 써 줘야 하는 거예요?"

— 너 요즘 데이트폭력이 얼마나 핫한 이슈인지 몰라? 기사를 발굴해 와도 모자랄 판에, 출입처가 자료를 내줬으면 써야할 것 아냐!

"핫한 건 데이트폭력이 아니라 데이트폭력이 제대로 처벌받지 못하는 현실이겠죠!"

— 야! 이다임!

휴대폰 너머에서 종운이 씩씩거렸지만, 그뿐이었다. 종운이 갑자기 말을 멈춘 것이다.

조금 전까지 화를 내던 사람이 말을 끊자 다임은 불안해졌다. 말을 고르고 있는 건지, 흥분을 삭이고 있는 건지, 아니면…….

— 됐고, 써라. 지면 잡혔다.*

종운이 차분하게 다시 한번 강조했다. 다임도 차분하게 같은 말을 반복했다.

"아뇨, 안 쓰겠습니다."

— 너한테 판단 맡긴 적 없어. 쓰라면 써.

"이런 기사가 모든 지면에 깔리면 마치 경찰이 제대로 대응하고 있는 것처럼 비칠 거 아닙니까."

---

* 해당 기사가 종이 신문 기사 계획안에 확정됐다는 뜻.

― 그럼 경찰이 제대로 대응 못 하고 있는 거 네가 발굴해 와서 단독 쓰든가. 경찰이 제대로 못 했다는 사례 갖고 있어? 없잖아.

"그건……."

― 내 말이 틀렸어?

받아칠 말이 없었다. 사례를 가져오라. 맞는 말이었다. 기자는 팩트를 갖고 말해야 한다.

다임은 반박할 말을 찾지 못해 담배 필터만 잘근잘근 씹었다.

― 팩트 갖고 오면 쓰게 해 줄게. 너 지금 팩트도 없이 우기고 있는 거잖아.

'씨발.'이라고, 다임은 속으로 욕설을 내뱉었다.

"그래서 캡은 꼭 써야 하는 기사라고 보신다는 거죠?"

― 같은 말 반복하게 할래?

다임과 종운 사이에 또다시 무거운 침묵이 흘렀다.

그러다 결국 다임은 크게 숨을 토했다. 아무리 생각해도 백기를 들 수밖에 없었다.

"네네. 알겠습니다. 캡. 알겠다고요. 써 달라면 쓰죠!"

그래도 졌다는 것은 인정하기 싫어서, 다임은 종운이 전화를 끊기 전에 자기가 먼저 전화를 끊어 버렸다. 유치하고, 멍청하고, 뒷일 생각 못 한 분풀이라는 것은 다임 자신도 잘 알았다.

"씨발, 캡이라는 게 경찰 홍보팀이 다 돼 가지고."

전화를 끊어 버린 제 유치한 행동에 대한 후회 반, 종운에 대한 분노 반으로 다임은 울컥했다. 종운으로부터 재차 전화가 걸려 왔지만, 다임은 받지 않았다. 왜 네 맘대로 전화를 끊었냐고 욕을 하는 전화일 게 분명했기 때문이다.

"아악! 씨발, 진짜! 데이트폭력 글자 들어가면 조회수 많이 나오니까 쓰라고 하는 거 누가 모를 줄 알아."

말로 뱉어 놓고 나니 억울함이 더 크게 밀려왔다. 다임은 재떨이에 담배를 비벼 끄면서 남은 울분을 혼잣말로 다 털어 냈다.

"남들은 기자가 대단한 정의를 가진 사람이거나 불의와 타협하지 않는 사람인 줄 알죠. 남들 다 받아쓰는 보도 자료 하나 안 받아쓰려면 거창한 이유가 있어야 되고, 남들 다 쓰는 거 안 쓰면 기사 펑크 났다고 욕이나 먹고, 매일 오늘은 뭘 보고하나 고민하는 그냥 직장인인데."

연극 투의 독백을 하고 나자 헛웃음이 절로 나왔다. 그 치열하다던 언론 고시를 준비할 때 이런 고민을 하게 될 거라고 생각해 본 적이나 있었던가.

그래도 이 기사를 쓰고픈 마음은 도저히 생기지 않았다. 그래서 애꿎은 담배를 두 대나 더 죽이고 나서야 다임은 마지못해 기자실로 돌아갔다.

다임은 키보드를 꾹꾹 눌러 대다가 노트북 화면을 노려보았다.

벌써 몇 분을 이러고 있는 건지 모르겠다. 쓰기 싫은 기사라서 그런지 속도가 좀처럼 나질 않았다.

하필이면 지면도 크게 잡혔다. 이 속도로 분량을 다 채울 수 있을지 의심스러웠다. 마음에 걸리는 부분도 있었다.

"에이, 될 대로 되라지."

다임은 백스페이스 키를 눌러 지금까지 써 놓은 기사를 모두 지워 버렸다. 그리고 다시 키보드를 두드리기 시작했다.

다임은 기사를 쓰다 말고, 컴퓨터 화면 아래에서 깜빡이는 알람을 보았다. 새로운 메시지가 도착했다는 알람이었다.

어쩌면 기다리고 있던 메시지일지도 모른다. 하지만 기대를 하고 실망하는 과정을 반복하는 것은 너무 사람을 지치게 만들었다. 다임은 아무런 기대를 하고 있지 않은 척 스스로를 속이며 메신저를 열었다.

역시나. 다임이 기다리고 있던 메시지는 오지 않았다. 사건팀 단체 채팅방에 올라온 각종 보고를 제외하면 몇몇 취재원들로부터 온 의미 없는 메시지뿐이었다.

그래도 기왕 메신저를 연 김에, 다임은 밀린 답장이나 보내야겠다고 생각했다.

"어디 보자."

우선은 선우에게서 온 'ㅋㅋ 해장은 잘 했어? 첫 출근은 어때?'라는 메시지와 도준에게서 온 '경찰서 일은 할 만한가요?'라는 메시지였다. 다임은 선우에게는 '빡치는 일이 계속이네.'라고, 도준에게는 '첫날부터 검찰이 그립네요. ㅠㅠ'라고 각각 답장을 보냈다.

의외의 메시지도 하나 도착해 있었다. 메시지를 보낸 사람은 여현진이라는 대학교 동창으로, 지금은 여성 단체에서 일하고 있는 친구였다.

'얘가 갑자기 연락을 할 일이 뭐가 있지? 결혼이라도 하나?
아님 동창 모임? 아니지, 얘가 동창 모임 갈 애가 아닌데.'

곰곰이 생각해 보아도 짚이는 게 없었다. 그래서 다임은 일
단 메시지부터 열어 보았다.

[다임아, 나 현진인데. 요새 바쁘니? 상의하고 싶은 게 있는데.]

다임은 고개를 갸웃거렸다. 현진은 멋지게 자기 앞가림을 하
는 친구로, 무슨 일을 결정하면서 남의 조언을 듣는 일이 없었
기 때문이다.

곧 현진이 보낸 두 번째 메시지가 도착했다.

[아니다, 다음에 얼굴이나 한번 보자.]

그 후로, 현진은 더 이상 말이 없었다.

[○○ 시간 될 때 연락해. 술이나 한잔해.]

다임은 메신저 창을 모두 꺼 버린 후 기사 작성에 집중하기
시작했다.

마감 시간인 오후 4시가 되었다. 다임은 대충 완성한 기사를
집배신*에 올렸다.

'다임이 너 뒷심 부족하잖아. 이참에 김 캡한테 제대로 배우
러 간다고 생각해.'

---

* 기사를 올리는 사이트. 신문사 별로 따로 존재함. 집배신에 올라간 기사의 데스
킹이 끝나면 보통 온라인으로 먼저 기사가 나감.

뜬금없이, 며칠 전 들었던 잡소리 하나가 생각나 다임은 신경질적으로 노트북을 덮었다.

"에이, 왜 지금 생각나고 난리야."

그래도 어쩌면, 법조팀장의 그런 평가는 틀리지 않은 것일지도 모른다. 지금도 끝까지 개기지 못하고 끝내 기사를 써 주고 말았으니.

다임은 뒤도 돌아보지 않고 기자실을 나가 버렸다. 기사가 어떻게 가위질당하든 알 바 아니었다.

다임이 기사 작성을 끝내자마자 향한 곳은 성화의 자취방이 있는 오피스텔이었다.

며칠째 제대로 연락이 되지 않는 성화였다. 오늘은 어떻게든 얼굴이라도 봐야겠다는 생각으로 무작정 찾아온 것이다.

어쩌면 성화가 아파서 연락이 되지 않았을 수도 있다는 생각에, 도중에 편의점에 들러 인스턴트 죽도 하나 집어 들었다.

성화의 집에 도착한 다임은 그제야 성화가 연락하지 않았던 이유를 알게 되었다. 성화는 그 시간까지 침대에 대자로 뻗은 채 잠이 들어 있었던 것이다.

혹시나 싶은 마음에, 다임은 자고 있는 성화에게로 다가가 이마부터 짚었다. 열은 나지 않았다. 아픈 곳도 없어 보였다. 보이는 그대로, 성화는 술병이 나서 이 시간까지 자고 있는 것뿐이었다.

"박성화."

성화는 다임이 몇 차례나 더 흔들어 깨우고 나서야 마지못해 눈을 떴다.

"어? 이다임?"

"그래. 나다. 박성화."

"웬일이야? 연락도 없이."

"네가 연락이 안 됐잖아. 걱정돼서 찾아왔는데 별일 없어 보여 다행이다. 오늘 출근은 안 했어?"

"병가 냈어."

"이번 달에만 병가 다섯 번은 쓴 것 같은데? 회사에선 뭐라고 안 해?"

"암말 안 해. 지금 몇 시야?"

"5시 다 됐어."

성화는 그제야 힘겹게 자리에서 몸을 일으켰다. 성화가 아무렇지도 않게 화장실로 가는 것을 보고 다임은 작게 한숨을 내쉬었다.

다임은 성화가 이렇게 함부로 자신을 대할 때마다 성화가 잘해 줬던 기억, 성화가 건넸던 다정한 말들을 떠올리면서, 성화의 진심은 이런 말과 행동에 있지 않을 것이라고 생각했다.

언젠가 성화는 중국 출장을 다녀오면서 다임에게 큼지막한 선물을 하나 사다 준 적도 있었다.

'이거 엄청 비싼 거래. 보자마자 딱 네가 생각나서 사 왔어.'

성화가 내민 것은 정말로 아무짝에도 쓸모없는, 이상하게 생긴 접시 모양의 장식품이었다. 다임의 취향을 잘 안다면 절대로 사 오지 않았을 물건이었다.

그런데도 배시시 웃음이 나왔던 것은 이 커다란 접시를 사서 낑낑대면서 호텔로 가져오고, 자그마한 출장 가방에 억지로 구겨 넣었을 성화의 모습이 떠올랐기 때문이다.

그뿐만이 아니었다. 성화는 기분이 나쁘지 않을 때면 다임에게 늘 다정한 말을 해 줬다.

'내가 어디서 이렇게 예쁜 여자를 만날 수 있을까?'

다임이 약속도 없이 불쑥 성화의 자취방을 찾아갔던 어떤 날에는, 기쁜 듯 눈을 동그랗게 뜨고서 정말로 행복한 것 같은 미소를 짓기도 했다.

'오늘 정말 힘든 하루였는데 어떻게 알고 찾아왔어? 역시 우리 예쁜 여기자님이셔. 다른 여자들보다 네가 제일 나아.'

그러나 어느 순간부터는 다임도 어렴풋하게나마 알게 되었다. 자신이 성화와 헤어지지 않으려 하는 것은, 험한 말 아닌 다정한 말에 성화의 진심이 있다고 생각하려 하는 것은, '성화가 없으면 난 안 돼.'라고 생각하는 불안감 때문이라는 것을. 그리고 그 불안감을 만든 것도 결국 성화라는 것을.

다임에게 예쁘다고, 최고의 여자 친구라고 말하는 성화의 반대편에는 다임을 무시하고, 다임이 하는 일도 무시하면서 언제나 제 얘기만 하는 성화가 있었다.

성화가 하는 얘기를 듣다 보면 '이다임'이라는 사람은 정말 별 볼 일 없는 사람처럼 느껴진다. 그러다가 예쁘다는 소리를 듣게 되면 '이다임'이라는 사람은 다시 괜찮은 사람이 되었다.

사실 이다임은 박성화가 없어도 그 자체로 완벽하고 멋진 사람이어야 하는데.

그래도 아직 인정하고 싶지는 않았다. 그 이면을 인정한다는 것은 결국, 자신이 그런 못난 남자에게 붙들려 인생을 낭비하는 멍청한 여자였다는 사실을 인정하는 것이기 때문이었다.

"국은 없어? 콩나물국 같은 거 먹고 싶은데."

성화는 불평을 하면서도 다임이 데워 준 죽을 허겁지겁 퍼먹었다. 급하게 먹다가 혹여 탈이라도 날까 봐 다임은 물도 한 잔 챙겨 주었다.

"어제 나랑 통화했던 거 기억나? 선우랑 보자고 했잖아. 선우도 너 보고 싶대."

"그렇대?"

"응, 언제 자리 만들래?"

"그러든지."

역시나. 선우가 보고 싶었던 게 아니라 그냥 술자리에 오고 싶었던 거였나 보다.

다임이 성화와 만난 지도 벌써 2년이 다 되어 가지만, 선우와 성화는 서로 얼굴을 마주한 적이 단 한 번도 없었다. 정식으로 자리를 잡으려 하면 성화가 귀찮아했고, 예정되지 않은 자리에 성화가 나타나는 건 다임이 싫었다.

"그리고 나 팀 옮겼어. 오늘 출근하자마자 팀장이랑 싸웠는데……."

"그랬어?"

"응, 보도 자료 때문에 싸웠어. 내가 볼 땐 쓸 게 아닌데 자꾸 쓰라고 하잖아."

"너희 회사가 멀쩡한 회사가 아니라 그런지 멀쩡한 사람이 없네."

대화가 시작하기가 무섭게 또 겉돈다. 은근히 짜증이 난 다임은 말 속에 가시를 깔아 버렸다.

"어느 팀으로 옮겼는지는 안 물어봐?"

성화는 대답하지 않았다. 할 말이 없다기보단, 굳이 궁금해 해야 할 필요를 못 느꼈기 때문일 것이다.

그러나 성화도 컨디션만 좋았다면, 이렇게 툴툴거리는 말 대신 '누가 우리 예쁜 이다임 기자님 괴롭혔어?'라는 말을 해 줬을 것이다. 그렇게 생각하니 굳이 싸움을 만들고 싶지 않아졌다.

"아무튼, 오늘 팀장이랑 싸웠어. 경찰이 오늘 보도 자료를 하나 냈는데 출근 첫날부터 그거 처리하라고 하더라고. 근데 그게 데이트폭력 보도 자료였어."

"데이트폭력? 경찰이 풀어 준 거야? 그런 개새끼를 풀어 줬다고?"

그런데 웬일인지, 이번엔 성화도 반응을 보였다. 성화가 이런 반응을 보이는 것은 정말로 오랜만의 일이라, 다임은 기운차게 보도 자료 속 내용을 재잘재잘 떠들었다.

"아니, 경찰이 데이트폭력을 막아 줬대. 그래서 나온 보도 자료였어."

"경찰 잘했네. 여자 친구 때리는 놈은 아주 콩밥을 먹여 줘야 해. 내 고객 중에도 행사 MC 뛰면서 일러스트레이터 지망하는 분 하나 있거든? 저번에 보니까 입술이 터져서 엠시를 못 봤다더라고. 입술이 왜 그러냐니까 전 남자 친구가 때렸대."

"그런 일이 있었어? 그거 오늘 보도 자료에 나온 거랑 되게 비슷하다. 남자가 헤어진 후에도 여자를 계속 쫓아다녔는데, 차에 강제로 태워서 안 내려 주고 그랬댔어."

"그래도 그 여자분 너무 뭐라고 하지 마. 내 고객도 그랬는데, 전 남자 친구가 기분 좋을 때는 엄청 잘해 준대. 그래서 계속 기대하고, 그러다가 못 헤어지고, 그러면 또 맞고……. 그렇더라, 데이트폭력이란 게."

"응, 알지. 나도 피해자 탓하는 게 아니라 경찰 탓했던 거야. 그래서 싸웠어."

하지만 성화가 반응을 보인 것은 아주 잠깐에 지나지 않았다. 성화가 다시 말없이 죽만 퍼먹자, 다임도 다시 입을 다물었다. 성화는 다임이 얘기를 멈춘 것조차도 전혀 신경이 쓰이지 않는 듯했다.

그렇게 성화와 다임 사이에 이해할 수 없는 침묵이 흐르는 사이, 갑자기 다임의 휴대폰이 울렸다. 전화를 걸어온 사람은 종운이었다.

"전화받아도 돼?"

다임이 휴대폰 화면에 찍힌 '종운 캡'이라는 글자를 보여 주자, 성화는 귀찮다는 듯이 고개를 끄덕였다.

그런데 오늘은 정말 무슨 날인가 보다. 전화가 연결되자마자 또 종운의 화난 목소리가 들려왔던 것이다.

— 야, 이다임! 너 진짜 이런 식으로 할 거야!

그 목소리가 어찌나 컸던지 맞은편에 앉아 있는 성화에게조차 들릴 정도였다. 다임은 성화에게 '나가서 받을게.'라고 작게 속삭인 후, 얼른 현관문 밖으로 뛰쳐나왔다.

"또 왜 그러시는데요, 캡?"

— 내가 보도 자료 기사 쓰랬지, 이런 거 쓰랬어?

"쓰라고 하셔서 썼습니다. 그게 뭐가 문제인데요?"

— 이게 내가 쓰라고 한 기사냐? 너 제정신이야?

"캡이 쓰라고 하셔서 쓴 것뿐입니다."

다임의 말에는 가시가 잔뜩 돋쳐 있었다. 안 그래도 답답한데 또 답답한 일이 벌어져서, 누군가 옆에 있다면 머리채라도 쥐어뜯고 싶은 심정이었던 것이다.

종운이 쓰라고 해서 쓴 건 맞다. 하지만 종운이 원하는 방향의 기사가 아니었던 게 문제였던 모양이다.

다임은 다음과 같이 자신의 생각을 야마*로 잡은 기사를 집배신에 올려 버렸다.

데이트폭력 가해자에게 아무런 조치를 취하지 않은 채 '훈방'시켜 버린 경찰의 행동이 도마 위에 올랐다. 하지만 경찰 측은 이 사건과 관련해, '신고를 받은 경찰의 빠른 판단으로 피해자를 보호할 수 있었다.'

---

* 기사의 주제나 핵심을 뜻하는 언론계 은어.

라는 내용의 공치사성 보도 자료를 기자들에게 배포했다.

또, 친절하게도 아래와 같은 문장도 한 줄 걸쳐 주었다.

이에 대해 경찰 관계자는 '이런 사건은 보통 그렇게 처리하는 편'이라며 '담당 순경이 딱히 잘못한 것은 없다.'라고 설명했다.

— 나가기 전에 네 기사 한번 읽어 보기는 했어?

"네."

— 그런데 문제가 없다고 생각했어?

"네."

— 지금 개기는 거야?

"아닙니다."

— 그런데 이런 걸 썼어?

"쓸 만하다고 생각해서 썼습니다. 경찰은 보도 자료를 통해 데이트폭력 가해자를 훈방 조치했다고 했고, 담당자에게 확인하니 일반적인 경우에 따라 처리한 것뿐이라고 했습니다. 팩트 틀린 건 없지 않습니까?"

— 내가 지금 팩트 틀렸다고 이러는 것 같아? 너 기사 쓸 때 한 번이라도 피해자 생각하고 썼어?

"그럼 이 보도 자료는 피해자를 생각해서 나온 겁니까?"

— 너, 그 피해자가 경찰한테 고마워했다는 건 알고 있어? 이런 식으로 써 놓으면 경찰이고 피해자고 뭐가 되냐?

"피해자가 고마워한다는 건 시경* 입장 아닌가요? 피해자 연락처도 없고, 보도 자료로 기사 쓰는 마당에 피해자가 진짜로 고마워하는지 아닌지 어떻게 압니까. 그리고 설령 피해자가 정말로 경찰에 고마워하고 있다고 해도, 그 부분은 경찰이 잘못한 거 아닙니까? 피해자를 차에서 내리지 못하게 했다는데, 폭행에다 감금까지 한 사안이라고요."

아주 솔직히 말하자면 '캡이고 부장이고 엿 한번 먹어 봐라.' 하는 마음이 아예 없었다고 말하기는 어려웠다.

그러나 다임은 자신이 틀린 기사를 썼다고도 생각지 않았다. 어차피 써야 할 기사라면 이런 방향으로 쓰는 것이 맞았다.

종운이 갑자기 말을 멈췄다. 그것은 다임에게는 매우 익숙한 침묵이었다. 다임은 성화와 있을 때 종종 이런 침묵을 유지하곤 했다.

긍정하는 것도, 설득할 말을 찾는 것도 아닌, 상대를 포기하기 위한 침묵.

한참 후에야 입을 연 종운은 다임이 납득하기 어려운 결론을 내렸다.

— 이다임, 그 기사는 일단 내가 손본다.

"캡!"

— 마음 같아서는 부장한테 말해서 너 내일부터 내근**시키

_____

* 서울지방경찰청. 각 언론사 캡이 담당함.

** 취재 현장이 아니라 회사에서 근무하는 것. 언론계에서는 징계 목적으로 내근을 시킬 때가 종종 있음.

고 싶은데 오늘은 첫날이니까 넘어간다. 나중에 다시 얘기해.

종운은 다임의 말을 더 듣지도 않고 전화를 끊어 버렸다.

다임은 통화가 종료된 휴대폰 화면만 멀거니 바라보았다. 지금 종운에게 다시 전화를 건다고 해도 받을 것 같지 않았다. 다임이 오늘 오전에 종운에게 그랬던 것처럼.

그래도 지금은 자신을 위로해 줬으면 하는 사람이 곁에 있다. 그건 정말로 다행이었다.

다시 성화의 자취방으로 돌아가자 남은 죽을 다 비운 후 다시 침대에 드러누운 성화가 보였다. 다임은 테이블 위에 있던 그릇을 싱크대에 갖다 놓은 후 성화가 누워 있는 침대에 걸터앉았다.

"이다임, 어제 그 선배가 좋은 얘기를 하나 해 줬거든. 우리 같은 증권사 직원들이 꼭 봐야 할 웹사이트가 있다더라고. 봐봐, 여긴데."

평소와 마찬가지로, 성화는 다임이 우울해하거나 말거나 자기 할 말만 늘어놓았다. 그러나 다임은 휴대폰 화면 대신 가만히 성화를 쳐다보았다.

"나도 할 얘기 있는데."

"보나 마나 회사 얘기지? 내 얘기부터 들어 봐. 아무래도 현금을 수십조씩 굴리는 자산가들의 정보가 되게 중요한데 말이야."

"오늘은 내 얘기 좀 들어 주면 안 될까? 나 진짜 오늘은 이거 얘기를 해야 숨 쉴 수 있을 것 같은데."

성화는 대답 없이 휴대폰만 만지작거렸다.

그 모습을 보는 다임의 속에 끝내 서러움이 밀려왔다. 얘기를 들어 주지 않는 성화가 섭섭했고, 종운에게 혼이 나서 서러웠고, 그동안 쌓여 왔던 감정도 넘실넘실 넘쳐 났다.

다임의 두 눈에서는 결국, 굵은 눈물방울이 한 방울 뚝 떨어지고 말았다. 그 눈물을 본 성화는, 되레 다임에게 버럭 화를 냈다.

"너 지금 니 얘기 안 듣는다고 우냐? 니가 얘기할 게 회사 얘기밖에 더 있어? 신문사 같지도 않은 신문사에서 일하는 게. 뭐 그리 대단한 얘길 한다고 내가 무조건 들어 줘야 하는데? 진짜 돌아 버리겠네."

"박성화, 니가 언제 내 얘기 똑바로 들어 준 적 있어? 안 좋은 일이 있어서 위로받고 싶은 게 그렇게 잘못된 일이야?"

"내가 언제 니 얘기 전부 무시했냐? 그 시답잖은 얘기 몇 번 들어 줬더니, 지가 대단한 줄 알고 징징대는 꼬라지 하고는. 야, 너 지금 니 얘기 안 들어 준다고 이렇게 징징대는 것도 정신적 폭력이야. 이것도 데이트폭력이라고."

"이게 폭력이라고?"

어이가 없어진 다임은 성화를 빤히 쳐다보았다. 너무 기가 막혀서 눈물마저 쏙 들어가 버리고 말았다.

'어?'

그런데 그 순간, 다임은 문득 상황에 어울리지 않는 사실을 하나 깨닫게 되었다. 성화에게서 이상한 향기가 느껴졌던 것이다. 그것은 무척 익숙한, 모텔 보디클렌저 냄새였다. 알코올의 잔향이 코가 아플 만큼 심해서 다임도 지금까지 눈치채지 못하고 있었던 것이다.

그리고 그 향기를 느낀 순간, 다임의 머릿속은 묘하게 차가워졌다.

'그렇게 된 거였나?'

사실은 다임도 어렴풋이 알고는 있었다. 성화가 제대로 연락을 받지 않을 때나, 누군가를 만나러 간다며 연락이 끊기곤 할 때부터.

그래도 인정하고 싶지 않은 마음에, 계속 외면해 왔다. 어렴풋이 알면서도 모른 척해 왔다. 아직은 그 모든 이면을 인정하고 싶지 않았지만, 이제는 상황이 여의치 않게 되어 버렸다. 다임이 계속해서 현실을 부정하고 모른 척하려 하는 동안에도, 성화는 다임을 낭떠러지 끝으로 아주 세게 밀어 버리고 있었던 것이다.

다임이 그런 생각을 하고 있는 사이, 성화는 냉장고 문을 아주 세게 열어젖혔다가 쾅 닫았다. 다임이 움찔할 만큼 위협적인 동작이었다.

다임은 맥주 캔을 따서 벌컥벌컥 들이켜는 성화를 아주 차가운 눈으로 쳐다보았다.

낭떠러지 끝이었다. 이제는 여기까지 밀려난 것을 인정해야 했다. 더 이상 낭떠러지가 아니라고 우기며 버틸 수는 없었다.

"박성화, 너 나한테 사과할 거 없어?"

어느새 차분하게 가라앉아 버린 눈으로 다임이 따지고 들자, 오히려 성화가 눈을 부라렸다.

"내가 너한테 무슨 사과를 하는데?"

"사과할 거야 많지. 얘기 나온 김에 이것도 얘기하자. 어제 선우 만나고 있을 때 같이 보자고 한 거, 그거 나를 존중하는 태도야? 네가 나를 존중했다면 그렇게 술 마시다가 갑자기 합석하려고 했겠어?"

"말은 똑바로 해라. 뒤가 켕기니까 못 봤겠지."

"뒤가 켕기는 건 너겠지. 너 어젯밤에 어디서 뭐 했는데? 이대영, 그 사람 만난 거 맞아?"

"너 나 의심해? 내가 대영이 형 만나러 갈 때 같이 가자고 하니까 니가 안 간다며."

"니 여자 친구 기자라고 자랑하고 싶어서 데려가려는데 거길 내가 왜 가. 너 맨날 내 앞에서는 내 직업 무시하면서, 주변에는 여자 친구가 기자라고 자랑스럽게 떠벌리고 다니잖아."

"내가 너 언제 무시했는데!"

"매번! 됐고. 대영이 형인가 하는 사람 만나고 나서 뭐 했는데? 누구 만나서 어디 갔니? 연락 안 된 거 너무 뻔한 이유 아냐? 여자랑 모텔 갔잖아."

그 순간, 성화는 입을 딱 다물었다. 정말로 뭔가 켕기는 게 있는 듯한 성화의 표정을 보고, 다임은 '역시나.'라고 생각했다.

"너 내 뒤 캐고 다녔냐? 아니면 니가 그걸 어떻게 알았는데?"

"지금 니가 화낼 상황이야? 너 바람피운 거잖아. 화를 내도 내가 내야 해."

"니가 어떻게 알았는지는 모르겠는데, 너 그거 스토킹이야.

와, 이거 진짜 무서운 여자네. 계속 생각했던 건데 너 진짜 안 되겠다. 스토킹하는 여자 무서워서 어떻게 만나."

"스토킹? 웃기고 있네. 나에 대해 미안한 마음은 하나도 없어?"

"아니, 미안하긴 하거든?"

"미안해하는 사람이 지금 이런다고?"

"미안했던 건 맞아! 그런데 너 이러는 거 보니까 미안했던 마음도 싹 사라진다."

다임은 기가 막혔다. 고작 이 정도 몰아세운 것으로 사라져 버릴 미안한 마음이라니, 애초에 가지지도 않았을 게 분명했다.

"그래서 너는 내가 뭘 어쨌으면 좋겠는데?"

"나한테 사과부터 해. 사람한테 잘못했으면 사과를 하는 게 순서 아냐?"

"바람피운 건 미안해. 그리고 우리 이제 그만 만나자. 나 너 무서워서 더는 못 만나겠다."

"그게 사과라고?"

"그럼 내가 대체 뭐라고 해야 니 마음에 쏙 드는 사과가 되는데? 우리가 결혼하길 했냐 뭘 했냐. 다른 여자 만난 거에 더 이상 무슨 책임을 어떻게 져야 하는데?"

"제대로 된 사과가 아니잖아! 미안해하는 게 진심이긴 한 거야?"

"그래, 미안하니까 그만 만나자고. 못 알아들었냐?"

성화의 적반하장에, 남아 있던 어이마저 몽땅 달아날 지경이었다.

마지막일지도 모르겠다는 생각은 했지만 그래도 굳이 오늘, 2년 관계의 끝을 만들고 싶었던 마음은 없었다. 다임은 그저 성화에게 미안하다는 말을 듣고 싶었던 것뿐이었다.

그러나 듣지 않아도 좋을 말을 들어 버린 몸은, 이제 더 이상 머리가 내리는 지시를 들을 생각이 없었던 모양이다.

다임은 머릿속에서 무언가가 끊어지는 소리를 들은 것 같았다.

주먹에 닿는 묵직한 느낌 때문에, 다임은 자신이 성화를 주먹으로 한 대 쳤다는 사실을 알아차렸다.

성화는 넘어지거나 뺨을 부여잡지도 않은 채 그저 멍하니 다임을 보기만 했다. 마치 다임이 이렇게까지 할 줄은 몰랐다는 듯이.

화가 가라앉지 않은 다임이 다시 주먹을 들어 올리자, 성화는 재빨리 몸을 피하면서 말했다.

"너 지금 쳤냐? 와, 살면서 나 때린 여자는 니가 처음이다. 이 폭행범아!"

다임이 한 대 더 때리려고 하는 순간, 성화가 재빨리 그 자리에서 도망쳐 버리고 말았다. 붙잡을 만한 시간조차 주지 않았다.

"뭐야, 이게."

난데없이 성화가 사라지는 바람에, 다임은 자리에 털썩 주저앉고 말았다. 다리에 힘이 풀린 건지 머리에 힘이 풀린 건지 알수가 없었다.

"이게 끝이야? 이게? 진짜 끝난 거야?"

남자 친구의 자취방에 홀로 남겨져 있는 것이 이토록 서러운 일일 줄은 미처 몰랐다.

다임은 그제야 다시 소리를 내어 울기 시작했다.

집 근처에 도착했을 때쯤은 이미 야근 후 퇴근하는 날과 비슷한 시간이 되어 있었다.

너무 힘들고 긴 하루였기에 쉬고 싶은 마음이 굴뚝같았지만, 편의점은 그냥 지나칠 수 없었다.

다임은 가장 비싼 맥주를 골라 계산했다. 이 정도의 사치라도 부리지 않으면 마음이 견디지 못할 것 같았기 때문이다.

"성화한테 화내지 말걸. 바람피운 것도 그냥 내버려 둘 걸 그랬어. 지금이라도 잘못했다고 하면 성화도 헤어지잔 말 뒤집지 않을까……. 우리가 그렇게 짧게 만난 것도 아닌데……."

다임은 차가운 맥주 캔을 꼭 쥐고 뒤늦은 후회를 했다. 성화의 자취방에서는 분명히 '끝'이라고 생각했는데, 자취방을 나오자 아직은 끝이 아닐지도 모른다는 생각이 다임을 자꾸만 찾았다.

다임은 도저히 집까지 걸어갈 기운이 나지 않아서 근처 벤치에 앉아 캔을 땄다. 맥주 거품이 울컥 솟아 나와 다임의 손을 적셨다.

다임은 젖은 손을 닦기 위해 가방에서 티슈를 꺼냈다. 그런데 웬일인지, 그만 눈물이 핑 돌고 말았다. 모든 게 다 귀찮아서 이대로 밤공기에 녹아 사라져 버리고 싶었다.

"누나?"

그때, 정말로 예상치 못했던 목소리 하나가 다임을 찾아왔다. 다임은 발개진 눈을 들어 보았다.

목소리의 주인은 선우였다. 달빛 아래, 선우가 반짝이고 있었다.

"누나 없어서 그냥 가려고 했는데, 여기서 웬 청승이야?"

선우는 다임이 손을 닦고 있는 것을 보고 얼른 가방을 뒤져 손수건부터 꺼냈다. 다임의 눈이 퉁퉁 부어 있는 것을 보고도 무슨 일이냐고 묻지 않았다.

오늘 한 번도 들어 본 적 없는 다정한 목소리와 오늘 한 번도 겪어 본 적 없는 다정한 마음 씀씀이에, 다임은 무언가 속에서 울컥 올라오는 것을 느꼈다.

"어쩐 일이야, 연락도 없이?"

"답이 없어서 무슨 일 있나 싶어 걱정돼서. 괜찮아?"

"답? 연락했어?"

"아까 메시지 보냈는데. 여기 온다고도 메시지 보냈는데 그것도 안 읽더라고."

다임은 선우의 말에 정신이 번쩍 들어 휴대폰을 확인했다. 그러는 사이 선우는 물티슈로 한 번 더 다임의 손을 닦았다.

"메시지 많이도 쌓였네."

휴대폰에는 종운과 싸우고 성화의 자취방에 가는 동안 미처 확인하지 못한 메시지가 가득 쌓여 있었다. 업무 메시지는 모두 확인했지만, 사적인 메시지는 미처 확인할 정신이 없었던 것이다.

다임은 '빡치는 일이 계속이네.'라는 자신의 메시지와 '왜? 또 누가 우리 누나 괴롭히는데?'라는 선우의 답장을 발견했다.

"미안. 오늘 정신이 없어서 읽을 생각을 못 했어."

"괜찮아. 일부러 그런 것도 아니고."

"걱정 많이 했어? 이런 메시지 보내 놓고 답도 안 하고. 나도 참 나다."

"누나 바쁜 거 뻔히 아는데, 뭐. 숙취 때문에 고생하는 거 같더니 저녁은 먹었어?"

"저녁?"

다임은 지금까지 저녁도 먹지 않았다는 사실을 그제야 떠올렸다. 카페라테 한 잔으로 대충 점심을 때운 후 아직까지 아무것도 먹지 못했다.

다임이 제대로 대답하지 못하자 선우는 그럴 줄 알았다는 듯 쇼핑백을 내밀었다.

"못 팔고 남은 거긴 한데, 이거라도 먹을래?"

그 안에는 예쁘게 포장된 핫샌드위치 하나, 와플 하나와 핫초코 한 잔이 들어 있었다.

선우가 일하는 카페는 주문을 받으면 그때그때 음료와 샌드위치를 만든다. 마감이 끝나도 음식이 남을 리 없었다. 다임이 부담을 느끼지 않도록 일부러 '팔고 남은 것'이라고 말한 것이다.

그 따뜻한 배려가 고마워서 다임은 또 울컥했다. 그런데 이번에는 울컥한 마음이 그만 밖으로 새어 나오고 말았다. 발개진 다임의 눈가에서 굵은 눈물방울이 뚝뚝 떨어졌다.

"누나?"

당황한 선우는 급히 주머니를 뒤졌다. 하지만 맥주 거품에 젖은 손수건 말고는 가진 것이 없었다.

그러는 사이 다임의 눈물은 오열로 번지기 시작했다. 다임은 아무 말도 하지 못하고, 숨도 제대로 쉬지 못해 꺽꺽거리면서 눈물만 펑펑 흘렸다.

선우는 더 당황했다. 술에 취했을 때를 제외한다면 다임이 선우 앞에서 이렇게까지 감정을 드러내 보이는 것은 처음 있는 일이었다.

"선우야, 있잖아. 나 성화랑 헤어졌어."

다임의 입에서 울음이 절반, 소리가 절반인 말이 새어 나왔다. 그래도 선우는 다임이 무슨 말을 하고 있는 것인지 쉽게 알아들었다.

힘이 빠져 버린 다임은 선우의 어깨에 이마를 콕 하고 박았다. 다임의 무게가 기분 좋게 실렸다.

선우는 다임을 안아 주어도 될지 고민했지만, 이번에도 어깨를 토닥토닥 두드려 주는 것밖에 하지 못했다. 선우는 다임의 귀에 아주 작게 속삭여 주었다.

"괜찮아, 누나. 괜찮아."

"미안해, 선우야……."

뭐가 미안한 건지, 다임의 작은 머리통이 파르르 떨렸다.

선우는 다임에게 어깨를 빌려준 채로 손수건을 쥐었다. 하지만 손수건은 좀 전의 맥주 거품이 그대로 묻어 있는 채였다.

선우는 어찌할 바를 모르다가 소매 끝을 들어 다임의 눈물을 살짝 닦아 주었다. 그러자 다임은 더 크게 울기 시작했다.

"알면서도 내가 계속 못 났는데, 이제 진짜 끝인가 봐. 근데 이상하지……. 지쳐서 아무 감정도 안 남은 줄 알았는데……, 왜 이럴까?"

"2년이나 만났는데 그런 마음 드는 건 당연해. 이상하다고 생각하지 마."

"아냐, 나 진짜로 이상해. 나는 진짜 왜 이렇게 생겨 먹은 건지……. 성화도 그래서 그랬겠지……. 나 정말 왜 이렇게 생겨 먹었지……."

"누나, 그런 말 하지 마. 누나가 어떤 사람이건, 어떤 행동을 하건, 누나는 그 자체로 다 좋은 사람이야. 누나는 정말로 멋진 사람이고, 최고의 사람이야."

언젠가 선우가 달을 향해 했던 그 혼잣말이었다. 그러나 선우가 그런 혼잣말을 했다는 사실을 다임이 알 리 없었다.

어쨌거나 너무나 적절한 위로였다. 성화 없이도 괜찮은 사람이라는 것을 누군가에게 확인받은 것만으로도, 도둑질당한 자존감을 조금 되찾는 듯한 기분이 들었다.

"누나는 그 자체로 멋진 기자이고, 멋진 사람이고, 누가 옆에 없어도 혼자서 모든 걸 해낼 수 있는 강하고 대단한 사람이야."

선우의 속삭임에, 떨리던 다임의 어깨도 점차 안정을 찾았다.

다임은 선우의 어깨에 다시 머리를 기댔다.

더 이상 아무런 말도 하지 못하는 다임을, 선우는 계속해서 토닥여 주었다. 팔을 뻗어 다임의 어깨를 감쌌다. 용기를 냈다기보다는, 도저히 다임을 그대로 두고 볼 수가 없었기 때문이었다.

다임은 선우의 품속에서 한 시간이 넘도록 고요히, 소리 없이 울었다.

다임의 그 울음은 선우의 옷자락과 아스팔트 바닥을 적셨고, 선우의 마음도 함께 적셨다.

나에겐 너무나 멋진
이다임 기자님

 너무 울어 숙취에 절어 있는 것 같은 아침을 맞이한 것도 일주일째. 그래도 출근은 해야 했다. 이별은 이별이고 일은 일이었기에. 이별이라는 핑계가 회사에 통할 리 없었다.

 이제 더 이상 눈물이 나오지 않는다는 건 그나마 다행이었다. 그래서 오늘은 드디어 퉁퉁 부은 눈을 하지 않고서 출근할 수 있었다.

 다임은 경찰서 기자실에 자리를 잡자마자 노트북을 켰다.

 메일 목록 제일 위에는 도북경찰서에서 보낸 보도 자료가 있었다. 경찰서장이 불우 이웃을 위해 김치를 담갔다거나, 달동네 독거노인들에게 도시락 나눔을 했다는 따위의 쓸데없는 보도 자료일 것이라고 다임은 짐작했다.

 그런데 보도 자료 메일을 열어 본 다임은 눈을 한 번 깜빡였다. 예상과 달리, 다임이 기사로 한바탕 소란을 불러일으켰던 그 데이트폭력 사건에 대한 후속 보도 자료가 도착해 있었던 것이다.

데이트폭력 가해자 기소 의견 송치

그러니까 사건 당시에는 가해자를 훈방 조치했지만, 뒤늦게 기소해야 한다는 판단을 내렸다는 것이다.

"하긴, 그렇게까지 시끄러웠으니."

다임은 지난 며칠간 있었던 일을 떠올리며 고개를 끄덕였다.

며칠 전 다임이 쓴 기사는 즉시 인터넷 포털 사이트 메인 화면을 차지했다. 몇몇 여성 단체는 이 기사를 두고 성명을 내기까지 했다. 종운이 미처 기사를 수정하기도 전의 일이었다.

어차피 사회적으로 지위가 있거나 권력이 있는 가해자도 아니었다. 더 시끄러워지기 전에 기소해야 된다는 결론을 내려도 별문제는 없었을 것이다.

"에휴, 말해 뭐 해. 보고나 하자."

다임이 보도 자료의 엠바고 시간을 확인한 후 종운에게 보고했을 즈음 다른 기자 한 명도 기자실에 들어왔다. SBC의 강창진이라는 남자 기자로, 다임이 처음 인사를 했을 때 '나 잘 베끼게 후배님이 기사 좀 열심히 써 주라.'라고 영 찝찝한 소리를 해 댔던 선배였다.

"결국 기소하는구먼. 이다임이 한 건 했는데?"

창진도 출근길에 보도 자료를 확인한 듯했다. 다임은 창진에게 마지못해 인사를 한 후 다시 보도 자료를 살폈다.

"근데 왜 또 A씨야."

다임은 키보드를 두드리려다 말고 상대 없는 짜증을 한 번 냈다. 보도 자료에 가해자의 이름이 'A'로 적혀 있어서, 기사 첫 줄조차 만들어 내기 어려웠던 것이다. 성씨라도 알 수 있게 김모 씨라든가 이모 씨라든가, 나이가 만 20세라든가 30세라든가 하는 내용은 있어야 '김모 씨(20세)가 무얼 했네.' 혹은, '이모 씨(30세)가 무얼 했네.'라고 기사를 만들 수 있다.

한바탕 난리를 치고 난 후라 경찰과 연락을 하는 것은 껄끄러웠지만, 다임은 할 수 없이 보도 자료 담당 경찰에게 전화를 걸었다.

— 어이쿠. 이 기자님, 안녕하십니까. 뭐가 궁금하십니까?

역시나 전화를 받는 말투가 영 곱지 않았다. 화가 났다 해도 그럴 법한 일이었다. 다임 덕분에 동네방네 욕이란 욕은 다 먹고, 생각도 없었던 조사와 기소까지 하게 됐으니 말이다.

다임은 성질 가는 대로 화를 내려다가 일단 한번 꾹 참았다.

"보도 자료에 피의자 이름이 A라고만 적혀 있어서요. 성씨랑 나이 좀 여쭤보려고 전화드렸어요."

— 어이구, 그게 궁금하셨습니까. 당연히 알려 드려야죠. 그러니까, A 말씀이시지요?

"네, A의 성씨랑 나이가 필요한데요."

— 어디 보자. 이름은 하영호, 나이는 만 34세, 직업은 증권

사 대리.

다임은 기분 나쁜 티를 내지 않으려고 애쓰면서, 불러 주는 말을 수첩에 착착 메모해 나갔다. 하지만 다임의 얼굴은 이내 다시 구겨지고 말았다.

— 피해자는 일러스트레이터 지망생으로, 가해자와는 와인 동호회에서 만났고 1년간 사귀었답니다. 헤어진 후에도 잠자리는 계속했던 모양인데, 그날 피해자가 다른 남자랑 있는 걸 이놈이 봤고요. 피해자는 단순히 주식 투자 때문에 증권사 직원이랑 만난 것뿐이라는데 가해자가 오해를 해서…….

"잠깐만요."

— 이 기자님, 왜 그러십니까?

다임은 대답하기에 앞서 머리를 짚은 손에 힘을 줬다.

"친절하게 설명해 주신 건 감사드립니다만, 가해자의 인적 사항을 이렇게 자세하게 알려 주는 게 맞는 건가 싶어서요."

— 아이고, 이 기자님은 알려 줘도 난리시네요. 이거 겁나서 알려 드리기나 하겠습니까.

"알려 주시는 게 문제가 아니라 알려 주시는 내용이 문제인 것 같아서 드리는 말씀이에요."

— 아니, 이 기자님. 이게 왜 문제가 됩니까?

"누군지 특정할 수 있을 수준의 정보까지 말씀하고 계시잖아요. 게다가 중요하지도 않은 피해자와의 관계까지 말씀하시는 건 명백한 사생활 침해이자, 피해자에 대한 2차 가해예요. 피해자에 대한 성희롱이라고요."

— 성희롱이라니요. 말씀이 지나치시네요.

"지나치게 말씀하신 건 그쪽이에요."

— 그런 식이면 보도 자료 자체가 피의 사실 공표 아닙니까? 이 기자님 말 참 이상하게 하시네요.

"성씨 묻는 건 저도 면구스러워요. 기사에 필요해서 어쩔 수 없이 묻는 거라고요. 그렇지만 그 외에 필요하지도 않은 정보를 얘기하실 필요가 있는 거예요? 경찰이 이런 식으로 개인 정보를 마구 흘리는 게 맞는 겁니까?"

— 그으러니까 이 기자님 말씀은, 성씨는 기사에 필요하니까 문제가 안 되고 다른 건 다 문제가 된다, 이 말씀이시죠?

다임은 잠깐 말문이 막혔다. 경찰의 말도 틀리지는 않았기 때문이다. 이렇게 경찰에게 전화해서 성씨를 알아내는 것도, 보도 자료 속 당사자들이 알면 기겁할 일이었다.

다임이 주저하면서 말을 잇지 못하자 저쪽에서 선수를 쳤다.

— 그럼 이 기자님은 기사 쓰지 마십쇼. 그러면 되겠네요.

그 순간 다임의 눈에는 전화 건너편에서 씨익 웃고 있는 상대방의 모습이 보이고 말았다. 성질이 긁힌 다임은 결국 마음 가는 대로 확 내질러 버렸다.

"네, 안 쓸게요. 이런 일이 있었다는 기사도 아니고, 경찰이 뭘 수사했고 어떻게 결론을 내렸다는 게 경찰 확성기 기사 이상의 의미가 있나요. 그런 건 경찰청 홍보 게시판에나 올리세요."

말을 끝낸 다임은 전화마저 확 끊어 버렸다. 담당 경찰의 황당해하는 모습이 눈에 선했지만, 알 바 아니었다.

"진짜 가지가지로들 놀고 있네."

다임은 꺼진 휴대폰을 책상 위로 내던지면서 애먼 화풀이를 했다.

그 직후, 다임은 자신이 기자실에서 통화를 하고 있었다는 사실을 뒤늦게 기억해 냈다. 황급히 주변을 둘러보니 다행히 다른 기자는 없었다. 방금까지 뒤에 있던 창진도, 어디 자러 가기라도 했는지 보이지 않았다.

다임은 가슴을 쓸어내리며 다시 키보드에 손을 얹었다. 어쨌든 하모 씨, 만 34세라는 정보는 알았으니 기사는 쓸 수 있는 것 아닌가.

가벼운 마음으로 키보드를 두드리던 다임은 갑자기 손가락을 멈췄다. 조금 전 통화 내용이 머리를 강하게 두드렸던 것이다.

다임이 말한 대로, 이런 보도 자료는 경찰 알림이나 경찰 홍보와 다를 바 없는 자료였다. 게다가 다임과 경찰이 말한 대로, 이 보도 자료는 피의 사실 공표나 다름없는 자료였다. 굳이 기사를 써야 한다면 뒤늦게 가해자 조치에 나선 경찰을 질타하는 내용의 기사를 쓰는 게 맞았다.

하지만 다임의 뒷심은 딱 여기까지였다.

그런 기사를 쓴다면 분명히 경찰과 또 싸우게 될 텐데 이제는 귀찮아졌다.

'그래도 기사 안 쓰면 캡이 또 지랄할 텐데.'

다임은 보도 자료를 다시 한번 뚫어져라 쳐다봤다. 그리고 간단하게 결론을 내렸다.

'대충 쓰자. 스트레이트 기사*로.'

다임은 종운에게 '보도 자료 간단히 처리하겠습니다.'라고 짧은 메시지를 보낸 후 곧 기사 작성에 들어갔다. 정해진 매수만 채우면 별문제는 없을 것이다.

대충 쓰자니 한 시간도 채 걸리지 않아 기사를 마무리 지을 수 있었다. 시곗바늘은 이제 고작 10시 30분을 가리키고 있었다.

"이제 뭘 하지?"

아무도 없는 기자실이라 다임은 큰 소리로 혼잣말을 했다.

다임은 '강북지검이나 한번 가 볼까.'라고 생각하면서 버릇처럼 휴대폰 전화번호부를 열었다.

그런데 하필 전화번호부 제일 위쪽의 '♥박성화씨'라는 글자가 보이고 말았다. 메신저는 일찌감치 차단했지만, 전화번호나 페이스북 계정만은 아직 차마 지우거나 차단하지 못한 것이다.

다임은 인상을 쓰면서 성화의 전화번호를 삭제한 후 페이스북으로 들어갔다. 그런데 뜬금없이 메시지가 하나 도착하는 바람에, 다임은 페이스북 앱을 끄고 메신저를 켰다.

[기사 잘 봤다. 역시 이다임이네.]

메시지를 보낸 사람은 현진이었다. 며칠 전에도 실없는 메시지를 보내더니, 오늘도 실없는 메시지다.

---

* 각종 정책, 행사, 사건을 사실 관계 위주로 정리한 기사. '스토리를 담아 길게 풀어쓰는 기사'와 반대되는 의미로 쓰일 때가 종종 있음.

친구가 수상쩍다면 목소리를 듣고 확인하는 것이 제일 좋을 터. 그래서 다임은 답장을 보내는 대신 통화 버튼을 눌렀다.

"너 갑자기 연락해서 웬 이상한 소리야?"

전화가 연결되자마자 다임은 장난스레 따지고 들었다. 그런데 현진의 반응이 영 이상했다. 전화를 기다리고 있던 눈치가 분명한데도 아닌 척 구는 것이다.

— 어, 다임아, 전화했네? 메신저로 얘기해도 되는데.

"메시지 보고 이상해서 전화했다, 왜. 갑자기 뭔 소리야? 무슨 기사 말하는 거야?"

— 아, 그거? 저번에 네가 쓴 데이트폭력 기사 있잖아. 네 덕분에 우리도 성명서 내고 했다. 좋은 기사 써 준 거 고맙다고.

"엥? 그걸 왜 이제 와서? 뜬금없이 그 얘기 하려고 메시지 보낸 거야?"

— 아니, 뭐, 사실은 검찰 쪽에 물어볼 것도 있고 해서 겸사겸사 메시지 보낸 거였어. 메신저로 해도 되는 건데. 암튼 너 혹시 성혁수 부장검사 잘 알아?

"성혁수? 난 잘 모르긴 하는데 성혁수는 갑자기 왜?"

— 아니, 그 밑에 윤채은 씨라고 여직원이 한 사람 있었는데 혹시 아나 해서.

"아니, 몰라. 여직원은 또 왜?"

— 흠, 잘 모른단 말이지.

현진은 그 이상 말하지 않고 입을 다물었다.

깊은 한숨을 한 번 내쉰 현진은, 결국 그 질문을 이어 가지 않고 다른 쪽으로 말을 돌려 버렸다.

— 너는 요즘 별일 없어?

"별일이야 있지. 출입처 바뀌었거든."

의아함은 가시지 않았지만, 다임은 눈치채지 못한 척, 현진이 말을 돌리는 대로 대답해 주었다. 다혈질이긴 해도, 꺼내기 어려워하는 말을 추궁할 만큼 친구에 대한 예의를 말아먹은 성격은 아니었기 때문이다.

— 진짜? 이제 검찰이 아니고 경찰서 출입해? 왜?

"며칠 됐어. 기사 갖고 몇 번 개겼더니 결국 쫓겨났어. 별수 없지, 뭐."

— 그래? 좀 아쉽긴 하다. 그래도 이다임답네.

"그거 욕이야?"

— 아니지, 칭찬이야. 이다임이 그런 성격이 아니면 내가 친구 하겠어?

"그리고 하나 더 있다. 남자 친구랑 헤어졌어."

— 진짜? 남자 친구라면 증권사 직원 걔 말하는 거지? 와, 그건 축하할 일이네. 내가 진작 헤어지라고 얘기했잖아. 이제 와서 하는 얘긴데, 너 걔한테 데이트폭력 당하고 있었던 거야.

그렇게 주거니 받거니 현진이 끌고 가는 대로 끌려가 주다 보니, 다임은 어쩐지 화가 났다. 끌려가서 도착한 대화 주제가 기분 나빴던 것이다.

현진은 항상 다임에게 '그런 놈이랑은 헤어져.'라고 말해 왔던 친구였다. 그러니 이런 반응도 당연했지만, '데이트폭력 당하고 있었던 거야.'라는 말은 속이 상했다. 박성화가 그런 나쁜 놈인 게 싫어서가 아니라, 이다임이 그런 멍청한 여자인 게 싫어서였다.

— 아무튼 축하한다, 이다임. 그나마 반가운 소식이네. 너 혹시 그 새끼랑 헤어졌다고 질질 짜고 있는 거 아니지?

"아니거든?"

— 아무튼 담에 또 통화해. 센터 소장님이 지금 나와 보래.

"알았어. 일 잘 보고. 나중에 메시지할게, 술이나 한잔해."

— 응, 알았어.

다임은 통화가 끊어진 휴대폰 화면을 쳐다보면서 눈썹을 찌푸렸다.

"애가 왜 이러지?"

자꾸만 이상한 촉이 치고 들어왔지만, 별수 없었다. 현진이 수상쩍긴 해도, 본인이 먼저 이야기를 하지 않으면 어쩔 수 없다.

초가을이라고는 해도 한낮에는 땀이 삐질삐질 흘렀다. 선우도 땡볕 아래서 촬영을 지켜보고 있다가, 햇살을 견디지 못하고 그늘을 찾았다.

대기 시간은 벌써 다섯 시간을 넘어가고 있었다. 주연 배우가 오전 내내 계속 NG를 내는 바람에 예상보다 촬영이 길어진 것이다. 기다림에 지쳐 깜빡 잠이 들 뻔했을 무렵에야 촬영 보조 스태프가 선우를 찾아왔다.

"자, 다음 장면 갑시다. 선우 씨?"

"네!"

선우는 지루했던 대기 시간도 잊고, 밝은 얼굴로 쪼르르 달려 나갔다.

하지만 촬영은 긴 대기 시간이 허무해질 정도로 금방 끝이 났다. 그래도 선우가 NG 없이 깔끔하게 장면을 소화한 덕분에, 늘어질 뻔했던 촬영 스케줄도 간신히 제자리를 찾았다.

"선우 씨, 이번 주는 더 없고요. 다음 주에 제가 다시 연락 줄게요."

촬영 보조 스태프는 선우에게 그렇게 일러 준 후 원래 자리로 뛰어갔다.

"휴, 오늘은 이게 단가."

선우가 작게 중얼거렸지만, 그 소리를 들은 사람은 아무도 없었다.

오늘 하루분 촬영은 끝났지만, 선우는 할 일이 없었다. 촬영 때문에 오후 아르바이트 대타를 이미 구해 두었던 것이다.

촬영을 조금 더 보다 갈까, 아니면 그냥 집에 들어가서 쉴까 고민하던 찰나 현장 스태프 두 명이 나누는 말소리가 선우에게 들려왔다.

"그거 기소했다고? 기사 안 나왔던데?"

"엠바고 걸려 있어서 아직 기사 안 뜬 거야. 아는 기자가 보도 자료 보여 줬어."

"그래? 하여간 경찰 새끼들 욕먹어야 일을 하지."

"경찰만 문제야? 내가 보기엔 여자도 이상해. 그런 남자 만나는 여자들 보면 보통 좀 이상하다니까."

선우는 스태프들의 이야기를 좀 더 자세히 듣기 위해 귀를 쫑긋 세웠다. 어쩐지 다임과 관련된 이야기인 것 같았기 때문이다.

다임에게 온 신경을 집중하다 보니 무슨 얘기를 들어도 다임과 관련된 이야기처럼 들리는 것뿐일까.

선우는 자기가 생각해 놓고도 맞는 것 같아서 피식 웃고 말았다.

하지만 선우는 결국 참지 못하고 두 스태프에게로 다가갔다. 다임과 관련된 일이라고 생각하면 좀처럼 호기심을 자제할 수가 없었다.

"저기, 안녕하세요. 선우인데요, 조연 맡은."

"어, 선우 씨. 왜?"

스태프들은 금방 선우를 알아보고 반색했다. 비중 하나 없는 조연이기는 했지만, 성실한 태도 덕분에 이미 촬영장에서는 유명인이 된 선우였다.

"지금 말씀하신 거요. 혹시 도북경찰서 데이트폭력 사건이에요?"

"지금 말한 거? 아, 기소했다는 거 말이야?"

"네. 듣다 보니 궁금해서요."

난데없이 대화에 끼어든 선우를, 스태프들은 의아한 눈으로 훑어보았다. 그러다 곧 한 스태프가 '맞아.'라고 대답해 주었다.

"감사합니다!"

선우는 두 스태프에게 허리를 꾸벅 숙여 감사 인사를 했다. 그러고는 얼른 가방을 둘러멘 채 촬영장 밖으로 달려 나갔다. 느닷없이 정중한 인사를 받은 스태프들은 그 모습을 그저 어리둥절하게 쳐다볼 뿐이었다.

[누나! 완전 잘됐다! 뭐 먹고 싶은 거 없어? 지금 어디야?]

선우는 한 손으로 교통 카드를 꺼내면서 다른 손으로는 메시지를 보냈다.

다임에게서 곧바로 답이 오질 않아, 선우는 도북경찰서 방향으로 가는 지하철부터 탔다. 다임을 보게 된다고 생각하니 마음이 급했다.

[? 무슨 소리야?]

[그 데이트폭력 사건 기소했다며.]

[맞아. 어디서 들었어?]

[누나 지금 어디야? 나 촬영 끝나서 막 도북경찰서로 가는 중인데, 뭐 먹고 싶은 거 없어?]

[굳이 오게? 그럼 뭐 사지 말고 그냥 와. 얼굴이나 보자. 나 지금 강북지검.]

[응. 이따 봐.]

선우는 지도 앱을 켜 보았다. 강북지검은 도북경찰서를 한참 지난 곳에 있었다. 다임에게로 가는 시간이 조금 더 길어졌다는 생각에 선우는 괜스레 초조해졌다.

선우는 지하철에서 내리자마자 강북지검 방향으로 성큼성큼 걸었다. 마음이 조급하다 보니 발걸음은 달음박질에 가까웠다.

선우는 열심히 뛰다 말고, 한 프랜차이즈 도넛 가게 앞에서 잠시 멈춰 섰다. 옛날, 다임이 수습기자이던 시절에 보내 준 응원이 떠올랐던 것이다.

'내가 뭐 해 줄 건 없고. 어디 가서 밥이라도 사 주고 싶은데. 아무튼, 싸우려면 당 필요해. 당 떨어지면 못 싸우겠더라. 그래서 사 온 거야.'

충분히 잘 싸우고 있는 다임이지만, 그래도 자그마한 응원을 해 준다면 더 좋지 않을까. 다임은 그냥 오라고 했지만, 그래도 빈손으로 다임을 만나고 싶지는 않았다.

그런데 막상 도넛 가게 안으로 들어서자 살짝 망설여졌다. 지갑 속에 들어 있는 지폐는 만 원짜리 두 장이 전부였기 때문이다. 여기서 도넛을 사 가면 꼼짝없이 며칠을 굶어야 할 판이다.

짧은 망설임 끝에, 결국 선우는 도넛 집게를 집어 들었다.

'알바하는 데서 핫초코나 카페라테 먹자. 저녁은 집에서 먹고.'

도넛 가게를 나서는 선우의 지갑은 한결 가벼워졌지만, 손은 무거워졌다. 그래도 손이 무거워진 만큼 마음은 날아갈 듯 가벼웠다.

그때 선우의 휴대폰이 울렸다. 다임이 보낸 메시지였다.

[강북지검 맞은편 카페 앞에 있어.]

선우는 한달음에 다임이 있는 곳으로 달렸다.

"누나!"

선우의 목소리가 들리자 다임은 피우고 있던 담배를 멀리 내던졌다.

"왜 뛰어와? 날도 더운데."

"별로 안 더워."

말은 그렇게 하면서도 선우는 가쁜 숨을 내쉬었다. 선우의 이마가 땀에 젖어 반짝거리는 것을 보고 다임은 티슈를 꺼냈다.

선우는 제 손에 들린 도넛 상자를 불쑥 다임에게 내밀었다.

"이건 축하 선물."

"이런 거 안 사 와도 된다니까."

선우의 주머니 사정을 뻔히 잘 알고 있는 다임은, 도넛 박스를 보고는 눈썹을 살짝 찌푸렸다. 그러거나 말거나, 선우는 헤실헤실 웃으면서 도넛 박스를 다임의 손에 꼭 쥐여 주었다.

"이건 응원이야. 누나 응원하고 싶은 이 예쁜 마음도 거절하는 건 아니지?"

넉살 좋은 그 한마디에, 다임도 더는 거절할 수가 없었다.

도넛 박스를 건네받은 다임은 잠시 생각에 잠겼다. 원래는 선우를 만나면 카페에 들어가서 도란도란 얘기를 나눌 생각이었다. 하지만 선우가 들고 온 도넛을 보니 그런 생각이 싹 사라졌다. 기왕 사 온 건데 하나라도 먹는 걸 보여 줘야 좋지 않을까.

"잠깐만, 선우야."

카페로 들어간 다임은 곧 아이스아메리카노 두 잔을 들고 나왔다. 이어 선우를 데리고 강북지점 뒤편으로 갔다. 그곳에는 다임이 생각한 딱 그대로의 공간이 있었다. 정원 비슷하게 꾸며

진 공간. 여름을 갓 지나 싱그러운 초록빛이 무성한데 사람은 없었다.

"검찰청에 이런 곳이 다 있구나. 사람도 별로 없다."

"검찰청 올 일 없으니까 몰랐지? 다들 이렇게 잘 꾸며 놓고 산단다."

다임은 실없는 농담을 하면서 선우가 사 온 도넛 박스를 벤치 위에 풀었다. 선우는 그 옆에서 아이스아메리카노와 냅킨 몇 장을 예쁘게 세팅했다.

다임이 개중 설탕이 가장 많이 묻은 도넛을 골라 선우에게 건넸다.

"너도 먹어. 오늘 오전부터 계속 촬영했다며? 밥 못 먹었지?"

"아냐. 누나 먹으라고 사 온 건데, 누나 먹어."

"나도 먹을 거야. 이건 너 먹고."

두 사람은 도넛을 하나씩 사이좋게 입에 물고 멍하니 하늘을 올려다보았다.

짜증 나는 일은 많았지만, 그래도 이렇게 있으니 아주 나쁘지만은 않은 오후였다.

"낮에는 무지 더웠는데, 그래도 오후 지나니까 살 만하다."

"그러게. 오늘 촬영장에서 고생 많이 했나 봐?"

"누나, 오늘 기소했다는 거, 누나가 저번에 기사 써서 난리 난 그 사건 맞지?"

"어, 맞아. 참, 아까 물어보려고 했는데 그걸 어떻게 알았어? 나 너한텐 그 기사 얘기 안 했던 거 같은데."

"내가 누나 기사는 전부 다 챙겨 보거든."

"기사에 이 사건이라는 얘긴 없지 않았어?"

"도북경찰서에, 데이트폭력 사건이면 누나 기사밖에 없던 데, 뭘."

어림짐작이었나 보다. 그래도 이렇게 자신의 기사 하나하나 에 관심을 갖고 지켜봐 주는 선우가 고마웠다.

다임은 어쩐지 머쓱한 마음에 코끝을 살짝 긁었다.

"그렇게 대단하게 볼 거 없어. 나 뒷심 부족하잖아. 쓰긴 했 지만, 나중에 캡이 기사 바꾸는 거 막지도 못했어."

"캡이 기사 바꿨다는 거 보니까 위에서는 마음에 안 드는 기 사였나 봐?"

"응, 캡이 기사 그따위로 쓰지 말라고 하더라고."

"진짜? 와……, 윗사람 마음에 안 드는 기사도 당당하게 소 신껏 쓰는 진짜 멋진 기자잖아. 역시 다임 쌤이야."

선우의 그 말에, 다임은 언젠가 성화가 했던 말을 떠올렸다.

'너희 회사가 멀쩡한 회사가 아니라 그런지 멀쩡한 사람이 없네.'

'신문사 같지도 않은 신문사에서 일하는 게. 뭐 그리 대단한 얘 길 한다고 내가 무조건 들어 줘야 하는데? 진짜 돌아 버리겠네.'

왜 그런 말에 목을 매고 있었던 걸까 하는 생각이 들었다. 그 녀 자체를 응원하고 지켜봐 주는 사람이 이렇게 바로 옆에 서 있는데.

그런 생각을 하고 있자니, 이번엔 선우의 걱정스러운 눈빛이

다임을 찾아왔다. 아무래도 다임이 방금 만들어 낸 허탈한 미소를 보았기 때문인 듯했다.

하긴, 굳이 그 미소를 보이지 않았다 해도 선우의 걱정은 감춰지지 않았을 것이다. 헤어졌다며 그렇게 엉엉 울어 놓고서, 아직 선우 앞에서는 그 일에 대한 얘기를 하지 않았다.

다임은 이 다정한 제자가 더 많은 걱정을 하지 않도록, 최대한 태연한 척하려고 노력했다.

"그렇게 보지 않아도 돼. 괜찮아. 이제 조금씩 슬슬 정리해야지. 갑자기 헤어진 것 같아도 전조는 계속 있었잖아. 내 마음만 정리하면 돼."

"다행이네. 지금 와서 하는 얘기지만 누나가 엄청 아까웠어."

그런 선우가 기특했던 다임은, 초콜릿이 가장 많이 묻어 있는 도넛을 하나 골라 선우의 입에 물려 주었다.

"누나 먹으라니까."

다임은 손가락에 묻은 초콜릿을 핥으며 혀를 쏙 내밀었다.

"네가 사 온 건데 네가 안 먹으면 어떡해? 나도 당연히 먹지. 난 크림 많은 거 먹을 거야. 넌 초코 도넛이나 먹어."

그러면서 다임 자신은 커스터드 크림이 들어 있는 도넛을 한 입 크게 베어 물었다. 다임의 입 주변이 크림 범벅이 되자 이번엔 선우도 픽 하고 웃음을 터뜨릴 수밖에 없었다.

평화는 오래가지 않았다. 다임의 휴대폰이 또다시 가벼운 진동을 울렸던 것이다.

"누나, 전화 온다."

"아이 씨, 이제 기사도 없을 텐데 누구야."

다임은 선우로부터 냅킨을 건네받으면서 휴대폰을 보았다. 전화를 건 사람은 '서주지검 현도준 검사'였다. 마감이 끝난 후 즐기는 휴식 시간에 취재원에게 전화가 오는 것은 영 달갑지 않았다.

"이 양반은 왜 또 전화야."

다임은 한숨을 내쉬었다. 아무리 귀찮다고 해도 취재원의 전화를 받지 않을 수는 없는 법. 다임은 마지못해 통화 버튼을 눌렀다.

"네, 하나일보 이다임입니다."

— 이 기자님, 뭐 하세요?

휴대폰 건너편에서는 여전히 기분 나쁠 정도로 밝고 유쾌하고 능글맞지만 정중한 목소리가 들려왔다.

표정이 풀려야 마음에 없는 가식적인 소리도 자연스레 나올 수 있는 법이라, 다임은 얼굴에 잔뜩 들어서 있던 주름을 억지로 풀었다.

물론 다임도 취재원들과 통화를 할 때 얼굴로 실컷 욕을 해 대는 경우가 종종 있긴 했다. 그러나 현도준 이 사람은 눈치가 빨라도 너무 빠른 취재원이었다. 표정부터 먼저 가다듬어야 속에 숨겨 둔 기분을 들키지 않고 자연스레 얘기를 나눌 수 있었다.

"마감 끝나고 여유를 즐기고 있죠. 현 검사님은 이 시간에 어쩐 일로 전화를 다 주셨습니까?"

— 일 다 끝나셨어요? 이 기자님 잘 지내고 계시는지 생각이

나더라고요.

"며칠 전에 통화했잖아요."

— 에이, 그래도 저는 매일같이 이 기자님의 소식이 궁금합니다. 잘 지내고 계시지요?

"저야 뭐, 며칠 전이랑 다르겠어요. 현 검사님도 잘 지내시죠?"

— 제가 언제 못 지내는 거 보셨어요? 하하하.

"네, 어련하시겠어요."

다임은 어떤 말도 능글맞게 받아치는 도준이 얄미워 결국 입술을 삐죽거리고야 말았다.

그런데 그때, 이번엔 휴대폰 건너편이 아닌 이쪽에서 다임의 신경을 거스르는 소리가 들려왔다.

고개를 들어 정면을 보니 선우가 아드득아드득 얼음을 씹어대고 있었다. 이유는 모르겠지만, 일부러 큰 소리로 얼음을 으깨고 있는 게 분명했다. 이 통화가 고까운 것은 다임뿐만이 아니었던 모양이다.

다임은 검지를 들어 입술에 가져다 댄 후 다시 휴대폰에 귀를 기울였다.

— 이 기자님께서 이번에 데이트폭력으로 한 건 하셨다는 소식이 검찰까지 들려오더라고요. 역시 우리 이 기자님이셔. 경찰들도 긴장 많이 하겠어요?

"하하, 그랬으면 좋겠습니다만. 경찰도 쉽지가 않네요."

— 뭘요. 이 기자님 얼굴 아주 좋아지셨다고 강북지검에서 그러던데요.

"강북지검 마와리 돈 건 어떻게 아셨어요?"

— 왜 모르겠습니까. 우리 이 기자님 소식인데.

말은 능청스럽게 하지만, 과연 현도준이었다. 검찰 마당발이라는 별명답게, 오늘 만난 강북지검 사람 중에도 도준과 아는 사람이 있었나 보다.

"그런데 정말 어쩐 일이세요, 이 시간에?"

— 별건 아니고요, 이 기자님 한번 뵙고 싶어서요. 저희 얼굴 본 지 꽤 오래되지 않았나요?

"네, 언제 한번 뵈어요."

— 매번 말씀만 그렇게 하시잖아요.

"그런 게 기자 아니겠습니까."

— 에이, 다른 기자님들은 안 그러시던데?

도준이 또 능청을 떨었다. 결국, 참다못한 다임은 속으로 욕을 해 버렸다.

'이 새끼가 사람 껄끄럽게 왜 자꾸 이래.'

다임은 남자 취재원과 단둘이 만나는 것을 그리 탐탁지 않아 하는 부류의 여기자였다. 술자리에서 무슨 일이 벌어질지 모르는 데다, 단둘이 만났다고 소문이 도는 것도 걱정됐다.

그런 다임의 사정은 아랑곳없이, 아무래도 도준은 오늘따라 작정을 한 것 같았다.

— 얘기 나온 김에 그냥 오늘 보시죠? 저녁에 뭐 하세요?

"저녁에요? 이렇게 갑자기요?"

— 번개예요, 번개.

작정을 한 듯한 한마디에 다임의 표정이 완벽히 구겨졌다. 그리고 그 모습을 보고 있던 선우의 표정 역시 덩달아 구겨졌다. 선우는 이제 아예 빨대까지 입에 물고 까드득까드득 씹어 대기 시작했다.

선우가 그러거나 말거나, 다임은 복잡하게 머리를 굴렸다.

'그냥 오늘은 선약이 있다고 해 버릴까?'

그래도 다행히 다임이 거짓말을 할 필요는 없어졌다. 다임의 속마음을 알아차린 도준이 먼저 한마디 덧붙여 준 것이다.

— 부담 갖지 마세요. 오늘은 중부지검에 계신 다른 기자님들도 오신답니다. 작년에 중부지검에 같이 계셨던 기자님들 뵙고 싶어서 만든 자리예요.

"아, 정말요? 다른 선배들도 와요?"

듣자 하니, 다임이 왜 자꾸 자리를 피하려고 드는지 눈치 빠른 도준도 어느 정도 알고는 있었던 모양이다. 다임은 겨우 마음을 살짝 내려놓을 수 있었다.

"선배 누구누구 와요?"

— 네, 이 기자님과 친했던 방송사 여기자분 있죠? 그분도 오신다고 했어요.

"오, 진짜요? 그 선배 저도 보고 싶었는데. 또 누구누구 오신대요?"

다임은 도준이 읊어 주는 이름들을 가만히 들으면서 빨대 끝을 꽉 깨물었다.

얘기를 듣다 보니, 마음이 금세 또 바뀌었다.

뭐, 이런 자리라면 나가 보는 것도 나쁘지 않을 것 같았다. 중부지검에 출입하고 있는 선후배들은 다임도 보고 싶었으니까. 게다가 도준이 다임 아닌 다른 기자들에게만 중요한 정보를 흘리면 그것 또한 낭패니까.

다임은 도준의 이번 제안을 받아들이기로 결정하고 아메리카노를 한 모금 쭉 빨아들였다.

"오늘 저녁은 괜찮을 것 같아요. 어디서 몇 시에 보나요?"

— 네네, 이 기자님도 나오시는 거죠? 잠시만요. 시간은 8시고요. 장소는…….

다임은 주머니에서 펜을 꺼내 도준이 얘기하는 내용을 냅킨에 대충 받아 적었다.

"알겠습니다, 검사님. 이따 뵈어요."

다임이 메모한 냅킨을 주머니에 넣은 후 고개를 들어 보니, 이번엔 완벽하게 심통이 나 버린 선우가 눈에 들어왔다. 까드득까드득 씹어 댄 빨대는 이미 너덜너덜해진 지 오래였다.

"야, 너는 또 갑자기 왜 그래?"

선우는 얼굴 가득한 심통을 지우지 않은 채 이가 부서져라 얼음만 씹어 댔다.

"별거 아니에요."

"아니, 갑자기 왜 똥 씹은 표정이야. 너 놔두고 취재원하고 길게 통화해서 그래?"

"아니에요, 그런 거."

"그럼 왜 그래? 아까도 시끄럽게 얼음을 씹어 대질 않나."

"그냥요. 오늘 촬영장에서 있었던 일이 생각나서 혼자 기분 나빠졌어요."

안 하던 존댓말까지 하는 걸 보니, 누가 봐도 뻔한 거짓말이었다.

그러나 선우는 다임에게 더 추궁할 새도 주지 않았다. 느닷없이 도넛 박스를 차곡차곡 정리하기 시작했던 것이다. 선우는 원래 모양대로 정리된 도넛 박스를 다임의 손에 쥐여 주었다.

"저녁에 대본 봐야 해서요. 먼저 일어나도 되죠?"

선우는 그렇게 말하면서 자리에서 벌떡 일어났다. 다임은 어이가 없었지만, 고개를 끄덕였다.

"그래, 그럼. 그러든지."

그러자 선우는, 다임이 왜 그러냐고 한 번 더 물어보기도 전에 쓰레기통에 냅킨과 컵을 던져 넣은 후 휑하니 다임의 시야에서 사라져 버렸다.

"쟤 갑자기 왜 저러냐? 도넛 잘 먹어 놓고."

아무런 설명이나 해명 없이 남겨진 다임은 그저 황당하기만 할 뿐이었다.

다임은 강남으로 향하는 지하철에 몸을 실었다.

다임의 휴대폰이 그새를 참지 못하고 또다시 울렸다. 다임은 전화를 건 사람의 이름을 확인하고는 저도 모르게 욕설을 퍼부었다.

"이 새끼는 퇴근 후에 전화하는 게 습관인가."

다임은 치밀어 오르는 짜증을 꾸욱 눌러 참으면서 마지못해 통화 버튼을 눌렀다. 그러나 곧, 귀청이 떨어질 것 같은 고함 소리에 다임은 휴대폰을 잠깐 귀에서 떼어 내야만 했다.

— 야, 이다임! 누가 그따위로 처리하랬어! 씨발, 이렇게 중요한 기사를 그따위로 써 놓으면 어쩌자는 거야! 매수만 채우면 다야? 너 이거 지금이라도 당장 다시 써라, 스토리 있게. 부장 지시야!

이쯤 되면 퇴근 후 전화하는 것뿐만 아니라 상대방이 전화를 받자마자 고함을 지르는 것 역시 습관인 듯했다. 종운의 호통도 익숙해질 대로 익숙해졌기에, 다임은 흥분하지 않고 차분히 대답했다.

"캡이 오케이하지 않으셨어요? 집배신에 기사 올리고 나서도 캡께 한 번 더 말씀드렸는데요."

— 내가 네 기사를 계속 확인하고 앉아 있어야 돼? 네가 수습이야? 수습이라서 선배가 네 기사 매번 봐줘야 해?

'그래도 댁이 캡이라면 기본적으로 사건팀 기사를 보는 해 야지.'

다임은 목구멍 끝까지 올라온 그 말을 입 밖에 내어놓지 않고 속에 꾹꾹 눌러 담기만 했다.

"알겠습니다. 지금 바로 기사 작성하겠습니다."

다임은 깊은 한숨과 함께 마지못해 대답한 후 종운이 더 토를 달기 전에 전화를 끊어 버렸다.

"진짜 그냥 보내 주지를 않네."

다임은 허탈하게 중얼거렸다.

오만상을 찡그리며 다음 지하철역에 내린 후, 아무 의자에나 앉아 노트북의 전원을 켰다.

노트북 화면이 켜지기가 무섭게 메신저가 깜빡거렸다. 다임은 종운이 채팅방에 못다 한 분풀이를 쏟아 내고 있나 싶어 메신저부터 열었다. 의외로 종운 아닌 현주, 그러니까 바이스가 보낸 메시지였다.

"바이스?"

사건팀으로 온 첫날 환영 메시지를 받은 것 외에는 딱히 대화를 나누어 본 적 없는 사이였기에 다임은 의아해하면서 메시지를 열어 보았다.

[다임아, 기사 내가 쓸 테니까 신경 끄고 퇴근해. 캡한테는 내가 말했어. 나 지금 캡이랑 같이 있어.]

다임은 이게 무슨 소린가 싶어 휴대폰을 꺼내 현주의 전화번호를 눌렀다. 그러나 금방 다시 종료 버튼을 눌렀다. 종운이 곁에 있다면 현주도 전화를 받기 곤란할 것이다.

[바이스가 쓰시려고요?]

[그래. 나 지금 부장이랑 캡이랑 저녁 자리에 와 있어. 너랑 얘기하는 거 다 들었고, 캡한테는 내가 잘 말했으니까 너무 걱정하지 마.]

[괜찮습니다. 제가 쓸게요.]

[아냐, 나도 부장 헛소리 듣고 있느니 차라리 기사 쓰는 게 나아. 너

는 얼른 퇴근해. 그리고 다임아, 나 궁금한 게 하나 있는데, 기사는 왜 짧게 처리한 거야? 캡은 네가 요령 부린다고 그랬다는데, 그게 아닌 것 같아서.]

[의미가 없는 보도 자료 같았습니다. 이런 데이트폭력 사건이 있었다는 것과 경찰의 초기 대응이 좋지 않았다는 것은 이미 다들 알고 있잖습니까. 기껏해야 경찰이 가해자를 기소하기로 했다는 것 외에는 새 팩트가 없는데, 그 새 팩트를 쓴다고 해 봐야 경찰 홍보해 주는 것밖에 되지 않는다고 판단했습니다.]

[그래, 다임아. 좋은 고민이다. 기자라면 어디를 출입하든지 간에 출입처를 홍보하는 기사를 쓸 때면 고민해야지. 게다가 사회부라면 응당 사회를 살펴봐야 하는데, 법조팀이며 사건팀이며 다들 경찰이나 검찰청 같은 국가 기관을 출입처로 정해 놓고 그 국가 기관의 입만 바라보고 있잖니. 그건 문제가 맞아. 나도 한번 고민해 보마.]

이렇게 제대로 된 답변이 돌아오리라고는 미처 생각하지 못했던 다임은 잠시 멍해졌다.

[하지만 이번 기사는 쓰는 게 맞는 것 같다, 다임아. 경찰이 가해자를 기소하기로 했다는 부분만 새 팩트이기는 하지만, 아무런 의미가 없는 기사는 아닌 듯 보여. 기사를 통해 최소한 사람들이 이런 일을 하면 기소가 된다는 걸 알게 되고, 경각심을 갖게 되지 않겠니.]

이 말 역시 맞는 말이었다. 다임은 고개를 끄덕였다.

[네, 바이스 말이 맞는 것 같습니다. 제가 생각이 짧았습니다. 죄송합니다.]

[죄송할 것까지야. 다임이 너 아직 4년 차지? 그 연차 때는 그 정도

고민은 해 줘야 건강한 기자가 되는 거야. 아무튼 기사는 내가 쓸 테니까 너는 얼른 퇴근해. 얘기는 다음에 좀 더 깊게 하자.]

[바이스, 기사는 그냥 제가 쓰겠습니다. 이미 앞부분은 쓰고 있었습니다.]

'앞부분은 쓰고 있었습니다.'라는 말은 거짓말이었다. 현주가 기사를 쓰겠다고 계속 우길까 싶어서 덧붙인 것이었다.

[정말이니? 그냥 퇴근하는 게 낫지 않겠어?]

[아닙니다. 제가 마무리하는 게 나을 것 같습니다.]

[알았어. 네가 그렇다면 어쩔 수 없지.]

다임은 머리를 벅벅 긁적이면서 '일부러 말씀 주셔서 정말 감사합니다, 바이스.'라고 마지막 메시지를 보낸 후 문서 작성 창을 열었다. 그러자 현주에게서도 '그래, 다음에 깊게 얘기하자.'라는 메시지가 왔다.

다임은 문서 작성 창에 마우스 커서를 갖다 대고 나서야, 잊어버리고 있었던 일 하나를 비로소 떠올릴 수 있었다.

"맞다, 현도준!"

휴대폰을 보니 시간은 벌써 7시에 가까워져 가고 있었다.

기사를 빨리 끝내면 저녁 술자리에 합류할 수 있을까.

날림으로 대충 쓰면 30분 안에 기사를 마무리 지을 수 있을 듯했다. 그러면 늦게나마 자리에 합류할 수 있을 것이다. 어차피 공들여 쓰고 싶은 기사도 아니었다.

[현 검사님. 좀 늦을 것 같습니다.]

이어 다임은 '캡이 미쳤는지 저녁 늦게 갑자기 지랄을 해서요.'라는 문장을 만들었다. 그러나 곧 백스페이스를 눌러 그 문장을 모두 지워 버렸다. 팩트임에는 틀림없었지만, 취재원 아닌 친구에게나 할 수 있을 법한 소리였기 때문이다.

[갑자기 기사 지시가 떨어져서요. 이제 막 쓰기 시작했는데 30분이면 끝날 것 같아요.]

다임은 아주 깔끔하고 정중한 메시지를 완성한 후 엔터 키를 눌러 도준에게 보내 놓았다. 도준은 다임에게서 연락이 오기를 기다리고 있기라도 했는지, 의외로 재깍 답을 보내왔다.

[네, 괜찮습니다. 늦게라도 괜찮으니 오세요.]

다임은 '그럼 이따 뵙겠습니다.'라는 말을 마지막으로 메신저를 꺼 버렸다.

감정의 관성,
그걸 멈추는 게 참 힘들더라

시간을 확인한 다임은 짜증을 냈다.

"진짜 늦었네."

기사 작성을 끝내고 바로 다시 지하철에 올라탔을 때는 8시였다. 그때 곧바로 약속 장소로 갈 수 있었다면 늦지는 않았을 것이다. 하지만 지하철을 탄 후에도 종운의 잔소리는 멈추지 않았다. 지하철에서 내려 기사를 고쳐 쓰길 몇 번이나 반복하다 보니, 시간은 벌써 저녁 9시 반이 다 되어 버리고 말았다.

그새 도준은 친절하게도 2차 장소까지 메시지로 보내 놓았다.

[이 기자님, 저희 2차 이쪽으로 옮겼습니다. 언제쯤 오십니까?]

[지금 강남역이에요. 10분 안에 도착할 거예요.]

다임은 대충 답장을 보낸 후 휴대폰을 가방에 집어넣었다. 저녁 8시에 시작한 모임인데 벌써 2차를 시작했다니, 고주망태가 되어 있을 사람들이 눈에 선했다.

"그래도 안 가는 것보다는 가는 게 낫겠지."

다임은 헐레벌떡 강남대로를 뛰었다.

아니나 다를까, 가게에 들어서자마자 얼굴이 벌겋게 달아오른 선배 기자들이 보였다. 2차 자리로 옮긴 지 얼마나 됐다고 벌써 술을 몇 차례나 더 돌린 모양이었다. 그 와중에도 도준은 저 혼자 얄미우리만치 멀쩡했다.

그래도 오랜만에 보는 반가운 얼굴들이었다. 다임은 가게 입구에서부터 꾸벅 고개를 숙여 인사하면서 자리에 합류했다.

"다임이 왔어?"

"벌써 뭘 이렇게 많이 마셨어요?"

"많이 마셨지? 그러니까 후래자도 삼 배 해야지!"

방송 기자 하나가 낄낄거리며 소주와 맥주를 콸콸 따른 잔을 다임에게 건넸다. 왁자지껄하게 다임을 환영하는 선후배 기자들 사이로 도준도 넌지시 인사를 건넸다.

"이 기자님, 정말 오랜만이에요."

"현 검사님도 되게 오랜만이네요. 서주지검은 좀 어때요?"

"이 기자님 없는 검찰청은 되게 심심하더라고요."

"지금 중부지검 기자실도 다임이 없으니까 완전 조용합니다. 다임이가 막 소리를 지르고 있어 줘야 기자실 같은데. 다임아, 짠 해야지?"

맞은편에 있던 남자 기자 하나가 너스레를 떨며 술을 권했다. 폭탄주는 잔 끄트머리까지 가득 차 있었지만, 다임은 거절하지 않고 단숨에 비워 버렸다. 힘든 일이 겹쳐서인지, 술은 오늘따라 무척 달았다.

"이다임이 얼굴 좋아졌네. 사건팀이 좋긴 좋은가 봐? 일주일 만에 얼굴이 다 펴고."

"그러게. 얼굴 색깔 좋아진 것 좀 봐. 어때? 편하냐?"

"편하겠어요? 쫓겨난 건데."

"에이, 좋은 기사 썼다가 쫓겨나면 그게 훈장이지."

"그런데 무슨 얘기 하고 있었어요?"

자신이 대화 소재가 된 것이 불편했던 다임은, 감자튀김을 하나 집어 먹으면서 은근슬쩍 대화의 방향을 틀었다. 다른 기자들을 대신해 도준이 대답해 주었다.

"이 기자님이 쓰신 KG그룹 기사 얘기하고 있었어요."

"그 기사 얘길 왜 해요?"

"좋은 기사 쓰시고 왜 그러십니까."

"전 안 좋다니까요."

다임은 화제가 마음에 들지 않아 입을 삐죽 내밀었다. 그 기사 자체가 싫은 것은 아니었지만, 그 기사 때문에 도북 라인으로 쫓겨 오게 됐다고 생각하면 달가운 것도 아니었다.

그런 다임의 마음을 아는지 모르는지, 기자들은 신이 나서 KG그룹 수사 얘기를 떠들어 대기 시작했다.

"다임이 기사도 틀린 게 아닌 게, KG그룹 무혐의 내리려고 하는 거 기정사실 아닙니까. 현 검사님은 어떻게 보세요? 검찰 내부에서는 별말 없습니까?"

"기자님 왜 그러세요. 제가 다른 사건 수사에 함부로 왈가왈부하면 큰일 나죠."

"그래도 여론은 잘 아시잖습니까. 연기가 이렇게 심하게 나는데 무혐의 처분하면 검찰 욕먹어요. 내부에 다른 움직임 정말 없습니까?"

"글쎄요."

말을 흐리는 모양새가 어쩐지 수상하다. 하지만 알코올에 이성을 내어 주기 시작한 기자들은 그 낌새를 전혀 눈치채지 못했다.

분위기야 어쨌든, 다임은 이 화제에 굳이 끼어들고 싶지 않아서 괜히 주변만 몇 번 두리번거렸다. 그러다가 도준의 얼굴에서 눈길이 멎었다.

사실 다임의 눈에 비친 도준은 검사치고는 꽤 준수하게 생긴 남자였다.

아주 잘생겼다고 말하기는 어렵지만, 그래도 적당한 키에 적당한 근육질 체형과 적당한 호감형 얼굴이었다. 옷 입는 스타일도 좋았다. 정장은 정장이지만, 검찰청에서는 보기 힘든 슬림한 정장을 주로 입는다.

서른다섯 살에 '미혼'이라는 배경도 있어 여기자들 사이에서는 인기가 꽤 있었다.

그러나 다임은 어디까지나 '검사치고는 준수하게 생겼을 뿐'이라고 생각하는 쪽이었다.

여기자들이 자주 마주치는 부장검사나 차장검사는 대개 배

나온 아저씨들로, 준수하게 생겼다고 해 봐야 이미 로맨스그레이를 10년 남짓 남겨 둔 중년의 남자들이다.

게다가 젊은 검사를 만날 일이 있다고 해도 TV 드라마에서나 나올 법한 잘생긴 검사를 기대해서는 곤란했다. 젊은 검사라고 해도 일에 찌들어 있는 평범한 직장인이 대부분이었다.

다임은 새삼 선우가 얼마나 잘생긴 놈인가 하는 생각을 하다가 스스로 화들짝 놀랐다.

'왜 여기서 선우 생각을 하는 거야.'

다임은 속으로 제 머리에 꿀밤을 한 대 먹여 주었다.

"이 기자님, 왜 그렇게 빤히 보십니까?"

도준은 다임의 시선을 느꼈는지 느닷없이 그렇게 능글거렸다. 화들짝 놀란 다임은 입에서 나오는 대로 대충 둘러댔다.

"아, 아니요. 그게 아니라, 저 오늘 강북지검 마와리 갔잖아요. 거기에도 현 검사님 줄이 있어서 되게 신기하더라고요. 그 생각 좀 하느라고요."

"그게 신기하셨군요. 강북지검에도 연수원 동기들이 좀 있어서 그렇습니다. 이 기자님 위치 추적하려고 일부러 알아본 건 아니고요."

"현 검사님, 역시 발이 넓으시네요."

다임의 맞은편에 앉아 있던 남자 기자 하나가 슬그머니 두 사람의 대화에 끼어들었다. 그 순간, 도준의 입가에 왠지 모를 쓴웃음이 걸렸다.

"그래도 제일 친한 여직원 하나는 몇 달 전에 옷을 벗었습니다. 일도 잘하고 괜찮은 사람이었는데 아쉽게 됐죠."

도준이 위스키 잔을 입가에 가져가는 것으로 쓴웃음을 가렸기에, 이번에도 기자들은 이상한 낌새를 알아차리지 못했다. 도리어 다임의 맞은편에 앉은 선배는 쓸데없는 농담까지 한마디 덧붙였다.

"혹시 그분 미혼이시면 어떻게 소개 좀 시켜 주면 안 되겠습니까?"

"하하, 미혼이긴 한데요. 채은 씨가 기자님을 별로 좋아할 것 같지 않은데요. 저는 성공할 소개팅 아니면 주선 안 합니다."

어느새 얼굴에서 쓴웃음을 지워 낸 도준은 또 능청맞게 말을 마무리 지었다.

'채은 씨? 어디서 들어 본 거 같은데?'

다임만 눈썹을 살짝 찌푸리면서 고개를 갸웃거렸다. 하지만 취기 때문에, 어디서 들었는지는 기억나지 않았다.

시답잖은 얘기들은 밤이 깊도록 이어졌다. 자리를 끝내자는 말이나 갈 사람은 슬슬 일어나자는 말은 아무도 꺼내지 않았다.

그래도 시간이 자정에 가까워지자 알코올을 견디지 못한 남자 선배 하나가 그대로 자리에 쓰러져 잠이 들었다. 또, 조금 더 시간이 지나자 다임과 수다를 떨어 대던 방송 기자가 가방을 챙겨 들었다.

"남편이 안 자고 기다리고 있다네요. 저 먼저 들어가도 괜찮겠죠?"

그 방송 기자는 자리에 쓰러진 남자 기자를 일으켜 세워 함께 가게 밖으로 나갔다. 마지막으로 자리를 뜬 것은 다임의 맞은편에 앉아 있던 기자였다.

"현 검사님, 요즘 검찰 진짜 너무한 거 아닙니까?"

그 말이 본격적인 술주정의 신호탄이라는 것을 알아차린 도준은, 다임에게 양해를 구한 후 재빨리 그 기자를 데리고 밖으로 나갔다. 덕분에 다임은 잠시 동안 혼자 남겨졌다.

평소였다면 지금쯤 도준과 함께 일어났을 다임이지만, 오늘은 그냥 자리에 남아 버렸다. 오늘따라 유독 술이 달고 당겼던 것이다.

그래서 다임은 도준이 자리를 비운 그 짧은 시간 동안에도 혼자 폭탄주를 몇 잔 더 말아 단숨에 삼켜 버렸다.

그렇게 쏟아부어 버린 술 때문일까. 다임은 괜히 울컥하는 기분이 들면서 아무 곳에라도 화풀이를 하고 싶어졌다.

무엇에 그리 화가 났냐고 묻는다면, '이것저것 전부 다.'라고 대답할 수 있었다. 계속 트집을 잡아 대는 좋은도 싫었고, 결국 그렇게 헤어지고 만 성화도 싫었다. 게다가 무엇보다도 이별한 지 얼마나 됐다고 이런 술자리에 나와 있어야 하는 자신이 가장 싫었다.

"이 양반은 또 왜 이렇게 안 돌아와?"

다임은 술잔을 내려놓으면서 애먼 데다 화풀이를 했다. 아직 자리로 돌아오지 않는 도준 역시 마음에 들지 않기는 마찬가지였다.

그래도 스스로 기자로서는 나쁘지 않았다고 생각하고 싶은데, 도준은 '기자로서의 이다임'을 무시하고 '여기자로서의 이다임'만 상대하고 있는 것 같았다.

그렇게 다임이 온갖 잡념과 함께 폭탄주를 세 잔쯤 더 비웠을 때야 도준은 겨우 자리로 돌아왔다.

"이 기자님, 많이 마셨네요. 술이 부족하신가 봐요?"

도준은 그새 비어 버린 술병들을 보고 조금 놀란 눈치였다.

"그러게요. 술이 모자라네요. 선배는 들어갔어요?"

"댁에다 모셔다드렸습니다. 그런데 이 기자님은 안 들어가셔도 괜찮으시겠습니까?"

"저야 뭐 한가한 사건팀 기잔데요."

다임은 그렇게 중얼거리면서 폭탄주를 또 새로 한 잔 말아 단숨에 비워 버렸다. 도준은 조금 놀란 눈치이긴 했지만, 다임을 말리지는 않았다.

"갑자기 술 엄청 달리십니다."

"검사님은 별로 안 마셨죠?"

이 말은 '너, 안 취했으면 얼른 술잔을 들지 못하겠느냐.'라는 뜻이었다. 알코올이 이성을 흐린 건지, 여느 때의 다임이라면 하지 않았을 말이었다.

그것을 알아차린 도준의 입가에, 슬그머니 장난기 어린 미소가 걸리기 시작했다.

"네, 별로 안 마셨네요."

"그럼 재미없잖아요."

"그러면 저도 한잔할까요?"

도준은 맥주병을 들어 자신의 잔을 채웠다. 이어 옆에 놓여 있던 위스키 병도 들어 잔에 콸콸 부어 넣었다.

다임이 제정신이었다면 도준이 따르는 술의 양을 보고 '조금 많은데?'라는 생각을 했을 것이다. 하지만 다임은 도준이 나간 사이 비워 버린 폭탄주 때문에 많이 취한 상태였다.

"그럼 건배하시죠."

도준이 잔을 들어 올리자, 다임은 아무 말 없이 자신의 잔을 도준의 잔에 부딪친 후 단숨에 마셨다. 도준도 다임을 따라서 그 독한 술을 단숨에 다 마셔 버렸다.

"이거 재미있네요."

도준이 피식 웃으면서 자신의 잔에 다시 위스키를 부어 넣었다. 이번에는 맥주 없이, 위스키만으로 잔을 가득 채웠다.

"참, 오늘 기자님 뵈면 드리려던 말씀이 있었는데, 나중에 다시 자리 만드는 게 나을 것 같네요."

"무슨 얘기요?"

"그게 조금 사적인 얘기라⋯⋯. 이 말 기억 못 하시려나. 내일 술 깨면 제가 다시 말씀드리겠습니다."

"그 정도도 기억 못 할 만큼 취한 거 아니거든요!"

"네네. 알겠습니다, 이 기자님."

도준은 적당히 말을 흘리면서 또 그 독한 위스키를 단숨에 비워 냈다.

이렇게 주거니 받거니 하고 있자니, 안 그래도 도준 쪽으로 향하고 있던 '화풀이'라는 화살이 이제는 아예 도준을 정조준하기 시작했다.

'신문사 같지도 않은 신문사에서 일하는 게. 뭐 그리 대단한 얘길 한다고 내가 무조건 들어 줘야 하는데?'

성화가 남겨 놓은 폭언이 또다시 다임의 머릿속을 주문처럼 헤집고 지나갔다.

도준이 '이다임'을 정말 기자로 생각하고 있다면 이렇게 쉽게 굴어 댈 수 있을까. 분명히 아닐 것이다.

취재원에게 있어 기자는 어려운 존재여야 하지, 이렇게 쉽게 수작질을 걸 수 있는 대상이 아니어야 한다.

기자로서는 더 이상 얕보이고 싶지 않았다. 다른 자존감이 모두 닳아 없어지더라도 기자로서의 자존감만은 끝까지 남아 있어야 한다.

"이보세요, 현도준 검사님! 진짜 똑바로 안 하실래요?"

다임은 버럭버럭 소리를 지르며 자리에서 일어나나 싶더니, 폭탄주 한 잔을 그대로 원샷해 버렸다. 도준은 잠깐 당황한 기색을 보였지만 곧 피식 웃어 버렸다.

"이 기자님, 내일 분명히 후회하실 텐데요."

"후회 안 할 거거든요! 그리고 웃지 마세요. 이게 지금 웃을 상황이에요? 왜 웃어요. 내가 그렇게 쉬워 보여요?"

"아니, 아니에요. 웃은 게 아니라……. 이 기자님, 많이 섭섭 하셨나 봐요."

"섭섭한 게 아니라 열받는 거라고요!"

다임은 테이블에 있는 잔 중 아무 잔이나 집어 들고는 또 한

번에 들이마셨다. 도준은 정말로 재미있는 상황이 됐다는 듯, 깍지 낀 양손에 턱을 괸 채로 다임을 올려다보았다.

"뭐가 그렇게 열받으시는 겁니까?"

"자꾸 왜 단둘이 보자고 하는 건데요! 제가 그렇게 만만해 보이세요? 여기자라고 우습게 보여요? 아니면 그냥 내가 쉬워 보이나?"

"이 기자님을 우습게 본 적은 없는데……. 그렇게 얘기하시면 오히려 제가 섭섭합니다."

"그럼 자꾸 집적대지 말라고요!"

다임은 도준을 노려보면서 테이블에 놓여 있던 잔 두어 개를 또 연달아 비웠다. 그런데 그 잔 속 내용물은 다임이 지금까지 마셨던 폭탄주가 아니라, 누군가가 가득 따라 놓은 위스키 스트레이트였다.

"이 기자님, 그건 좀 세겠습니다?"

도준은 그렇게 말하면서도, 다임의 페이스에 맞춰 자신도 술을 한 잔 더 마셨다. 도준이 든 것 역시 폭탄주가 아니라 위스키만 가득 담긴 잔이었다.

도준은 그렇게 마시고도 여전히 취한 기색이 없었다. 다임은 그게 또 마음에 들지 않았다.

"검사님은 왜 안 취해요?"

"그러게 말입니다. 그래서 이렇게 재밌는 걸 보네요."

"재밌어요? 이게?"

"재미있죠. 이 기자님이 저한테 이렇게 속마음을 제대로 얘기하는 게 처음인데요. 이 기자님이 술만 안 취했으면 진짜로 더 재밌을 것 같은데, 아쉽습니다."

다임은 도준을 향해 거세게 눈을 부라렸다.

그리고.

딱 거기까지였다. 다임은 더 항의를 이어 가지 못하고, 그만 그 자세 그대로 풀썩 엎어지고 말았다. 주량의 한계가 찾아온 것이다.

방금 전까지 재미있어 하던 도준의 얼굴이 사색이 되었다.

"이 기자님!"

도준은 급히 곁으로 달려가 다임을 일으켜 세웠다. 도준이 어깨를 가볍게 흔들었지만, 다임은 일어나지 않았다.

"이 기자님, 괜찮으세요? 이 기자님!"

완전히 정신줄을 놓아 버린 다임은, 도준이 자신을 일으키기 위해 애쓰고 있다는 것도 몰랐다. 그저 '똑바로 하시라고요. 똑바로.'라는 말만 메아리처럼 허공을 맴돌았다.

도준이 쓰러져 버린 다임을 보며 어떻게 해야 하나 고민하고 있을 때, 먼저 자리를 떴던 기자에게서 다행히도 연락이 왔다. 다임을 택시에 태워 보내려고 한다고 대강 둘러대자, 다임이 어디 사는지 알고 있다며 메신저로 위치를 찍어 줬다.

"여기가 맞나?"

도준은 창문을 내리고 주변을 둘러보았다. 알려 준 대로라면 다임의 집은 이 근방이 맞을 것이다.

"여기 세워 주세요."

대리 기사가 차를 세우자 도준은 다임의 어깨를 가볍게 두드렸다.

"이 기자님, 댁 근처예요. 일어나셔야죠?"

하지만 술이 떡이 된 다임은 도통 일어날 기미를 보이지 않았다. 그래서 도준은 일단 다임을 차에서 내리게 했다. 찬 바람을 쐬다 보면 다임도 정신을 차리지 않을까 하는 생각에서였다.

"이 근처라는 것만 알지 정확히 어딘지는 모르는데."

도준은 가늘게 인상을 쓴 채 주변을 둘러보았다. 그러다가 문득, 제 팔에 기대어 정신줄을 놓은 다임을 보았다.

참 가벼운 여자였다. 키가 작은 것도 아니고 몸이 마른 것도 아닌데, 기대어 오는 무게가 이상하게 가벼웠다. 그리고 그 무게는 참 따뜻하기도 했다. 도준은 지금 상황도 잊은 채 입가에 옅은 미소를 걸었다.

"제대로 들어 드릴 테니까, 섭섭한 게 있으면 술 안 마신 상태에서 얘기해 주세요. 그래도 자꾸 보자고 하지 말라는 건 저도 못 들어드리겠습니다. 저희 계속 봐야 하지 않겠어요?"

다임은 전혀 듣고 있지 않은 것 같았지만, 그래도 도준은 다임의 귀에 작게 속삭였다.

그때, 도준은 갑자기 뒤를 돌아보았다. 마치 뒤통수가 타오르는 것처럼 따끔따끔한 시선이 느껴졌기 때문이다.

눈빛 화살을 쏘아 댄 장본인은 금방 찾아낼 수 있었다. 꽤 키가 큰 청년 하나가 이쪽을 잡아먹을 듯이 노려보고 있었던 것이다.

"당신 뭐예요?"

청년은 적의를 감추지 않은 채 으르렁거렸지만, 도준은 꽤나 속 편하게 '잘생긴 놈이네.'라고 생각했다.

슬쩍 손목시계를 들여다보니 벌써 새벽 2시였다. 내일 업무에 지장을 받지 않으려면 다임을 집에 데려다주고 자신도 빨리 귀가해야 했다.

도준은 다임을 데리고 청년에게로 가까이 다가갔다.

"이 기자님이랑 아는 사입니까?"

"당신 누군데 사람이 이 지경이 될 때까지 술을 먹인 거예요?"

청년, 그러니까 선우의 말에는 명백하게 가시가 돋쳐 있었다.

선우가 여기까지 찾아온 것은, 두 시간 전쯤 수상쩍은 메시지를 하나 받았기 때문이다. 그 메시지는 '누나, 아까는 미안했어.'와 '누나, 바쁜데 신경 쓰이게 해서 미안해.'라는 메시지에 대한 다임의 답장이었다.

[겐ㄴ차아 근댜 케비ㅣ 자증ㅇ나 현저즈ㅡㄴ더 어ㅐ이라는ㄴ디]

무슨 뜻인지는 해석할 수 없어도, 다임이 만취 상태라는 것만은 확실하게 알 수 있는 메시지였다. 걱정이 된 선우는 전화를 걸어 보았지만, 다임은 전화도 받지 않았다.

그래서 무작정 다임의 집으로 찾아와 본 것이었다. 그런데 웬 처음 보는 남자가 정신을 잃은 다임을 부축하고 있었으니, 불같이 화가 날 만한 일이 아닐 수 없었다.

그런 사정을 전혀 모르는 도준은 우선 선우부터 위아래로 스캔했다. 믿을 만한 사람인지, 다임을 맡겨도 괜찮을지 확인하려는 것이었다.

"누나한테 대체 무슨 짓을 한 거예요!"

"무슨 짓을 하다니. 이 기자님 혼자서 술 달리신 건데."

"이보세요, 현……도준 검사님."

선우가 어림짐작으로 눈앞의 남자 이름을 부르자, 도준은 약간 놀란 눈으로 선우를 다시 훑어보았다.

"네, 맞습니다만. 저를 어떻게 아십니까?"

"검사님은 모르시겠지만, 제가 다임 누나랑 꽤 친하거든요."

선우는 일부러 '다임 누나'라는 단어에 힘을 주어 말했다. 다임에게서 네 이름을 들을 정도로 나는 다임과 친하다, 그런 뜻이었다.

도준은 선우가 그러거나 말거나 크게 신경 쓰지 않는 것 같았다. 오히려 마침 잘됐다는 얼굴을 하더니, 선우에게 다임을 떠안겨 버렸다.

"그럼 잘됐네요. 이 기자님 댁 알죠?"

예상치 못한 상황에 당황한 선우는 무너지는 다임부터 받쳐 들었다.

그러는 사이에 도준은 주머니에서 휴대폰을 꺼내 들었다. 그러고는 선우와 선우에게 기대어 있는 다임의 모습을 촬영하기 시작했다.

"지금 뭐 하시는 겁니까?"

"별건 아니고. 그쪽이 뭐 하는 사람인지 내가 어떻게 알고 이 기자님을 함부로 맡기나. 이건 보증 수푭니다."

"누나한테 나쁜 짓은 그쪽이 했겠죠!"

"나 참, 그런 거 아니라니까요."

물론 도준도 선우가 다임에게 해를 끼칠 만한 사람이 아니라는 것을 분위기로 어렴풋이 알아차리긴 했다. 지금 선우가 온몸으로 내뿜고 있는 열기를 본다면, 누구라도 그렇게 느낄 것이다.

하지만 도준은 일부러 그 사실을 모른 척했다. 자신을 향해 가시를 곤두세우는 선우가 재밌어서, 어쩐지 놀려 주고 싶은 마음이 생겼기 때문이다.

"그리고 이 영상은 이 기자님께도 전송."

"이보세요!"

선우는 입으로 소리만 지를 뿐 별다른 행동을 하지는 못했다. 양팔로 다임을 받치고 있는 상태였기 때문이다.

그 모습에 도준은 코끝으로 피식 웃더니, 이번엔 선우에게 휴대폰을 건넸다. 선우는 '이 미친놈이 또 왜 이러나?' 하는 얼굴로 휴대폰과 도준을 번갈아 보았다.

"기왕이면 그쪽 연락처도 거기 남기죠?"

"제 연락처는 왜요?"

"아까도 말했지만, 그쪽이 뭐 하는 사람인지 내가 어떻게 알고 이 기자님을 맡깁니까? 보증 수표는 여러 개 있어야지."

"제가 그쪽보다는 믿을 만한 사람이거든요?"

"그럼 이 기자님 댁을 저한테 알려 주시든가. 제가 모셔다드리게. 아님 같이 갈까요? 시간이 너무 늦긴 한데."

도준은 그렇게 중얼거리면서 다시 손목시계를 들여다보았다.

선우는 도준을 확 쏘아보았지만, 방법이 없었다. 그래서 굉장히 불쾌한 얼굴로 휴대폰 화면을 세게 누른 후 도준에게 툭 던져 주었다.

도준은 휴대폰에 찍힌 번호를 보고 한 번 씨익 웃더니 전화를 걸어 보았다. 가짜 번호가 아닌지 확인하려는 것이다.

"맞네."

선우의 주머니에서 벨소리가 울리는 것을 확인하고 나서야 도준은 전화를 끊었다. 선우가 자신을 죽일 듯이 노려보고 있든 말든, 도준은 유유히 휴대폰을 주머니에 집어넣었다.

"그럼 이 기자님 좀 댁까지 잘 모셔다드리세요. 기왕이면 그쪽이 이 기자님을 댁에 제대로 모셔다드리는 걸 확인하고 싶긴 한데, 저도 내일 일찍 출근해야 해서 빨리 들어가 봐야 하거든요."

"신경 끄시죠."

선우가 으르렁거렸다. 그러나 도준은 더 상대할 가치도 없다는 듯, 대꾸 없이 곧바로 차에 올라탔다.

"이 기자님 댁에 잘 모셔다드리고 나면 저한테도 연락 한 통 넣어 주세요."

"그쪽이 신경 쓸 일 아니니까 들어가시라고요!"

도준은 선우의 대답도 듣지 않은 채 창문을 올렸다. 이윽고 도준을 태운 차는 선우의 시야 밖으로 완전히 사라져 버리고 말았다.

남겨진 선우는 어이가 없었다. 하지만 다임을 떠받치고 있는 상태였기에, 도준의 차가 사라진 방향을 죽어라고 노려보는 것 외엔 달리 할 수 있는 일이 없었다.

"뭐 저런 이상한 놈이 다 있어."

그래도 차가 사라진 방향을 향해 이를 벅벅 갈아 대는 것만은 잊지 않는 선우였다.

다임은 현관문 앞에 도착하자 기가 막히게 정신을 차렸다. 그러나 비밀번호를 누르자마자 언제 정신을 차렸냐는 듯 다시 또 기절해 버렸다. 정말 놀라운 귀가 본능이 아닐 수 없었다.

선우는 긴 한숨을 내쉬면서 다임을 침대에 눕혔다.

침대에 누워 잠이 든 다임을 본 선우는 새로운 고민에 빠져들었다. 다임의 얼굴에 아직 남아 있는 엷은 화장이 영 마음에 걸렸던 것이다. 저대로 자게 놔두면 피부 트러블로 며칠은 고생할 것이다.

대충 화장을 지워 줄까 생각해 봤지만, 다임과 선우 사이에는 아직 미묘한 거리감이 있었다. 차라리 아예 아무런 감정이 없었더라면 간단하게 화장을 지워 줄 수 있었을 텐데.

선우가 이런저런 고민에 빠져 있을 때, 다임이 갑자기 자리에서 벌떡 일어났다.

"선우야!"

"으악!"

소스라치게 놀란 선우는 한심한 비명 소리와 함께 자리에 주저앉고 말았다.

"누, 누나, 깨, 깼어?"

어안이 벙벙한 상태였지만, 그래도 고분고분 대답은 했다.

선우는 자신이 하고 있던 생각을 혹시라도 다임에게 들킨 건 아닐까 싶어 무척 조마조마했다. 그러나 다임은 침대에 앉은 채 배시시 웃기만 했다. 술김에 잠시 정신이 든 것뿐인 듯, 그대로 다시 침대에 쓰러졌다.

다임은 침대에 픽 쓰러지면서도 선우가 당황해할 만한 말 한마디를 더 남겼다.

"우리 선우! 지인짜 잘생긴 우리 선우! 내가 본 남자 중에 제일 잘생겼어!"

선우의 두 뺨이 새빨갛게 불타올랐다. 다행히도 다임은 만취 상태라 선우의 얼굴색이 바뀐 것을 알아차리지는 못한 것 같다. 하긴, 만취 상태가 아니었다면 이런 소리 자체를 하지 않았을 것이다.

선우는 한참을 그렇게 서 있다가 머리를 긁적이며 다임에게로 다가갔다.

"누나, 깬 거야? 물 좀 마실래?"

"응, 나 물 좀 주라, 선우야. 에헤헤."

목소리만 들어서는 정신이 든 건지 아닌 건지 구별을 할 수가 없었다. 그래도 만취 상태인 것만은 분명했다. 필름이 끊길 정도가 아니었다면 선우에게 이렇게 애교를 부려 대지는 않았을 것이다.

선우가 찬물이 담긴 컵을 가져오자 다임은 다시 자리에서 일어나 아주 달게, 단숨에 그 컵을 비웠다.

다임은 컵을 돌려주면서 선우의 눈을 빤히 쳐다보았다.

"선우야."

선우의 눈에는 그 취기 어린 눈도 꼭 예쁜 샛별처럼 보였다. 선우의 목덜미는 또다시 새빨갛게 물들고 말았다. 하지만 다임의 입에서 나온 말은 반짝이는 샛별 같은 눈과는 어울리지 않는, 무척이나 슬픈 얘기였다.

"너, 내가 아깝다고 했지. 성화는 정리하는 게 맞는 사람 같다고."

"어? 아, 낮에 그랬지."

무슨 소리를 하나 했더니, 선우가 무심결에 내뱉은 속마음을 아직도 마음에 담아 두고 있었던 모양이다. 선우는 '그냥 한 말이니까 신경 쓰지 마.'라고 하려고 했지만, 다임이 먼저 말을 이었다.

"그거 나도 알아. 정리하는 게 맞지. 내가 아까운지 성화가 아까운지 나는 잘 모르지만, 그래도 끝이었던 게 맞아."

다임의 목소리가 조금씩 젖어 들었다. 그래서 선우는 아무 말도 하지 못했다. 다임이 하는 얘기를 묵묵히 들어 줄 수밖에 없었다.

"그래도 나는 도저히 성화를 놓을 수가 없었어. 성화가 없으면 내가 아무것도 아닌 것 같았으니까. 사실 나를 아무것도 아니게 만드는 말을 했던 건 성화였는데, 나 없는 이다임은 아무 것도 아니라고 한 건 성화였는데……. 성화가 예쁘다고 해 주지 않으면 난 정말 아무것도 아닌 게 될 것 같아서……, 그래서 못 놨었어."

눈물 한 방울이 툭 떨어졌다. 그래도 이번에는 오열이 아니었다. 괜찮아졌다는 말대로 눈물도 한 방울 그 이상은 흐르지 않았다.

하지만 다임의 표정은 그 이상으로 공허했다. 마치 많은 것이 빠져나간 것처럼. 속이 텅 비어 버린 것처럼.

"이건 감정이 아니라 감정의 관성이겠지. 근데 그걸 멈추는 게 쉽지가 않아."

"누나, 다 괜찮을 거야. 누나는 지금 그 사람이 건 주문에 걸려 있는 것뿐이니까. 그 사람이 하도 누나를 훔쳐 가다 보니까 누나도 그런 생각을 하게 된 것뿐이야. 누나도 잘 알잖아. 누나가 얼마나 멋진 기자이고, 멋진 여자인지."

선우는 다임의 어깨를 살짝 쓰다듬어 주었다. 다임의 어깨가 살짝 떨렸다.

"주문이 풀리고 나면, 누나가 얼마나 대단한 사람인지 누나 스스로도 알게 될 거야. 너무 자신을 비하하지도 말고 자책하지도 마."

저 비어 버린 마음에 자신이 들어가고 싶다는 생각만은 감히 할 수 없었다. 선우는 그저 다임의 어깨만 한 번 더 쓰다듬어 줄 뿐이었다.

다임이 잠깐 멍하니 앉아 있나 싶더니 갑자기 무언가를 주섬주섬 찾기 시작했다.

"누나, 뭐 찾는데?"

"어? 아니, 휴대폰. 아, 여깄다."

다임은 제 머리맡에서 휴대폰을 찾아내고는, 울었던 것이 언제냐는 듯이 금세 방긋 웃었다. 인사불성으로 취한 상태에서조차, 휴대폰을 가까이에 놔두는 기자의 버릇만은 놓을 수 없었던 모양이다. 그런데 문제는 그 버릇이 아니라 휴대폰을 찾는 이유였다.

"보자, 박성화 연락처가……."

"누나, 잠깐만! 지금 누나 완전 취했어! 그거 아냐, 그거 아냐."

다임이 중얼거리는 소리를 듣고 사색이 된 선우는 다임의 손을 덥석 잡으며 말렸다. 하지만 제정신이 아닌 다임은 선우의 손을 확 뿌리쳐 버렸다.

"취한 건 맞는데 괜찮거든? 문자 정도는 보낼 수 있거든?"

"누나, 잠깐만! 잠깐마안!"

다임은 선우가 말리는 것도 듣지 않고 휴대폰 화면을 다다닥 눌러 댔다.

"누나, 아침에 일어나면 그거 진짜로 후회할 텐데……."

"아냐, 그런 거. 선우 네가 볼래?"

다임은 성화에게 보낼 문자를 다 작성했는지, 휴대폰 화면을 들어 선우에게 보여 주었다. 선우는 여차하면 메시지 내용을 모두 지워 버릴 생각으로 그 화면을 들여다보았다. 그러나 곧, 선우의 얼굴에서 창백한 기색이 사라졌다.

[헤어짐을 말하고도 아무런 정리 없이 그대로 끝이 나는구나.

그날 그렇게 싸운 것이 마지막이라니 인간관계의 마지막이 그래서는 안 된다는 생각이 든다.

그래도 며칠이 지나고 몇 주가 지나니, 네가 내 자존감 도둑이었다는 것을 이제 인정할 수밖에 없게 됐다.

끊임없이 나를 깎아내리고, 너 없는 나는 아무것도 아니라고 얘기를 하면서, 그렇게 내가 네 곁을 떠나지 못하도록 세뇌를 시켜 둔 게 너는 좋았니. 그렇게 붙들어 놓은 나를, 네 감정의 쓰레기통으로 삼았던 게 너는 만족스러웠니.

지난 2년, 고마웠다고는 말할 수 없지만, 좋은 시간이었다고도 말하기 어렵지만, 그래도 가끔은 즐거웠다.

다시 얼굴 마주치는 일이 없었으면 좋겠지만, 그래도 행여나 얼굴 마주치는 일이 생긴다면 서로 알은척도 하지 말자.]

이 정도 수준의 문자 메시지라도, 아침에 일어나면 이불을 뻥뻥 찰 것이 틀림없었다. 그래도 선우가 생각했던 것만큼 최악의 내용은 아니었다.

그리고 어차피 지금 말린다고 해서 다임이 이 메시지를 안 보낼 것 같지도 않았다. 이렇게라도 정리하고 싶어 한다면 하게 해 주는 게 낫다는 생각이 들었다.

선우가 휴대폰을 돌려주자, 다임은 한 번 더 방긋 웃더니 메시지 전송 버튼을 눌렀다.

그것이 끝이었다. 다임은 그대로 기절하듯 자리에 엎어져 버렸다.

"지금 이거 기억이나 할 수 있으려나."

이불을 목까지 덮어 주자 다임은 더할 나위 없이 평온한 얼굴이 되었다. 조금 전까지 남아 있던 공허한 기색도 온데간데 없었다.

선우는 그런 다임을 보는 게 안쓰러웠다. 그래서 자고 있는 다임의 머리카락을 가볍게 쓰다듬어 주었다.

마음 같아서는 깊게 잠든 다임의 이마에 입맞춤이라도 해 주고 싶었다. 그러나 그래서는 안 된다는 것을 선우는 잘 알고 있었다.

"괜찮겠지."

선우는 다임이 깨지 않도록 조심스럽게 자리에서 일어났다.

다임이 메시지를 보낸 것은 기억하더라도 방금 그 눈물만은 기억하지 못했으면 좋겠다고 선우는 생각했다. 아픈 것만큼은 다임이 평생 기억하지 않았으면 했다.

선우는 천천히 현관문 밖으로 나가다 말고 다시 뒤를 돌아보았다. 다임은 정말 평온한 상태로, 푹 잠들어 있었다. 그래서 선우는 조용히 현관문을 닫을 수 있었다.

이다임 너,
정신 못 차리지

"헐, 대박······."

다음 날 아침, 다임은 잠에서 깨어나자마자 정신없이 휴대폰부터 확인했다. 휴대폰에는 몇 시간 전 성화에게 문자를 보낸 내역이 고스란히 남아 있었다. 기억에 전혀 없는 일이었다.

"아악, 이다임 미쳤어!"

메신저에는 도준이 보내 준 동영상도 하나 있었다. 영상에는 술에 취해 정신을 잃은 자신과 난데없는 선우가 찍혀 있었다. 이것도 기억에는 전혀 없는 일이었다.

[잘 들어가셨지요? 방금 이 친구가 이 기자님과 잘 아는 사이라고 하면서 이 기자님을 댁으로 모셔다드렸는데 제대로 들어가셨는지 걱정이 돼서 인증 남깁니다. 혹시 이 친구가 이상한 짓이라도 했다면 말씀 주세요.]

심지어 도준은 상황 설명도 친절하게 몇 줄 붙여 놓았다.

다임은 이불을 팡팡 발로 차면서 울부짖었다.

"이다임, 이 미친년아!"

드문드문 남아 있는 필름의 조각을 억지로나마 짜 맞춰 보니 도준에게 '진짜 똑바로 안 하실래요!'라고 소리를 질렀던 것 같긴 하다. 그러나 어떻게 집에 들어왔는지, 집에 들어와서 무슨 일을 했는지에 대한 필름은 하나도 남아 있지 않았다.

마음 같아서는 엊저녁으로 돌아가서 술잔을 들고 있는 자신의 뒤통수를 한 대 힘껏 후려갈기면서 '이 미친년아! 그만 마셔!'라고 욕을 하고 싶었다.

"이다임! 술 끊으랬지, 내가!"

다임은 이불을 주먹으로 퍽퍽 두드리면서 마구 소리를 질렀다.

하지만 아무리 흑역사를 쌓았다고 해도 출근은 출근이었다. 울상이 된 다임은 침대에 앉은 채로 급하게 노트북부터 켰다. 이어 사건팀 단체 채팅방에 대충 아침 보고를 올린 후 곧바로 현관으로 달려 나갔다. 그나마 도북경찰서 기자실에는 사람이 별로 없으니까, 다임이 집에서 업무를 봤다는 사실은 아무도 모를 것이다.

다임은 운동화에 발을 구겨 넣다 말고 인상을 확 찌푸렸다. 신발장 위에 소중하게 모셔져 있는 커다랗고 못생긴, 접시 모양 장식품을 발견한 것이다. 언젠가 중국에 다녀온 성화가 출장 선물이라며 다임에게 안겨 준 바로 그 물건이었다.

"에이씨, 이게 왜 아직 여기 있어."

다임은 접시를 냅다 바닥에 던져 반으로 쪼개 버렸다. 그러고는 조각난 접시를 쓰레기통에 던져 넣은 후 현관문을 박차고 나갔다.

"어떻게 수습하지?"

다임은 택시에 타자마자 머리카락을 쥐어뜯었다. 드문드문 남아 있는 필름을 수습하는 것도 벅찬데, 남아 있지 않은 필름은 어떻게 수습해야 할지 막막하기만 했다.

"으악!"

다임은 갑자기 울린 진동에 놀라서 그만 휴대폰을 떨어뜨리고 말았다. 이상한 눈으로 쳐다보는 택시 기사에게 애매모호한 눈웃음을 보여 준 후, 엉거주춤 휴대폰을 들어 올렸다.

아침부터 전화를 걸어온 사람은 역시나 도준이었다.

"이거 어떡해. 어떡하지."

다임은 휴대폰 화면에 떠오른 '서주지검 현도준 검사'라는 글자를 보고 또 울상이 되었다. 틀림없이 어제 일을 따지고 들기 위해 전화를 건 것이리라.

드문드문한 기억 속에서도 도준에게 무례하게 굴었던 필름만은 아주 확실하게 남아 있었다. 기억이 안 난다고 하기엔 양심의 가책이 느껴질 만큼 아주 뚜렷하기만 한 필름이었다.

하지만 취재원이 건 전화를 피할 수는 없어, 다임은 어쩔 수 없이 다 죽어 가는 목소리로 전화를 받았다.

"네……, 하나일보 이다임입니다."

— 이 기자님, 출근은 잘 하셨어요?

울 것 같은 다임과는 달리, 도준은 의외로 굉장히 밝은 목소리였다. 숙취가 있다든가, 술이 덜 깼다든가 하는 기색도 전혀 느껴지지 않았다. 막판에는 도준도 엄청나게 술을 많이 마신 것 같은데 말이다.

"네. 저……, 어제는 죄송했습니다, 현 검사님."

— 죄송이라……. 어제 무슨 말 하셨는지는 기억나시죠?

"네. 정말……, 죄송합니다."

'본심은 아니었어요.'라든지, '술김에 이상한 소리를 했나 봐요.'라고 둘러댈 수도 없었다. 술김에 막말을 하긴 했어도 전부 진심이긴 했으니까.

다임은 가까운 산에 좋은 묏자리만 있다면 제 발로 찾아가 그 안에 드러눕고 싶다고 생각했다. 흙을 덮는 것은 도준과 선우에게 맡겨야 할 것이다.

다임이 침울해하고 있는 것과는 반대로, 휴대폰 너머에서는 영 이상한 소리가 건너왔다. 누가 들어도 숨죽인 웃음소리였다. 그러니까 도준은, 지금 다임이 하는 사과를 듣고서 숨을 죽여 웃고 있는 것이다.

'이 양반이 웃어? 실성했나?'

그러나 다임도 그 말만은 입 밖으로 꺼내지 못했다. 지금 다임은 석고대죄를 해도 모자랄 대역 죄인이었다.

도준은 그렇게 한참을 숨죽이고 웃는가 싶더니, 또 짐짓 근엄한 말투로 다임을 불렀다.

— 이 기자님.

"아, 네, 현 검사님."

— 지금 제일 겁나는 게 제가 이 일 소문낼까 싶은 거죠?

"혀, 현 검사님……. 그……, 아닙니다."

방금 전까지는 어이가 없었는데, 이번에는 또 뒷골이 싸해진다. 다임은 눈앞이 아찔해지는 것을 참으면서 침을 꿀꺽 삼켰다.

— 거짓말 안 하셔도 됩니다. 이 기자님이 어떤 분인지 제가 모르겠습니까.

"네에……."

다임은 처분을 기다리는 대역 죄인의 심정으로 다소곳하게 대답할 수밖에 없었다. 휴대폰 건너편에서는 또 숨죽인 웃음소리가 넘어왔다. 하지만 뭐라고 할 수도 없어서 다임은 고개만 푹 숙였다.

그런데 도준이 그 웃음소리를 끝내면서 내린 처분은 다임이 전혀 생각지도 못한, 뜻밖의 것이었다.

— 그럼 소문내지 않을 테니까, 저랑 두어 번 정도 더 보실까요? 다른 기자분들 없이.

"네? 그게 무슨 말씀이세요?"

놀란 목소리가 이상하게 튀어 올랐지만, 그런 걸 신경 쓸 때가 아니었다. 도준은 무척이나 태연한 말투로, 그 이상한 처분에 설명을 덧붙였다.

— 이 기자님, 어제 둘이 보자는 소리 좀 그만하라고 화내신

거 기억 안 나십니까?

"아니, 그게……. 네, 기억은 나는데요."

— 그런 소리까지 듣고서 '네네, 알겠습니다.' 하고 넘어갈 호구는 아니거든요, 제가. 그러니까 그런 소리 하셨으니 싫은 일 좀 당해 보시라는 겁니다.

"그, 그……, 네?"

— 그런 말씀 하신 대가라고 생각하시면 됩니다.

도무지 대꾸할 말을 찾을 수가 없었다. 결국 막말을 들었으니 그 막말대로 해 주겠다는 게 도준이 하는 얘기의 요점인 셈이었다. 하지만 다임 생각에 그건 그냥 궤변이었다.

게다가 하필이면, 잘려 나간 필름 한 조각이 때마침 되돌아와 버렸다.

'자꾸 왜 단둘이 보자고 하는 건데요! 제가 그렇게 만만해 보이세요? 여기자라고 우습게 보여요?'

다임은 아랫입술을 꽉 깨물었다. 도준이 어제 일을 빌미 삼아 이런 협박을 하는 것은, 자신을 아주 쉽게 보고 있기 때문이라는 생각이 들었던 것이다.

그게 아니라면 아주 고약한 괴롭힘의 일종일 것이다. 네가 날 짜증 나게 했으니 네가 싫어하는 것을 내가 해 주겠다는.

도준의 꿍꿍이야 어쨌든 지금은 일단 다임도 그러겠노라고 대답할 수밖에 없었다. 그만큼 도준의 협박은 무시무시한 것이었다.

"네, 현 검사님. 알겠습니다……."

다임이 더 침울해지자, 반대로 도준은 더 밝아졌다.

— 그럼 그렇게 하시는 걸로 알고 전화 끊겠습니다. 저도 이제 업무가 있어서. 이 기자님도 출근 잘 하시고요.

"네, 검사님."

— 그럼 제가 조만간 날짜랑 장소 잡아서 연락드리겠습니다.

도준은 그렇게 말한 후 제 쪽에서 먼저 전화를 끊었다. 다임은 통화 연결이 끊어지는 소리를 다 듣고 난 후에도 한동안 휴대폰을 아래로 내려놓지 못했다.

한참 후에야 긴장이 풀린 다임은 겨우 도준을 향한 욕을 내뱉을 수 있었다.

"진짜 미친 새끼."

택시 기사가 한 번 더 이상하다는 듯한 눈으로 백미러를 통해 다임을 쳐다봤지만, 다임은 신경 쓰지 않았다.

"이 양반도 제정신 아니야."

⁓ℓℓ⁓

도준은 컴퓨터 모니터 화면에 이런저런 맛집 정보를 띄웠다. 도준이 너무 기분 좋다는 얼굴을 하고 있었기에, 같은 방 검사까지 '무슨 좋은 일 있어요?'라고 물어보았다.

"별일 아닙니다."

도준은 올라간 입꼬리를 굳이 아래로 내리려고 하지도 않았다.

그런데 다임과 만날 장소를 고르자니 마땅한 장소가 없어 보였다. 블로그나 인스타그램 후기를 이리저리 뒤져 봐도 딱히 마음에 드는 곳이 없었다.

1분 정도 고민한 끝에 도준은 간단히 결론을 내렸다.

"거기 가면 되겠지."

'거기'는 도준이 한 달 전쯤 무언가를 봤던 가게였다.

어쩌면 다임에게 상처가 될 일이 생길지도 모른다. 하지만 이런 문제는 주사를 맞는 것과 비슷해서 한 번에 끝내는 게 나을 것이다. 도준은 그렇게 생각하면서 모니터 전원을 끄고 서류를 챙겼다.

전원을 끄기 전, 모니터 화면 구석에는 'SG엔터테인먼트'라는 글자가 적힌 문서가 하나 떠 있었다.

～ele～

오후 내내 숙취로 머리가 쨍하니 울렸지만, 오늘도 술자리는 피할 수 없었다. 다임을 환영하기 위한 사건팀 회식이 열리는 날이었기 때문이다.

"술 좀 그만 마셔야지."

다임은 지키지도 못할 말을 아무렇게나 내뱉으면서 하나일보사 근처 싸구려 고깃집으로 터덜터덜 걸어갔다.

숙취나 도준 때문에도 죽을상이었지만, 좋운 때문에도 죽을상이었다.

그동안 다임은 종운과 몇 차례나 부딪쳤다. 하지만 감정을 풀기 위한 자리는 아직 단 한 번도 가진 적이 없었다. 그런데도 종운은 이날 오전 중 '오늘 이다임 환영 회식은 예정대로 합니다. 당직자 제외 필참 바람.'이라는 공지를 사건팀 단체 채팅방에 올렸다.

별수 없었다. 이다임을 환영하기 위한 회식 자리인데, 이다임이 빠지는 건 모양새가 이상하지 않은가.

다임이 고깃집에 들어서자, 후배 하나가 금세 다임을 발견하고 손을 흔들었다.

"다임 선배 왔다!"

자본주의는 사람을 미소 짓게 만든다고 했던가. 다임은 표정을 부드럽게 만들려고 노력하면서 종운과 선후배 기자들에게 인사했다.

"어, 다임이 왔어?"

종운은 이미 얼큰하게 술이 오른 상태였다. 싸운 게 언제였냐는 듯 천연덕스럽기만 한 모습에, 다임은 빈정이 상했다.

"네, 캡. 사건팀 오고 나서 얼굴 보고 인사드리는 건 처음인 거 같네요."

"그래그래. 너네 다임이 본 적 있어? 모르는 애는 모르지? 다임아, 인사부터 해라."

선후배 기자들의 시선이 일제히 다임에게로 쏠렸다. 다임은 테이블 전체를 향해 다시 한번 가볍게 인사했다.

"안녕하세요. 이다임입니다."

후배들은 다임의 자리를 만들어 주겠다며 잠깐 소란을 피웠다. 종운 근처에 앉아 있던 몇몇 후배가 다임에게 자리를 비켜 주었지만, 다임은 못 본 척하면서 구석진 곳으로 도망쳤다.

"다임이 너 왜 그렇게 멀리 떨어져 앉냐? 여기로 와라."

종운이 살갑게 웃는 바람에 다임은 오소소 소름이 돋았다. 종운과 같은 테이블에 앉아 있는 후배들에겐 미안하지만, 그 테이블에만은 죽어도 앉기 싫었다.

"지금 캡 주변 분위기가 엄청 좋아 보여요. 자리 뺏기가 좀 뭐하니까 이따가 그쪽으로 갈게요."

"그래라, 그럼."

종운과 멀리 떨어진 곳에 자리를 잡자, 종운의 관심도 칼같이 끊어졌다.

"선배, 진짜 오랜만이에요! 잘 지내셨어요? 와, 선배 사건팀 올 줄은 진짜 몰랐어요."

"나도 몰랐어."

이번엔 후배 하나가 알은체를 해 오는 바람에, 다임은 또 억지로 웃었다.

사건팀으로 올 것만 몰랐겠니. 도북 라인에 배치될 것도 몰랐지.

다임은 이 후배가 자신을 정말로 반기고 있는 건지, 아니면 선배를 놀려 먹을 기회를 잡았다고 생각하고 놀리는 건지 당최 구별할 수가 없었다.

다임이 왼쪽에 앉아 있는 선배 기자에게 '안녕하세요, 선배.

이번에 도북 라인에 배치된⋯⋯.'이라고 인사를 하려고 했을 때 종운이 모든 테이블에 다 들리게끔 크게 소리를 질렀다.

"자, 다임이 왔으니까 다들 자기소개 해야지?"

들어오면서 한 인사로 자기소개가 끝난 줄 알았더니 아니었던 모양이다. 다임은 결국 인상을 구기고 말았다.

"다들 잔 채우고. 다임아, 소개하고 건배사 해라. 오늘 자리는 다임이가 주인공이야."

할 수 없었다. 다임은 다시 억지웃음을 만들어 내면서 자리에서 일어났다. 이어 '35기 이다임입니다. 이번에 법조팀에서 왔습니다. 사건팀은 오랜만이라서 모르는 게 많을 겁니다. 열심히 할 테니 잘 부탁드립니다.'라고 말하며 잔을 들어 올리자 흥이 오른 종운이 신나게 박수를 쳤다.

"오, 이다임! 잘해 보자!"

다임은 폭탄주를 원샷하고 자리에 그대로 주저앉았다. 이어 다임의 오른쪽에 앉아 있던 후배가 일어나 자기소개를 시작했다.

한숨 돌린 다임이 고기나 먹어야겠다는 생각에 젓가락을 들자, 이번엔 좀 전에 인사를 건네려고 했던 옆자리 선배가 다임에게 맥주병을 내밀었다.

"다임아, 내 잔도 받아야지. 우리, 얼굴은 처음 보지?"

다임은 얼른 젓가락을 내려놓고 빈 잔을 들었다.

"아, 네, 선배."

"폭탄주로 줘?"

"아니요. 그냥 맥주만 주세요."

"그래, 주종도 취향이지."

다임은 이 선배가 누구였는지 떠올리기 위해 곰곰이 기억을 뒤져 보았다. 그리고 곧, 언젠가 하나일보 전체 회식 자리에서 마주쳤던 것을 기억해 냈다. 이 사람이 바로 어제 다임에게 구원의 손길을 건네어준 그 사람, 사건팀 바이스인 현주였다.

"내가 임현주야. 메신저로만 얘기하고 이렇게 얼굴 보는 건 처음이네."

"전체 회식 자리에서 뵌 적 있어요."

"그래? 기억 못 해서 미안하네. 그래도 처음 본 거나 다름없는데 우리 짠 해야지?"

현주가 웃으면서 술잔을 들어 올리자 테이블에 앉아 있던 후배들도 모두 술잔을 들어 올렸다.

때맞춰 자신의 차례가 된 현주가 자리에서 일어났다. 현주는 '임현주입니다. 바이스예요.'라고 짧은 자기소개를 한 후 가득 차 있던 폭탄주를 단숨에 마셨다.

현주의 자기소개를 끝으로 공식적인 회식 '행사'도 일단 끝났다. 자기소개를 듣느라 잠깐 조용했던 분위기는 순식간에 와하고 흩어졌다.

"다임아, 저번에 데이트폭력 보도 자료 기사랑 어제 기사, 둘 다 아주 잘했어."

현주는 자리에 앉자마자 다시 다임에게 말을 걸어왔다. 다임은 고개를 꾸벅 숙여 현주에게 답례를 건넸다.

"바이스, 어제는 정말 감사했습니다."

"감사 들을 일 아니야. 윗사람하고 후배 사이에서 방패막이가 돼 주는 게 선배가 할 일인데, 뭐."

다임은 '그런 역할을 캡은 안 하고 있던데요.'라는 소리가 목구멍까지 치밀어 올랐다. 그러나 다임 역시 사회생활을 할 줄 아는 사람이었기에 그 소리를 입 밖으로 꺼내지는 않았다.

"그때도 얘기했지만, 너 굉장히 건강한 고민 한 거야. 4년 차 기자면 그 정도는 고민해야지. 그러니까 너무 마음 쓰지 말고."

"감사합니다."

"그래, 앞으로도 그런 생각할 거 있으면 언제든지 얘기해."

현주는 주변을 흘끗 둘러보더니 다임에게만 들릴 정도의 목소리로 작게 속삭였다.

"캡이 그런 도움 되는 새끼는 아니잖아?"

현주가 이런 말을 할 거라고 전혀 예상하지 못했던 다임은 놀란 토끼 눈을 떴다. 현주는 상쾌하게 웃으면서 태연히 술잔을 비웠다.

현주의 술잔이 빈 것을 본 다임이 그 잔에 다시 맥주를 채워 넣으려고 할 때쯤, 종운이 난데없이 버럭 소리를 질렀다.

"어느 새끼가 그래! 누가 그랬어!"

다임은 저 새끼가 또 왜 저러나 싶어 종운이 앉아 있는 테이블 쪽을 흘끗 쳐다보았다. 그러나 현주는 늘 있는 일이라는 듯 두 눈썹 사이에 주름을 잡았다.

"또 시작이네. 등신 새끼."

얼굴이 발갛게 달아오른 종운은 본인 맞은편에 앉아 있는 후배 하나를 다그치고 있었다. 후배는 난처한 얼굴이었다. 보아하니 뭔가 웃자고 한 얘기에 종운이 죽자고 달려든 모양이었다.

"그래서 어느 경찰서 누구라고?"

"그게 그렇게까지 별일은 아니어서요, 캡."

"내일 아침에 다시 얘기해. 내가 서장한테 제대로 말해 둘 테니까."

"알겠습니다, 캡."

"그게 다 경찰이 너희들을 만만하게 봐서 그런 거야. 여기자 앉혀 놓고 성폭력 사건을 일부러 자세하게 설명했다고? 만만하지 않다 싶은 기자들한테는 꼬투리 잡힐 행동 절대 안 한다. 걔 행동이 잘못된 건 맞지만, 너도 만만하지 않게 보일 필요가 있어."

"네, 캡. 앞으로 조심하겠습니다."

다임은 혀를 끌끌 찼다. 분위기를 보건대, 내일 아침에는 종운도 지금 나눈 대화를 깨끗이 잊어버릴 것이다.

"여기자를 제일 만만하게 보고 있는 게 누군데 저래? 편집국장 앞에서도 훈계 한번 해 보시지."

현주도 불쾌한 티를 숨기지 않았다. 그러더니 곧 한숨을 쉬며 '다임아, 미안.'이라고 말한 후 슬그머니 자리에서 일어났다.

"오, 임 바이스 왔어?"

현주가 종운의 맞은편에 앉자, 종운은 알코올 기운이 오른 얼굴로 반갑게 맞았다. 현주는 가식적인 미소를 띠면서 종운에게 술병을 내밀었다.

"캡, 제 잔도 한 잔 받으셔야죠."

"그래그래, 우리 임 바이스 고생이 많아."

캡과 바이스가 쓸데없는 얘기를 나누는 사이 그 테이블에 앉아 있던 후배들은 눈치를 보면서 슬금슬금 다른 테이블로 옮겨 앉았다. 다임은 '폭탄 처리반' 역할을 하고 있는 현주를 보면서, 선배란 것도 참으로 못 할 짓이라고 생각했다.

현주가 떠난 자리는 후배 몇몇이 금방 차고앉았다. 후배들은 다임을 보자 뭐가 그리 좋은지 와자지껄 떠들어 댔다.

"다임 선배, 진짜 뵙고 싶었어요."

후배 하나가 붙임성 좋은 얼굴로 자신의 잔에 폭탄주를 채워 다임에게 건넸다. 다임은 그 잔을 단숨에 비운 후 다시 폭탄주를 채워 돌려주었다.

"지금 사건팀에 선배네 기수는 한 명도 없잖아요. 저희가 대장 노릇 하려니까 너무 힘들어요. 선배가 많이 도와주세요."

"내가 도와줄 게 있을까? 사건팀 어떻게 했는지 다 잊어버렸는데."

"에이, 선배가 저희 도와주셔야죠!"

후배들이 하하호호 떠들기 시작하자 다임도 불쾌한 기분을 조금씩 잊을 수 있었다. 사소한 소란이 있기는 했지만, 이만하면 그럭저럭 평화로운 회식이라고 할 수 있었다.

하지만 하나일보 사건팀 회식이 그렇게 평범히 끝날 리는 없었다. 자리가 끝나 갈 무렵, 30대 중반으로 보이는 웬 남자가 하나 나타나 메인테이블에 불쑥 끼어들었던 것이다.

"아이고, 김 기자님. 저 왔습니다."

남자가 먼저 인사를 하자, 얼굴이 벌겋게 달아오른 종운도 반갑게 그를 맞이했다.

"아휴, 어서 와. 내가 너무 늦게 불렀나?"

"아닙니다. 아이고, 우리 김 캡께서 부르시는데 제가 당연히 와야죠."

다임은 저도 모르게 눈살을 찌푸렸다. 종운뿐만 아니라 다임도 아주 잘 알고 있는 남자였기 때문이다. KG그룹 홍보팀에서 일하는 KG그룹 사람.

다임도 중부지검에서 KG그룹 수사가 한창 진행 중이던 때 한 차례 이 남자를 만난 적이 있었다. 그 자리는 KG그룹 수사에 대한 기사를 쓰고 있던 하나일보 법조팀 기자들과, 검찰의 수사를 받고 있던 KG그룹 홍보팀 직원들 간의 저녁 자리였다.

기자와 기업 홍보팀 직원이 나눌 수 있는 의례적인 얘기들만 오갔을 뿐 특별한 수사 정보가 오가지는 않았다. 하나일보 법조팀 소속 기자들과 KG그룹 홍보팀 직원들이 조금이라도 친해지기 위해 만들어진 자리였기 때문이다.

친해졌을 때 벌어지는 일도 별거 없었다. 하나일보 법조팀 기자가 KG그룹 구미에 맞지 않는 기사를 쓴다면 얼굴을 튼 홍보팀 직원이 그 기자에게 직접 전화를 한다. 전체적인 기사의 방향과 틀이야 데스크가 결정한다지만, 이런 사소한 논의는 일선 기자들과 직접 나누기도 한다.

다임은 되도록 남자에게 관심을 주지 않으려고 했지만, 남자는 기어이 다임이 앉아 있는 테이블까지 찾아와 술잔을 건넸다.

"아유, 이 기자님. 오랜만에 뵙습니다. 출입처를 옮기셨단 얘기는 들었는데 미처 인사를 못 드렸네요."

"네에, 그렇게 됐어요."

다임은 쓰린 속을 감추고 억지로 웃으면서 그 남자가 건네는 술잔을 받아 들었다. 그래도 다행히, 다임과 남자의 대화는 그리 길지 못했다. 종운이 '자, 1차는 여기까지 하고 2차 가자. 2차는 저어기 근처에 선발대가 가 있으니까.'라고 두어 번 손뼉을 치며 말하자, 남자가 얼른 카드를 꺼내며 카운터로 달려가 버린 것이다.

"요번 달 사건팀 회식비 모자라나 보다. 하여간 그렇게 처마시고 다녔으니 모자랄 법도 하지."

어느새 다임 곁으로 다가온 현주는 넌지시 그렇게 속삭였다. 또, 이런 말도 덧붙였다.

"다임아, 넌 기자 생활 하면서 취재원한테 얻어먹는 것을 당연하게 생각하지 마라. 그거 다 빚이다."

현주가 한 말은 기업 홍보팀에 대한 것이었겠지만, 다임은 또 속이 쓰렸다. 검사, 변호사들에게 술을 얻어먹었던 기억 때문이었다. 사건팀 기자들이 경찰과 친해서 매번 경찰 입장에서 생각한다고 욕을 해 댔는데, 법조팀이라고 해서 사정이 딱히 다르겠는가.

늘 그렇듯 하나일보 사건팀의 '이다임 환영 회식'은 1차로 끝나지 못하고 인근 실내 포장마차에서 2차로 계속 이어졌다. 종운이 '2차부터는 자율 참여!'라고 선언하긴 했지만, 집에 간 사람은 아무도 없었다. 어느 회사나 그렇듯 '자율 참여'는 말뿐인 것이다.

"웬일로 좀 비싼 데 오나 했네. KG 홍보가 또 카드 긁어 줬구면."

현주는 두 번째 술집에 도착하자마자 또 혀를 끌끌 찼다. 주문을 하지 않았는데도, 벌써 테이블 한가득 값나가는 안주와 술병이 깔려 있었기 때문이다.

"바이스, 그 사람은 갔어요?"

"어, 근처에서 다른 회사 법조팀이랑 자리 있는데 잠깐 온 거 같더라고."

다임은 기왕 나온 안주, 많이 먹어 버리기나 하자며 테이블에 앉자마자 문어숙회며 먹태구이 같은 것을 입 속으로 마구 밀어 넣었다. 그러는 사이 종운은 몇 차례나 더 소주잔을 돌렸다.

다임이 오도독뼈 서너 개를 한꺼번에 입으로 밀어 넣었을 때 휴대폰이 울렸다. 마침 당직이라 운 좋게 회식에서 빠진 어느 후배가 보내온 메시지였다.

[선배, 이거 좀 보셔야겠는데요.]

이어 휴대폰 화면에는 어느 공중파 방송의 헤드라인 뉴스가 떠올랐다. 곧 이런 단독 기사가 나올 것이라고, 뉴스 프로그램이 시작되기 전 앵커가 예고한 내용이었다.

그 내용을 읽어 내려가는 다임의 얼굴이 점점 심각하게 변했다. 다임은 다 씹지도 못한 오도독뼈를 그대로 꿀꺽 삼켜 버렸다.

다임은 후배가 보낸 뉴스 내용을 보고서야 오늘 KG그룹 홍보팀 사람이 굳이 사건팀 회식에까지 와서 결제를 해 준 이유, 그리고 2차가 시작되기 전 급하게 자리를 뜬 이유를 알게 되었다.

[사건팀 단체 채팅방에도 올릴까요?]

[올려.]

다임은 술집 주인에게 양해를 구하고 TV 채널을 돌렸다. 곧 TV 화면에 어느 방송사의 남자 앵커 하나가 등장했다. 앵커는 미리 예고한 헤드라인 기사 내용을 읽기 시작했다.

— 첫 번째 뉴스입니다. 한 여권 중진 의원이 KG그룹으로부터 수십억대의 뇌물을 받은 혐의가 포착돼 검찰이 수사에 나섰습니다. 단독으로 보도합니다.

곧이어 '서울강북지검이 야당 정해수 의원과 KG그룹 간의 유착 관계를 포착하고 수사에 나섰습니다.'라는 보도가 뒤따라 나왔다.

서울강북지검. 법조팀이 아니라 사건팀이 맡고 있는 검찰청이다. 그리고 담당 기자는 다임이었다.

뉴스가 채 끝나기도 전에 회식 분위기는 무겁게 가라앉았다.

이번 사건은 중부지검에서 맡고 있는 KG그룹 수사와는 별개 사건이라고 했다. 수사 대상은 정해수 의원과 KG그룹 부회장실로, 지난 5년간 KG그룹이 정해수 의원에게 정기적으로 돈을 상납하고 이권을 챙겨 갔다는 혐의에 대한 수사였다.

오늘 오전 중에는 KG그룹 자회사에 대한 압수 수색도 있었다고 한다. 조그마한 자회사에 대한 압수 수색이다 보니 KG그룹 출입 기자들조차 압수 수색이 있었다는 사실을 몰랐던 것 같다.

보도가 끝나자마자 다임은 수사를 진행하고 있다는 성혁수 부장검사에게 전화부터 걸었다. 그러나 전화를 받지 않았다.

혹시나 하는 마음에, 법조팀 담당 출입처인 대검찰청에도 전화를 걸어 보았다. 대검찰청 대변인 역시 다임의 전화를 피했다.

정치부 당직 기자의 도움으로 정 의원 측에도 전화를 돌릴 수 있었지만, 정 의원 측은 '저희도 기사 보고 알았어요. 확인해 볼게요.'라고만 대답했다.

간신히 KG그룹 홍보팀과 연결이 되었다. KG그룹 측은 오늘 오전 중 자회사에 대한 압수 수색이 있었다는 사실을 확인해 주었다.

어쨌든 압수 수색을 한 것은 사실이라는 얘기니, 적어도 내일 조간에는 '검찰이 수사를 했다.'는 내용의 기사가 들어가야 했다.

하지만 검찰과 연락이 되지 않으니 혐의가 무엇인지, 또 수사 내용이 무엇인지 알 도리가 없었다.

"이다임, 너 정신 못 차리지. 너 검찰에 몇 년이나 있었다는 애가 이것도 확인이 안 되면 어떡하냐. 너 그동안 뭐 했냐? 검찰 기자실에서 탱자탱자 놀았어?"

아직 불편한 감정이 가시지 않는지, 종운은 이때다 싶어 다임을 쪼아 댔다.

그렇게 얼마나 헤맨 걸까. 다행히 강북지검 출입 기자들이 모여 있는 단체 채팅방에 검찰 측 공지가 올라왔다.

오늘 오전 KG그룹 자회사에 대한 압수 수색을 실시한 것은 사실임. 구체적인 혐의는 수사 중인 사안이라 확인해 드릴 수 없음.

어쨌거나 오보라는 말은 없었다. 보도 내용상의 혐의가 얼추 맞을 경우, 검찰 측도 '오보'라고 지적하지 않는다.

다임과 당직 후배는 진땀을 흘리며 겨우 기사를 마무리 지을 수 있었지만, 회식은 그대로 끝이 나 버렸다.

"이다임, 며칠 전에도 얘기했지. 너 정말 정신 똑바로 챙겨라. 너 연차가 몇이냐. 법조팀 하면서 겉멋만 들어 가지고는."

종운은 회식 자리가 끝난 후에도 다임에게 훈계를 잊지 않았다. 그리고 시간이 한참 지나, 지금이었다.

"내가 잘못한 거는 맞는데."

다임은 울 것만 같은 얼굴로 집 앞 골목을 터덜터덜 걸었다. 취기가 오른 탓인지, 머릿속에서 생각하고 있던 말은 그대로 목소리가 되어 입 밖으로 빠져나왔다.

물 먹는 거야 별수 없는 일이라고는 해도, 저녁에 그런 단독 보도가 나올 것이라는 분위기조차 파악하지 못한 것은 잘못이었다. 또, 검찰청을 1년 넘도록 출입했으면서 팩트를 확인해 줄 만한 취재원을 확보하지 못한 것도 잘못이었다.

다임은 정말로 위로받고 싶었다. '괜찮아, 다임아. 넌 진짜 잘하고 있어.'라는 말이 듣고 싶었다.

코를 훌쩍이면서 괜스레 휴대폰 주소록을 열어 보았지만, 하소연을 할 수 있는 상대는 보이지 않았다. 예전 같았다면 성화에게 메시지를 보내거나 전화를 걸었을 것이다. 안 그래도 서러운데, 기댈 곳마저 없다고 생각하니 다임은 더 서러워졌다.

"이다임, 요새 너무 자주 운다. 그만 울자."

다임은 두 손을 들어 제 뺨을 찰싹찰싹 때리면서 감정을 추스르려고 애를 썼다.

그런데 전혀 기대하지 못했던 위로가 다시 다임을 찾아왔다. 오늘은 또 어떻게 알았는지, 선우가 집 앞 가로등 아래에 서서 다임의 귀가를 기다리고 있었던 것이다.

"어? 너 왜 여기 있어?"

놀란 다임은 그 자리에 멈춰 섰다. 선우는 환하게 웃으면서 다임에게 손을 흔들었다. 한 손에는 유명 해장국집 상호가 새겨진 쇼핑백이 들려 있었다.

"누나 속 좀 괜찮은가 해서 왔어. 해장국만 놔두고 가려고 했는데."

선우는 다임의 손에 쇼핑백을 쥐여 주면서 다정스럽기만 한 말을 건넸다. 쇼핑백도 목소리도 너무나 다정해서 만년설마저도 따스하게 녹여 버릴 것 같았다.

그래서일까. 다임의 눈에서 참았던 눈물이 한 방울 툭 떨어지고 말았다. 갑작스러운 따스함에 안심해서, 서러움이 녹아내려서 눈물로 변한 것이었다.

"어? 어, 아니, 누나, 왜 울어. 무슨 일 있어?"

다임이 눈물방울을 떨어뜨리자 선우는 당황스러움을 감추지 못하고 급하게 티슈를 찾았다. 다임은 선우가 건넨 티슈로 눈물을 닦아 내면서 환하게 웃었다.

"아냐, 선우야. 갑자기 안심돼서 그래."

오늘도 선우는 타이밍이 좋았다. 참으로 적절한 타이밍에 찾아온 적절한 위로였다.

다임과 선우는 맥주 한 캔씩을 들고 근처 벤치에 앉았다. 이젠 제법 쌀쌀해진 밤바람이 적당히 기분 좋았다.

"누나, 술 마셔도 괜찮겠어? 속 안 좋을 것 같은데."

선우가 다임의 손에 들린 맥주 캔을 보고 걱정스레 물었다. 다임은 '얘가 무슨 소리를 하나.'라고 잠시 생각했지만, 금방 말뜻을 알아차리고 창백해졌다.

"으……, 어젠 미안했습니다, 선우 배우님."

다임은 고개를 푹 숙였다. 맥주 캔도 슬그머니 뒤로 밀어 놓았다. 그 짓거리를 해 놓은 주제에 선우 눈앞에서 또 술을 마실 수 있을 만큼 뻔뻔하지는 못했다.

"아무튼 술 적당히 마셔. 내가 안 찾아왔으면 어쩔 뻔했어."

선우가 좀 전에 같이 사 두었던 탄산음료를 건네자, 다임은 고개를 더욱 깊게 푹 숙였다. 쥐구멍이라도 있다면 찾아 들어가고 싶은 심정이었다.

"그런데 누나, 갑자기 왜 운 거야?"

"별일 아니야."

"별일 아닌데 울었어?"

"안 좋은 일이 좀 있었는데, 그게 팍 터졌었나 봐."

"일하는 데 무슨 문제라도 있었어?"

선우는 굉장히 걱정스러운 얼굴을 하고 있었다. 그런데 어쩐지, 그 얼굴을 본 다임은 그만 상황에 어울리지도 않게 웃고 말았다. 일 때문이라고는 아직 얘기하지도 않았는데 용케 먼저 알아차려 준 것이 고마웠던 것이다.

"누나, 왜 또 갑자기 웃어?"

"아니야, 별거 아니야."

다임은 마음 한쪽으로 따스함이 번져 나가는 것을 느끼며 다시 또 환하게 웃었다.

생각해 보면 선우는 늘 그랬다. 다임이 회사 일 때문에 죽상을 하고 있으면 얘기를 듣지 않고도 같이 회사 사람 욕을 해 줬다. 또 성화 때문에 울고 있으면 아무 말 없이 지켜보는 것으로 위로를 대신했다. 성화와는 정말로 다른 사람이었다.

성화는 다임이 무엇 때문에 힘든지에 관심을 갖기는커녕, 다임이 힘들어하는 것 자체에 관심이 없었다. 아니, 다임이 하고 있는 일 자체에 관심이 없었다고 하는 게 맞을 것이다. 다임이 하는 일도 무시하기 일쑤였으니까.

한번은 이런 일도 있었다. 다임이 기사 문제로 법조팀장과 대판 싸우고 온 날, 성화는 다임이 하는 하소연을 '그건 됐고.'라는 단 한마디로 잘라 버렸다. 다임이 하는 얘기는 별로 중요하지 않다는 것이었다.

"나 어제 다른 회사 선배랑 술자리 있었다고 했잖아. 거기서 그런 술집에 갔지 뭐야."

"그런 술집이란 게 뭔데?"

"여자 나오는 술집. 그냥 프라이빗한 술집인 줄 알고 갔는데 방에 앉아 있으니 여자분들이 들어오더라고."

말문이 막힌 다임은 법조팀장과의 트러블도 깨끗이 잊고 말았다. 지금 다임의 기분이 좋지 않다는 것을 안다면 이런 얘기는 나중에 하는 게 나았을 것이다. 성화는 그만큼 다임의 감정에 조금의 관심도 주지 않았다.

아니, 그 문제 이전에, 애초에 그런 술집을 가지 않았어야 했겠지만.

"그래도 나 여자분들한테 손 하나 안 댔어. 그런 여자들은 내 취향이 아닌 것 같더라고."

성화의 당당하기 그지없는 태도 때문에, 잘못 생각하고 있는 건 오히려 내 쪽이 아닌가 하는 착각까지 들 정도였다. 성화는 딱 그런 남자였다.

그래서 지금 선우를 보고 있노라면, 그 만남을 끝내기로 한 것은 참 잘한 일이라고 생각하게 되는 것이다.

"오늘 내 출입처에서 KG그룹 수사 시작했다고 단독 보도가 나왔거든. 그거 확인 안 돼서 캡한테 엄청 깨졌어."

다임은 음료 캔을 만지작거리면서 선우에게 오늘 있었던 일을 털어놓았다. 선우는 성화와는 달리, 다임이 하는 이야기에 깊은 관심을 보이며 따라와 줬다.

"누나 검찰청 출입할 때 썼던 그 내용이야?"

"아니. 그게 아니라, 도북경찰서 담당 기자가 강북지검도 맡아서 하잖아. 강북지검에서 따로 수사하는 게 있대."

"그럼 앞으로 엄청 바쁘겠네. 강북지검에서는 그런 큰 수사 잘 안 해서 한가했다며."

"그러니까 말이야."

다임이 또 웃었다.

다임이 기분 좋게 음료 캔을 들어 올리자 선우도 맥주 캔을 들어 올렸다. 두 사람은 캔으로 가볍게 건배를 한 후 천천히 벤치에서 일어났다.

그 친구가 기자님한테
관심 있나 보네

오늘은 KG그룹 수사와 관련된 첫 티타임*이 진행되는 날이었다.

"이다임이 왔네. 어째 표정이 떨떠름하다?"

혁수의 방 앞에 먼저 와 있던 창진이 알은체를 했기에, 다임은 무표정하게 고개를 숙여 인사했다. 창진은 다임의 인사를 가볍게 무시하고, 어느 방송사 막내 기자에게 말을 걸었다.

"근데 차장도 아니고 부장이 티타임을 다 한다냐? 별일이네. 부장실 처음 와 본다."

"선배, 마와리 좀 성실하게 도세요."

짓궂게 타박하긴 했지만, 사실 기자라면 누구나 품을 법한

---

* 검찰에서 하는 비공식 브리핑.

의문이기는 했다. 보통의 경우, 각 검찰청별 언론 대응은 차장검사가 하지, 직접 수사를 진행하고 있는 부장검사가 브리핑에 나서는 건 드문 일이었기 때문이다.

게다가 차장검사와 부장검사 중에 윗선은 차장검사다. 부장검사가 윗선을 제치고 직접 티타임에 나서는 것은 상명하복이 확실한 검찰 조직에서 쉽게 일어나지 않는 일이었다.

"어제 단독도 중부지검이 이 수사 못 가져가게 하려고 성혁수가 대검찰청 몰래 흘려 준 거라잖아요. 성혁수가 단독 흘려 주면서, 차장이 나서면 수사를 중부에 보내 버릴 수 있다고 얘기를 해 버려서 어쩔 수 없이 성혁수한테 브리핑 맡겼대요."

"그래? 근데 좀 이해가 안 된다. 성혁수가 브리핑한다고 중부가 사건 못 가져가?"

"보는 눈이 많아지잖아요. 성혁수 이름 대문짝만 하게 나오면 가져가기 더 힘들어지죠."

"아니, 그건 알겠는데 애초에 중부가 사건을 왜 가져가려고 하냐고."

"선배, 진짜……. 거기서 KG 다른 비리 수사하니까 정해수 건도 가져가서 같이 하려고 그러는 거죠. 근데 강북에서 수사한다고 보도가 나와 버렸으니까 중부가 가져가면 난리 날걸요. 안 그래도 부실 수사로 욕먹고 있는데요."

방송사 막내 기자는 그 말을 하다 말고 다임의 눈치를 살폈다. 다임이 그 수사와 관련된 기사를 썼다가 법조팀에서 쫓겨났다는 소문은, 이 좁은 바닥에 이미 알려질 대로 알려졌기 때문이다.

그러고 보니 다임도 어제쯤엔가, 중부지검에서 KG그룹 비리 사건에 대해 무혐의 처분을 할 것 같다는 기사를 본 듯했다.

잠시 후 문이 열리자, 기자들은 우르르 부장검사실 안으로 쏟아져 들어갔다.

[성혁수 방 들어왔습니다. 곧 티타임 시작합니다.]

종운이 사건팀 단체 채팅방에 'ㅇㅇ'이라는 답을 보냈다. 어제 그렇게 쪼아 댄 게 언제였냐는 것만 같다.

[성혁수는 어때?]

혁수는 상석에 앉아 평온한 표정으로 기자들을 두루 둘러보고 있었다. 저 평온한 얼굴로 지금 무슨 생각을 하고 있는지는 다임도 알 수 없었다.

[평온해 보입니다.]

검찰에 꽤 오래 출입했다지만, 사실 다임도 '성혁수'라는 양반을 잘 알지는 못했다. 혁수가 직접 브리핑을 한다는 얘기를 듣고 나서야 다임은 부랴부랴 혁수가 어떤 인물인지 찾아보았다.

지방 소재 4년제 대학교 법학과를 졸업해 늦은 나이에 사법시험에 합격. 누가 봐도 비주류였다. 게다가 검사로 임용되고 난 후에도 비주류 라인을 탔다. 그래서 동기들이 모두 차장검사로 승진한 지금까지도 부장검사 타이틀을 달고 있다고 했다.

그래도 그동안 소신 발언은 제법 해 온 모양이다. 지역에 있을 때에는 국회 의원 비리 사건의 재판에서 소신 발언을 여러 차례 해 눈길을 끌었다고 한다.

[그래, 티타임 잘 듣고. 중요한 내용 있으면 바로 얘기해라. 속보 쏘게.]

[알겠습니다.]

다임은 메신저 창을 아래로 내렸다. 이어 키보드에 손을 얹은 후 혁수가 하는 말 한마디 한마디에 신경을 집중하기 시작했다.

"이렇게 갑작스레 티타임을 하게 됐는데 많이들 오셨네요. 우선 간단하게 설명부터 하면……."

다임이 타이핑한 혁수의 티타임 내용은 그 즉시 사건팀 단체 채팅방에 올라갔다. 속보가 필요한 내용이 있다면 종운이 속보를 내보낼 것이다. 다임이 써야 할 기사의 방향 역시 종운이 봐줄 것이다.

혁수가 미리 준비해 온 멘트는 금방 끝이 났고, 기자들은 혁수의 말이 끝나기가 무섭게 기다렸다는 듯 질문 세례를 퍼부었다.

"정해수가 몇 년도부터 몇 년도까지 구체적으로 얼마나 받았는지는 확정이 된 겁니까?"

"수사 중인 사안이라 말씀드리기 곤란하네요."

"수사 결과에 따라 액수가 더 늘어날 수도 있는 겁니까?"

"잘 아시겠지만, 수사란 게 워낙 유동적이라서 지금 딱 뭐라고 말씀드리기가 어렵습니다."

다임은 속사포같이 터져 나오는 기자들의 질문과 느긋하기만 한 혁수의 대답을 하나하나 받아 치느라 진땀을 뺐다. 어찌나 열기가 올랐는지, 키보드를 두드리는 손가락이 질의응답 속도를 따라가지 못할 지경이었다.

그런데 얼마 전 현주가 보냈던 메시지가 갑자기 떠올랐다.

[사회부라면 응당 사회를 살펴봐야 하는데, 법조팀이며 사건팀이며, 다들 경찰서나 검찰청 같은 국가 기관을 출입처로 정해 놓고 그 국가 기관의 입만 바라보고 있잖니.]

지금 다임이 하고 있는 일이 바로 딱 그런 종류의 일이었다. 그러나 남들이 다 쓰는 브리핑 기사를 혼자 안 쓸 수는 없었기에, 다임은 어쩔 수 없이 기자들의 질문과 혁수의 대답을 받아 쳤다.

질의응답이 거의 끝나 갈 때쯤, 갑자기 다임의 메신저가 깜빡거렸다. 종운이 개인 채팅 창을 열어 지시를 하고 있을지도 모르기에, 다임은 키보드를 두드리다가 말고 메신저부터 열어 보았다. 그런데 그것은 종운이 보낸 메시지가 아니라, 현진이 보낸 메시지였다.

[너 혹시 저녁에 시간 돼?]

다임은 그 메시지를 보자마자 눈을 크게 떴다. 며칠 계속 수상쩍은 것 같더라니, 드디어 얘기할 마음이 생겼나 보다.

다임은 브리핑 내용을 받아 치던 것도 그만두고 곧바로 현진에게 답장부터 보냈다.

[무슨 일인데?]

[얼굴 보고 얘기하는 게 좋을 것 같은데. 너 혹시 오늘 저녁에 시간 돼?]

[약속 없어.]

[그래? 그럼 저녁에 홍대 쪽에서 잠깐 볼래?]

다임은 'ㅇㅇ'이라고 답을 보냈다. 그러자 '오케.'라는 대답이 돌아왔다.

다임은 왠지 모르게 머리 뒤쪽이 차가워지는 것 같은 느낌을 받았다. 선배 기자들이 종종 얘기했던 '촉이 왔다.'는 말이, 어쩌면 이런 느낌을 말하는 것일지도 모른다는 생각이 들었다.

이런 생각이 든 이유는 현진이 지금 몸담고 있는 단체에 생각이 미쳤기 때문이다. 며칠간 수상쩍게 굴었던 것은 어쩌면 중요한 제보가 있기 때문일지도 모른다.

검찰 조직, 성혁수.

다임이 현진이 말했던 키워드를 머릿속에서 굴리고 있는 사이, 브리핑도 끝이 났다. 다임은 채팅방에 '성혁수 티타임 끝났습니다.'라고 올린 후 얼른 노트북을 챙겨 부장검사실을 빠져나갔다.

다임이 음료를 다 마신 후 손가락 끝으로 영수증을 갈기갈기 찢고 있을 때쯤에야 현진이 약속 장소에 나타났다.

"뭐야, 이다임. 왜 이렇게 일찍 왔어. 오늘 한가해?"

"그건 아닌데. 일이 손에 안 잡히더라. 여현진이 무슨 얘기를 하려나 해서."

"얘는. 아무튼 그 이상한 놈하고 헤어진 건 축하한다, 야."

현진은 시원하게 웃으면서 다임의 어깨를 가볍게 툭툭 두드렸다. 곧 다임이 새로 주문한 아이스아메리카노, 현진이 주문한 캐모마일티가 테이블 위에 나란히 자리를 잡았다.

"그런데 할 얘기가 뭐야?"

다임은 음료를 마실 새도 없이 다짜고짜 용건부터 물었다. 현진은 곧바로 말을 잇지는 못했다. 그래도 오늘만은 마음을 단단히 먹고 나온 듯, 현진은 캐모마일티를 한 모금 마신 후 천천히 입을 열었다.

"우린 지금 기자와 취재원으로 만나는 게 아니라 대학 동창으로 만나는 거다. 알았지? 내가 하는 얘기 절대로 기사로 쓰면 안 된다. 그냥 상담이야."

"알았어. 얘기해 봐."

"그러니까 그게……."

현진이 또 말을 잇지 못하고 입을 다물었다. 다임이 현진의 다음 말을 기다리는 사이 아이스아메리카노와 다임이 찢어 놓은 영수증 위에 무거운 침묵이 내려앉았다. 그런데 눈치도 없는 다임의 휴대폰이 드르륵하는 진동 소리를 내며 그 침묵을 깨 버렸다.

"전화 온 거 아냐?"

다임은 현진의 턱짓에 휴대폰 화면을 흘끗 쳐다보았다.

"아니야. 그냥 어디서 주요 뉴스 알람 보낸 거야. 일 때문에 중요 언론사 앱 다 깔아 놓잖아."

"무슨 뉴슨데?"

"강북지검의 KG그룹 수사 공식화 기사네. 속보 아니야."

"그거 성혁수 그 개자식이 하지?"

"어? 어. 나 오늘도 브리핑 들어갔다 온 길이야."

"개 같은 자식."

다임은 현진이 영수증을 꽉 구겨 버리는 것을 토끼 눈으로 쳐다보았다.

성혁수, 또 그 이름이 나왔다. 심상치 않았다.

게다가 욕설까지 했다. 현진도 다임만큼이나 다혈질이긴 하지만, 그러면서도 굉장히 이성적인 성격이었다. 이렇게 함부로 욕설을 내뱉는 일은 거의 없다는 얘기였다.

현진은 한 번 더 무거운 한숨을 길게 내쉰 후 마침내 다시 입을 열었다.

"얼마 전에 우리 센터에 상담 신청하신 분이 있는데."

"성폭력? 아님 가정폭력?"

"성폭력."

다임은 고개를 끄덕였다.

"구체적으로 얘기할 수는 없지만, 그분도 그 상황이 강간이라는 걸 깨달은 지 얼마 안 됐나 봐. 정신적으로 심하게 문제 겪다가 겨우 강간이라는 걸 깨닫고 회사를 그만두셨어. 회사 그만두자마자 우리 찾아오셨고."

"뭐 하셨던 분인데?"

"그거 얘기하면 안 되지. 너 알면서 왜 그래? 상담 내용도 구체적인 건 묻지 마."

다임은 또 고개를 끄덕였다. 그러면서 얼마 전, 다임과의 통화에서 데이트폭력 가해자의 신상 정보를 하나하나 다 알려 주었던 경찰을 떠올렸다.

"최근에 그 가해자가 TV에 나오고 있거든? 피해자가 그걸 보면서 또 엄청나게 스트레스를 받고 있나 봐. 가해자가 TV에 나올 때마다 숨을 못 쉬겠대. 그리고 그 가해자, 어제는 그래도 과거 영상 자료 정도만 TV에 나왔는데 앞으로 한동안 계속 나올 것 같아."

다임은 순간 멈칫했다.

최근 과거 영상 자료로 TV에 등장한, 앞으로 한동안 계속 TV에 나올 것 같은 가해자. 게다가 현진은 성혁수와 관련된 얘기가 나오자마자 욕설부터 내뱉었다.

등 뒤로 식은땀이 흘렀다.

"그거 성혁수 얘기지?"

"응."

현진은 다임의 추측을 간단히 인정했다. 그러자 다임의 얼굴도 현진의 얼굴만큼이나 어두워졌다. 현재 매우 중요한 수사를 진행하고 있는 부장검사의 성폭력 사건. 피해자가 현진에게 털어놓은 것이 사실이라면 이건 정말로 엄청난 일이었다.

"그런데 뭘 상담하고 싶은 거야? 피해자에 대한 대책이라면 네가 더 잘 알 거고."

"어느 분야에서건 기자가 전문인 게 있긴 해? 그런 걸 상담하려는 게 아니라, 너 언론사에 있으니까 잘 알잖아. 가해자가 언론 못 타게 하는 방법 없을까?"

"성혁수가 언론에 못 나오게 하는 방법?"

"어. TV를 끄고 인터넷을 안 봐도 성혁수와 관련된 얘기는 어쩔 수 없이 들려온대. 그것 때문에 스트레스를 많이 받나 봐. 그리고 강간범이 이렇게 태연하게 언론 타는 게 말이 된다고 생각해? 그렇지 않아?"

"맞아. 하지만 성혁수가 강간범이라는 거 아무도 모르잖아."

"그렇지. 기사화도 안 됐고 고소도 안 했으니까."

현진의 얼굴은 처음 얘기를 꺼낼 때보다 한층 더 어두워졌다.

그런데 현진은 갑자기 무언가가 급하게 생각난 듯, 굉장히 엄한 얼굴을 하고서 다임에게 한 번 더 못을 박았다.

"야, 너, 나나 피해자 설득해서 이 사건 보도할 생각 절대로 하지 마라. 성폭력 사건을 외부에 알리는 것도, 묻어 두는 것도 오로지 피해자가 자발적으로 생각해야 할 문제야."

"알아."

"저번에 그 기레기 새끼, 국회 의원 아들놈이 강간한 건 세상이 다 알아야 한다면서 기어이 기사 썼잖아. 그 피해자 못 견디고 이민 갔어. 인터넷만 들어가도 가해자 얼굴 나오지, 피해 내용 구구절절 나오지 휴대폰을 열어 볼 엄두도 안 났다더라."

"그건 진짜로 내가 다 미안하다."

"아무튼 다임아, 이거 대체 어떻게 해야 해?"

"글쎄."

혁수가 언론에 나오지 않게 하는 방법은 딱 하나였다. 정해수 의원 사건을 혁수가 수사하지 않게끔 하면 된다.

하지만 피해자가 혁수에게 강간을 당했다는 사실을 아무에게도 알리지 않으면서 그렇게 할 수 있을까. 생각해 보면 문제가 너무 많았다.

다임은 좀 전에 알림을 받았던 뉴스를 빠르게 훑어보았다.

현재 대검찰청은 이번 사건을 서울중부지검으로 보내 기존 KG그룹 수사 사건과 함께 수사하는 방안도 검토 중인 것으로 전해진다.

그러나 서울중부지검이 KG그룹 수사 건에 대해 대부분 무혐의 처분하기로 가닥을 잡은 것으로 알려지면서, 서울중부지검이 이 사건마저 가져가게 될 경우 '국회 의원, KG그룹 봐주기 수사'라는 비판을 피하기 어려울 것으로 전망된다.

다임은 갑갑한 마음에 휴대폰 화면을 꺼 버렸다.

"성혁수 언론에 못 나오게 하기는 어려울 거야. 지금 검찰 쪽도 조금 복잡해서."

"왜?"

"성혁수가 그 수사 안 하면 되는데, 그러면 그 수사 중부지검에 넘어갈 게 뻔하거든. 그러면 욕먹어."

누가 무슨 이유로 욕을 먹게 되는지, 목적어와 이유는 제대로 밝히지 않았다. 그러나 현진은 그것만으로도 무슨 뜻인지를 금방 알아들었다. 현진의 입에서 또 육두문자가 튀어나왔다.

"진짜 개 같은 상황이네."

"그러게."

현진이 꺼낸 얘기와 상담하려고 하는 내용 모두 다임이 감당하기 어려울 만큼 무거웠다. 다임은 오늘 오전 혁수가 태연하게 브리핑을 했던 것을 떠올리면서 인상을 썼다.

"그래도 혹시 모르니까 같이 생각은 해 보자."

다임은 멍하니 앉아 있기만 했다. 시선은 노트북에 고정되어 있었지만, 막상 눈동자는 화면을 보고 있지 않았다.

현진이 한 얘기 때문에 며칠째 일이 손에 잡히지 않았다. 그날, 현진과 세 시간이 넘도록 머리를 맞댔지만 뾰족한 방법은 나오지 않았다.

물론 다임은 현진이 한 얘기를 전적으로 믿고 있었다. 5년이 넘도록 여성계에서 일해 온 현진이다. 거짓 고발인지 진짜 고발인지 모를 리가 없었다.

'그리고 여기까지 찾아와서 문을 두드리는 분들이 꽃뱀이겠어? 꽃뱀 그거 완전 망상이야.'

현진은 항상 그렇게 얘기하곤 했다.

솔직히 단독 기사 욕심이 조금은 일기도 했다. 그러나 현진이 기사화는 생각도 하지 말라고 단단히 못을 박아 두었다.

KG그룹 수사가 진행되면서 성혁수의 '정의로운 검사' 이미지가 더 강해질 것을 생각하면 속이 뒤틀렸다.

"개새끼야, 아주. 앞으로는 그렇게 소신 발언을 해 놓고, 뒤에서는 그랬단 말이지."

게다가.

"피해자, 욕먹겠지."

다임은 얼굴을 구긴 채 책상에 머리를 파묻었다.

한창 권력과 재계에 대한 수사가 진행 중인 시점이었다. 피해자가 KG그룹으로부터 돈을 받았느니 어쩌니 하는 음모론이 떠돌 것을 생각하면 다임은 가슴이 답답해졌다.

"어이, 이다임이. 전화 온다."

창진이 책상을 툭 치고 지나가는 바람에 다임은 퍼뜩 정신이 들었다. 얼른 휴대폰을 보니 정말로 현주로부터 전화가 오고 있었다. 다임은 부랴부랴 기자실 밖으로 나갔다.

"네, 바이스. 이다임입니다."

— 너 뭐 해? 메신저도 안 보고. 마와리 도는 중이었어?

"아닙니다, 바이스. 죄송합니다."

다임은 휴대폰을 내려 메시지를 확인했다. 현주에게서 30분 간격으로 메시지 세 개가 와 있었다.

[이다임, 지금 바쁘니? 바쁘지 않으면 전화 줄래?]

[바쁜가 보네. 시간 나면 답장 줘.]

[내가 전화할까?]

다임은 양 손바닥으로 자신의 뺨을 두어 번 찰싹찰싹 쳤다.

'정신 차리자, 이다임.'

다임은 휴대폰을 다시 귓가로 가져갔다.

"바이스, 무슨 일이십니까?"

— 별건 아니야. 내가 누구하고 연락이 닿았는데, 너 혹시 누구 좀 만나 볼래?

"누군데요?"

— 그게……, 네가 좀 불편할 수도 있는 사람이야. 저번에 썼던 데이트폭력 사건 있잖아. 그 사건 피해자가 내 취재원이랑 아는 사이라서 연락처를 전달받았어.

"네? 그 피해자요?"

다임은 놀란 토끼 눈을 떴다. 생각지도 못한 이야기였다.

— 너한테 하고 싶은 말이 있는 모양이야. 만나서 무슨 얘기를 하고 싶어 하는 건 아닌 것 같은데, 그래도 피드백을 하고 싶은 거라면 해당 기자와 직접 연결이 되는 게 좋겠다고 했거든. 그랬더니 연락처를 주더라고. 어떡할래?

"저기, 꼭 만나야 할까요?"

다임이 주저주저하면서 대답하자, 현주는 피식 웃었다.

— 꼭 만나야 되는 건 아니야. 그래도 연락처는 일단 받아 둬. 만나 보면 너한테 도움이 될 것 같아서 얘기하는 거야. 네가 천천히 판단하고, 연락할 건지 말 건지 결정하면 돼.

현주와의 통화는 끝났지만, 다임은 한동안 움직일 수가 없었다.

자신에게 피해자의 허락이 없으면 기사화하지 않겠다는 고집이 있다고 생각했었다. 그런데 지금 보니 결국 상황에 따라 잣대가 달랐던 고집이 아니었나 싶었다.

현주에게서는 금방 다시 메시지가 왔다. 현주는 '김지나 씨'라는 연락처를 보내면서 몇 마디 조언을 덧붙였다.

[김지나 씨가 너한테 고맙다고 할지, 너를 비판하고 있는지 내가 대

신 전달하는 건 아닌 것 같다. 그래도 되도록이면 만나서 얘기를 들어
봐. 이분이 어떤 얘기를 하든 너한테 분명히 필요한 얘기가 될 거야.]

~~~

　이러저러한 사정 때문에 다임은 오늘 저녁 일정을 대충 끝낸
후 일찍 들어가서 쉬기로 마음먹었다.

　멘탈은 바닥을 쳤지만, 우거지상을 하고 약속 장소에 나타나
는 건 취재원에 대한 예의가 아니다. 다임은 거울을 꺼내 얼굴
을 한 번 더 확인했다. 화장이 엷게나마 남아 있는 걸 확인하고
서야 다임은 와인 바의 문을 열 수 있었다.

　"이 기자님!"

　도준은 다임이 들어서자마자 반갑게 손을 흔들었다. 다임이
언제쯤 도착하나 기다리며 입구를 계속 지켜보고 있기라도 했
던 모양이다.

　"안녕하세요, 현 검사님. 그땐 정말 죄송했습니다."

　다임은 영업용 눈웃음을 얼굴에 어렵사리 장착한 후 도준의
맞은편에 살포시 앉았다.

　오늘 이 만남은 지난번 흑역사의 밤 이후 약속한, 바로 그
'첫 번째 만남'이었다.

　도준은 통화한 바로 그날 오후 중, 날짜와 장소를 정해서 다
임에게 메시지를 보냈다. 도준이 정한 장소는 뜬금없이 이태원
이었다.

'이 양반이 이런 데서 술을 다 마시네?'

그래도 다임은 일단 알겠노라고, 그때 보자고 답장을 보냈다.

"정말 죄송했습니다."

"별말씀을요. 덕분에 이렇게 얼굴도 보고 하는 거 아니겠습니까. 그래도 한 번에 잘 찾아오셨네요."

"네, 검사님이 길을 워낙 잘 알려 주셔서요."

다임은 도준과 얘기를 나누다 말고 슬쩍 주변을 둘러보았다. 다행히 기자나 검찰 쪽으로 보이는 사람은 없었다. 소문날 걱정 없이 조금 안심하고 대화를 나누어도 괜찮을 것 같았다.

"현 검사님, 근데 안 바쁘세요? 이렇게 저녁에 나와도 되는 거예요?"

"제가 바쁠 일이 뭐가 있겠습니까. 서주에 일이 얼마나 많다고요. 오히려 이 기자님이 바쁘신 거 아니에요? 성혁수 부장님 큰 건 하셨던데."

"네에, 바쁘죠."

도준의 날카로운 눈매가 다임의 애매모호한 미소를 포착했지만, 도준은 별말 없이 넘어갔다.

곧 다임의 앞에도 와인 잔이 세팅됐다.

다임은 도준이 권하는 대로 와인을 한 모금 마신 후 샛노란 치즈 한 조각을 입에 넣고 우물거렸다. 와인도 치즈도 맛이 괜찮은 편이라, 다임은 도준에 대해 확실히 취향이 고급스러운 남자라고 새삼 생각했다.

"그런데 지난번엔 정말로 엄청나셨어요, 이 기자님."

"진짜 그때 일은 죄송하다니까요. 정말로 죄송합니다."

"말로만?"

장난기 어린 웃음을 입에 가득 걸고 있는 도준을 보자 다임은 '차라리 몇 대 치실래요? 제가 열 대쯤 맞고 서로 깔끔하게 끝내면 안 될까요?'라고 말하고 싶은 마음이 굴뚝같아졌다.

하지만 할 수 없는 말이었다. 천만년짜리 흑역사를 생성했으니 천만년 동안 이 남자에게서 놀림을 받는 것도 각오해야 했다.

기왕 이렇게 된 거, '현도준'이라는 취재원을 상대로 일을 하고 있다고 생각하는 게 낫지 않을까. 긍정적인 방향으로 생각하지 않고서는 이 환장할 자리를 도저히 버틸 수가 없었다.

다임은 얼마 전 창진과 방송사 막내 기자가 나눈 얘기의 진위 여부부터 냅다 물어 버렸다.

"검사님, 그런데 그거 진짜예요? 성 부장님이 중부에 사건 안 뺏기려고 언론사에 사건 흘렸다는 거요."

사실 다임이 정말 묻고 싶었던 것은 성폭력 의혹에 대한 것이었다. 하지만 그것은 피해자의 동의 없이 공개해서는 안 되는 일이었으며, 도준이 그 의혹과 관련된 소문을 들었을 리도 없었다.

"그거야 모르죠. 제가 성 부장님도 아닌데."

다행히 도준은 다임이 갑자기 화제를 바꿔 버린 것을 신경 쓰지는 않았지만, 아무것도 모른다는 듯 능청맞은 얼굴을 하며 답을 피했다. 하지만 다임은 도준이 진짜 아무것도 몰라서 이런 얼굴을 하는 것이 아니라는 걸 아주 잘 알았다.

"그래도 소문은 돌잖아요. 검사님이 보기에도 성 부장님이 그럴 만한 분이에요?"

"소문이야 이 기자님이 더 잘 아실 거고. 소문이 진짜인지는 모르지만, 성 부장님 성격이 불같으시긴 해요."

"티타임도 요상한 수로 가져오실 만큼?"

"그건 잘 모르겠지만, 저도 부장검사가 언론 브리핑을 하는 건 처음 봤습니다."

다임은 고개를 끄덕였다. 교묘하게 답을 피한 것처럼 보여도, 소문의 반 이상은 진실이라고 확인해 준 것이나 다름없었다.

다임은 골치가 아파 왔다. 소문이 정말이라면, 현진이 상담한 내용을 풀어 가기는 더욱 어려워질 것이다.

"중부는 왜 KG그룹 수사를 죽 쒀 갖고 이 사달을 내는 건지 모르겠네요."

"그러게요. 이 기자님이 그런 기사까지 쓰셨는데 말이에요."

"그 얘긴 하지 마세요. 제가 왜 법조팀에서 쫓겨났는지 다 아시면서요."

"저는 그 기사 좋았으니까 하는 말이죠. 여기저기 수사해야 한다고 속 시원하게 긁어 주셨던 기사, 이 기자님 아니면 누구라도 못 썼을 겁니다."

"그런데 그렇게 수사 안 하고 무혐의 처분 내린대서 저만 등신 됐잖아요."

"이 기자님이 그렇게 말씀하시는 걸 보니 KG그룹 무혐의 처분 소문은 진짠가 봅니다."

"저보다 더 잘 아실 분이 뭐래요."

다임은 도준을 흘겨보면서 애꿎은 치즈만 우물우물 씹어 댔다.

"참, 그건 그렇고요. 이 기자님."

이번에는 도준 쪽에서 궁금한 것이 있는 모양이었다. 아무리 능글맞다고 해도 검사는 검사였다. 다임은 도준의 날카로운 눈빛에 저도 모르게 바짝 긴장했다. 그러나 이어진 도준의 질문에, 금방 김이 새고 말았다.

"저번에 이 기자님 댁 앞에 있던 그 친구는 누굽니까?"

저번, 그리고 다임의 집.

도준이 다임에게 동영상을 보낸 그날을 말하는 것 같았다. 그 동영상에는 다임 외에 선우도 찍혀 있었다.

"선우 말씀하시는 거예요?"

"선우? 이름이 그랬군요. 그 친구 뭐 하는 친굽니까?"

"그게……."

다임은 바로 대답하지 못하고 인상을 조금 쓰면서 테이블을 가볍게 두드렸다. 선우와의 관계를 정의할 수 있는 단어가 딱히 생각나지 않았기 때문이다.

생각해 보면 참 묘한 관계였다. 다임이 선우의 과외를 그만둔 지도 벌써 몇 년이나 흘렀는데, 선우는 곁을 떠나지 않고 자꾸만 다임에게 힘을 주고 있다.

다임은 그 속에 숨겨진 수많은 이야기를 생략한 채 아주 짧게 대답했다.

"예전에 과외했던 학생이에요. 어쩌다 보니 친해져서 때때로 얼굴을 보거든요. 그날은 왠지 좀 기분이 안 좋았나 봐요."

"기자 생활 하면서 과외를 했던 거예요?"

"아니에요. 취직하기 전이에요. 대학 졸업반일 때 용돈벌이 하느라고 과외 좀 했죠."

"그럼 엄청 오래됐겠는데."

"제가 현 검사님보다는 젊거든요?"

"에이, 그래 봐야 다섯 살 차인데요. 같이 늙어 가는 처지에."

"30대 초반하고 30대 중반은 완전 달라요, 검사님. 30대 중반이랑 같은 급이 아니니까 그렇게 보지 마세요."

"아무튼 이 기자님 대학생 때 과외를 했으면 오래된 인연이네요? 그 친구가 계속 연락하는 거예요?"

"네, 보통은 그렇죠."

보통은 선우가 먼저 보자고 했다. 선우에게 축하해 줄 일이 있을 때면 다임이 먼저 보자고 할 때도 있었다. 그러나 그런 날도 축하받을 일이 있다며 선우가 먼저 알려 왔다.

"그 친구가 이 기자님한테 관심 있나 보네요."

한참 동안 의아해하던 도준은 결국 그런 결론을 내렸다. 다임은 얼굴에서 웃음기를 지우면서 도준의 말을 단칼에 부정했다.

"그런 거 아니에요."

"그런 게 아니라니……, 그런 게 아니면 왜 아직까지 이 기자님을 불러낸대요?"

"검사님, 그 친구 겨우 스물두 살이에요. 저, 걔가 보기엔 완전 아줌마예요."

"이 기자님 보기에 제가 아저씨예요? 그 친구 보기에 이 기자님은 아줌마 아닐 거예요."

"아닌데요? 제가 보기에 검사님 아저씨 맞는데요?"

"그 말은 좀 섭하다."

"아무튼 그런 거 아니니까 그런 소리 하지 마세요."

"뭐, 그건 두고 보면 알 일이고요."

도준은 또 능글맞게 웃었다.

다임은 속에 능구렁이 몇백 마리는 들어앉아 있는 듯한 도준을 보면서 치즈 한 조각을 이 끝으로 잘근잘근 씹어 댔다. 치즈 조각이 도준 대신 수난을 당하고 있다는 사실만은 아마 저 예리한 현도준 검사도 눈치채지 못했을 것이다.

그렇게 실없는 얘기를 나누다 보니 어느새 시간은 10시를 훌쩍 넘어가 버렸다. 벌써 두 시간 가까이 도준과 수다를 떨어 준 셈이었다. 이쯤에서 자리를 파해도 도준에게 실례가 되지는 않을 것이다. 그렇게 생각한 다임은 슬슬 가방을 챙기기 시작했다.

그때 도준이 갑자기 가게 입구 쪽으로 잠깐 시선을 던졌다. 도준의 동작이 아주 자연스러웠기에 다임도 아무 생각 없이 도준을 따라 시선을 돌렸다.

그리고.

다임은 당황하며 눈을 한 번 깜빡였다. 가게 안으로 들어오고 있는 사람의 얼굴이 너무나 낯익었기 때문이다. 뿔테 안경을 쓰고 있는 동글동글한 얼굴의 남자. 키가 작고 통통한 체형까지도 익숙했다.

"성화?"

다임의 시선은 성화의 옆에 서 있는 여자에게도 닿았다. 예쁘다고는 차마 말하기 어려운, 그저 매력 있다 정도 이상의 칭찬은 하기 어려울 외모의 여자였다.

그런데 어쩐지 다임은, 저 여자의 얼굴을 어디선가 본 적이 있는 것 같다는 생각이 들었다. 반달 모양의 작은 눈매와 각진 턱. 분명히 어디선가 본 적이 있는 얼굴이었다.

문제는 그 여자가 성화의 팔에 자신의 팔을 끼우고 있었다는 점이다. 성화는 다른 쪽 팔로 여자의 허리를 가볍게 두른 채 예약해 둔 자리로 천천히 걸어가고 있었다.

성화와 그 여자는 다임을 발견하지 못한 듯 금방 어두침침한 곳으로 사라져 버렸다.

다임은 주먹을 꽉 움켜쥐었다. 자신의 눈으로 본 것이 무엇인지, 이성이 너무 간단하게 정리를 해 버렸던 것이다. 그 마지막 날, 성화에게서 나던 묘한 보디클렌저 냄새.

"이게 참, 저번에 말씀드리려고 했던 얘긴데, 그날은 이 기자님이 너무 많이 취하셔서요."

도준의 능구렁이 같은 목소리가 다임의 귓바퀴를 감고 돌았다.

"여기가 제 단골 바인데, 몇 달 전부터 저 두 사람이 워낙 자주 보이기에 이 기자님께도 좀 보여 드려야 할 것 같아서요. 오늘 저 두 사람이 안 보였으면 그냥 직접 말씀드리려고 했는데, 이렇게 나타나 줬으니 잘됐네요."

도준이 오늘 굳이 이태원을 약속 장소로 정한 이유는, 그리고 다임과 두 시간 가까이 실없는 얘기를 나눈 목적은 결국 이것이었나 보다. 자연스럽게 가게의 입구를 바라본 것조차 계산된 동작이었던 것임이 틀림없었다.

다임은 상대를 찢어 버릴 수도 있을 만큼 날카로운 눈으로 도준을 노려보았다.

"현 검사님이 어떻게 성화를 아시죠?"

"이 기자님 남자 친구분이 증권사 직원이죠? 중소기업 주가 조작 사건 때 한 번 조사한 적이 있었어요. 그때 알아보니 이 기자님 남자 친구더라고요."

"알아보셨다고요?"

"네. 뭐, 떳떳하게 알아본 게 아니란 건 인정합니다."

"뒷조사를 철저하게 하진 못하셨나 봐요. 저 사람이 제 '전 남자 친구'가 된 지 벌써 몇 주가 지났어요. 그리고 알고 있었어요, 이런 거."

도준 역시 성화가 '전 남자 친구'가 되었다는 말에는 조금 놀란 눈이 되었다. 그러나 도준은 금방 그 표정을 지우고 능구렁이 같은 얼굴로 되돌아왔다.

"헤어지셨다고요?"

"보여 주신 건 감사합니다만, 보여 주시는 방식이 아주 저질 이시네요."

다임의 날카로운 말이 도준을 찔렀지만, 도준은 능구렁이 같은 표정을 지우지 않은 채 어깨만 으쓱해 보였다.

"그게 제 매력이거든요."

"여기자의 사생활에 이렇게까지 개입하는 게 매력이에요?"

굳이 성화가 다른 여자와 만나는 장면을 보여 주기 위해 이곳으로 부른 것, 면전에 대고 '괜찮은 여자' 운운했던 것은 도준이 자신을 쉽게 보고 있었기 때문이라는 생각밖에 들지 않았다. 그게 아니라면 도준 정도 되는 남자가 이렇게까지 치근덕대는 이유를 납득하기 어려웠다.

젊은 나이에 수도권만 돌고 있는 잘나가는 검사. 잘생겨서 인기도 많은 그런 남자가 왜 굳이 이다임같이 별 볼 일 없는 여기자에게 치근덕대겠는가.

"저번에 취한 채 말씀드린 바람에 진심이라고는 생각하지 못하셨나 본데요. 진심으로 드린 경고였습니다. 저 그렇게 만만하고 쉬운 사람 아니라고요. 현 검사님은 제 취재원이고, 저는 기자예요. 현 검사님이 이렇게 쉽게 대할 사람 아니라고요."

"이 기자님, 그렇게 말씀하시면 제가 섭섭합니다. 전 그게 아니라……."

도준은 조금 곤혹스러운 얼굴을 했다. 하지만 다임은 더 이상 대화를 나눌 것도 없다는 생각이 들었다.

"두 번 뵙기로 했었죠? 그럴 필요는 없을 것 같네요."

다임은 그 말만 남긴 채, 벌떡 일어나 자리를 박차고 나와 버렸다. 뒤에서 도준이 어떤 얼굴을 하고 있는지는 신경조차 쓰이지 않았다.

거리로 나오자 답답한 도심의 매연이 다임을 반겼다. 그 매캐한 공기를 아무리 들이마셔도 진정되지가 않았다.

그러면서도 다임은 깨달았다. 자신이 놀라울 정도로 차분하게 가라앉아 있다는 사실을. 아무리 헤어졌다지만, 이런 현장을 목격하고도 화마저 나지 않을 만큼 성화에게 질려 있었던 것이다.

되레 도준에게 화가 났다. 너무 화가 나서 견딜 수가 없었다. 그래서 다임은 그냥 자리에 주저앉아 버렸다. 이 감정을 누구에게라도 하소연해야 속이 시원할 것 같았다.

다임은 습관처럼 휴대폰 화면을 들여다보았다. 휴대폰 통화 목록 제일 위쪽에는 '선우'라는 이름이 있었다.

카페 사장은 포스기를 들여다보느라 선우를 보지도 않고 물어보았다.

"선우 씨, 다 닦았어?"

마침 선우도 마지막 테이블을 막 다 닦아 낸 뒤였다. 선우는 양손으로 행주를 저글링하면서 대답했다.

"네, 사장님. 다 끝났어요."

"그래, 고생했어. 얼른 들어가. 나는 마무리하고 들어갈 테니까."

"네, 수고하셨습니다."

선우는 행주를 물에 헹군 후 가지런히 널어 두는 것으로 뒷정리를 모두 마무리했다. 선우는 카페를 나가기 전 꾸벅 고개를 숙여 인사했지만, 카페 사장은 시재를 점검하느라 선우가 인사를 하는 것도 몰랐다.

"휴."

선우는 카페 유리창에 자신을 비춰 보면서 가볍게 숨을 토했다.

영화 촬영 때문에 아르바이트 시간을 몇 번 조정했더니, 이번 주는 내내 마감 근무였다. 그래도 내일이면 이 고난도 끝난다.

카페 유리창에 비친 선우는 그런 것치고는 그다지 밝은 얼굴이 아니었다. 선우는 유리창에 비친 자신의 표정을 가만히 살펴보다가 뒤로 돌아섰다.

"누나 전화가 안 오네."

선우는 애꿎은 휴대폰만 만지작거렸다.

며칠 전 저녁, 선우는 다임에게 '이다임 선생님, 이번 주말에 뭐 하세요? 나랑 영화 좀 봐 주세요. 꼭 봐야 할 영화가 있는데 혼자 보긴 싫어서요.'라고 메시지를 보냈다.

봐야 할 영화가 있다는 것도 사실이었고 혼자 보기 싫다는 것도 사실이었다. 다만 굳이 다임과 함께 보려고 마음을 먹은 데에 사심이 없었다고는 말할 수 없었다.

다임에게서는 이튿날 오후가 다 되어서야 답이 왔다. 그것도

'글쎄, 잘 모르겠네.'라는 짧은 내용으로. 그 후로 아무런 대답이 없이 벌써 목요일 밤이었다.

대답이 없는 데에 별다른 이유는 없었을 것이다. 그저 눈코 뜰 새 없이 바빴기 때문에 선우에게는 크게 신경 쓸 여유가 없었을 뿐일 것이다. 그래서 또 한숨이 나왔다.

"이제 좀 바뀐 줄 알았는데."

선우는 다임을 찾아갔던 그날, 다임의 분위기가 어딘지 모르게 바뀌었다는 것을 흐릿하게나마 눈치챘다. 한없이 자신을 밀어내려 하던 때와는 다르게, 다임은 어느새 그에게 조금씩 젖어 들고 있는 것 같았다.

그래서 선우는 저도 모르게 기대를 품고 말았다. 몇 년간의 기다림을 끝낼 수 있지 않을까 하는.

그런데 별안간 현도준이라는 검사의 얼굴이 떠올랐다. 선우가 보기에 현도준이라는 검사는 다임에게 분명히 마음이 있었다. 그래서 딱 한 번 보았을 뿐인데도 이렇게나 신경에 거슬리는 것이다.

현도준이라는 남자는 그 나이치고 제법 준수하게 생겼고, 차도 있고, 탄탄한 직장도 있는 엘리트였다. 선우가 다임이더라도 그 남자에게 더 마음이 흔들릴 것이다.

"에이씨."

선우는 또 삐죽 튀어나오는 감정을 참지 못하고 돌멩이를 발로 걷어차 버렸다.

촬영이나 배역이 쉽게 잡히지 않는다거나, 이렇게 밤늦게까지 일을 하는 것은 그다지 힘들지 않았다. 그러나 다임과의 관계가 조금이라도 흐트러지면 선우는 금방 초조해했다. 다임과의 인연은 그만큼 아슬아슬하게 유지되고 있었다.

선우는 하늘을 올려다보았다. 밤하늘에 드문드문 떠 있는 별이 꼭 다임의 눈동자 같아서 선우는 손을 뻗어 보았다. 손끝으로 별을 잡아 보려고 했지만 잡힐 리 없었다. 손에 쉽게 잡히지 않는 것까지 다임과 무척 닮았다고 선우는 생각했다.

"누나 전화 왔으면 좋겠다."

그리고 그때였다. 휴대폰이 울렸다. 선우는 허겁지겁 휴대폰을 들어 올렸다. 발신인을 확인한 선우의 얼굴이 확 밝아졌다.

"누나다!"

정말로 거짓말 같은 타이밍이었다. 우울함은 금방 밤하늘 너머로 사라져 버리고 말았다.

선우는 앞뒤 가릴 것 없이 바로 통화 버튼을 눌렀다. 전화기 건너편에서 들려올 다임의 따뜻한 목소리를 기대하면서.

"아? 어?"

다임은 자기 손으로 통화 버튼을 눌러 놓고도 당황했다.

아무 생각 없이 전화를 걸고 보니 선우였다. 다임의 손가락은 습관처럼 주소록 속 선우의 전화번호를 찾아내어 전화를 걸었다.

왜 하필 선우였던 걸까.

다임은 황급히 통화 종료 버튼에 손가락을 가져가려고 했다.

그러나 손가락의 움직임이 너무 늦었다. 신호가 몇 번 가지도 않았는데, 선우가 금세 전화를 받아 버린 것이다.

— 누나?

익숙한, 그리고 다정한 목소리가 휴대폰 너머에서 다임을 불렀다.

다임은 그 소리를 듣자 갑자기 마음이 차분하게 가라앉는 것을 느꼈다. 울컥했던 마음도 따뜻함에 녹아 스르륵 사라지고 있었다.

— 누나, 무슨 일 있어? 왜 얘기를 안 해?

"……."

— 누나, 지금 어디야? 내가 거기로 갈까?

여전히 다정하고, 안심이 되고, 상냥한 목소리였다. 그 목소리에는 다임을 향한 애정이 가득 담겨 있는 것처럼 느껴졌다. 그런데 별안간, 도준이 방금 남겨 놓은 말이 다임의 머릿속에 떠올랐다.

'그 친구가 이 기자님한테 관심 있나 보네요.'

그 말이 떠오르자, 다임은 마치 머리 꼭대기에서부터 찬물을 뒤집어쓴 것 같은 기분이 되고 말았다. 몰랐지만, 사실은 알고 있었다. 어쩌면 도준의 말이 맞을지도 모른다는 것을. 하지만 외면하고 싶었다.

다임이 말을 하지 않자, 휴대폰 너머에서는 다임을 찾는 소리가 애타게 건너왔다.

— 누나? 여보세요?

다정함에 기대고 싶었다. 하지만 도준의 말이 맞는다면, 이렇게 자꾸 선우를 찾아서는 안 되는 것이다. 선우에게 가까운 거리를 허락하는 것도 곤란했고, 자꾸만 선우의 어깨를 빌리는 것도 곤란했다.

설령 도준의 말이 틀렸다고 해도, 선우의 이런 다정함에 기대어서는 안 된다. 언제부터인지는 모르지만, 다임 자신이 느끼기에도 선우에게 기대는 일이 잦아지고 있었다. 힘든 일이 있을 때마다 징징거려서는 서로에게 좋을 일이 없었다.

실수로 전화를 걸었다고, 별일 아니라고 냉정히 말하고 전화를 끊어야 한다는 생각이 다임의 머릿속을 강하게 지배했다.

하지만 도저히 입이 떨어지지 않았다. 다임은 선우에게 차분히 거짓말을 늘어놓는 대신, 이렇게 말할 수밖에 없었다.

"오지 마, 선우야."

휴대폰 너머에서 당황한 기척이 느껴졌다. 그러나 선우는 금방 목소리를 가다듬고 차분하게 되물었다.

— 누나, 왜 그래?

"오지 말라고. 전화 잘못 걸었어."

휴대폰 건너편에서 뭐라고 걱정하는 소리가 들려왔지만, 다임은 더 이상 이 상황을 감당하기가 어려웠다. 결국 다임은 선우가 하는 말을 더 듣지 않고, 일방적으로 전화를 끊어 버렸다.

전화를 끊자마자, 다임은 머리를 주먹으로 세게 쥐어박으면서 그 자리에 주저앉아 버렸다.

"그러게 왜 선우한테 전화를 해 가지고는."

다임의 입에서는, 선우를 향한 말인지 도준을 향한 말인지 모를 소리가 힘없이 새어 나왔다.

"이제 나도 모르겠다."

완벽한 마무리를
짓는 방법

　밤새 심한 몸살을 앓았던 다임은, 눈을 뜨자마자 머리맡을 더듬어 휴대폰부터 찾았다. 어제 두 사람을 보고 난 후에야 성화의 페이스북을 아직 차단하지 않았다는 사실이 생각났던 것이다.

　다임은 페이스북을 열자마자 이제는 쳐다보기도 싫어진 성화의 사진을 꾹 눌렀다. 계정 위쪽에는 '이다임 님과 연애 중'이라는 문구가 아직도 예쁘게 반짝이고 있었다.

　한숨을 쉬며 성화의 타임라인을 내리다가 담벼락도 들여다봤다.

　제 남자 친구가 이렇게 사진을 잘 찍습니다.

　성화의 담벼락에 남겨진 그 글은 다임과 헤어진 직후에 작성된 것이었다. 글을 쓴 사람은 '김지나'라는 여자로, 어제 이태원 바에서 본 바로 그 얼굴을 프로필 사진으로 달고 있었다. 다임은 '남자 친구'라는 단어 때문에 작게 인상을 쓰다가, 반사적으로 그 사진을 꾹 눌러 지나의 계정으로 들어가 보았다.

그런데 지나가 올린 게시물을 보고 있자니 어쩐지 화가 조금씩 가라앉는 것을 느낄 수 있었다. 지나가 올린 게시물은 대부분 자신이 얼마나 귀엽고 사랑스러운지, 자신이 얼마나 매력적인 사람인지를 어필하는 게시물들이었기 때문이다. 좋은 말로도 예쁘다고 하기 힘든 얼굴을, 화려한 화장으로 가려 놓았던 것이 다임은 기억났다.

"이 사람, 딱 좋은 박성화 먹잇감 같은데."

다임은 혀를 찼다. 지나가 올린 글 몇 편만으로도 성화와 지나의 관계가 어떻게 이어질지를 쉽게 예상할 수 있었던 것이다.

성화도 처음에는 지나에게 귀엽고, 사랑스럽고, 매력적이라고 말해 줄 것이다. 어디서 예쁘다는 말을 듣기 어려웠던 이 여자도 그 말에 분명 혹하겠지.

그러나 얼마 지나지 않아 성화는 지나가 하고 있는 일이 얼마나 하찮은 일인지, 반면 남자 친구인 자신은 얼마나 대단한 일을 하고 있는지를 설명하는 데에 많은 시간을 쓰게 될 것이다. 성화는 다임의 자존감을 갉아먹은 것처럼, 이 여자의 자존감도 조금씩 갉아먹어 갈 것이다.

그런데 그렇게라도 성화 생각을 하고 있었던 게 문제였을까. 휴대폰에서 페이스북 화면이 사라지더니 '전화 오는 중'이라는 글자가 떠올랐다. 이 시각에 느닷없이 전화를 걸어온 것은 정말로 박성화, 그놈이었다.

"헐, 이 새끼가 왜 지금 갑자기 전화해!"

성화의 연락처를 지우기만 했을 뿐, 차단을 하지 않았다는 데에 그제야 생각이 미쳤다.

그렇다고는 해도, 그런 식으로 헤어지고 나서 단 한 번도 연락을 안 하더니 왜 이제 와서 갑자기 전화질일까.

머릿속으로 오만 가지 생각이 스쳐 지나갔지만, 다임의 손가락은 그런 주인의 의사와 상관없이 제멋대로 통화 버튼을 눌러 버렸다. 제보일 수도 있기에 모르는 전화라도 일단 받고 보는, 기자의 슬픈 습관 때문이었다.

그런데 전화를 건 성화는 덮어놓고 화부터 내기 시작했다.

— 야, 너지? 그 기사 쓴 거.

"너 갑자기 전화해서 무슨 소리야? 기사라니, 무슨 기사?"

— 몇 주 전에 썼던 데이트폭력 기사 말이야!

"난데없이 그 기사는 왜? 갑자기 전화해서는 웬 개소리야?"

— 니가 정신 나간 기사를 썼으니까 그러지, 이 정신 나간 여자야!

대체 뭣 때문에 화가 났는지, 성화는 평소 사용하지 않는 거친 단어까지 동원해 가면서 다임을 비난했다.

그래도 차라리 다행이었다. 성화가 화를 내 준 덕분에, 다임은 오히려 차분하게 가라앉을 수 있었다.

"넌 지금 몇 주 만에 전화해서 한다는 소리가 그거니? 그리고 그 기사는 왜? 언제는 잘 썼다며."

— 와, 이거 진짜 정신 나간 여자 맞네. 피해자 허락은 받았어? 기자 같지도 않은 게 기자라고…….

"말 함부로 하지 마. 피해자 허락을 받았는지 아닌지 니가 어떻게 아는데?"

— 지나가 자기 허락도 없이 기사 썼다고 욕하더라! 나도 방금 지나한테 듣고 어이가 없어서 전화했다. 니가 뭐 대단한 사람인 줄 알아? 넌 그냥 흔한 기레기야, 기레기.

그 순간, 다임은 머리를 망치로 한 대 얻어맞은 것같이 멍해졌다.

김지나, 그러니까 그 여자.

방금 페이스북을 들어가 보지 않았더라면 다임도 '지나'가 누구인지 몰랐을 것이다. 하지만 지금은 다임도 안다. 그리고 성화는 그 '지나'가 그 사건의 피해자라고 이야기하고 있었다.

다임은 그제야 겨우 기억해 낼 수 있었다. 현주가 건넨 연락처 역시 '김지나 씨'라는 이름을 달고 있었던 것을.

그런데 지나라는 이름과는 상관없이, 다임은 갑자기 이런 생각이 들었다.

'가만, 이거 엄청 좋은 기회 아니야?'

지나만 빼놓고 본다면 이건 정말로 좋은 기회가 맞았다. 성화와 헤어질 때는 미처 쏟아 내지 못했던 말들을, 지금이라면 아주 충분할 만큼 할 수 있었기 때문이다. 지나라는 여자가 가져다준 이 좋은 기회를 놓쳤다간 평생 이불을 걷어차며 후회할 것이 뻔했다.

"박성화, 너 내 앞에서 니가 바람피웠던 여자 편을 들고 있는 거니, 지금? 너 내가 우스워? 내가 만만해?"

다임이 그 생각을 곧바로 행동으로 옮기자, 아직 분위기를 제대로 파악하지 못한 성화는 더 크게 화를 냈다.

— 지나가 누구든 간에 니가 그렇게 함부로 말할 게 아니지!

"야, 내 앞에서 니가 바람피웠던 여자 편들지 말라고 했지. 사람 말이 말 같지가 않아? 니가 사람이긴 해?"

— 너 지금 그게 말이라고 떠들어? 니가 뭐 그리 잘났는데. 진짜 좆도 아닌 게.

"좆도 아닌 건 박성화 너겠지. 똑똑히 들어. 너 아직 정신을 못 차렸나 본데, 난 너 같은 거보다 훨씬 더 대단하고 잘난 여자라고."

— 뭐? 너 지금…….

"말 끊지 말고 똑바로 들어. 못생기고 멍청한 걸 2년이나 만나 줬더니 주제 파악이 제대로 안 됐나 봐? 내가 아니라 너야말로 나 같은 여자 다시는 못 만나. 정신 차려."

— 이다임, 너 이…….

"말 끊지 말고 끝까지 들으랬지. 너 그거 알아? 나랑은 다르게 넌 정말 형편없는 새끼야. 나는 미래가 있지만, 넌 미래도 없어. 너 회사도 똑바로 안 다녀서 매달 월급 간당간당하잖아. 그게 니 한계야. 멍청한 데다 일까지 못하니까 조만간 회사에서도 잘릴 것 같은데, 나이 들어 일 없고 돈 없다고 나 찾아오지나 마라."

그 말을 끝내기가 무섭게, 다임은 더 들을 것도 없이 그냥 전화를 끊어 버렸다. 또, 성화가 다시는 전화를 걸지 못하도록 그 즉시 번호도 차단해 버렸다.

후련함이 밀려왔다. 속이 시원해진 다임은 그대로 침대에 드러누워 버렸다.

"살 것 같다."

참 신기했다. 만나고 있을 때는 성화가 걸어 놓은 주문에 걸려 있는 듯 제대로 하지 못한 말들이, 이제는 쉽게 술술 나온다.

다임은 비로소 언젠가 현진이 했던 말을 아주 약간 인정할 수 있었다. 그건 어쩌면 데이트폭력이 맞았을지도 모른다.

"맞아, 김지나 씨도 정리해야지."

다임은 상체를 벌떡 일으키면서 다시 휴대폰을 찾았다.

메신저 앱 친구 목록에는 현주가 보내 줬던 '김지나 씨'의 연락처가 있었다. 프로필 사진은 보정을 해 놓았는지 각진 턱이 보이지 않고 반달 모양의 조그마했던 눈매도 두 배 이상 커 보였지만, 그래도 그 여자인 것만은 분명했다.

"진짜 그 여자 맞구나. 세상에 이런 우연이 다 있네."

다임은 그 프로필 사진을 손가락 끝으로 톡톡 두드리며 고민에 빠졌다. 지나가 누구인지를 알게 된 이상, 이대로 연락을 하지 않고 넘어가기도 영 찝찝했기 때문이다.

"연락은 해야겠지. 박성화가……, 어떤 놈인지 얘기도 해 줘야 할 것 같고."

다임은 마지못해 다시 휴대폰 화면을 켰다.

그래도 마음속 한구석에 자리 잡은 망설임 때문에, 다임은 주소록이 아닌 페이스북을 찾았다.

지나가 다임이 쓴 기사에 대한 건으로 다임에게 연락처를 알려 줬다. 성화를 통해 알게 된 연락처로 연락을 한다 해서 이 여자가 그 기사 얘기를 안 할 리는 없겠지만, 논리로는 설명되지 않는 망설임이라는 것이 있는 법이다.

[저, 박성화 전 여자 친구예요. 드릴 말씀이 있어서요.]

메시지를 보낸 다임은 휴대폰을 내던지면서, 다시 침대에 벌렁 드러누웠다.

"에라 모르겠다."

지나에게 어떻게 얘기를 할지는 답장이 오면 그때 생각하자.

다임은 그렇게 생각했다.

하지만 휴대폰은 금방 다시 울렸다. 이렇게 빠른 답장을 예상하지 못한 다임은 당황스러움을 감추지 못하면서 휴대폰을 조심스레 발끝으로 끌어당겼다.

그러나 곧 가슴을 쓸어내렸다. 지나로부터 온 답장 때문이 아니라 선우에게서 온 메시지 때문에 울린 알람이었던 것이다.

[저녁에 고기 먹자.]

다임은 선우가 보낸 짧은 메시지를 보면서 입술을 잘근잘근 씹었다.

성화 때문에 정신이 없긴 했지만, 생각해 보면 선우도 문제였다.

어제 그렇게 전화를 끊어 버린 일에 대해 사과를 해야 할까, 아니면 아무렇지도 않은 듯 넘어가야 할까.

그러다가 다임은 그만 피식 웃어 버리고 말았다. 선우가 보낸 메시지에서, 전날에 대한 얘기가 전혀 없다는 사실을 뒤늦게 알아차렸기 때문이다.

"하여튼 현도준이 쓸데없는 얘기를 해 가지고."

다임과 선우의 관계는 이렇게 '고기 먹자.'는 말을 쉽게 할 수 있는 관계일 뿐이지, 도준이 생각하는 그런 방향은 절대 아니었다. 심장 한쪽으로 올라오는 다른 직감을 애써 외면하면서, 다임은 그렇게 자기 합리화를 했다.

[오늘은 내가 몸이 안 좋아서 안 되겠다.]

[알았어, 누나. 편한 시간에 연락 줘.]

[ㅇㅇ]

다임은 한결 가벼워진 마음으로 다시 휴대폰을 들여다보았다. 선우와 메시지를 주고받는 사이 지나에게서는 벌써 답이 도착해 있었다.

지나 역시 어쩌면 다임으로부터 연락이 오기를 기다리고 있었던 것일지도 모른다. 보란 듯이 성화의 담벼락에 사진을 남겼다는 건, 역시 그런 마음이 아니었을까.

그러나 곧, 다임은 자신의 눈을 의심했다.

[안녕하세요, 김지나입니다. 그런데 저희가 할 얘기가 있는 사이는 아닌 것 같아요. 잘못은 성화가 했지, 제가 한 건 아니잖아요? 그리고 남의 페이스북 계정을 이렇게 뒤져 보신 거 굉장히 불쾌하네요.]

"뭐?"

제대로 읽은 게 맞는지 눈을 비벼 봤지만, 두 번 세 번 읽어 보아도 같은 문장이 거기에 있었다. 지나는, 자신이 잘못한 게 없다고 얘기하고 있었다. 여자 친구가 있다는 걸 뻔히 알면서 만난 여자치고는 참 뻔뻔하기만 한 소리였다.

다임은 성화가 헤어질 무렵, 적반하장 격으로 자신에게 소리를 질렀던 것이 떠올랐다.

어쩌면 두 사람은 영혼의 짝꿍인가 보다. 그래서 성화도 다임보다는 지나에게 더 끌렸을지도 모른다.

"그래, 이 문제로 이 여자랑 싸워서 뭐 하냐. 할 얘기나 해야지."

다임은 스스로를 그렇게 설득하면서 지나에게 답을 보냈다.

[김지나 씨, 저희 만나서 얘기할까요? 통화로도 괜찮을 것 같은데요.]

[그쪽이 어떤 해코지를 할 줄 알고 만나나요?]

[저 그렇게 한가한 사람 아니거든요?]

[그거야 모르는 일이고요. 할 얘기 있으면 여기서 얘기하세요. 말 끝나면 차단할 거니까.]

"이 여자가 뭐라는 거야."

다임은 기가 찼다. 이 지나라는 여자는 대체 어떤 사람이기에 이 상황에서조차 피해자인 척을 할 수가 있는 걸까. 지나가는 사람 열을 붙들고 물어보아도 이 상황에서 지나가 피해자일 수는 없을 것이다.

[길게 얘기하고 싶지 않은 건 피차 마찬가지예요. 박성화, 여자 친

구를 정서적으로 학대하는 사람이에요. 아무리 그래도 알려 드리는 게 도리일 것 같아서요.]

[제가 들은 얘기와는 다른데요?]

[무슨 얘기를 들으셨는데요?]

[그쪽이 성화를 정서적으로 학대했다고 알고 있어서요. 그래서 성화가 그쪽을 만나면서 많이 힘들어했거든요. 성화에게 주먹질까지 하지 않았어요?]

다임은 다시 한번 눈을 비볐지만, 몇 번이나 눈을 비벼 봐도 지나가 보낸 메시지는 달라지지 않았다.

다임은 너무 어이가 없어서 우주로 날아가고픈 심정이 되었다.

그러고 보면 성화는 '네가 하고 있는 짓은 정서적인 데이트 폭력이다.'라든가, '네가 하고 있는 짓은 스토킹이다.'라고 몇 번 얘기한 적이 있었다. 아마 지나에게도 그 얘기를 한 모양이었다.

짜증이 확 솟아올랐다. 다임은 휴대폰을 다닥다닥 두드려서 지나에게 보낼 장문의 메시지를 만들었다.

[정서적인 학대를 한 것은 박성화 쪽이고 저는 그것을 견디지 못할 때 몇 번 표현한 적이 있긴 해요. 표현 방법이 잘못되었다는 것은 저도 인정하지만, 데이트폭력이라면 오히려 박성화가]

하지만 곧, 다임은 메시지를 끝맺지 않은 상태로 휴대폰에서 손가락을 뗐다.

지나가 데이트폭력의 피해자였던 사실을 떠올린다면, 똑같은 일을 또 당하기 전에 알려 주는 게 좋을지도 모른다.

그러나 이 여자에게 그 사실을 납득시키려면 얼마나 더 설득을 해야 할지 모르는 데다, 그런 말싸움을 벌일 만한 정신력과 의욕이 다임에게는 전혀 남아 있지 않았다.

"휴우."

다임은 긴 한숨을 내쉬면서 써 두었던 메시지를 모두 지워버렸다. 그리고 그 메시지를 대신할 짧은 메시지를 하나 대충 쓴 후 전송 버튼을 눌렀다.

[저는 사실을 이야기했고 도리는 다한 것 같네요. 알아서 판단하시길.]

[네, 잘 알겠습니다. 그리고 그쪽 말이 사실이라도 성화가 저한테는 그런 일을 한 적이 없네요. ^^ 성화가 저는 참 많이 아껴 주거든요.]

[네, 알겠습니다. 저는 할 도리 다했으니 앞으로 무슨 일이 일어나도 제게는 연락하지 말아 주세요.]

[마치 무슨 일이 있기를 바라는 것 같은 말투네요?]

하도 기가 차서 이제는 대꾸할 내용조차 떠오르지 않았다. 이 여자에게는 무슨 말을 해도 씨알조차 먹히지 않을 것이다.

다임은 더 답하지 않고 침대에 벌렁 드러누웠다.

결국 데이트폭력 기사 얘기는 꺼내지도 못했지만, 이제 그 얘기를 할 기력마저 남지 않았다.

그 기사를 쓴 기자가 누구인지 성화가 알고 있으니, 알아서 지나에게 이야기를 해 주겠지. 그러면 지나도 항의를 하든 저 혼자 화를 내든 알아서 할 것이다.

어쩌면 성화는 지나에게 다임이 누구인지 얘기를 해 주지 않을지도 모른다. 하지만 그것도 다임이 알 바 아니었다.

"세상에, 이다임 착하기도 하지. 남자 친구랑 바람난 여자한 테 이렇게까지 해 주는 여자가 세상에 어디 있어?"

다임은 베개 속에 머리를 파묻고는 '으아아아!' 하고 크게 소리를 질렀다. 그리고 잠시 뒤, 다임은 여전히 베개 속에 머리를 파묻은 채로 작게 중얼거렸다.

"잘했어, 이다임. 얘기했어야 하는 게 맞아."

이제 정말로, 성화와 관련된 일을 모두 깨끗하게 지워 버릴 수 있을 것 같은 기분이 되었다. 그것만으로도 충분했다.

"이제 한동안 연애는 못 하겠네. 실패하기 싫다, 이제."

그 시각, 선우는 극단 월동 사무실에 앉아 영화 대본을 하나 정독하고 있었다.

"너, 비공개 오디션 안 볼래? 준주연급이긴 한데."

며칠 전, 월동 대표가 이 영화 대본을 건네주면서 한 말이었다. 감독은 지난해 칸 영화제에서 큰 상을 받은 분이었고, 제작사는 최근 급부상한 제법 큰 규모의 회사였다. 즉, 이건 엄청난 기회였다.

게다가 공개 오디션이 아니라 누군가의 추천을 받아 들어가야 하는 비공개 오디션이다. 월동 대표가 추천한 만큼 이미 합격은 보증된 것이나 다름없었다.

"누나한테 자랑하고 싶다아."

선우는 대본을 꼭 끌어안고서 그렇게 중얼거렸다.

선우는 새 작품에 들어가게 되면 언제나 다임에게 제일 먼저 그 사실을 알렸다. 하지만 '오지 마, 선우야.'라는 그 말은, 이제 그런 식으로 연락하지 말라는 소리처럼 느껴졌다.

아무 일도 없었던 것처럼 '고기 먹자.'라고 하자, 다행히 다임 역시 별일 아니라는 듯 대답해 줬다. 그러나 몸이 안 좋다는 말에는 왜 안 좋으냐고 물어볼 수가 없었다. 물어본다면, 또 싸늘한 대답이 돌아올 것만 같았기 때문이다.

그래도 몇 년 동안이나 조용히 다임의 곁을 지켜 온 선우였다. 조용히 기다리고 있으면, 예전처럼 다임도 금세 마음의 문을 열어 줄 것이라고 선우는 생각했다.

그렇다고 해도, 시무룩한 기분이 완전히 가시는 건 아니었다. 선우는 어깨를 축 늘어뜨린 채 대본을 다시 팔랑팔랑 넘겼다.

"선우야, 나와서 연극 준비 좀 도와라."

월동 단원 하나가 사무실로 들어와 선우를 찾았다.

"네, 형."

선우는 시무룩한 기분을 뒤로 밀어 놓고 자리에서 벌떡 일어났다. 선우가 내려놓은 대본의 구석에는 '제작 SG엔터테인먼트'라는 글자가 작게 찍혀 있었다.

$\sim$

"선우 씨, 다 됐어?"

"네, 선배!"

연극이 시작된 지도 벌써 30분이 지났다.

선우는 얼굴에 두꺼운 분장을 한 채 무대 뒤에서 이것저것 소품이나 의상을 나르는 일을 도우며 순서를 기다리고 있었다.

모처럼 만의 무대였다. 본래라면 조연급 배우들이 1인 2역으로 하게 될 역할을 떠맡게 된 것뿐이지만, 그래도 좋았다.

그러나 다임을 부르지는 못했다. 대기실에 벗어 놓은 선우의 바지 주머니에는 이번 연극의 초대권 한 장이 아직도 꽂혀 있는 채였다.

"쓸데없는 생각 그만하자."

선우는 양손으로 두 뺨을 두드려 얼른 표정을 정리한 후 무대 아래로 걸어 나갔다.

객석을 본 선우는 얼굴을 조금 구겼다. 가장 앞자리에 앉아 있는 어느 커플 때문이었다.

원래라면 환한 조명 때문에 객석은 제대로 보이지 않았어야 했다. 그러나 불행한 우연으로, 여자 주인공이 독백을 하는 장면이었기에 무대의 조명은 한껏 낮춰져 있었다.

"그 새끼, 네가 불륜을 저지를 걸 내가 모를 거라고 생각했어? 내가 그렇게 우스워 보였어?"

여자 주인공이 독백을 하는 동안 선우는 그 커플의 얼굴을 다시 한번 확인했다.

남자 쪽은 선우가 잘 알고 있는 그 사람이 맞았다. 다임과 몇 주 전 헤어진 그 사람, 박성화라는 남자.

성화는 선우를 모르겠지만, 선우는 성화를 잘 알고 있었다.

다임의 페이스북에서 성화의 사진을 본 적이 있었기 때문이다. 그리고 성화 옆에서 다정하게 속삭이고 있는 여자는 다임이 아니었다. 선우는 그제야 다임이 쏟아 내던 푸념과 눈물의 의미를 확실히 이해할 수 있었다.

선우가 누구를 발견했든 상관없이 연극은 진행되었다. 선우는 어느새 중반부를 향해 달려가고 있는 극에 다시 집중했다.

"많이 기다렸어요?"

"왜 이제 와!"

여자 주인공이 앙칼진 외침을 내뱉으며 선우의 품에 안겼다.

월동의 창작극인 이번 극은, 불륜과 복수를 주요 스토리 라인으로 하는 극이었다.

극의 남자 주인공은 수십 년간 자신을 지극정성으로 내조한 부인을 내버려 두고 젊은 비서와 바람이 난다. 그러자 그 사실을 알게 된 부인, 즉 여자 주인공은 남자 주인공을 죽인 후 유산을 챙기기로 마음먹고, 주변에 있는 남자들을 침대로 불러들여 복수에 이용한다.

선우가 맡은 역할은 그 남자들 중 하나로, 남자 주인공의 밑에서 일하는 젊은 운전기사였다.

만들어 놓고 보니 진부하고 자극적이기만 해서, 연출을 맡았던 월동 대표도 이번 공연을 끝으로 이 극을 묻어 버릴 생각인 듯했다.

조명이 밝게 바뀌고 정원을 흉내 낸 세트장이 등장하자 선우도 무대 위로 올라갔다.

"이제는 하다 하다 내 운전기사랑 눈이 맞아?"

남자 주인공 역할을 맡은 배우는 월동의 톱스타답게 발성이면 발성, 연기면 연기, 무엇 하나 나무랄 것이 없었다. 선우는 그 기세에 눌려 움츠러드는 어깨를 애써 바로 폈다.

"지금 나간 사람은 당신 부인이 아닌데요?"

"거짓말! 내가 봤어! 내가 봤다고!"

남자 주인공이 선우를 향해 모형 총을 겨누었다.

선우는 크게 숨을 몰아쉬었다. 다음 장면은 관객석을 향해 남자 주인공을 비난하는 대사를 하는 장면이다.

그런데 그때, 아주 좋은 생각이 하나 떠올랐다.

그동안 선우는 이 대사를 연습할 때마다 성화를 떠올렸다. 성화와 남자 주인공의 캐릭터가 겹쳐지는 만큼 그렇게 하면 좋은 연기가 나왔기 때문이다. 그런데 실제로 지금, 그 인물이 눈앞에 있지 않은가.

선우는 객석, 그중에서도 가장 앞에 앉아 있는 두 사람의 관객을 응시했다. 그리고 자신의 마지막 대사를 시작했다.

"지금 나간 사람이 당신 부인인지는 모르겠지만, 그래도 제가 당신 부인을 안타까워하고 있는 건 사실이에요. 당신, 그 사람에게는 '넌 나보다 못한 사람'이라고 세뇌해서 도망칠 수 없도록 만들어 놓고도 밖에서는 그 사람을 아끼는 척했죠? 그렇게 별거 아닌 줄로만 알았던 사람이 당신에게 말대꾸를 하니 화가 나던가요?"

"이 새끼, 어디서 주둥이를 함부로……."

"당신, 참다못해 처음으로 덤벼든 그 사람에게 폭력이고 폭행이라면서 경찰에 고소까지 했잖아요. 그런데 그거 폭력 아니에요. 저항이지. 당신은 그런 사람이에요. 자신이 입은 자그마한 손해는 평생을 기억하면서, 당신이 누군가에게 입힌 피해에는 갖은 이유를 갖다 붙여 합리화시키는."

탕!

선우의 대사가 끝나자 총성 효과음이 소극장을 울렸다.

곧이어 남자 주인공의 독백이 시작됐지만, 선우에게는 제대로 들리지 않았다.

쓰러지기 직전, 긴가민가한 표정으로 무대 위를 올려다보던 성화의 잔상만이 남았을 뿐이다.

긴가민가했는데, 성화도 수상쩍은 낌새를 눈치채기는 한 모양이었다. 연극이 끝난 후에도 극장을 빠져나가지 않고 선우를 기다리고 있었던 것이다.

"선우 씨죠?"

분장을 지우고 공연장 뒷정리하는 데만 한 시간 반. 이 시간까지 기다리다니, 참 징한 사람이었다.

주변을 둘러보니 월동 식구들은 안에서 나머지 정리를 하느라 부산한지 아직 밖으로 나오지 않고 있었다.

"네, 그런데요. 무슨 일이시죠?"

"맞네. 야, 너 다임이 졸졸 쫓아다니던 그 선우 맞지? 너 나 알지?"

성화는 볼 것도 없다는 듯 반말지거리를 내뱉으며 연극 팸플릿을 바닥에 패대기쳤다. 선우는 곧바로 대답하지 않고, 바닥에 떨어진 팸플릿부터 주워 들었다. 팸플릿에서 먼지를 툭툭 털어 내는 여유로운 모습에, 성화가 얼굴을 구겼다.

"네, 알죠. 그런데 그쪽도 절 아시는지는 몰랐네요."

"긴말 필요 없고. 너 아까 그거, 나 들으라고 한 거 맞지? 혹시 너 이다임이랑 바람피워서 지금 이다임 편드는 거야?"

"말도 안 되는 소리 하려고 불러 세운 거면 갈게요."

"이다임 아니면 너 뭐야. 왜 그랬는데? 아까 그거 나 들으라고 한 거 아냐?"

"들으라고 한 건 맞아요. 눈치는 빠르시네요."

사실 배역에 몰입하기 위해 그렇게 한 것이었지만, 성화를 엿 먹이겠다는 마음이 아주 없었던 것도 아니었다.

선우의 대답에 바짝 약이 오른 성화는 아예 선우를 한 대 칠 기세로 가까이 다가왔다.

"너 두고 봐라. 이거 페이스북에 쓸 거야. 내가 얼마나 영향력 있는 소셜 인플루언서인지 알아? 남자 친구 있는 여자를 만난 것도 모자라서 무대 위에서 그러기까지 해?"

"바람은 그쪽이 피운 거 아니었어요?"

"그것도 이다임이 얘기했어? 진짜 쌍으로 잘들 한다. 이다임은 전화로 별 개쌍소리를 하질 않나. 두고 봐. 쌍으로 놀고들 있어, 진짜."

결국 선우도 참지 못하고 얼굴을 구기고 말았다.

다임에게서 성화에 대한 얘기를 들을 때마다, 선우도 속으로는 참 개자식이라고 생각하긴 했었다.

그런데 이렇게 직접 마주하고 보니 생각한 것보다도 훨씬 더 개자식이었다.

"저기요, 그거 페이스북에 올리든 말든 전 상관없는데요. 오히려 그쪽에게 문제가 될 것 같은데요?"

"뭐?"

"전 무대에서 대사만 했을 뿐이에요. 그쪽 들으라고 한 게 아니라곤 못 하지만, 그래도 대사 자체는 그쪽 염두에 두고 써진 게 아니거든요. 근데도 그쪽이 그렇게 생각한다는 건 그 대사 내용 그대로 개짓거리를 했다고 인정하는 게 되지 않을까 싶은데요?"

"그게 무슨 궤변이야!"

"처음엔 제가 누군지도 몰랐다면서요. 그런데 제가 그쪽 쳐다보고 그 대사 한다고 그쪽이 이렇게까지 펄펄 뛸 이유가 있어요?"

"너 진짜 말이면 단 줄 아나 본데……."

"마음대로 하세요. 저는 배역에 몰입하려다 보니 아주 좋은 상대를 찾았고, 덕분에 연기 좋았다는 말도 들었는데요."

사실이었다. 선우가 분장을 지우고 있을 때, 이번 연극의 연출을 맡았던 월동 대표는 선우에게 오늘 연기가 정말로 좋았다고 칭찬해 주었다.

"그리고 하나 더 말하면요. 그 대사, 그쪽에게도 딱 들어맞는 거 알죠? '자신이 입은 자그마한 손해는 평생을 기억하면서, 당신이 누군가에게 입힌 피해에는 갖은 이유를 붙여 합리화시키는.' 그 부분이요. 지금 딱 그러네요. 손해도 아닌 손해에 길길이 날뛰는 걸 보니."

"너 말은 똑바로 해라? 그건 이다임이지. 지가 스토킹하고 주먹질해 놓고, 내가 다른 여자 만난 걸로 시비 걸고 있잖아!"

"그 앞 대사는 기억이 안 나나 봐요? '참다못해 처음으로 덤벼든 그 사람에게 폭력이고 폭행이라면서 경찰에 고소까지 했잖아요. 그런데 그거 폭력 아니에요. 저항이지.'라는 부분이요. 참 자기중심적으로밖에 생각 못 하는 사람이야. 어쩌다 이런 쓰레기가 나왔을까."

"뭐, 쓰레기? 너 말 다 했어!"

성화가 더 크게 소리를 질렀지만, 선우는 성화의 개소리를 딱 거기까지만 들어 주기로 했다. 이제 슬슬 월동 식구들이 나올 시간이 되었기 때문이다.

어쨌든 선우는 속이 다 후련했다.

선우 역시, 지난 2년간 하고 싶었던 말을 드디어 할 수 있었던 것이다.

"너 어디 도망가!"

성화가 부리나케 뒤쫓아 왔지만, 다리 길이의 차이는 어쩔 수가 없었다. 짧은 다리의 성화가 빠른 속도로 걸어 나가는 선우를 따라잡기란 쉽지 않았다.

성화는 결국, 어느 모퉁이를 돌아설 때쯤에는 선우를 완전히 놓치고 말았다.

～ℓℓ～

"다임아, 무슨 일인데 본청*까지 온 거야?"

현주는 다임의 갑작스러운 면담 요청에도 귀찮은 기색 하나 보이지 않았다. 그래서 다임은 적잖이 마음이 놓였다.

"김지나 씨 일, 보고드리려고요."

"그래, 잘했어."

현주가 빙긋 웃었다.

곧 진동벨이 울렸다. 다임은 얼른 카운터로 달려가 에스프레소 한 잔과 아이스아메리카노 한 잔을 받아 왔다.

"뭐 그리 급하다고 뛰어가니. 군대도 안 갔다 온 애가 왜 이렇게 군기가 바짝 들었어. 커피 늦었다고 안 혼내니까 천천히 해."

현주는 다임이 어려운 이야기를 꺼내려 한다는 것을 눈치챘는지 긴장을 풀어 주기 위한 농담 한마디를 덧붙였다. 다임도 굳어 버린 얼굴 근육을 겨우 풀 수 있었다.

"김지나 씨한테는 지난주에 연락했습니다. 늦게 보고해서 죄송합니다."

"괜찮아. 바쁘면 그럴 수 있지. 전화해 보니까 어때? 그분 목소리 좀 특이했지?"

---

* 경찰청. 사건팀 바이스가 경찰청을 담당함.

"그게, 사실 바이스가 주신 연락처가 아니라 페이스북 메신 저로 연락을 해서⋯⋯."

"어머, 둘이 아는 사이였던 거야? 신기하네."

"그게⋯⋯."

다임은 어금니를 한 번 꽉 깨물었다. 아무리 시간이 지났다 고 해도, 마음의 정리가 조금 됐다고 해도 그 일을 입 밖으로 꺼내는 데에는 용기가 필요했다.

다임은 곧 그간의 일을 차근차근 풀어놓기 시작했다. 테이블 위로 진한 커피 향과 다임의 조곤조곤한 목소리가 함께 흩뿌려 졌다.

현주는 다임이 얘기를 하는 동안, 별말 없이 경청하기만 했 다. 그렇게 표정 변화 하나 없이 얘기를 듣던 현주는 다임의 말 이 끝나자마자 어깨부터 토닥여 주었다.

"고생했어, 이다임. 그리고 얘기 잘했어."

담담하면서도 다정한 목소리였다.

"그런데 그렇게까지 됐다면 김지나 씨가 너한테 무슨 이야기 를 하려고 했는지는 못 들었겠네."

"네, 그렇게 됐습니다."

"어떡할래. 나라도 얘기를 해 줄까? 들어 볼래?"

다임은 잠깐 망설였다. 지나와는 그날의 설전만으로도 충분 히 벅찼다. 이런 상태에서 꼭 그 이야기를 들어야 할까. 그래도 들어야만 하는 이야기였다.

"네, 바이스."

"그래, 그럼 얘기할게. 이번 건에 있어서는 캡이랑 시경 입장이 맞았어. 김지나 씨가 네 기사를 별로 좋게 보지 않았어."

"그럼 제 기사가 틀린 거네요."

" '이번 건만'이라니까. 다른 사건 모두 캡이랑 시경 입장이 옳다고 생각하지는 말고."

"네……."

"김지나 씨라는 분, 자신의 사건이 커지는 걸 그렇게 달가워하지 않았던 것 같아. 가해자를 형사 고소 할 생각도 없었고. 그런데 그 기사 때문에 경찰이 고소하라고 김지나 씨를 설득했나 봐."

"그건 경찰이 잘못했네요."

"그렇지. 경찰도 잘못했지. 자기들이 욕먹기 싫다고 고소를 강요한 거니까."

다임은 마음이 한층 무거워졌다.

"그래도 김지나 씨는 경찰에게는 별다른 감정이 없고 네 기사만 문제 삼고 있어. 기사를 쓴 기자에게 왜 자기 말을 듣지도 않고 썼냐고 항의할 생각으로 연락처를 건넨 거야."

"그랬군요."

"혼내는 거 아니야."

현주는 다임의 표정이 시시각각으로 변하는 것을 보면서 씨익 웃기만 했다.

"내가 너 혼낼 거면 이렇게 얘기하겠니? 너도 그렇게까지 잘못했다고 생각할 필요는 없어. 보도 자료 자체가 문제였으니까.

그 보도 자료 어떻게 나왔을 것 같아?"

"네? 글쎄요."

"경찰이 먼저 써 놓고 피해자한테 얘기를 했대. 익명으로 처리해 준다니까 김지나 씨도 마지못해서 괜찮다고 했고. 첫 단추가 그렇게 잘못 채워졌는데 마지막 단추가 완벽할 수가 있겠어? 이건 모든 출입처에서 나오는 '보도 자료'라는 관행의 문제이고, 언젠가는 한번 짚어야 할 문제라고 생각해. 다임이 너는 어떠니? 이 얘기를 들으니까 어때?"

다임은 대답을 하지 못하고, 빈 커피 잔만 물끄러미 내려다보았다.

보도 자료는 정말로 기사로 보여 줄 가치가 있는 것일까. 그리고 그런 가치가 있다면 보도 자료 속 등장인물의 의사 따위는 무시해도 괜찮은 것일까.

"아직 잘 모르겠어요. 경찰도 잘못했고 저도 잘못했고 다 잘못했네요. 김지나 씨라는 사람도 논리적으로 이해하기 어려운 생각을 하고 있는 것 같고요."

"그렇지?"

"아직 잘 모르겠는데 그런 생각은 들어요. 어쨌든 이런 식으로 옳고 그름이 뒤엉켜 버렸다면 그래도 그중에서 가장 옳고 모두에게 도움이 되는 방법을 찾는 게 맞지 않을까 싶어요. 그런데 그걸 잘 모르겠어요."

그새 현주의 에스프레소 잔도 거의 바닥을 보이고 있었다. 현주는 마지막 남은 에스프레소를 입 속에 털어 넣은 후 찬찬히 대답을 해 주었다.

"그 방법은 나도 잘 몰라. 그래도 그 정도까지 생각했으면 잘한 거야. 무엇을 기사화해야 하느냐, 취재는 어떻게 하는 것이 옳은 것이냐는 항상 고민해야 하는 문제거든. 다들 쓰고 싶은 게 있어서 기자가 되지만, 정작 이런 문제를 고민하는 기자는 그렇게 많지 않아. 그것만으로도 다임이 너는 충분히 건강한 고민을 하고 있는 거야."

"네, 바이스."

다임은 고개를 끄덕였다.

마음은 무거웠지만, 그래도 평온했다. 현주 덕분이었다.

"가자, 다임아. 저녁 약속 있어?"

현주는 머플러를 목에 두르며 물었다.

"아니요. 오늘은 없습니다."

"그럼 저녁이라도 같이 먹을까? 맛있는 거 사 줄게. 뭐 먹고 싶은 거 없어?"

"저 고기 먹고 싶어요."

"알았어. 저기 마포 쪽에 가면 삼겹살 진짜 맛있는 데 있거든? 거기 가자."

현주의 가벼운 미소에, 다임도 따라 웃었다.

뒷모습만
보여 주는 사람

KG그룹과 정해수 의원 간의 유착 관계에 대한 수사가 시작된 후 세 번째 비공식 브리핑이었다.

"누구를 불러 조사할지 이제 슬슬 얘기해 주려나?"

"모르죠. 벌써 누군가 소환돼서 조사받았을 수도 있고요."

"농담도 그런 섬뜩한 농담은 하지 마라."

혁수의 방으로 올라가는 엘리베이터 앞에서 창진과 다른 기자들이 낄낄거리며 농담을 주고받았다. 다임은 그 실없는 농담에 끼어들지 않고, 현진이 한 얘기들을 멍하니 생각했다. 그동안은 성화 일로 정신이 없어 제대로 생각하지 못했는데, 이제야 겨우 여력이 난 것이다.

'최근에 그 가해자가 TV에 나오고 있거든? 피해자가 그걸 보면서 또 엄청나게 스트레스를 받고 있나 봐. 가해자가 TV에 나올 때마다 숨을 못 쉬겠대. TV를 끄고 인터넷을 안 봐도 성혁수와 관련된 얘기는 어쩔 수 없이 들려온대. 그것 때문에 스트레스를 많이 받나 봐. 그리고 강간범이 이렇게 태연하게 언론 타는 게 말이 된다고 생각해?'

혁수가 브리핑하는 장면은 아직 카메라에 담긴 적이 없다. 그러나 카메라 기자들은 기어이 혁수의 출근 장면을 잡아냈고, 그 장면은 관련 기사에서 몇 주째 자료 사진으로 쓰이고 있었다.

혁수의 출근 장면이 자료 사진으로 쓰인 기사 중에는 다임이 쓴 것도 있었다. 피해자가 그 기사를 보며 무슨 마음이 될지 생각하면 다임은 뒷골이 당겼다.

"뭐 해, 이다임. 안 타?"

엘리베이터가 도착했는데도 멍하니 서 있기만 하자 창진이 재촉했다. 다임은 깊은 한숨을 내쉬었다.

"타요. 가요."

다른 언론사 다 들어가는 브리핑에 혼자 통뼈 났다고 안 들어갈 수는 없다. 그리고 다른 언론사가 다 쓰는 기사를 혼자 잘났다고 안 쓸 수도 없다.

이럴 때마다 다임은 자신이 기자 아닌 회사원 같다는 생각이 자꾸만 들었다.

"이다임 기자님 요즘 생각이 많다아?"

깊은 생각에 잠긴 다임이 뭐가 마음에 안 들었는지 창진이 또 다임을 향해 깐죽거렸다.

창진과 농담을 주고받곤 하던 방송사 막내가 이상한 낌새를 눈치채고 창진을 말렸다.

"에이, 강 선배 왜 그러세요. 그만하세요."

"내가 뭘 어쨌다고? 나는 그냥 다임이한테 또 단독을 하시려면 좀 알려 달라고 그러는 건데. 저번 경찰 기사도 뒤통수 너무 아팠다니까."

방송사 막내의 만류에도 창진이 멈추지 않자, 참다못한 다임은 버럭 화를 내고 말았다.

"그만 좀 하시라고요. 왜 저만 보면 자꾸 그러시는데요?"

엘리베이터 안은 찬물을 끼얹은 듯 조용해졌다. 기자들은 저마다 휴대폰이며 노트북 화면을 들여다보는 척하며 슬금슬금 다임의 눈치를 보았다.

창진 역시 다임의 눈치를 살피기는 마찬가지였다. 이죽거리긴 했지만, 창진도 다임을 무서운 후배라고 여기고 있긴 했던 모양이다.

"아니, 왜 화를 내고 그래. 나는 그냥······."

"장난이고 친해지려고 하시는 말씀인 건 알겠는데요. 적당히 좀 하세요, 네?"

한 무리의 침묵하는 기자들을 태운 엘리베이터는 마침내 혁수의 방이 있는 층에 멈췄다. 엘리베이터 문이 열리자 창진을 포함한 모든 기자들은 마치 천국이라도 발견한 양 우르르 밖으로 뛰쳐나갔다.

다임은 다른 기자들처럼 곧바로 엘리베이터에서 내리지 못했다.

'이 브리핑, 정말로 들어가는 게 맞는 걸까?'

안타깝게도, 고민을 할 시간은 길게 주어지지 않았다. 엘리베이터 문이 그새 스르르 닫히고 있었던 것이다.

"에이씨, 몰라."

다임은 괜한 짜증을 내면서 닫히는 문틈 사이로 빠져나갔다.

～～

도북경찰서 맞은편에 있는 작은 카페. 카페 사장은 이번에 새로 채용한 아르바이트생의 옆구리를 푹 찌르면서 물었다.

"선우 씨, 무슨 좋은 일 있어?"

"네? 아니에요."

선우는 얼굴 가득 피워 올렸던 웃음꽃을 지우면서 슬쩍 입을 다물었다. 그래도 얼굴에 엷게 남아 있는 웃음기만은 사라지지 않았다.

아닌 게 아니라, 선우의 얼굴에는 요 며칠째 환한 미소가 두둥실 떠올라 있었다. 카페 사장은 선우가 싱글벙글 웃고 있는 게 무척 마음에 들었던 모양이다. 잘생긴 데다 잘 웃기까지 하는 아르바이트생을 뽑아 놓으니 며칠 사이 여자 손님이 부쩍 늘었던 것이다. 좋지 않을 리가 없었다.

"선우 씨 웃으니까 손님 늘고 좋다."

카페 사장은 그렇게 말하면서 뒷문으로 빠져나갔다.

선우는 고무장갑을 벗고 괜스레 자신의 볼을 쭈욱 잡아 늘려

보았다.

"표정 관리가 안 되나."

선우는 그렇게 혼잣말을 중얼거리고는 다시 설거지를 시작했다.

며칠 전, 월동의 창작극은 앙코르 공연까지 끝내고 무사히 막을 내렸다. 진부하고 자극적이었다고는 하나 그럭저럭 성공적으로 마무리된 셈이었다.

마지막 공연이 끝난 후 열린 종파티에서, 선우는 연기가 꽤 좋았다는 칭찬을 연거푸 들었다. 연출가 선생님은 비공개 오디션도 분명히 잘 볼 것이라며 호언장담까지 해 주었다.

"감사합니다."

선우는 칭찬을 받을 때마다 쑥스러워하며 귓불을 붉혔지만, 내심 기분은 좋았다.

사실 선우의 연기가 좋아진 것은 다임의 전 남자 친구, 그러니까 성화의 덕이 컸다. 성화와 한바탕하고 난 이후에도 선우는 성화를 떠올리면서 연기를 했다. 메소드 연기가 따로 필요 없을 정도였다.

"헤헤, 말도 잘했지. 내가 좀 한 입침 하는 편이지."

선우는 커피 잔에 묻은 거품을 물로 헹구어 내면서 또 헤벌쭉 웃었다. 가슴이 한결 후련해진 것도 좋은 기분에 한몫했다. 지난 2년간, 그 말을 해 주고 싶은 마음에 얼마나 속이 썩어 문드러지고 또 문드러졌던가.

"근데 그건 어떻게 하지?"

선우는 또 혼잣말을 중얼거리면서 행주를 물에 담갔다. 이번 엔 성화에게 한바탕 퍼부었던 것을 다임에게 얘기해야 하느냐 마느냐 하는 고민이었다.

사실 선우도 성화와 언쟁을 벌였다는 사실을 딱히 숨길 생각은 없었다. 다만 그 말을 먼저 꺼내자니 마음에 걸렸다. 다임의 자존심이 다칠지도 모르기 때문이었다.

선우는 아주 짧은 고민 후 곧 명쾌한 결론을 내렸다.

"누나가 먼저 물어보면 얘기해야겠다."

선우는 빨아 놓은 행주를 구석에 가지런히 정리했다.

아직 한적한 오전 시간대라 손님이 없었기에, 선우는 잠시 카페 밖으로 나와 크게 기지개를 켰다. 카페 맞은편에는 도북 경찰서, 그러니까 다임의 출입처가 보였다.

"으아아, 이것도 다임 누나한테 얘기해야 하는데!"

이것 역시 일부러 그런 것도 아니고, 숨기려고 했던 것도 아니었다.

"이건 다임 누나 만나면 얘기해야겠다."

선우는 씩 웃으면서 휴대폰을 켠 후 메신저에 떠오른 다임의 프로필 사진을 물끄러미 바라보았다. 어디서 어떤 표정을 짓고 있어도, 선우의 눈에는 그저 예쁘게만 보였다.

⌒ell⌒

오늘은 1년에 두 번 있을까 말까 한 하나일보 35기 입사 동기 모임이 있는 날로, 다임은 이 모임을 별로 좋아하지 않았다.

하지만 이 모임에 이미 두 차례나 빠진 전적이 있는 터라, 그래서 어쩔 수 없이 오늘만은 꼭 참석하겠노라고 약속할 수밖에 없었다.

"이다임 왔다!"

국제부에서 근무하고 있는 동기 하나가 깔깔거리면서 다임에게 손을 흔들었다. 다임은 미간에 새겨진 주름을 펴고 억지로 웃음을 만들면서 자리에 앉았다.

"이다임 왔어?"

"응, 오랜만이네. 다들 잘 지내지?"

"뭐 하느라 이렇게 늦었어. 요새 사건팀 한가한 거 아냐?"

"한가하긴 무슨. KG그룹 수사 내가 하거든?"

다임은 가방을 내려놓으면서 톡 쏘아붙였다. 방금 다임에게 말을 건넨 동기는 산업부 소속으로 KG그룹 등 대기업을 담당하고 있는 이진형이라는 기자였다. 정치부 경력 덕분에 국회의원들을 잘 알고 있어서, 그쪽을 통해 제법 쏠쏠한 기사를 많이 발굴해 내는 모양이었다.

"우리 이렇게 다 모이는 거 6개월 만인가?"

"아니지, 1년 만이지. 다임 언니 두 번이나 빠졌잖아."

"그러네. 그러니까 이다임 빨리 한잔해."

동기들은 다임 앞에 페일 에일 한 잔이 놓이자마자 다임에게 마실 것을 독촉했다. 결국 다임은 맥주 절반을 단숨에 비울 수밖에 없었다.

"그래도 이다임 사건팀 가자마자 또 검찰 일 한다? 가는 곳마다 일거리 몰고 다녀, 완전."

"근데 이정혁 그 새끼 내가 그럴 줄 알았어. 나 경제부 있을 때 이정혁이 부장이었잖아. 다임 언니, 내가 속이 다 시원하더라."

동기들이 기다렸다는 듯 다임을 안주 삼아 얘기를 씹어 대자, 다임은 기름이 자글자글 흐르는 슈바인학센 한 조각을 포크로 콱 찌르면서 불편한 심기를 드러냈다.

"야야, 그 얘기는 하지 마."

"왜? 언니는 할 말 제대로 한 건데. 완전 멋있었어."

"그러지 마. 쫓겨난 거 생각하면 진짜 싫다."

"뭐가 싫어. 언니, 이참에 강북지검에서 특종 하나 확 해 버려. 언니만 한 검찰 전문가가 어딨다고 그래."

띄워 주는 건지 아닌지 모를 말들이었다. 이래서 다임은 동기 모임에 나오는 것이 싫었다. 그 힘든 수습 시절을 서로 의지하며 보냈다면 이제는 형제자매 같은 사이가 될 법도 한데, 사회생활을 4년이나 하다 보니 묘한 긴장감이 생겨 버렸다.

"근데 다임이 너 결혼은 안 해? 남친이랑 2년 사귀지 않았어?"

이번엔 국제부 동기 쪽이 견제의 날을 들어 다임을 푹 찌르고 들어왔다.

다임은 대답 대신 진형을 찌릿 노려보았다. 다임에게 성화를 소개시켜 준 장본인이 바로 진형이었기 때문이다.

"헤어졌어. 헤어진 지 몇 주 됐어."

"진짜 헤어진 거야? 왜?"

"좀 안 맞아서."

"안 맞는데 2년이나 사귄 거야? 다른 이유가 있겠지. 왜 헤어졌어?"

"난 이다임 너 진짜 결혼하는 줄 알았는데. 이거 완전 특종이네."

"올해 안에 결혼은 물 건너갔으니까 더 얘기하지 마."

다임은 최대한 무난한 답안지를 골라 대답하면서 관심이라는 이름의 가시들을 피하려 노력했다. 다행히 문화부 동기가 최근 문화부에서 다루고 있는 기사 얘기를 꺼내자, 다임을 향한 관심은 한순간에 흩어졌다.

하지만 진형은 아직도 할 얘기가 남은 듯했다. 뭔가 할 말이 있는 듯 없는 듯, 관심을 주고 싶은 듯 아닌 듯, 복잡한 눈빛으로 다임을 보고 있었던 것이다.

'응? 저 인간은 왜 저렇게 쳐다봐?'

다임이 진형을 신경 쓰지 않으려 애쓰면서 흡연실로 향하자, 진형은 기어이 그 뒤를 쫄래쫄래 따라 나왔다. 한마디를 쏘아붙이지 않을 수 없었다.

"할 얘기 있어?"

"담배나 같이 피우자고. 다임이 넌 담배 안 끊어?"

"오빠나 끊어."

다임은 진형이 실없이 건넨 농담도 칼같이 끊어 냈다. 성화를 소개해 준 사람과 하하호호 웃으며 얘기를 나눌 기분이 아니었기 때문이다.

진형도 더 할 말을 찾아내지 못했는지 잠시 동안 담배 연기와 함께 어색한 침묵이 타올랐다. 다임이 피우고 있던 담배가 거의 끝까지 타들어 갔을 무렵 진형은 다시 입을 열었다.

"박성화 씨랑은 왜 헤어진 거야?"

하고 싶었던 얘기란 게 결국 그 얘기였던 모양이다. 다임은 재떨이에 짜증스레 담배꽁초를 비볐다.

"그건 왜 묻는데?"

"기분 나쁘라고 하는 얘기가 아니라……."

"그딴 소리 할 거면 나 들어간다."

"다임아, 잠깐만. 너도 알아야 할 것 같은 얘기가 있어서."

"아, 왜. 뭐 얘기하려고 그러는데? 빨리 얘기해. 나 들어갈 거야."

"박성화 씨가 기자들을 만날 때마다 네 얘길 하고 다닌다고."

"그러시겠지. 별 얘기도 아니네."

조심스럽게 이야기를 꺼낸 진형과는 달리 다임은 코웃음을 쳤다. 다임과 사귀기 시작했을 때나 다임과 사귀고 있을 때, 본인이 기자와 사귄다며 여기저기 자랑질을 하고 다닌 성화였다. 헤어지고 난 후라 해서 그런 얘기를 못 할 리가 없었다.

"별 얘기 아닌 것 같으니 나 진짜 들어간다."

"다임아, 잠깐만. 좀 끝까지 들어 봐. 박성화 씨가 얘기하고 다니는 내용이 문제라서 그래. 다른 애들 있는 자리에서 할 얘기도 아니고."

"진짜 뭔데 그래. 걔가 뭐라고 하고 다니는데?"

"네가 박성화 씨를 스토킹하고 다녀서 박성화 씨가 진짜 어렵게 너 떼어 냈다고 하고 다녀."

"뭐?"

다임은 자신이 잘못 들었나 싶어 귀를 후벼 팠다. 그러나 청력은 놀랄 만큼 정상이었다. 다임이 잘못 들은 게 아니라면 진형의 입에서 나온 개소리가 정말인 것이다.

그래도 다임은 혹시나 자신이 잘못 들은 게 아닌가 싶어 다시 되물어 보았다.

"내가 스토킹을 했다고?"

"그랬다더라고."

"그게 무슨 개소리야?"

"나도 개소리라고 생각하지. 근데 박성화 씨가 하도 얘기하고 다녀서 이쪽 출입처에서 소문이 좀 도는 모양이야."

다임은 어처구니가 없었다. 그러고 보니 이 개소리는 지나에게서 한 번 들은 적이 있었다. 그 개소리의 출처 역시 성화였다.

"내가 약 먹었나, 그딴 새끼를 스토킹하게?"

"알아. 이다임이 스토커를 팼다면 모를까 이다임이 스토킹을 했다는 게 말이 되냐."

"아니, 데이트폭력 범죄자는 내가 아니라 박성화라고."

"그러고 보니 그 얘기도 했네. 박성화 씨는 다임이 네가 자신을 정신적으로 괴롭혀서 어쩔 수 없이 폭언을 했다고 하더라."

"아니야. 괴롭힌 건 박성화가 먼저고, 난 계속 참다가 막판에 딱 한 번 엎은 거라고."

정말로 울화통이 터질 지경이었다. 성화의 입에서 이렇게 다양한 개소리가 나올 수 있다고는 다임도 미처 생각하지 못했다.

하지만 조금만 더 곰곰이 생각해 보면 성화는 결국 이런 짓을 벌일 사람이었다.

누군가가 자신에게 손해를 끼쳤다면 손톱만 한 것도 열 배로 부풀려서 피해자 흉내를 내는 사람이 성화였다. 그러면서도 자신이 다른 사람에게 저지른 가해는 어떻게든 자기 합리화를 거쳐서 '어쩔 수 없는 일'로 포장해 버린다.

성화라는 남자가 얼마나 개새끼일 수 있는지를, 미처 생각하지 못한 것이 잘못이었다.

"그리고 너한테 다른 남자가 있었대."

"뭐? 그런 게 있으면 내가 박성화 같은 새끼랑 2년이나 만났겠어?"

"다른 남자 있으면서도 정신적으로 괴롭히기까지 해서 정말로 견딜 수가 없었대. 그 일로 정신과 치료도 받았다던데?"

"진짜 미치고 팔짝 뛰겠네. 바람은 내가 아니라 박성화가 피운 거고."

"박성화 씨가 바람을 피웠어?"

"성화랑 페이스북 친구 아니야? 박성화 페이스북 들어가 봐라. 새로운 여자 친구 씨께서 글도 올리고 아주 알콩달콩 연애 중이시다."

"그랬어? 근데 박성화 씨 얘기로는 얼마 전 연극을 보러 갔는데 너랑 바람피웠던 남자가 갑자기 자기한테 시비를 걸었다고 하더라고."

"그 '다른 남자'가 대체 누군데? 나도 '다른 남자' 얼굴 한번 보고 싶다."

"다임이 네 과외 학생이라고 하더라. 박성화 씨랑 만나는 내 내 몰래 만났다며."

"씨발, 진짜 개 같은 새끼가."

얘기를 듣고 보니 이건 분명히 선우 얘기였다. 다임은 답답한 마음에 머리만 마구 헝클어뜨렸다.

"아무튼 아니야, 오빠. 바람피운 것도 박성화고, 사람 못살게 괴롭힌 것도 박성화야."

"그래, 잘 알지. 내가 이다임을 모르겠냐."

"오빠만 안다고 그게 되냐, 어?"

다임은 담배를 하나 더 입에 물면서 진형을 확 노려보았다. 가뜩이나 좁은 진형의 어깨가 한층 더 좁아졌다.

"왜 그렇게 보냐."

"오빠, 오빠가 책임지고 내 얘기도 소문내 놔. 박성화 갈 만한 곳이라면 어디든지."

"내가 왜……."

"오빠가 소개시켜 준 새끼잖아. 오빠가 소개시켜 준 새끼가 여자 친구 괴롭히고, 바람피우고, 그것도 모자라 이렇게 헛소문까지 퍼뜨리는데 책임감 안 느껴져?"

"그런 사람인 줄은 몰랐지……."

"아무튼, 제대로 책임져."

진형의 어깨가 더욱 좁아졌다. 그러다가 이내 고개를 푹 숙였다. 다임에게 진형이 '마뜩잖은 동기1'이었다면, 진형에게 있어 다임은 '굉장히 무서운 동기1'이었던 것이다.

"알았어. 잘해 볼게……."

마치 죄지은 똥강아지 같은 표정이었다.

진형이 그러거나 말거나, 다임은 담배 끄트머리만 잘근잘근 씹어 댔다.

'선우, 이 자식은 진짜. 왜 그걸 얘기 안 해서 이 사달을 만들어.'

찜찜한 느낌과 불쾌한 심정을 한가득 안은 채 귀가하는 길이었다. 다임은 자리에 멈춰 서서 뜻 모를 괴성을 마구 질러 댔다.

"아아아아악!"

분노를 풀자면 성화의 머리채라도 쥐어뜯어야 맞겠지만, 이제는 머리채는커녕 머리카락 하나조차 쉽게 볼 수 없는 사이가 되어 버렸다.

게다가 선우와 성화가 싸웠다는 얘기는 또 뭔가. 그 일은 누구에게 어떻게 화를 내야 하는 건지도 모를 일이었다.

그때였다. 다임은 '선우'라는 이름을 꺼내는 바람에 헛것이라도 보게 된 건가 싶어졌다. 집 앞에서, 선우와 아주 닮은 그림자가 우두커니 서서 누군가를 기다리고 있었던 것이다.

"누나!"

선우가 맞았다. 오늘도 역시 선우였다. 이제는 집 앞에서 이렇게 다임을 기다리고 있는 것이 습관이 된 모양이었다.

"선우니?"

다임의 목소리에서는 어쩔 수 없는 착잡함, 짜증, 혼란스러움이 섞인 복잡한 마음이 묻어 나왔다. 그러나 선우는 다임이 어떤 목소리를 내고 있든 그저 다임을 본 것만으로도 기분이 좋은 듯 실실 웃었다.

"누나, 되게 오랜만에 보는 것 같다."

"오랜만은 무슨."

말은 틱틱거렸지만 기분은 좀 이상했다. 성화와 싸운 것을 얘기해 주지 않은 일로 화가 났지만, 오랜만에 선우를 보니 뱃속 어딘가가 간질간질했기 때문이다. 심장 아래쪽에서 솟아난 따뜻하고 몽실몽실한 느낌이 목덜미를 향해 슬금슬금 번졌다.

'이다임, 미쳤어.'

다임은 그 이상한 느낌을 심장에서 떨쳐 내기 위해 고개를 가로저었다.

"연락도 없이 무슨 일이야?"

"누나 본 지가 너무 오래돼서 보러 왔어."

"연락도 없이 찾아오지 말랬지?"

"누나 괜찮은지 얼굴만 보고 가려고. 괜찮아 보여서 다행이네."

"괜찮아 보인다고? 너는 지금 내 얼굴을 보고도 그런 소리가 나와?"

"아, 몰랐네? 미안."

선우는 그제야 다임의 미간에 새겨진 주름을 발견한 듯 금방 꼬리를 내렸다. 다임은 어쩐지 더 화가 났다.

내가 이렇게 보자마자 짜증을 내는데, 왜 저 녀석은 저렇게 속도 없이 웃어 대다가 바로 미안해하며 사과를 하는 걸까.

"선우 너, 성화 만났니?"

"어떻게 알았어?"

"들었어."

"박성화 씨가 얘기한 거야?"

"누가 얘기했는지는 중요한 게 아니잖아. 왜 나한테 얘기 안 했어?"

"얘기 안 하려고 안 한 게 아니라……."

"네가 왜 성화랑 싸워! 그리고 성화랑 싸웠으면 얘기를 해야지! 나 때문에 싸운 거 아니야? 그런데 왜 나한테 얘기를 안 해!"

"누나……."

"왜 싸웠냐고! 네가 왜 성화한테 안 좋은 소리를 듣고 있냐고, 네가 왜!"

"누나, 미안해."

"아니다, 네가 사과할 일이 아니지."

다임은 또다시 짜증스레 머리를 마구 헝클어뜨렸다. 말을 하던 도중, 자신이 화가 난 이유를 비로소 깨닫게 되었기 때문이다. 선우와 성화가 다임이 없는 자리에서 다투었다는 것도, 선우가 그 사실을 얘기해 주지 않았다는 것도 화가 난 이유가 아니었다.

그저 그 싸움 과정에서 선우가 성화에게 안 좋은 소리를 들었을지도 모른다는 사실에 다임은 화가 났다. 자신 때문에 선우가 어디서 나쁜 소리를 듣는다는 게 너무 싫었다.

"아니야, 내가 미안해. 너한테 화낼 일이 아닌데. 박성화한테 화내야 되는 걸 너한테 화풀이를 했네. 미안해. 혼자 화내고 혼자 사과하고, 북 치고 장구 치고 혼자 다 하네. 내가 진짜, 미쳐 가지고."

"아니야, 누나…… 내가 미안해…… 다음에는 그런 일 절대 없도록 할게."

"아냐. 네가 미안해할 게 아니지."

"누나 싫어할 일은 안 하는 게 맞는 거니까……."

다임의 사과에도 불구하고 '다음에는 그런 일 절대 없도록 할게.'라고 말하는 것이 너무나도 선우다웠다. 그래서 다임은 저도 모르게 피식 웃고 말았다. 그리고 곧, 다임은 자신이 어떤 얼굴을 하고 있는지를 알아차리고 황급히 얼굴 근육에 힘을 주었다.

요즘 들어 미쳐 가고 있는 건 사실인 것 같았다. 방금 전까지 화를 내고, 지금은 또 웃는다. 감정이 자꾸만 널을 뛰는 것을 스스로 컨트롤할 수가 없었다.

"걱정돼서 와 준 건 고맙긴 한데, 오늘은 이만 들어가."

"괜찮은 거지?"

"괜찮아. 그러니까 정리되고 나면 다시 얘기하자. 지금은 얘기할 때가 아닌 것 같다."

다임은 애써 괜찮은 듯한 표정을 만들어 내려고 노력했다.

그때였다. 다임은 선우의 얼굴에 섭섭함이 해일처럼 밀려들고 있다는 사실을 발견하고 말았다. 그리고 그 순간, 다임은 선우와의 사이에 서 있던 어떤 '벽'이 무너져 내리려고 한다는 것을 직감할 수 있었다.

그것은 다임이 그토록 외면하고 싶어 했던 어떤 순간이기도 했다. 다임은 황급히 시선을 돌렸다. 벽이 무너지고 있다는 사실을 인정하고 싶지 않았다.

"누나."

선우가 다임을 재차 불렀을 때, 그 톤은 평소보다 무척이나 낮았다. 다임이 한 번도 들어 본 적 없는 목소리였다.

"왜?"

다임은 시선을 피한 채로 대답했다. 선우의 얼굴에 복잡한 생각이 떠올랐다가 썰물처럼 빠져나갔다. 선우는 또다시 다임을 불렀다.

"누나."

선우는 이번에도 말없이, 다임을 가만히 내려다보기만 했다. 다임은 선우가 이런 눈빛을 할 수도 있다는 것에 놀랐다.

진지하면서도 부드러운 눈빛. 상냥하면서도 서글픈 눈빛. 온갖 감정을 담은 선우의 눈빛이 다임의 얼굴을 천천히 훑었다.

잠시 후, 선우는 길게 숨을 토하며 눈빛을 거두었다. 그 깊은 숨결에는 어딘지 안타까운 감정이 잔잔하게 깔려 있었다.

정말로, 벽이 무너지고 있었다.

"다임 누나."

"왜 자꾸 불러?"

"왜 그렇게 자꾸만 거리를 두려고 해."

다임은 양손을 들어 선우의 입을 막고 싶다는 충동에 휩싸였다. 막으려면 지금 막아야 한다. 더 이상 들어서는 안 되는 얘기니까.

"선우야, 그만해. 다음에 얘기하자."

선우는 멈추지 않았다.

"정리되고 나면 얘기하자고 그렇게 선 긋지 않아도 되잖아. 조금 전에 한 것처럼 나한테 화도 내고, 짜증도 내고, 가끔은 힘들 때 기대라고. 그렇게 해도 되는데 왜 자꾸 거리를 두려고 하는 건데?"

"다음에 얘기하자고, 선우야."

"누나, 복잡하면 복잡한 대로 그냥 보자. 얘기도 하고. 왜 나랑은 모든 게 완벽하게 정리됐을 때만 보려고 하는데? 난 그냥 언제든 누나 봐도 좋고, 누나 화내고 울고 짜증 내는 것도 괜찮아. 누나 그러라고 나도 누나 보려는 건데."

그 순간, 자신의 눈동자가 흔들렸다는 것을 다임도 미처 알지 못했다. 다임은 또다시 심장 아래쪽에서 따뜻하고 몽글몽글한 감촉이 피어오르는 것을 느꼈다.

다임도 이번만은 고개를 저어 그 감촉을 털어 낼 수가 없었다. 선우의 저 분명하고 또렷한 눈을 보면서, 선우를 보고 있는 자신의 시선을 도저히 끊어 낼 수가 없었다.

그즈음, 선우의 눈동자에도 어떤 작은 빛줄기가 언뜻 스쳐 지나갔다. 그것은 확신이라는 이름을 가진 빛줄기였다.

선우가 다시 입을 열었다.

"누나, 아니, 이다임 선생님."

다임은 귀를 막고 싶었다. 듣고 싶지 않았다.

"하지 마, 선우야."

아니, 정말로 마음이 듣고 싶어 하지 않는 것인지 그저 머리가 들어서는 안 된다고 하고 있는 것인지는 모르겠다.

"나, 누나 좋아해."

무척이나 짧은 고백이었다. 긴말은 아니어도, 선우가 품고 있던 진심의 깊이는 밤공기를 깊게 울렸다.

다임의 눈동자는 이제 흔들리다 못해 길을 잃고 방황했다. 달빛이 반짝거리며 쏟아져 내리는 골목에, 다임의 흔들리는 눈빛과 선우의 따스한 숨결만이 맴돌았다.

다임은 아무 말도 할 수가 없었다.

사실은 다임도 어느 순간부터는 알고 있었다. 선우에게 자신이 조금씩 젖어 들고 있다는 것을. 다임에게도 선우가 조금씩 젖어 들고 있다는 것을.

알면서도, 그런 게 아니라고 생각하려 했을 뿐이다. 다임에게 있어 감정과 관계는 어느새 별개가 되었기 때문이다.

선우와의 관계가 성화와의 관계처럼 되지 않을 수 있을까. 장담할 수도 없고, 확신할 수도 없는 일이었다. 그렇게 되어 버린다면 지금 이 편한 관계도 결국 깨어지고 만다.

연애에 실패하더라도 언제든지 새로운 연애를 할 수 있는 나이의 선우와, 실패로 인한 감정 소모에 지칠 대로 지쳐 버린 나이의 다임.

그래서 말을 해야 했다. 다임은 1분이 넘는 침묵 후에야, 떨어지지 않는 입술을 억지로 열었다.

"미안해. 지금은 아무것도 하고 싶지가 않네."

짧지만 명백한 거절이었다.

그리고 그 거절은, 다임이 선우의 마음을 어렴풋이 알게 되었던 어느 순간부터 이미 준비된 것이나 다름없었다.

선우는 이다임같이 연애에 실패나 하는 이상한 여자가 아니라, 훨씬 괜찮은 여자를 만날 수 있는 그런 멋진 녀석이었다. 그러니 선우에게 이다임은 안 된다.

"연애에 더 실패하고 싶지 않아. 너랑은 달리, 연애에 실패해도 괜찮을 만큼 여유가 있는 나이도 아니고."

다임의 말이 가져온 무게가 다임의 어깨와 선우의 어깨를 동시에 짓눌렀다.

"알았어."

선우의 대답은 의외로 무척이나 덤덤했다. 그래서 다임은 간신히 선우를 쳐다볼 수 있었다.

"누나."

"⋯⋯."

"내가 남자로 안 보인다는 말은 안 하네. 지금은 아무것도 하고 싶지 않다는 건 기다려도 된다는 거지?"

선우는 여전히 덤덤했다.

다임은 몽글몽글하게 솟아오르는 감촉도, 안타깝게 심장을 죄어 오는 느낌도 꾹꾹 내리누르면서 선우를 똑바로 바라보았다.

"그러지 마. 지금 아니라고 해서 나중에는 괜찮을 리가 없잖아. 섣부른 기대감 같은 거 갖지 마. 나중에 괜찮아진다고 해도 나는 절대 너를 그렇게 볼 수가 없어."

이렇게까지 차가운 거절의 말이 또 있을까. 다임은 자신이 한 말에 되레 자신이 상처를 입고 말았다.

그것을 아는지 모르는지, 선우는 가볍게 한숨을 쉬었다. 좀 전, 다임에게 섭섭한 마음을 전할 때보다는 한층 가벼운 숨이었다.

"알았어. 누나가 괜찮아질 때까지 그냥 여기서, 이 자리에서 계속 기다릴게."

너무나 다정해서 기대고 싶어지기만 하는 말이었다.

그러나 그래서는 안 된다는 것을 다임의 머리는 아주 잘 알았다. 다임은 한 번 더 독하게 쏘아붙였다.

"그러지 말라고. 네가 거기서 기다려도 나는 그곳으로 안 가. 그러니 기다리지 말라고."

선우는 대답하지 않았다. 대답하는 대신, 다임에게서 한 발짝 뒤로 물러섰다. 아무런 말도 하지 않았지만, 다임은 선우가 무엇을 얘기하고자 하는지 알 수 있었다.

딱 이만큼만 떨어져 있겠다. 여기서 계속 기다리고 있겠다.

그렇다면 다임이 선우에게 보여 줄 수 있는 행동은 하나였다.

"선우야, 미안해."

다임은 그렇게 말하고 선우를 스쳐 지나갔다. 집으로 향하는 골목길을 걸어 나가는 동안, 다임은 단 한 번도 뒤를 돌아보지 않았다.

　네가 거기에 서 있어도 나는 절대 뒤를 돌아보지 않겠다, 그런 의미였다.

　눈에서 눈물이 울컥 솟아오르려고 하는 것을 꾹 참았다. 다임은 그렇게 집 앞에 도착할 때까지, 단 한 차례도 뒤돌아보지 않았다.

　그래서 다임은 몰랐다. 선우가 그 자리에서 못 박힌 채, 이미 사라진 다임의 뒷모습만 하염없이 좇고 있었다는 것을.

이 기자님,
저희 꽤 잘 어울리지 않아요?

다임은 발을 동동 구르며 소리를 질렀다.

"아아악, 진짜 어떡해!"

하필 오늘따라 기자실에는 사람이 많았다. 오후에 강북지검 브리핑이 예정돼 있었기 때문이다.

그래도 왜 그러냐며 다임에게 시비를 거는 기자는 단 한 사람도 없었다. 모두들 노트북을 두드리며 다임의 눈치를 보기 바빴다.

"제대로 못을 박았어야지. 정리될 때까지 연락하지 말라고. 연락 안 받겠다고."

다임은 노트북에 얼굴을 파묻고 혼자만 알아들을 수 있을 정도의 목소리로 작게 중얼거렸다.

처음부터 잘못이었다.

다임도 사실 선우의 마음을 모르지는 않았다. 어렴풋이 알 것 같은 때가 있었다. 그러나 계속 모른 척했다. 그저 지금이 편해서. 지금의 관계를 깨고 싶지 않아서.

어장 관리를 했다는 비난을 받아도 할 말이 없었다.

하지만.

"선우한테 어떻게 그러냐고."

선우를 밀어내야 하는 건 맞지만, 밀어낸다는 생각만으로도 심장 한구석 어딘가 텅 비는 듯한 기분이 들었다.

"민폐야, 민폐라고. 선우한테 이게 무슨 민폐야."

그때, 메신저 알람 소리가 노트북 스피커에서 튕겨져 나왔다. 다임은 퍼뜩 정신을 차리고 노트북 화면을 들여다보았다. 메시지를 보낸 사람은 종운이었다. 다임은 혹여나 선우가 아닐까 생각해 버린 제 머리를 세게 쥐어박았다.

[동화일보 단독 기사는 받아서 써.]

다임은 한숨을 쉬었다. 아무리 집중이 안 된다고 해도 일은 해야 했다.

다임은 인터넷 창을 열어 '단독'이라는 타이틀을 달고 있는, 오늘 아침자 동화일보 기사를 다시 찬찬히 읽었다. 남자 직원을 성추행한 여성 상사가 입건되었다는 내용의 기사였다.

다임은 또다시 머릿속을 파고드는 선우의 고백을 애써 밀어내면서, 키보드를 두드렸다.

[성추행 피해자가 남자라는 사실을 제외하면 흔한 기사인데 꼭 써야 합니까? 가해자가 회사 사장도 아니고요.]

[가해자가 여자라서 흔한 일이 아니잖아. 지면 잡혔다.]

[그렇게까지 기사 가치가 있는지 잘 모르겠습니다. 오늘 성혁수 브리핑도 있는데요.]

[다른 데서는 동화 단독 안 받아쓴대?]

다임은 슬쩍 고개를 들어 주변을 보았다. 조금 전까지 다임을 이상한 눈으로 보고 있던 기자들이, 이제는 삼삼오오 뭉쳐서 잡다한 얘기를 나누고 있었다.

"동화 기사 봤냐? 진짜 미친 여자더라. 이래도 남성 상위 시대라지?"

"창진 선배도 그거 쓰세요?"

"온라인 기사로 쓰라던데? 너는?"

사건 기사는 대충 처리하기로 유명한 SBC가 온라인으로라도 기사를 쓴다고 한다. 그렇다는 것은 다른 언론사 역시 온라인으로나마 기사를 내보낼 것이란 얘기였다.

[SBC는 온라인으로 쓴다고 하네요. 다른 곳도 물어볼까요?]

[아니, 됐어. 우리도 온라인으로 쓰자.]

다임은 키보드를 두드려 '네, 알겠습니다.'라는 글자를 만들었다. 그런데 다임은 그 메시지를 보내지 않고 잠깐 멈칫했다. 잠깐의 고민 끝에, 다임은 원래 보내려던 것과는 조금 다른 내용의 메시지를 보냈다.

[캡, 이건 안 쓰고 싶습니다.]

그래도 '안 쓰는 게 좋을 것 같다.'는 말보다는 '안 쓰고 싶다.'는 말을 선택했다.

그동안 여러 차례 부딪쳐 보니 종운은 후배가 자신의 권위에 대드는 것을 싫어하는 타입 같았다. 그래서 종운의 기자 철학을 건드리는 말을 하지 않고 자신의 생각을 말하는 쪽을 선택한 것이다.

다임의 그런 생각이 맞아떨어졌는지, 종운도 이번엔 화를 내지 않았다.

[왜?]

[이 기사를 쓰면 여자 상사가 남직원을 성추행하는 일이 자주 일어나는 것처럼 보일 것 같아서요. 남자 상사가 여직원을 성추행하는 사건은 기사 가치가 크지 않겠지만, 써야 한다면 그쪽 기사를 쓰고 싶습니다.]

여성이 가해자인 사건이 더 자주 기사화가 되는 것은 '흔하지 않기 때문'이었다. 흔하지 않은 일에 대한 기사는 조회수가 높기도 하지만 이야깃거리가 되기도 해서, 대부분의 언론사에서는 여성이 가해자인 사건의 기사 가치를 높게 본다.

하지만 기사는 이야깃거리를 전달하는 행위인 동시에 사회의 한 단면을 보여 주는 행위이기도 하다. 여성 상사가 성추행을 했다는 기사는, 수많은 직장 내 성추행 사건은 묻어 두고 일부 사건만 사회의 단면으로 강조해 소개한다고도 볼 수 있다.

'그럼 성혁수 브리핑도 문젠데.'

종운의 대답이 곧바로 오지 않아서, 다임은 또 답 없는 고민에 빠져들었다. 굳이 선우의 고백이 아니더라도 다른 고민이 산더미처럼 쌓여 있었던 것이다.

"아이씨, 그렇다고 피해자가 원하지도 않는데 기사를 써 버릴 수도 없는데."

다임이 또 책상에 머리를 쿵쿵 박고 있는 사이 종운에게서 답이 왔다. 다임은 책상에 엎드린 채로 눈알만 돌려 노트북 화면을 쳐다보았다.

[알았어. 이다임. 이건 내가 처리할 테니까 너는 성혁수 브리핑에 집중해.]

의외의 답변이었다. 다임은 책상에서 몸을 일으켜 종운이 보낸 메시지를 다시 읽어 보았다.

"지금 내 말 들어준 거야?"

자문자답이긴 했지만, 아무리 생각해도 그렇게밖에 보이지 않는 메시지였다. 다만, 종운이 기사를 쓰지 말라고 하는 대신 자신이 직접 기사를 처리하겠다고 한 것은 종운 역시 직장인이기 때문일 것이다. 지면이 잡히고 부장이 지시한 이상 부장에게 대드는 것은 종운으로서도 힘든 일이다.

아무래도 상관없었다. 쓰기 싫은 기사를 안 써도 된다는 것만으로도 감지덕지였다.

[네. 캡. 알겠습니다.]

[그래, 수고하고.]

[캡. 고맙습니다.]

기분이 조금 좋아진 다임은 종운이라는 인간에 대한 평가도 고쳐 쓰기로 마음먹었다. 시간이 된다면 종운과도 속 깊은 얘기를 한번 나누어 보면 좋을 것 같았다.

"그런데 진짜 성혁수 티타임 들어가야 하나."

동화일보 기사 건은 대충 마무리 지었지만, 혁수의 브리핑은 여전히 문제였다. 정말로 들어가기 싫은 브리핑이었다.

혁수에게 마이크를 쥐여 주고 있는 것은 기자들이다. 하지만 그것은 혁수가 중요한 인물이기 때문이 아니라, 혁수가 하고 있는 일이 중요한 일이기 때문이다.

그러면서도 이렇게 마이크를 쥐여 주는 바람에 혁수의 영향력이 점점 더 커지고 있다는 것은 다임도 잘 알았다. 성혁수라는 사람을 키우고 있는 것은 결국 언론이었다.

"피해자가 얘기할 마음을 먹으면 좋을 텐데."

다임은 이번에도 그렇게 얘기할 수밖에 없었다. 다만, 이번 혼잣말은 기자실 내 누구도 듣지 못할 만큼 자그마한 목소리였다.

다임은 도저히 일이 손에 잡히지 않아 기자실 밖으로 나왔다. 다행히 흡연 구역에는 사람이 아무도 없어, 혼자 생각을 정리하기에 딱 좋았다.

다임은 담배에 불을 붙이면서 버릇처럼 휴대폰을 꺼내 다른 기사를 확인했다.

8부 능선 넘은 KG그룹 수사…정해수─KG 임원 소환만 남겨 둬

기사 내용은 제목과 별반 다르지 않았기에 대충 훑어보기만 했다.

다임이 생각하기에도 KG그룹 수사는 조만간 마무리 단계에 접어들 것으로 보였다. 이제 남은 것은 KG그룹 임원들과 정 의원 본인에 대한 조사뿐이다. 그러니 혁수는 오늘 브리핑에서 다음 소환 대상자가 누구인지 얘기할 것이다.

"그러면 들어가야 하는데. 진짜 미치겠네."

다임은 머리를 감싸 쥐면서 주소록 화면을 열어 현진의 연락처를 눌렀다. 그러나 차마 전화를 걸지는 못했다. 다임이 전화를 건다는 것만으로도 기사화를 독촉하는 행동이 될 것이기 때문이다.

몸이 마음대로 되질 않아, 다임은 현진의 연락처를 몇 번이나 눌렀다가 말았다가 했다.

다임은 우울하게 주소록만 죽죽 아래로 내려 보았다. 그러다가 다임의 눈동자는 또 '선우'라는 이름에 고정되었다. 다임의 눈과 손가락은 언젠가부터 습관처럼 선우의 이름과 선우의 얼굴을 찾아내고 있었다.

다임은 금방 고개를 저었다. 다임도 이제는 확실하게 알게됐다. 자신이 얼마나 선우에게 의지하고 있었는지. 그리고 지금도 얼마나 선우에게 의지하고 있는지.

하지만 이제 그래서는 안 된다. 선우를 밀어낸 주제에 그렇게 염치없는 행동을 할 수는 없었다.

게다가 다임 자신을 위해서도 이제는 선우에 대한 의존도를 줄여야 했다.

다임은 기억을 되살려 보았다. 선우에게 이렇게 의지하기 전엔 어땠었는지를. 어렴풋이 기억나는 성화와의 연애 초기에는, 성화의 어깨를 가끔 빌릴 때가 있었던 것 같기도 하다.

성화가 어깨를 빌려주지 않으려 할 때는 선우의 어깨를 빌렸다. 연애를 하는 동안 성화에게 의지하는 것이 습관이 되었고, 연애가 삐걱거리자 그 습관이 선우에게 옮겨 간 모양이었다.

"이다임이 누구 어깨나 빌리는 사람은 아니잖아."

다임의 하소연과 같은 다짐이 담배 연기에 녹아 공기 중으로 흩어졌다.

갑자기 휴대폰이 길게 울렸다. 다임이 이런 생각을 하고 있던 것을 들키기라도 한 것일까. 전화를 걸어온 사람은 하필 선우였다.

다임은 휴대폰에 떠오른 이름을 보면서 당황했다.

"얘가 왜 지금?"

선우가 무슨 일로 전화를 했는지는 모른다. 자신의 마음을 표현했으니 이제 숨기지 않고 적극적으로 다임에게 다가오려고 하는 것일 수도 있다.

그렇다면 더욱 선을 그어야 한다. 전화를 받지 말아야 한다.

그런데 어쩐지 마음은 휴대폰을 주머니에 넣지 못하게 했다. 선우의 목소리를 듣고 싶다는 마음이 뭉클 새어 나와 휴대폰을 붙들었다.

"안 돼, 이다임."

다임은 마음을 독하게 먹고 휴대폰 화면을 꺼 버렸다. 다임이 전화를 계속 받지 않으면 선우도 언젠가는 포기하게 될 것이다. 그렇게 하는 것이 옳았다. 애초에 선우의 마음에 책임을 질 생각이 없다면 이 단계에서 잘라 내 버려야 했다.

다임이 전화를 받지 않자 휴대폰은 금방 진동을 멈췄다. 선우에게는 '지금은 전화를 받을 수 없사오니…….'로 시작하는 메시지가 전달되었을 것이다.

다임이 안도한 것도 잠시, 휴대폰이 다시 울렸다. 이번에는 메신저였다. 다임은 이러지도 저러지도 못하다가 결국 조심스레 휴대폰 화면을 켜 보았다.

[누나 지금 경찰서지? 잠깐 앞으로 나올 수 있어? 나 지금 근처에 있는데.]

기다리지 말라고 했더니 아예 찾아와 버린 모양이다.

다임은 휴대폰 화면을 들여다보면서 눈썹 사이를 좁혔다. 전화를 받지 않았던 것처럼 메시지도 무시하는 것이 옳았다. 그러면 선우는 한참을 기다리다가 결국 포기하고 돌아갈 것이다.

하지만 경찰서 앞에서 하염없이 기다리고 있을 선우를 생각하니 다임은 마음 한쪽이 묵직해졌다. 머릿속에 선우가 오들오들 떨면서 경찰서 앞을 지키고 있는 모습이 그려졌다. 이제 막 가을로 접어들었기에 날이 적당히 따뜻하다는 것을 아주 잘 알고 있으면서도.

"이번만. 추운 데서 기다리잖아."

그렇게 말하는 것이 진심인지, 자신의 이성을 설득하기 위한 말인지는 다임 자신도 알지 못했다.

어쨌든 다임은 내키지 않는, 그러면서도 내키는 걸음을 옮겨 슬그머니 경찰서 밖으로 나갔다.

선우는 멀리서도 금방 알아볼 수 있었다. 훤칠하게 큰 키와 단정한 얼굴은 100미터 밖에서도 쉽게 알아볼 수 있을 만큼 눈에 띄었다.

"누나!"

선우는 다임이 알은체를 하기도 전에 먼저 손을 흔들며 자리에서 깡충깡충 뛰었다. 그 모습을 본 다임의 입매가 또 스르르 풀렸다. 선우를 보는 것만으로도 나쁜 일은 모두 사라지고 기분 좋은 포근함만 가슴을 가득 채운다.

다임은 애써 표정을 가다듬었다. 선우를 볼 때마다 기분이 좋아지는 것을 들켜서는 곤란했다.

"왜 왔어?"

다임은 선우와의 물리적 거리가 아주 가까워지고 나서야 마음에도 없는 냉정한 말 한마디를 건넸다. 선우는 다임의 차갑기만 한 말투와 표정에 아랑곳하지 않고, 손에 들고 있던 것을 흔들어 보였다.

"이거."

선우의 손에 들린 것은 방금 내린 듯 따끈따끈한 커피였다. 종이컵도 두 겹이나 끼워 둔 것이 혹여나 식지 않을까 마음을 쓴 것 같았다. 마음 씀씀이가 참 고마우면서도 가슴이 시렸다.

"미안한데, 갖고 돌아가. 이렇게 찾아오지 말라고 말하려고 나온 거야. 다음부터는 아무리 기다리고 있어도 안 나올 거니까 이런 짓 하지 마."

선우는 금세 시무룩해졌지만, 커피를 내민 손을 거두어들이지는 않았다.

"그래도 이건 받아 주라. 일부러 갖고 왔는데."

"그렇게 하지 말라고."

"멀리서 가져온 것도 아니고 근처에서 아르바이트 시작한 김에 가져온 거야. 이것 정도는 받아 줘도 괜찮잖아."

"여기 근처에서 아르바이트 시작했다고?"

"어쩌다 보니 조건이 맞아서 시작한 거지, 누나 때문은 아니야. 일 있을 때 근무 시간 자유롭게 바꿔도 된대. 팔 떨어질 것 같으니 커피 좀 받아 줄래?"

정공법이 통하지 않는다 싶으니 이번엔 애교를 떠는 선우였다. 다임은 잔망을 떠는 선우가 너무 귀여워서 머리를 쓰다듬어 주고 싶어졌다. 그 마음을 억지로 누르면서 선우의 팔을 가볍게 잡아당겼다.

"선우야, 잠깐 저기서 얘기 좀 하자."

선우는 팔이 잡힌 것마저 마냥 좋기만 한지 헤실헤실 웃으면서 다임을 따라왔다.

다임은 강북경찰서 정문을 한참이나 벗어난 자리에서 멈춰섰다. 그리고 주변에 아무도 없다는 것을 몇 번이나 확인하고 나서야 겨우 입을 열었다.

"선우야."

"응, 누나."

다임의 입에서 또 냉정한 말이 쏟아지리라는 것을 잘 알 텐데도 선우는 그저 좋은 듯 방긋방긋 웃기만 했다.

선우의 미소가 바늘이 되어 다임의 심장을 쿡쿡 찔렀다. 다임은 더더욱 입이 떨어지지 않았지만, 그래도 마음먹은 말은 해야 했다.

"얘기했지? 나, 너 이렇게 하지 말라고 나온 거야. 너 보려고 나온 거 아니야."

"응, 알아."

"이렇게 오지도 말고 연락도 하지 마. 오늘은 정말, 정말로, 마지막으로 이 얘기 하려고 나온 거야. 이제 앞으로는 네가 아무리 찾아와도 안 나올 거고, 전화도 안 받을 거야. 나중에 언제가 되든, 네가 정말로 아무런 마음이 없어지면 그때 다시 보든지 하자. 이러는 거 서로에게 도움이 안 돼."

"······."

"너도 이래저래 사람 만나고 하면 그런 감정 금방 지워질 거야. 아직 어리니까 앞으로 만날 사람도 많고 만날 시간도 많잖아. 쉽진 않겠지만 그렇게 하자."

선우는 대답하는 대신, 부드럽게 웃기만 했다. 그러면서 다임의 손에 커피를 억지로 쥐여 주었다. 다임의 손끝에 자신의 손이 닿는 순간 선우의 눈썹 끝이 살짝 떨렸고, 다임의 시선은 선우의 그런 표정 하나조차 놓치지 못했다.

"누나."

다임은 선우가 부르는 소리에 또 마음이 쿵 하고 내려앉았지만, 내색하지 않았다.

"왜?"

"내가 왜 누나 좋아하는 줄 알아?"

"갑자기 무슨 소리야."

"이다임 선생님이던 때부터 누나는 한 번도 나를 가볍게 본 적이 없거든. 누나처럼 나를 나 자체로 무겁게 봐 준 사람이 없었어. 그런 누나가 이걸 금방 지워질 감정이라고 말해 버리면 안 되는 거잖아."

"선우야……."

"누나, 특별하게 뭘 해 달라고 그러는 거 아니야. 앞으로도 지금까지와 다를 거 없을 거야. 그냥 내가 이다임 기자님과 이다임 선생님 존경하고 응원할 수 있도록 해 주면 안 되는 거야?"

다임은 '안 돼.'라고 말을 하려고 입을 열었다. 그러나 차마 목소리가 나오지 않았다. 그런 말을 하자니 자신이 너무 아팠다.

하지만 선우가 어떤 마음으로 다가오든, 받아들일 수 없는 이유가 다임에게는 분명했다. 아무리 아파도, 선을 긋고 확실하게 정리하는 것이 서로에게 도움이 될 것이다.

참 이상한 일이었다. 성화가 걸어 놓은 주문에서 벗어나 후련하다고까지 생각했는데도 성화가 한 말이 자꾸만 머릿속에 맴돌았던 것이다.

'니가 뭐 대단한 사람인 줄 알아? 넌 그냥 흔한 기레기야, 기

레기.'

성화에게 이다임이 어떤 사람이었든 그건 이제 아무래도 상관없었다. 그러나 이렇게 괜찮고 훌륭한 남자인 선우에게는, 이다임보다 훨씬 멋지고 괜찮은 여자가 어울릴 것이다.

다임에게도, 연애가 실패할 가능성이 높은 어린 선우보다는, 실패를 생각하며 서로 관계에 신중해질 수 있을 만큼 나이가 있고 안정적인 남자가 나았다.

"선우야, 나 너 싫지 않아. 오히려 좋다는 쪽에 가깝겠지. 사람 선우도 좋고 남자 선우도 좋아."

뜻하지 않은 고백에, 선우의 표정이 눈에 띄게 밝아졌다. 하지만 다임의 고백은 그것으로 끝이 아니었다.

"그렇지만 나는 이제 더 이상 연애에 실패하고 싶지 않아. 너는 아직 몇 번이나 실패를 해도 괜찮을 나이지만, 나는 이제 실패가 두려울 나이야. 실패 자체가 지겹고 끔찍한 나이가 됐다고."

"누나."

"너는 이 관계를 끝내더라도 새로운 사람을 만날 여유가 충분하지만, 나는 아니야. 실패는 성화로 족해. 혹시라도 끝이 와서 새로운 시작을 해야 될지도 모르는 길이라면 나는 그 길을 갈 여유가 없어. 가고 싶지 않아."

"누나, 왜 실패를 먼저 생각하는데? 실패 안 하면 되잖아."

"그게 너랑 나의 차이야. 너는 아직 실패를 제대로 해 본 적이 없어서 무서움을 모르지만, 나는 너무 잘 알기 때문에 실패도 항상 염두에 둘 수밖에 없어. 나이 들면 겁이 많아지거든.

미안해, 선우야."

선우는 대답하지 못했다. 강아지 같은 눈망울에서 금방 눈물이 뚝뚝 떨어질 것만 같았다.

선우도 다임이 하는 말을 알아듣지 못한 것은 아닌 듯했다.

그러나 선우도, 다임의 곁으로 가는 길이 무척 험난하리라는 것은 충분히 각오하고 있던 차였다. 이런 한두 번의 거절로 물러날 선우가 아니었다.

"알았어, 누나. 그래도 커피는 마셔. 아침에 카페인 필요하잖아."

선우는 또 강아지 같은 눈망울로 웃었다. 자신의 감정을 다임에게 강요하는 것이 아닌, 진심으로 다임을 걱정하는 그런 눈망울이었다.

다임은 선우의 눈을 볼 수가 없었다. 선우의 눈을 보는 것이 너무나 미안했다.

다임이 고개를 숙이고 있는 사이 선우는 아무 말 없이 조심조심 자리에서 물러섰다.

"그럼 갈게, 누나."

선우는 자리를 뜨면서도 다음에 보자는 얘기는 하지 않았다. 다음에 보자는 말 자체가 다임의 뜻을 정면으로 거스르는 것이었기 때문이다.

선우가 더 이상 보이지 않게 되었을 무렵에야 다임은 간신히 고개를 들고 길게 한숨을 쉬었다. 안도를 담은 한숨인지 아쉬움을 담은 한숨인지 다임도 알 수가 없었다.

"이다임, 정신 차려."

다임은 커피를 들지 않은 나머지 한 손을 들어 자신의 뺨을 톡톡 때렸다.

"잘한 거야. 선우도 이만하면 이제 알아들었겠지."

그러니 선우한테서는 더 이상 연락이 오지 않을 것이다. 그 것이 너무도 서글펐다.

그때 다임의 휴대폰이 다시 울렸다. 이번에는 선우일 리가 없었다. 아무런 기대도 갖지 않은 다임의 눈동자가 멍하니 휴 대폰 화면을 들여다보았다.

다임의 눈동자에 갑작스레 빛이 돌았다. 서글픈 얼굴은 사라 지고, 기자의 얼굴이 되돌아왔다.

당연히 선우가 보낸 메시지는 아니었다. 그러나 다임이 그 이상으로 기다리고 있던 사람이 보낸 메시지였다.

[다임아, 그거 기사화해 줄 수 있어? 피해자분께서 기사화라도 해 서 성혁수 막고 싶대.]

현진이었다.

～ℓℓ～

현진은 다임이 자리에 앉기가 무섭게, 두툼하게 정리된 파일 세 개를 내밀었다. 막상 기사화를 하겠다고 하니 현진도 마음 이 급했던 모양이다.

"이거랑 이거, 기사 쓰려면 있어야 되지?"

"저번에 워낙 대강만 얘기를 들어서 말이야. 일단 무슨 사건인지, 어떻게 된 건지부터 먼저 얘기해 줄 수 있어? 피해자분은 만나 볼 수 있어?"

"연락처 줄게. 통화는 할 수 있을 거야."

다임이 파일을 열어 보지도 않고 연락처부터 묻자, 현진은 아무 종이나 꺼내 급하게 글자를 써 내렸다. 다임은 '윤채은'이라는 글자와 함께 010으로 시작되는 숫자가 적혀 있는 종이를 현진으로부터 건네받았다.

"뭐 하는 분이셔?"

"검찰 직원."

"성혁수 밑에서 일하셨어?"

"응, 지난해까지. 지금은 그만두셨어."

"성혁수 그 새끼 정말로 나쁜 새끼네."

다임의 얼굴이 확연하게 굳었다. 단순히 성폭력 사건이라고만 생각했지, 직장 내 성폭력 사건이라고는 생각하지 못했던 탓이다.

현진은 머그잔을 입으로 가져갔다. 싸구려 믹스 커피는 식어 버린 지 오래였지만, 얘기를 이어 가기 위해서는 당과 카페인이 필요했다.

"좀 더 자세히 얘기해 줄 수 있어?"

"어어, 일단 얘기할 수 있는 선까지만 얘기할게. 피해자분이 강북지검 성혁수 밑에서 일하기 시작한 건 지난해 2월이야. 처음에는 피해자분도 성혁수를 믿고 따랐다고 해."

"그랬겠지."

다임은 지난해 초 강북지검 형사부에서 처리했던 사건들을 떠올렸다.

다임도 KG그룹 수사 때문에 혁수의 수사 이력과 평판을 살펴본 적이 있었다. 일선 지방검찰청 형사부장치고는 상당히 괜찮은 성과를 여러 차례 낸 사람이었다. 게다가 후배 검사나 직원들을 대하는 태도도 좋아서, 늦은 승진에 비해 평판이 좋고 직원들도 믿고 따른다고 했다.

"그래서 채은 씨도 사건이 벌어진 후에 오락가락하셨나 봐. 어떻게 해야 할지 몰라서 성혁수 밑에서 계속 일을 하다가, 올초에 사표를 썼어. 아무리 묻고 넘어가려도 해도 성폭력 후유증은 따라다니기 마련이니까."

"구체적으로 이야기해 줄 수 있어?"

"여기 채은 씨가 써 둔 게 있긴 한데, 말로도 한번 듣는 게 낫겠지? 커피 마실래?"

"응, 난 좀 진하게 타 줘."

현진은 곧 진하게 탄 믹스 커피 두 잔을 회의실로 가져왔다. 회의실에는 다시 향긋한 믹스 커피 향이 감돌았다. 현진의 입에서 나온 이야기는 그 달콤한 공기에 비해 너무나도 무거운 것이었다.

"지난해 10월 형사부 검사와 수사관, 직원들이 참여한 회식이 있었고 채은 씨도 그 회식에 참여했어."

"강북지법에서 묻지마 살인 사건 피고인한테 무기징역 선고

한 때쯤인가?"

"응, 그때 맞아. 성혁수가 기소한 사건인데 결과가 잘 나왔다고 조촐하게 회식을 했다고 해."

"계속 얘기해 봐."

"성혁수가 워낙 술을 좋아해서 새벽까지 계속 마셨어. 그래도 3차 즈음에는 거의 다 집으로 갔대. 그때는 채은 씨도 많이 취해 있었는데, 다른 검사나 수사관들은 이미 다 귀가를 해 버려서 성혁수를 챙길 사람이 채은 씨밖에 없었어. 채은 씨는 성혁수에게 대리 기사를 붙여 보내려고 했지만, 성혁수가 많이 취해서 대리 기사한테 집 주소를 불러 주지도 못했어. 이것도 지금은 의심스럽대. 성혁수가 그렇게 많이 취해 있었는지 아닌지."

"의식을 잃을 정도로 취했다면 안 서잖아. 개수작 부린 거네."

"나도 그렇게 생각해. 아무튼, 그래서 채은 씨는 근처 모텔에 성혁수를 데리고 갔어. 그런데 채은 씨도 너무 취한 상태였던 거야. 잠시 눈 좀 붙였다가 집에 가려고 했는데 피해를 입게 됐고."

"전형적인 준강간."

"그렇지. 피해자가 제대로 동의를 할 수 있는 상태가 아닌데 성관계를 가졌다면 법적으로는 준강간이 맞지."

생각했던 것보다 더 심각한 얘기에, 다임은 얼굴을 잔뜩 찌푸렸다.

현진은 자신이 건넨 파일에서 종이 한 장을 꺼냈다. 채은이 이 센터에서 상담한 내용이 적혀 있는 종이였다.

구체적인 상담 기록은 아니었다. 그러나 다임은 그 한 장의 종이만으로도, 채은이 지난 한 해 동안 겪었을 아픔을 충분히 알 수 있었다.

"그럼 일을 그만두지 못한 것도……."

"맞아. 채은 씨 본인이 그 일을 성폭력이라고 확신하지 못해서 버렸던 거야. 그냥 자기가 술을 많이 마셔서 벌어진 일이라고 자책한 거지. 그러다가 후유증을 도저히 견디지 못해 그만뒀고. 성혁수를 볼 때마다 온몸이 떨려서 일을 할 수가 없었대."

채은은 그렇게 지난 1년간 서서히 무너져 내렸을 것이다. 그 과정을 생각하니 다임도 무척 마음이 아팠다.

"어렵다."

"알아. 기사 쓰기 어렵지."

"기사를 썼다가 피해자가 더 다칠지도 모르겠어."

다임은 현진이 건넨 파일에서 서류를 모두 꺼내어 꼼꼼하게 훑어보았다. 그러다가 서류를 책상 위에 내려놓고 잠시 생각에 잠겼다.

지나의 일이 기사로 나왔을 때도 몇몇 댓글은 피해자인 지나를 비난했다.

[진짜 데이트폭력 피해자면 남자 얼굴 쳐다보기도 싫은 게 정상 아니야? 헤어지고 또 만난 거 보면 여자도 제정신 아니든지 꽃뱀이다.]

[서로 싸워 놓고 관계 틀어지니까 여자가 고소한 거 뻔하다. 여자가 남자 전치 8주로 때려 놔도 여자가 기분 나쁘면 데이트폭력인 게 대한민국이지.]

지나도 그런 반응을 어렴풋이 예상했기 때문에 경찰이 사건을 보도 자료로 내려고 한 데에 거부감을 느꼈을 것이다.

게다가 이 사건의 경우 가해자가 사회적으로 지지를 받는 인물이기까지 하다. 기사화 이후 피해자가 받게 될 2차 가해의 정도를 다임은 도저히 가늠할 수가 없었다.

갑자기 자신이 없어졌다. 혁수를 끌어내리기 위해서는 기사만 쓰면 된다고 생각했는데, 막상 사건을 마주하고 나니 그게 가능할지 잘 모르겠다. 괜히 기사를 쓰겠다고 했나 싶은 마음이 슬그머니 다임을 찾아왔다.

"현진아, 생각해야 할 게 하나 있는데……."

"뭔데?"

"KG그룹 수사 이제 막바지야. 성혁수에 대한 시민들의 지지도 엄청 높아. 이 상황에서 이런 기사가 나간다는 건……."

"KG그룹 돈을 받고 폭로한 게 아니냐는 얘기가 나오겠네."

다임은 쓰게 웃었다. 가뜩이나 자신감이 사라지고 있는 와중에, 다른 사람의 입으로 듣는 지적은 사람을 더 작게만 만들었다.

현진은 다임에게서 자신감이 빠져나가고 있다는 사실을 아는지 모르는지, 다임을 향해 씩 웃어 주었다.

"그래도 우리 다임이가 어떤 기잔데. 잘할 수 있을 거야."

현진으로선 다임을 격려한다고 한 말이었겠지만, 다임은 갑자기 이 모든 일이 버겁게 느껴지기 시작했다. 자신에게 이 모든 신뢰와 격려에 보답할 수 있을 만한 능력이 있는지조차 확신할 수가 없어졌기 때문이다.

"자료를 좀 검토해 보고 다시 연락할게. 일단 기사화 쪽으로 방향은 잡았지만, 어쩌면 안 될 수도 있겠다."

자신감이 없어진 다임은 처음 센터로 달려오던 때의 마음도 잊고, 무심코 한 발 물러서고 말았다.

"그래, 더 필요한 거 있으면 언제든지 연락하고."

그래도 현진은 다임을 향한 신뢰와 격려를 지우지 않았다.

다임은 쓴웃음을 지었다. 현진에게서 건네받은 자료가 갑자기 몹시 무거운 모래주머니처럼 느껴졌다.

＊

마음을 다잡을 시간은 없었다. 도준이 보낸 메시지 한 통 때문에, 다임은 점점 더 자신감이 떨어져 나가는 상태에서도 급히 서주지검으로 달렸다.

[그와 관련해서 최근 받은 큰 제보 있으시지요?]

최근 받은 큰 제보. 그 문자를 본 순간 다임은 현진에게서 건네받았던 '성혁수 성폭력 사건'에 대한 자료를 떠올릴 수밖에 없었다.

도준은 검찰 내에서도 마당발로 유명한 사람이다. 다임이 이 사건을 취재하고 있다는 것을 알고 있다 해도 이상하지 않았다.

"다시는 못 뵐 줄 알았습니다만. 중요한 단독이 있다니까 달려오는 게 역시 뼛속까지 기자이십니다."

도준은 빙글빙글 웃으면서 다임을 맞이했다. 다임은 기분 나쁜 티를 감추지 않고 톡 쏘아붙였다.

"저희 이제 그런 농담을 주고받을 만한 사이가 아닌 것 같은데요."

도준에게는 통하지 않았는지, 도준은 되레 유쾌하게 웃기만 했다.

주말이라 출근하지 않은 직원을 대신해, 도준이 직접 현미녹차를 두 잔 가져와 테이블 위에 올려놓았다.

"다른 검사님들은 오늘 출근 안 하셨나 봐요?"

"뭐, 그렇죠. 아시다시피 서주지검은 굉장히 한가하거든요."

"아무리 한가한 지검이라도 다들 주말도 없이 일하는 게 보통이지 않나요?"

"저희 부장님이 괜찮은 분이라고 해 두죠. 주말에 출근 안 하는 대신 다들 평일에 빡세게 야근은 합니다만."

어떤 말이든 능청스럽게 받아치는 도준이 얄미워, 다임은 더 말하지 않고 녹차를 한 모금 마셨다. 구수해야 할 현미녹차였지만 뒷맛은 쓰기만 했다.

"지난번 일은 꽤 결례였기에 죄송하다고 생각은 하고 있습니다만, 그래도 좋네요. 이 기자님이 이렇게 마음 깊숙한 곳에서 우러난 표정을 보여 주시는 게."

"그 일로 친해지기라도 했다고 생각하시나 봐요? 저는 선을 긋고 있는 건데요."

"이렇게 선을 그으려고 하시다니 그건 굉장히 아쉽습니다."

"어쨌거나 제가 술김에 한 실수와는 쌤쌤이 된 것 같으니 서로 원점으로 돌아온 걸로 하죠. 용건만 빨리 얘기해 주세요."

다임은 뜨거운 녹차를 단숨에 마셔 버렸다. 내준 차는 다 마셨으니 얘기만 듣고 일어나겠다는 뜻이었다.

찻잔을 내려놓은 다임이 버릇대로 취재원의 기색을 살폈을 때, 어느새 능글맞은 표정이 사라지고 어딘지 모를 씁쓸함이 남은 도준의 얼굴이 보였다.

언젠가 기자들과의 술자리에서 보여 준 적이 있는 얼굴이었지만, 다임은 기억하지 못했다.

도준은 곧 표정을 가다듬고서는 본론으로 들어갔다.

"요즘 재미있는 사건을 취재하고 계시지요?"

"무슨 말씀이세요?"

"선수끼리 간단히 얘기하죠. 성혁수 부장님 사건 말입니다."

"하실 얘기가 뭐죠? 취재하고 있다는 얘기는 어디서 들으셨어요?"

혹시나 도준이 혁수 측 끄나풀일 수도 있겠다는 생각에, 다임은 경계를 늦추지 않았다. 도준은 마치 다임의 그런 생각을 읽기라도 한 듯 그 의심을 간단히 부정했다.

"의심도 많으십니다. 기사에 압력 행사하려고 하는 거 아닙니다. 당연히 당사자한테서 들었죠."

"성혁수 부장이요?"

"아뇨. 당사자가 그분밖에 없는 건 아니죠."

그렇다는 건 채은이 직접 도준에게 이야기를 했다는 것이다. 다임은 두 눈에 더 큰 불신을 싣고서 도준을 더욱 꼼꼼히 살폈다.

다임이 아는 현도준이라는 사람은 꽤 개인주의적인 사람이었다. 승진이나 검찰 내 권력 투쟁 같은 것에 되도록 얽히지 않으려고 하면서도, 아예 아웃사이더로 밀려나지 않을 만큼은 줄을 탈 줄 안다.

윗사람인 성혁수가 기사 방해를 지시한다고 해도 능청맞게 빠져나갈 수 있는 인물이라는 것이다.

다임은 가벼운 한숨과 함께 어깨에 잔뜩 들어갔던 힘을 슬그머니 풀었다.

"피해자분과 잘 아는 사이세요?"

"잘 압니다. 예전에 중부지검 있을 때 같이 일을 했으니까요. 저는 서주로 오고 채은 씨는 강북으로 갔지만요. 제가 저번에 말씀 안 드렸나요? 강북지검에 괜찮은 여직원 하나가 최근에 옷을 벗었다고."

"아! 지난번에 그런 얘길 하셨었죠."

다임은 도준의 입에서 '채은'이라는 이름이 나왔던 것을 그제야 기억해 낼 수 있었다. 도준은 꽤 오래전부터 다임에게 이 사건을 흘려 준 셈이었는데, 다임이 지나쳐 버렸던 것이다.

"채은 씨가 이 사건 기사화하는 게 어떨 것 같냐고 묻기에 이 기자님이라면 믿을 만하다고 말해 줬죠. 제가 검찰 내에서는 친親언론 검사라고 소문이 자자한 사람이거든요. 채은 씨가 기자님 취재에 적극 협조해 주고 있다면 제 덕분인 줄 아세요."

"네에, 잘 알겠습니다."

이 현도준이라는 남자, 같은 말도 정말 얄밉게 하는 재주가 있다. 다임은 도준의 얘기를 도저히 더 들어 줄 수가 없어서 다시 한번 용건을 재촉했다.

"그래서 그 사건과 관련된 중요한 이야기라는 게 대체 뭐예요?"

"그게 말인데요. 채은 씨를 잘 부탁드리려는 것도 있고……, 겸사겸사 드릴 말씀도 있어서요."

도준은 얘기를 꺼내기에 앞서 잠깐 뜸을 들이는가 싶더니, 아주 능글맞게 씩 웃어 보였다.

"이 기자님, 제가 채은 씨에게 이 기자님 얘기를 좋게 해 드린 이유가 뭐라고 생각하십니까? 아니, 그 전에 넌지시 채은 씨 얘기를 꺼낸 이유는 뭐라고 생각하십니까?"

"그 자리에 저 말고 다른 선배들도 있지 않았나요?"

"그렇긴 했습니다만, 원래는 이 기자님께만 드리려고 했던 얘기거든요. 저는 이 기자님께 호감을 느끼고 그렇게 했습니다. 좋은 얘기를 흘려 드리면 이 기자님이 절 좋게 봐 주지 않을까 하고요."

"갑자기 무슨 말씀이세요?"

"이거 영 안 통하네요."

도준이 또 씩 웃었다. 다 알면서 왜 그러느냐, 그런 의미의 표정이었다. 다임은 불쾌한 기분에 눈썹을 접었다.

"쓸데없는 소리 하시는 거면 저는 이만 일어날게요."

"에이, 왜 그러세요. 쓸데없는 소리 아닌 거 아시잖아요. 갑자기 하는 얘기가 아닌 것도요."

"……."

"정 그러시다면 대놓고 말씀드려야죠, 뭐. 이 기자님, 저희 꽤 잘 어울린다고 생각해 본 적 없습니까? 저는 이 기자님 같은 분과는 연애도, 결혼 생활도 어렵지 않게 할 수 있을 것 같은데요."

도준이 기어이 그 말을 꺼내자, 다임은 더욱 불쾌해졌다.

갑자기 하는 얘기가 아니라는 말이 사실이라는 것은 알고 있었지만, 무슨 말씀이시냐는 물음에 맞는 대답은 아니라는 생각이 들었기 때문이다. 성혁수 사건과 관련된 얘기일지도 모른다는 생각에 헐레벌떡 뛰어온 것을 생각하면 기분은 더더욱 나빴다.

"제가 이 기자님을 쉽게 본다고 생각해서 화가 나신 듯합니다만, 저는 이 기자님을 쉽게 생각한 적이 단 한 번도 없습니다. 진지하게 말씀드리는 겁니다."

"아니죠. 현 검사님께서 정말로 진지하게 생각하셨다면 그런 메시지로 사람을 낚았겠어요? 점점 더 불쾌해지네요."

"그런 메시지가 아니었으면 안 오셨을 거잖아요."

"그렇긴 하죠."

가볍게 던진 말인지 정말로 절절한 진심인지 구별은 안 됐지만, 그래도 평소와는 다른 느낌이 좀 있긴 했다.

여전히 기분은 나빴지만, 기왕 말 나온 김에 지금 확실히 선을 그어 두는 게 나을 것 같았다. 만취한 상태, 또는 화가 난 상태에서 한 항의라 아무래도 진지하게 받아들여지지 않은 모양이다.

"다시 한번 말씀드릴게요. 검사님이 이러시는 거 굉장히 불쾌합니다. 일단 현 검사님과 저는 업무 관계로 만난 사이일 뿐, 이런 얘기를 나눌 만한 관계를 맺은 적이 없잖아요."

"꼭 그렇게 칼같이 관계를 구분해야 할 필요는 없지 않나요? 어떻게 만났든 간에 감정이 이동하면 그에 따라 관계의 성격도 변하면 되는 건데, 너무 칼같이 구분하려고 하시네요."

'정리되고 나면 얘기하자고 그렇게 선 긋지 않아도 되잖아. 조금 전에 한 것처럼 나한테 화도 내고, 짜증도 내고, 가끔은 힘들 때 기대라고. 그렇게 해도 되는데 왜 자꾸 거리를 두려고 하는 건데?'

선우가 했던 원망이 왜 갑자기 떠오르는 걸까. 그땐 그냥 선우를 밀어내기에 급급했는데, 선우가 했던 말도 이 비슷한 뜻이었나 보다.

감정이 변하면 관계도 변해야 하는데. 그리고 그 감정이 조금씩 변하고 있었는데. 선우도 어쩌면 그 사실을 어렴풋이나마 알아차리고 있었던 모양이다. 그래서 처음 만났을 당시의 관계로 칼같이 돌아가려는 그녀가, 선우는 무척 섭섭하게만 느껴졌나 보다.

다임은 고개를 가볍게 흔들며, 때아니게 머릿속에 떠올라 버린 선우를 얼른 털어 냈다.

"객관적으로 봐도, 현 검사님이 진심이라고 확신할 수는 없거든요. 여전히 저를 쉽게 보고 수작을 부리고 계신 거 아닌가 하는 생각밖에 들지 않네요. 검사님 정도면 좋은 선 자리도 충분히 들어오고 있지 않나요? 그리고 솔직히 성공 욕심 있으신 분이잖아요. 그렇다면 좋은 결혼 상대를 잡는 게 나을 텐데요? 설마 연애는 연애, 결혼은 결혼이라는 생각으로 저에게 이러시는 거면 다시는 뵙고 싶지 않습니다."

"그건 아닙니다."

이번엔 도준이 난처한 듯 코끝을 긁었다.

"전 그런 거 안 좋아합니다. 처가 연줄이 필요한 개천 용도 아니고요. 이 기자님도 저 일 잘하고 사회생활 잘하는 거 아시잖아요. 제 능력으로 충분히 잘나갈 수 있는데, 뭐 하러 성공을 위해 '결혼'이라는 인생의 큰 부분을 희생합니까. 전에 만났던 여자 친구도 다 성격 잘 맞고 적당히 일 잘하는 친구들이었지, 배경 같은 건 본 적 없습니다."

"그렇다고는 해도 절 만나실 이유는 없지 않나요? 연애나 결혼 상대를 고를 때 여기자가 얼마나 꺼려지는 직업인데."

"아니, 밥이야 제가 챙겨 먹으면 되고, 저는 자기 일에 확신을 갖고 일 잘하는 여자분이 더 좋습니다. 그래야 연애나 결혼을 하더라도 저에게 의존하지 않고 혼자서 잘해 나갈 것 같거든요. 이 기자님은 성격도 어디 크게 모난 데 없으신 분이고요."

"성격이 모난 데 없다니……, 살다 살다 처음 들어 보는 얘기네요."

"제 기준에서 그렇다는 거죠. 불만이 있으면 곧바로 말씀하는 것도 좋고요. 이만하면 큰 트러블 없이 잘 지낼 수 있을 것 같아요. 그리고 너무 이런 말씀만 드리는 것 같은데, 이 기자님 꽤 괜찮은 여자예요. 이렇게 평가를 하는 게 굉장히 기분 나쁘시겠지만, 그래도 저는 정말로 이 기자님 괜찮은 분이라고 생각해요."

도준이 꺼낸 말 한마디 한마디에, 다임이 그토록 싫어하는 '여자 이다임에게 점수 매기기'가 도대체 얼마나 들어 있는지 모르겠다.

'자기 일에 확신을 갖고 일 잘하는 여자'에, '성격도 어디 크게 모난 데 없으신 분'에, '꽤 괜찮은 여자'라니.

하지만 다시 생각해 보면, 도준은 이런 분석과 설명, 평가로 연애사를 꾸려 왔을 것이라곤 상상하기 어려운 스타일의 남자였다.

저렇게 외모도 능력도 괜찮은 남자라면, 고작 이 정도 작업에 이렇게까지 피곤하게 구는 여자는 만나 보지 못했을 것이다. 생전 처음 보는 스타일의 여자를 만나 당황한 나머지, 평가와 설명을 덧대는 것 외에 다른 연애 전략을 찾지 못한 게 아닐까.

거기까지 생각이 닿으니, 다임도 마음이 조금 흔들렸다.

서로 적당히 맞춰 가며 큰 트러블 없이 만나기엔 어쩌면 도준이야말로 가장 적절한 상대일지도 모른다. 실패를 생각하고 관계에 한 발 한 발 신중히 내딛는, 적당히 경험 있는 사람들의 연애. 심하게 부딪칠 만큼 성격이나 생활 수준이 큰 차이가 나는 것도 아니다.

그래도 다임은 일단 다시 눈썹을 접었다.

도준의 말이 진심인지 아직 확신할 수가 없었기 때문이다. 진심이 아니라면 '실패 없는 연애'라는 환상도 물거품에 지나지 않을 것이다.

"현 검사님께서 진심이라는 확신이 들면 그때 제대로 고민해볼게요."

도준은 별다른 토를 달지 않고 그저 엷게 웃기만 했다. 이런 대답이 돌아오리란 것을 예상하고 있었던 것 같았다.

"그러면 전 계속 기다리면 되겠군요."

"그러시든가요. 검사님이 기다리시든 말든 저는 책임지지 않을 거니까."

"아무튼, 잘 알겠습니다. 그리고 이 기자님, 채은 씨 얘기 때문에 연락드린 것도 사실입니다. 모쪼록 채은 씨 잘 도와주십시오. 정말로 똑소리 날 정도로 바르고 똑똑한 사람입니다. 제가 알고 있는 검찰 직원 중에 채은 씨만 한 사람은 없었습니다."

"그건 제가 알아서 할 테니 신경 쓰지 마시고요."

그래도 도준은 그저 싱글싱글 웃기만 했다.

'쉽게 보는 거 불쾌하니 수작질 부리지 마라.'에서 '기다리든 말든 마음대로 하라.'로 업그레이드가 된 셈이니 기분이 좋을 법도 하다.

그 얼굴을 본 다임도 문득 어떤 사실을 하나 깨닫게 되었다. 선우와는 달리, 도준에게는 기다리지 말라는 말을 하지 않았다는 사실을.

그건 참 희한한 느낌이었다.

분명히 선우를 보면 저절로 표정이 풀릴 만큼 붕 뜨고 마는데, 감정과 행동의 결은 왜 반대로 가는 걸까.

내가 돌아갈 곳

이튿날, 다임은 경찰서로 출근하지 않고 카페에 자리를 잡았다. 도무지 기자실로 갈 마음이 나지 않았기 때문이다.

다임은 노트북을 켜고, 현진이 준 증거 자료와 이번엔 채은이 직접 작성한 상황 설명을 차례대로 정리하기 시작했다.

채은이 작성한 설명 글을 정리하고 있자니, 채은이 얼마나 일 잘하고 유능한 직원이었는지 새삼 알 수 있었다. 하지만 문제가 아주 없는 것은 아니었다. 직접적인 증거 자료는 없고, 전후 상황을 담은 상황 증거 자료밖에 없었던 것이다.

[채은아, 연차를 낼 만큼 많이 안 좋은가?]

[몸살 때문에 일어나기가 힘듭니다. 죄송합니다, 부장님.]

[그 일 때문이라면 내가 부족해서 벌어진 일이니 네가 괴로워하지

말아 줬으면 한다.]

이건 사건이 발생한 지 며칠 지나지 않아 나눈 대화 내용이
었다.

또, 채은이 사표를 쓰기 직전 혁수와 통화한 내용을 담은 녹
취록도 있었다.

— 부장님, 그 일이 정상적인 상황이 아니었다는 건 아시죠?

— 알아. 내가 다 미안해. 그러니까 너도 얼른 훌훌 털었으면
좋겠다.

— 제가 정상적인 의사 표현을 할 수 없는 상황이었단 것도
아시고요?

— 알지. 다 술이 문제야. 나도 그렇고 너도 그렇고.

다임은 더 고민스러워졌다. 안 그래도 피해자가 공격을 받을
가능성이 많은 사건이다. 이 정도 자료로 그 험한 싸움을 잘해
나갈 수 있을지 확신이 서지 않았다.

다임은 가만히, 현진이 준 채은의 연락처만 만지작거렸다.
언제까지 피하기만 할 수는 없었기에, 다임은 마음을 굳히고
조심조심 통화 버튼을 눌렀다.

다임이 완전히 마음을 다지지도 못한 순간에, 채은은 덜컥
전화를 받아 버렸다. 화들짝 놀란 다임은 앞뒤 다 제쳐 두고 먼
저 인사부터 했다.

"아, 안녕하세요. 하나일보 이다임 기자입니다. 여현진 씨한테 연락처를 받아 전화드려요."

— 네, 안녕하세요.

채은은 놀라는 일 없이, 기다렸다는 듯 대답을 해 주었다. 아마 현진이 채은에게 다임의 연락처를 건네줬던 모양이다.

어차피 연결된 통화, 아직 준비가 되지 않았어도 일단 얘기는 해 보는 게 나을 것 같았다. 다임은 마음을 다잡으면서 가볍게 가슴을 쓸어내렸다.

"저, 우선 용기 내어 주셔서 감사합니다."

— 별말씀을요. 기사 잘 부탁드리겠습니다.

"제가 직접 만나 뵙고 말씀을 나누는 게 조금 나을 것 같긴 한데……. 혹시 아직 어려우신가요?"

— 네……. 제가 아직 사람을 만나는 게 쉽지가 않네요. 혹시 만나서 얘기를 나누지 못해서 신뢰도가 떨어진다면 기사는 쓰지 않으셔도 괜찮습니다.

"아니에요. 그런 건 절대 아닙니다."

— 그렇다면 다행이네요.

채은이 작게 웃었다. 그 웃음소리에, 다임은 느낌이 나쁘지 않은 사람이라고 생각했다.

'말에 힘이 있어.'

다임이 느끼기에, 채은의 목소리는 가라앉아 있었지만 말에 신뢰할 수 있을 만한 힘이 있었다. 그래서 다임은 조금 안심이 되었다.

그러면서도 어딘지 모르게 불안했다. 채은의 목소리 끝에는 모든 것을 놓아 버린 듯한 허무함이 감돌았기 때문이다.

"다 괜찮아질 거예요."

다임이 얕은 위로를 건네자 채은은 마치 속삭이듯이 '고마워요.'라고 대답해 주었다. 그러자 말을 꺼내는 것이 되레 더 어려워졌다. 기자도 참 못 할 짓이라고 생각하면서, 다임은 눈을 질끈 감고 용건을 꺼냈다.

"이런 말씀 드리기 죄송하지만……, 혹시 직접적인 증거 같은 것은 없으신가 해서요. 적어 주신 상황 설명하고 가해자와 주고받은 메시지 정도가 전부라서요."

— 직접적인 증거라면 어떤 걸…….

"경찰 신고 기록이라든가, 블랙박스나 CCTV 화면 같은 건 없으신가요?"

— 죄송해요. 시간이 너무 지나서요. 여현진 선생님 통해 건네 드린 자료가 전부예요.

"아니, 아니에요. 죄송하지 않으셔도 됩니다. 혹시나 해서 여쭤본 거예요. 제가 너무 실례되는 질문을 드린 것 같네요."

괜히 전화를 걸었다 싶은 후회가 그제야 밀려들었다. 직접적인 증거 그게 뭐라고. 그냥 스토리텔링 잘해서 쓰면 되지.

하지만 채은은 이미 기사화에 따라오는 여러 고통들도 단단히 각오를 한 모양이었다. 다임이 다음 말을 차마 이어 가지 못하고 있자, 채은 쪽에서 먼저 다임이 궁금해할 만한 이야기를 꺼낸 것이다.

— 기자님, 혹시 제가 왜 곧바로 그만두지 않았는지, 왜 곧바로 부장님을 고발하지 않았는지는 궁금하지 않으세요?

다임은 침을 꿀꺽 삼켰다. 그것 역시 물어봐야 할 내용이었다. 다임은 불편한 마음을 뒤로한 채 채은이 하는 얘기에 가만히 귀 기울였다.

— 음, 제가 피해를 입은 건지 아닌 건지 몰라서 그랬던 게 가장 클 거예요. 아니, 아직까지도 잘 모르겠어요. 제가 알고 있고 배운 대로라면 저는 피해자가 맞아요. 하지만 부장님은 그럴 사람이 아니라고 생각했어요. 술을 많이 마셨다고는 해도 거절할 수 있었을 텐데 거절하지 못한 제 잘못이라고도 생각했고요.

채은의 말이 끝나자 잠시 침묵이 흘렀다. 다임은 그 침묵 동안 해야 할 말을 고르고 또 골랐다. 하지만 아무리 고르고 골라내도, 할 수 있는 말은 딱 한 가지밖에 없었다.

"아니에요. 채은 씨가 잘못한 게 아니에요."

— 여현진 선생님도 그렇게 말씀하시더라고요.

채은이 또 작게 웃었다. 그러나 그것은 밝은 웃음이 아니라, 체념과 포기와 서글픔이 묻어난 웃음이었다. 채은은 자신을 방어하는 것을 완전히 포기하고 있는 듯했다.

— 궁금한 게 있으면 뭐든지 물어보세요.

채은이 다시 그렇게 말했지만, 다임은 더 이상 말을 할 수가 없었다. 이렇게 준비가 되어 있지 않은 상태에서 통화를 이어가다간 자신이야말로 채은에게 2차 가해를 저지르게 될지도 모른다는 생각이 그제야 들었던 것이다.

　뒤늦게 후회해 봐야 별 소용은 없다. 차라리 이쯤에서 통화를 마무리 짓는 게 다임에게도, 채은에게도 나을 것 같았다.

　"주신 자료가 너무 잘 정리돼 있어서 여쭐 말씀은 그다지 없습니다. 그래도 통화는 한번 해야 되지 않나 싶어서 전화드린 거예요."

　— 얼굴을 뵙고 얘기했으면 더 좋았을 텐데 아쉽네요. 저도 기자님을 뵙고 싶기는 한데 죄송합니다.

　"아무튼, 혹시라도 필요한 일이 있으면 언제든지 연락 주세요. 최대한 도와 드릴게요."

　다임은 뭐라고 더 할 말이 없어서 '도와 드릴게요.'라는 말을 강조해 말했다. 그러자 채은이 또 작게 웃었다.

　— 그건 제가 드릴 말씀이죠. 저도 조금 괜찮아지면 얼굴 뵙고 얘기할 수 있도록 노력할게요.

　"네, 푹 쉬세요."

　통화가 끝나자마자, 다임은 휴대폰을 내려놓고서 양손으로 얼굴을 감싸 쥐었다.

　"아이고……, 이걸 진짜 어떡하지……."

　어정쩡하게 채은과의 통화를 마치고 나니 기사는 더욱 무거워졌다. 다임은 한동안 손가락 하나 제대로 움직일 수 없었다.

　이를 악물고 노트북 화면을 들여다본 지 벌써 30분째다. 도무지 기사를 쓸 수가 없었다. 누군가에게 보고할 수도 없었다.

이걸 기사화하는 게 맞는 건지 아닌 건지조차도 다임은 판단을 할 수가 없었다.

"바이스한테 그냥 간단하게 보고만 할까? 그러면 취재 방향과 기사 작성 방향 좀 잡아 주시려나?"

차라리 채은과 통화를 하지 않았더라면 채은에 대한 책임감이나마 덜 느껴졌을 것이다.

하지만 지금은, 채은에게 상처 입히고 싶지 않다는 생각이 다임의 머릿속을 꽉 채워 버렸다. 그래서 더욱 갈피를 잡을 수가 없었다.

일이 손에 잡히지 않아, 버릇처럼 인터넷 주소 창에 월동 홈페이지 주소를 써넣었다. 그런데 월동 홈페이지 메인에 떠 있는 새 공연 소개 팝업 광고 때문에, 다임은 채은 문제로 고민하던 것조차 잊어버리고 눈을 동그랗게 떴다.

"이게 뭐야?"

월동에서 올린 극이 아니라 다른 극단에서 올린 극이었는데, 월동 단원들도 참여하는 듯했다. 혹시나 하는 마음에 스크롤을 아래로 내려 보자 페이지 가장 아래에 선우의 이름이 보였다.

이번에도 비중이 거의 없는 단역에 가까운 배역이긴 했다. 그래서 지난번 공연과 큰 간격을 두지 않고 또 무대에 오를 수 있는 것이리라.

그렇다고는 해도 이렇게 공연 소개 페이지 구석에나마 이름을 올려 준다는 건, 월동이 힘을 써 준 것인지, 그만큼 선우의 입지가 좋아진 것인지 알 수가 없었다.

어쨌든 중요한 건 그게 아니었다.

"얘 이번엔 왜 얘기 안 했지?"

아무리 보잘것없는 단역이라도, 다임에게만은 자신이 출연하는 작품에 관한 얘기를 꼭 했던 선우였다.

'이렇게 오지도 말고 연락도 하지 마. 이제 앞으로는 네가 아무리 찾아와도 안 나올 거고, 전화도 안 받을 거야.'

아무래도 선우는 그 말을 철저하게 지킬 심산인 모양이다.

다임은 갑자기 심기가 불편해졌다. 왜 이렇게 심사가 뒤틀리는지 모를 일이었다. 정작 연락하지 말라고 한 건 본인인데 말이다.

"그래도 한번 보러 가기나 할까. 선우 연기 얼마나 늘었는지도 보고."

막상 연극을 보러 가자니, 아직 한 줄도 쓰지 못한 기사가 마음에 걸렸다.

"에이씨, 몰라. 손에 일도 안 잡히는데, 뭐."

결국 다임은 기사 작성 창을 모두 꺼 버리고, 재빨리 티켓 예매 사이트에 들어가 결제를 해 버렸다. 그런데 또 심기가 불편해졌다. 선우를 보러 갈 때는 자기 돈으로 표를 산 적이 없었다는 사실을 깨달았던 것이다. 선우가 출연하는 연극은 매번 선우가 초대권을 줬다.

"나한테 얘기도 안 하고. 얼마나 잘하는지 봐 줘야지."

다임은 괜스레 툴툴거리면서 노트북을 덮었다. 초대도 안 한 주제에 연기도 제대로 못한다면 단단히 혼을 내야겠다는 생각이 들었다.

연극 시간보다 훨씬 일찍 도착했기에 다임은 극장부터 둘러보았다.

선우가 이번에 참여하게 된 극단은 월동보다 훨씬 큰 극단이었다. 또 소극장 역시 월동보다 크고, 잘 정돈된 곳이었으며 객석 수도 많았다.

"얘는 왜 이런 얘기는 안 하고……."

다임이 모르고 있는 동안, 선우도 어느새 조금씩 자기 영역을 확보해 나가고 있었던 것이다.

"선우 오빠 길게 나온대?"

"이번엔 좀 길대! 보고 온 사람이 카페에 후기 남겨 놓은 거 봤어. 오빠 이번엔 완전 멋지게 나온대."

하필이면 귓바퀴에 걸쳐 들려온 대화마저 신경이 쓰였다. 얘기를 나누고 있는 이들은 교복을 입은 여학생들이었다. 나이는 고등학생쯤일까, 선우의 팬인 것 같았다.

아직 무명 배우인 선우에게 저런 열성 팬이 벌써 생겼으니 당연히 좋아해 줘야 할 일인데, 이상하게 속이 뒤틀렸다.

이번 연극은 상처와 치유에 관한 내용이었다.

깊은 상처를 입은 여인이 좋은 사람들을 만나 마음을 열고, 사회에 첫발을 내딛는 모습을 그렸다. 여인이 만난 사람 중에는 상처를 덧나게 하는 사람들이 더 많았지만, 그래도 한두 명의 굳건한 지지와 응원만으로도 여인의 변화는 가능했다는 내용이었다.

처음에는 선우가 언제 나오나 멀거니 무대만 바라보고 있던 다임도, 조금씩 연극 내용에 빠져들기 시작했다.

연극의 중반부에 접어들었을 무렵, 마침내 선우가 무대 위로 올라왔다. 선우가 맡은 역할은 상처 입은 여인을 도와주는 또 다른 여인의 남편이었다.

"그런데 정희가 얼마나 대단한 일을 한다고 그러는 거야? 그런 일 겪었으면 그냥 조용히 사는 게 나을 텐데. 좀 유명해졌다 싶으면 괜히 옛날 일 들쑤시는 게 사람들 심리잖아."

"정희도 그런 생각 안 하고 있는 건 아니야. 그래서 나도 걱정인데……. 정희가 그런 일을 잘 이겨 낼 수 있을지 모르겠어."

"견뎌 낼 수 없으면 차라리 지금은 안 하는 게 맞지. 당신이 정희 씨한테 그 일에 너무 욕심내지 말라고 얘기 좀 해."

"그런데 그게 정말로 욕심이라고 할 수 있을까 모르겠어. 정희는 옛날 일을 극복하고 싶어서 그 일을 시작하려는 건데, 극복하고 싶어 하는 것도 욕심일까?"

상처를 딛고 새로운 일을 시작하려는 여인. 그 여인을 걱정하는 또 다른 여인. 그리고 걱정이 되면 새로운 일을 시작하지 않는 게 좋다는 선우.

다임은 연기를 얼마나 제대로 하는지 지켜봐 주겠다던 처음의 마음도 잊고서, 선우와 여인이 나누는 대화에 가만히 귀를 기울였다. 어쩐지 선우가 하는 대사에 짜증이 났다. 여인이 하고 싶다는데 왜 주변에서 여인이 견뎌 낼 수 있을지 없을지를 마음대로 판단하는 건지.

그러나 짜증이 났던 것도 잠시였다. 선우의 다음 대사가 심장을 강하게 두드렸다.

"욕심은 욕심이지만……, 그걸 막는 것도 주변 사람 욕심인 거 같네. 견뎌 낼 수 없더라도 하고 싶어 하는 건 정희 씨 본인인데 다른 사람 욕심으로 그걸 막는다는 것도 참 그러네. 방법이 없겠어. 당신이 정희 씨 잘 돌보고 잘 지켜봐 줘. 본인이 그 길을 따라가서 상처를 입더라도, 누군가 뒤에서 지키고 있으면 정희 씨도 옛날만큼 상처를 입진 않을 거야. 돌아갈 곳이 있다는 게 얼마나 큰 축복이고 안심되는 일인데."

조금 전까지 선우의 대사에 불평을 쏟아 내던 다임의 눈에서 갑자기 눈물방울이 툭 하고 떨어졌다. 당황한 다임은 얼른 옷소매를 들어 눈가를 닦았지만, 한번 흐르기 시작한 눈물은 좀처럼 멈추지를 않았다.

왜 고작 이런 대사에 눈물이 나는 걸까.

의문이 들었지만, 다임은 그 의문에 대한 답을 벌써 알고 있었다.

선우의 대사처럼, 돌아갈 곳이 있다는 것은 큰 축복이다. 그리고 그것은 먼 길을 나서는 사람에게는 너무나 안심이 되는 일이다.

다임에게도 먼 길을 떠날 때마다 항상 돌아갈 곳이 있었다.

성화라는 길로 갔다가 상처 입었을 때도, 성급한 기사 때문

에 사람들의 비난을 받았을 때도 다임은 언제나 선우에게 돌아
갈 수 있었다. 선우는 늘 그 자리에 굳건히 두 다리를 딛고 선
채로, 지쳐 돌아온 다임에게 버팀목 같은 어깨를 내어 주었다.

감정이 격해진 다임은 숨을 쉴 수가 없었다.

그제야 알 수 있었다. 선우를 떼어 낸다는 것은, 돌아가 쉴
수 있는 곳을 스스로 지워 버리는 것과 같은 의미라는 것을.

다임은 무대 위에 서 있는 그녀의 버팀목, 어느새 그녀의 마음
속에 커다란 자리를 차지해 버린 선우를 하염없이 쳐다보았다.

공연은 다 끝났지만, 다임은 안개꽃 한 다발을 든 채로 대기
실 근처를 서성거렸다. 그러다가 애꿏은 안개꽃 한 송이를 꺼내
손가락 끝으로 바스러뜨려 버렸다. 공연을 보러 왔으니 선우에
게 격려와 응원 인사는 해야 할 것 같아서 주변을 어슬렁거리고
있던 차였다.

선우에게 찾아오지도 말고 연락도 하지 말라고 한 것은 다임
자신이었다. 그랬던 주제에 자기가 한 말을 먼저 나서서 엎어
버리자니, 민망하기도 하고 자존심도 상했다.

"선우 보지 말고 갈까."

긴 고민 끝에, 다임은 결국 대기실 앞에서 돌아서고 말았다.
아무리 마음이 가도 지금은 선우를 칼같이 잘라 내야 할 때였다.

"차라리 오지 말 걸 그랬어."

다임은 들고 있던 꽃다발을 힘없이 축 늘어뜨렸다.

그러나 세상사 그리 마음대로 될 리가 없었다. 선우가 대기

실에서 나오는 것이, 다임이 뒤돌아서는 것보다 조금 더 빨랐던 것이다.

"어? 다임 누나?"

다임은 자신을 부르는 선우의 목소리에 화들짝 놀라, 꽃다발을 그만 바닥에 떨어뜨리고 말았다.

이대로 선우에게 발각되면 이건 백만 년짜리 이불킥감이다. 그렇게 생각한 다임은 '전 이다임이 아닌데요.'라는 얼굴을 하면서 필사적으로 그 자리를 피하려 했다. 그러나 선우가 환하게 웃으면서 달려오는 바람에 다임이 펼친 일생일대의 연기는 실패로 돌아가고 말았다.

"다임 누나! 누나, 여긴 어떻게 알고 왔어?"

별수 없었다. 다임은 바닥에 떨어진 꽃다발을 주워 선우에게 건넸다. 선우의 얼굴을 똑바로 쳐다보는 것은 왠지 힘들었지만.

"어, 응⋯⋯. 여기, 이거 받아."

"누나가 올 거라고는 생각도 못 했어! 누나한테 이거 한다고 얘기도 못 했는데!"

다임이 찾아올 것을 예상조차 하지 못했던 선우는 무척 기뻐 보였다. 보러 오지도 말고, 연락하지도 말라고 했던 것은 원망조차 하지 않았다.

"그냥 인터넷 보다 보니 공연한다기에 그동안 연기가 얼마나 늘었는지 궁금해서 와 봤어. 아니, 그게 너 보고 싶어서 온 건 아니야. 그러니까⋯⋯."

"누나, 진짜로 고마워! 누나 온 줄 알았다면 더 열심히 할 걸 그랬네. 월동 대표님이 여기 자리 빈다고 하셔서 급하게 땜빵으로 들어온 거거든."

다임은 '기대하지 말라고.'라는 말을 붙이려고 했으나 그 말꼬리는 선우가 잘라먹었다. 할 수 없었다. 다임은 가볍게 한숨을 쉬면서 선우의 말에 맞장구를 쳐 주었다.

"그랬어?"

그런데 참 요상한 일이었다. 그렇게 대답을 하고 나니 어쩐지 기분이 언짢아졌던 것이다. 전에는 땜빵으로 배역을 맡게 됐다 해도, 다임에게 꼭 알려 주고 표를 줬던 선우였다.

하지만 그 이야기를 꺼내기도 전에, 다임은 뒤로 밀려나 버렸다. 공연이 시작되기 전, 선우 얘기를 하던 여고생들이 느닷없이 다임 앞으로 튀어나왔기 때문이다. 게다가 좀 전에는 분명 두 명밖에 없었는데, 여고생의 숫자는 어느새 다섯 명으로 늘어나 있었다.

"꺅! 선우 오빠다!"

"선우 오빠! 오늘 진짜 멋있었어요!"

당황한 선우는 뒤로 밀려난 다임의 눈치를 살폈지만, 여고생들의 꽃다발, 케이크, 인형 등 선물 공세에는 선우도 어쩔 수 없었다.

선물 공세가 과하긴 했지만, 그래도 보고만 있어도 참 예쁜 여자아이들이었다. 딱 그 나이에서만 볼 수 있는 에너지가 가득했다. 선우에게는 이런 여자아이들이 더 잘 어울릴 것이다. 선우는 이다임에게 아까웠지만, 이런 여자아이들에게는 아깝지 않았다. 그래서 다임은 속이 더 부글부글 끓었다.

"좋을 때다."

이제는 다임도 속이 뒤집어지는 이유를 잘 알 것 같았다. 이건 분명한 질투였다. 하지만 이유를 안다고 해서 감정이 마음대로 되는 것은 아니었다.

그렇게 몇 분이 지나고 나서야 선우는 겨우 여고생들에게서 풀려날 수 있었다. 그 상황이 또 왠지 언짢아서, 다임은 정제되지 않은 감정을 입 밖으로 툭 내뱉어 버렸다.

"내가 괜히 왔네. 쟤들하고 좋은 시간 보내야 하는데 방해한 거 아냐?"

"그런 거 아니야, 누나. 공연 때마다 오는 애들이야. 그래도 내 팬이라니까 고맙지."

"그러게, 고맙겠네. 그래서 쟤들이랑 뒤풀이라도 가야 하는 거 아냐?"

"누나, 설마 지금 삐친 거야?"

"아니거든?"

"그래?"

"진짜 안 삐쳤다니까!"

"아, 알았어. 그럼 나도 쟤들하고 뒤풀이 가는 게 낫겠다. 누나도 나 잠깐 보기만 하러 온 거지?"

"당연하지! 나 이거 꽃만 주고 가려 한 거야. 쟤들하고 좋은 시간 보내라, 선우야."

"에이, 아냐. 그냥 누나랑 놀아야겠다."

그 말을 하는 선우의 입가에는 이미 장난스러운 웃음이 걸려 있었다. 선우가 그런 표정을 지은 것은 다임이 삐친 티를 팍팍 내기 시작한 때부터였지만, 뽀로통해진 다임은 눈에 뵈는 게 없었다.

"한동안 찾아오지 말라고 해 놓고 굳이 먼저 찾아온 걸 보니 만날 사람 없고 심심한 분 같아서, 그냥 이분하고 시간 보내야 겠는데?"

"너 진짜······. 야, 나도 만날 사람 없지 않거든?"

"누나한테도 그런 게 있었어?"

"내가 꽤 괜찮은 여자라고 한번 만나 보자는 얘기 얼마 전에 들은 여자거든? 그것도 무려 현직 검사한테!"

그 말을 내뱉고 나서야, 다임은 정신이 번쩍 들었다. 아차 하는 생각에 급히 손을 들어 자기 입을 틀어막았지만, 이미 선우는 그 말을 듣고 난 후였다.

선우의 표정이 별안간 험악하게 변했다. 조금 전까지 흐르던 장난기 어린 분위기는 온데간데없이 사라져 버리고 말았다.

"그거 혹시 현도준?"

"아, 아니, 현 검사님 아니고······."

하여간 이놈의 성깔머리가 원수다. 다임은 최대한 대답을 피하려고 했지만, 이미 뱉어 버린 말을 도로 주워 담을 수는 없었다. 다임은 선우의 눈을 피하며, 어쩔 수 없이 실토했다.

"아니, 현 검사님 맞아······."

"그래서 누나는 뭐라고 했는데?"

"그건 별로 중요한 게 아닌 거 같은데."

"아니, 엄청 중요하거든?"

"그게……, 진심이라고 생각되면 다시 생각해 보겠다고 했지."

"그랬구나."

선우의 입술에서 삐져나온 것은 살벌한, 아주 살벌하기만 한 목소리였다.

사실 선우를 떼어 놓기 위해서라면, '현도준의 고백'이라는 상황보다 더 완벽할 수 있는 상황은 없을 것이다. 하지만 왠지 또 그러자니 감정이 좋지 않았다.

선우의 표정이 심각하게 변한 것을 본 다임은 '오늘 선우를 보러 온 게 천만년짜리 이불킥감이 아니고, 현도준 얘기를 꺼낸 것이야말로 진정한 천만년짜리 이불킥감이구나.'라고 생각할 수밖에 없었다. 다임은 죄 없는 입술만 괜히 팡팡 때려 댔다.

"아무튼 누나, 왔는데 차라도 마시고 가."

입으로 지은 죄가 있는지라, 다임은 선우의 말을 거스를 수 없었다. 다임은 선우를 따라서 공연이 진행됐던 극장을 나와, 월동 소극장로 향했다.

선우는 다임을 창고 비슷한 용도로 사용하는 사무실로 안내하더니 믹스 커피 한 잔을 타서 건넸다.

"현도준……, 그 사람도 누나 좋아하는 게 맞구나."

그새 진정이 된 듯, 좀 전과는 달리 조금 차분해진 목소리였다. 반면 더욱 시무룩해진 어깨는 아래로 축 늘어졌다.

"누나는 어떻게……. 아니다, 누나가 결정할 일이고 내가 얘기할 문제가 아니지."

선우의 말대로, 다임이 알아서 할 문제이긴 했다. 또한 선우가 알 필요 없는 일이기도 했다.

화난다고 주둥이 관리 하나 제대로 못 하는 바람에 선우의 마음이 상했다고 생각하면 다임도 조금 미안해졌다. 다른 사람이라면 사정 봐주지 않고 짤 없이 굴었을 다임이지만, 선우에게만은 아프지 않도록 배려해 주고 싶은 마음이 자꾸만 생겨났다.

그렇게 생각하자, 도준에게는 기다리지 말라는 말을 하지 않았으면서, 선우에게만 그 말을 했던 이유를 겨우 깨달을 수 있었다.

선우는 그만큼 다임에게 아깝고 소중한 존재였다. 도준은 아파하거나 말거나 알 바 아니었지만, 선우는 아프지 않았으면 좋겠다는 마음.

감정과 행동의 결이 다르게 갔던 게 아니라, 같은 길을 향해 나아가고 있었던 것이다.

"그런데 저건 뭐야? 저거 네 캐리어 가방 아냐? 그리고 저건 또 뭐고."

다임이 가리킨 곳에는 캐리어 가방 몇 개와 침낭이 가지런히 놓여 있었다. 선우가 아직 다임의 과외 학생이던 시절, 선우의 방구석에 줄을 지어 서 있었던 것들을 다임은 기억하고 있었다.

선우는 가볍게 머리를 긁적이더니 소파 위에 늘어져 있던 침낭을 한쪽으로 치웠다.

"집 나왔어."

"집을 나왔어? 왜?"

"이게 아직 확정된 게 아니라서……, 말하기가 좀 민망해서 안 했는데……. 누나가 연락하지 말라고도 했고."

다임은 속으로 뜨끔했지만, 애써 태연한 척했다. 오늘 공연에 대한 소식을 알리지 않은 것도, 역시나 그 말 때문이었던 것이다.

"누나, 작년에 칸에서 상 받은 영화감독님 알지?"

"어? 알지. 한국에 그 감독 영화 안 본 사람도 있어?"

"그분이 이번에 들어가는 새 영화가 있는데 비공개 오디션이 있거든. 준주연급 조연이라서 제법 비중 있는 역인데, 월동 대표님께서 내 프로필을 접수하시면서 추천도 해 주셨대."

"헐, 진짜? 그거 대단한 거 아니야?"

"엄청나지. 제작사도 SG엔터테인먼트래."

"SG? 거기 최근에 영화 몇 편 대박 난 곳이잖아."

"응. 아직 오디션도 안 봤는데 거기 관계자분들이랑 벌써 두어 번 정도 미팅도 했어."

"와, 선우 너 진짜 대단해졌구나."

다임의 눈이 엄청나게 커졌다. 큰 극단 연극에만 출연하는 줄 알았더니, 큰 영화에도 출연하게 됐다. 이번엔 선우의 입으로 직접 소식을 들어서인지, 언짢았던 감정은 사라지고 오히려 기분이 좋아졌다.

선우는 자신이 보고 있는 대본을 자랑스레 다임에게 보여 주었다. 표지에는 영화 제목, 감독 이름, 그리고 제작사인 SG엔터테인먼트의 이름이 선명하게 새겨져 있었다.

다임은 선우가 건네준 영화 대본을 신기하다는 듯 팔랑팔랑 넘겨 보았다.

"그게 집 나온 이유야?"

"오디션에 집중하려면 집에서도 연습 제대로 해야 하고, 월동 선배들이 여기도 빌려주셔서 밤늦게까지 연습할 수 있으니까 자고 갈 일도 생길 텐데, 그러려면 독립하는 게 나을 것 같아서. 다행히 월동 선배들이 좋게 봐 주셔서 여기서 숙식해도 된다고 하셨거든."

다임은 잠시 사무실을 둘러보았다. 사무실이라고는 해도 쓰지 않는 소도구, 지난 연극의 포스터 같은 것을 쌓아 두는 창고 비슷한 곳이었다. 몇 년 동안 청소를 하지 않아 움직일 때마다 바닥에서는 먼지가 올라왔고, 몸을 누일 곳이라고는 지금 선우가 앉아 있는 소파가 전부였다.

"그럼 방을 하나 구하지."

다임은 차마 '이런 데서 어떻게 지내냐.'라고 말을 할 수가 없어서 그렇게 돌려 말했다.

"방 구하기 전에 쫓겨났어."

"엥? 진짜?"

"이러저러해서 원룸이라도 하나 구해서 나가 살고 싶다고 했더니, 부모의 우산 아래에서 벗어날 생각이라면 기다릴 게 뭐 있냐고, 지금 당장 나가라던데?"

"그거 아버님이시지?"

"응."

"너희 아버님이라면 그럴 만한 분이긴 하다."

선우의 아버지, 주민을 떠올리자 다임 역시 그간의 사정을 아주 간단히 이해할 수 있었다. 다임이 짧게 겪기로도 주민은 굉장히 권위적이고 불같은 성미를 지닌 사람이었다. 다리몽둥이를 부러뜨려 선우를 집 안에 가둬 놓지 않은 게 다행일 정도였다.

"너는 나가란다고 진짜 나오냐. 어머님한테 매달려 보기라도 하지."

"알잖아. 우리 엄마도 아빠한테는 아무 말 못 하는 거."

"그렇긴 하다. 너희 어머님 눈에는 너 아직 애기로 보일 텐데 이렇게 갑자기 나와서 걱정 많으실 거야. 걱정되면 집이라도 알아봐 주시지, 진짜로 이런 곳에서 자도록 내쫓으시냐."

"몰래 집 알아보고 계신 거 아닐까?"

"속 편한 소리. 아버님 좀 진정되시면 들어오라고 하실걸."

"그건 그렇다."

선우는 뭐가 그리 좋은지 다시 또 헤실헤실 웃었다. 도준 때문에 시무룩했던 것이 언제였나 싶다.

"그래서 계속 이 창고에서 지낼 거야? 달리 생각하고 있는 건 있어?"

"방은 계속 알아보는 중이야. 모아 놓은 돈이 많지가 않아서 좋은 방은 못 구하겠지만, 옥탑방이나 반지하방이라도 구해지면 들어가려고."

"돈 필요하면 얘기해. 빌려줄 테니까."

"이다임 기자님 돈은 무서워서 못 빌리지. 독촉 전화 받으면 진짜 무서울 것 같아."

"잘 알고 있네. 말해 두는데 이자도 연 20퍼센트야."

"와, 이다임 기자님 너무한다. 알고 봤더니 완전 악덕 사채 업자네."

"연 20퍼센트면 합법적인 이자야."

"네에, 무서우니까 제가 모아 놓은 돈으로 해결하겠습니다."

선우는 조폭이 두목에게 인사하듯, 두 팔을 벌리며 허리를 꾸벅 숙였다. 선우의 장난에 다임도 피식 웃었다. 연락하지 말라며 칼같이 잘라 낸 것이 언제였냐는 듯, 한결 부드럽게 풀어진 분위기였다.

"연 20퍼센트 이자는 농담이고 무이자로 빌려줄 테니까 정말 돈 급하면 얘기해."

"아냐, 이번엔 내가 알아서 어떻게든 해 볼게. 첫 독립인데 다른 사람 도움을 받아 버리면 의미가 없어질 것 같아."

"그래. 부모님은 어떻게 하기로 했어?"

"안 그래도 방금 전까지 엄마랑 계속 얘기했어. 아빠는 계속 화가 나 있다고는 하는데, 이번 오디션에 합격하면 다시 얘기해 보자고 아빠한테 얘기해 달라고 했어."

"어머님은 뭐라 하시고?"

"아직 말은 없는데 얘기 잘될 것 같아. 어차피 돈 달라는 것도 아니고 독립만 인정해 달라는 건데, 뭐."

다임은 그렇게 말하는 선우가 기특해서 고개를 끄덕거렸다.

"우리 선우 다 컸네. 부모님이랑 바로 연 끊을 생각부터 하는 것도 아니고."

"그럼 이제 어린애 취급은 그만하시죠, 이다임 선생님? 말하고 행동하고 너무 다른 거 아냐?"

"아무튼 잘됐네. 일단 오디션에 합격하는 게 우선이겠지만."

"그렇지? 그래서 누나한테 엄청 고마워."

"왜 갑자기? 나는 너 독립한다는 얘기도 지금 처음 들었는데?"

"누나가 가르쳐 준 거잖아. 부모님과 거래를 하려면 뭔가 성과를 보여 줘서 부모님이 믿을 수 있도록 하라는 거. 떼만 쓰면 내 주장에는 명분이 없다는 거."

"내가 그런 걸 가르쳐 줬어?"

"응."

선우는 활짝 웃는 눈빛으로 다임의 두 눈동자를 감싸 안으며 자신의 두 손을 앞에 꼭 그러모았다.

이번 일뿐만 아니라 지금 선우가 딛고 있는 발판은 모두 다임이 만들어 준 것이었다. 처음, 배우가 되고 싶다며 공부하기 싫다고 어리광을 부렸을 때. 그리고 대학에 가지 않고 오디션을 보겠다며 부모님과 부딪쳤을 때. 그때마다 다임은 항상 선우를 이끌어 주었다.

배우가 되고 싶다고 했을 때는 그 어리광을 받아 주거나 무시하지 않고 길을 헤쳐 나가는 방법을 가르쳐 주었다. 대학을 가지 않겠다고 했을 때는 선우가 잘 싸울 수 있도록 든든한 버팀목이 되어 주었다.

다임이 손을 잡아 이끌어 주고 옆에 있어 주었기에 선우는 이번 결단도 내릴 수 있었다. 그러니 이번 오디션만큼은 무슨 일이 있어도 합격해야 했다. 다임이 가르쳐 준 것들이 의미 없어지지 않게 하려면 꼭 그래야만 했다.

"아무튼, 누나도 이제 연락하지 말라는 소리 안 할 거지?"

"그건……, 좀 생각해 보고."

"뭘 생각해 봐. 그래 놓고 오늘처럼 불쑥 찾아오려고."

"에이씨, 이제 나도 몰라. 연락하든가 말든가 니 맘대로 해라. 나도 이제 모르겠다."

다임은 선우와 눈을 마주치지 못하고 입만 삐죽였다. 자신이 뱉어 놓은 말을 따라가지 못하는 자신의 행동과 감정 때문에 무안했던 것이다.

"근데 누나는 별일 없어? 저번에 경찰서 앞에서 보고 처음 보는 거 같은데."

"없진 않았지."

다임은 마음 한구석으로 밀어 놓았던 기사 문제를 떠올리면서 작게 인상을 썼다. 이 얘기를 선우에게 해도 괜찮을지 조금 고민스러웠다. 하지만 선우라면 입이 무거우리라 믿고 말을 해도 좋을 것 같았다. 다임은 금방 다시 입을 열었다.

"내가 성혁수 사건 얘기했나?"

"아니, 처음 들어. 성혁수면 KG그룹 수사하는 그 양반 맞지?"

"응, 맞아. 밑에서 일하고 있던 직원 한 명이 성혁수에게 준강간을 당해서 일을 그만뒀다고 제보가 들어왔거든."

"와, 진짜 나쁜 새끼네."

"그런데 기사를 쓰면 피해자가 2차 가해를 받을 수밖에 없는 상황이라서, 그게 좀 걱정이야."

"왜?"

"알잖아. 성폭력 사건 보도 접하는 우리나라 사람 반응이 어떤지."

선우는 데이트폭력 사건을 두고 영화 스태프들이 '그런 남자 만나는 여자들을 보면 보통 좀 이상하다.'라고 말하던 것을 떠올리면서 고개를 끄덕였다.

"그래도 다임 누나니까. 누나라면 문제없이 잘 해낼 수 있지 않을까?"

"내가 뭘 어떻게 할 줄 알고 그런 소리를 막 하냐."

"난 이다임 기자님이라면 무조건 믿거든. 누나라면 그게 무슨 일이든지, 충분히 잘해 낼 수 있을 거야. 내가 본 누나는 정말 슈퍼히어로 같은 사람이거든."

"그게 무슨 소리야?"

다임은 손을 내저으며 믹스 커피를 한 모금 마셨다.

그래도 다임을 감싼 분위기는 사뭇 편안해졌다. 선우의 억지스러운 칭찬에도, 그간 겪었던 마음고생이 조금쯤 사라지는 기분이었다.

역시 다임에게 있어서 돌아갈 수 있는 곳이자 버팀목은 선우였다. 혹시나 다임이 이번 기사로 잘못돼 큰 상처를 입더라도, 선우는 뒤에 버티고 선 채로 언제나 다임을 받아 줄 것이다.

다임은 현진의 이야기를 들었을 때 이후 처음으로 '이번 기사, 써도 괜찮지 않을까.' 하는 생각을 하게 되었다. 없어졌던 자신감이 선우 덕분에 아주 조금쯤은 돌아온 듯했다.

"고마워."

다임은 씩 웃었다. 고민은 무엇 하나 해결되지 않았지만, 그래도 선우가 건넨 격려 한마디에 단단히 경직되어 있던 마음에도 온기가 약간 스며드는 느낌이었다.

문득 이런 생각이 들었다.

선우가 나에게 너무 아까운 사람이라고 생각하는 것도 어쩌면 틀린 생각일지도 모르겠다고. 선우가 이렇게 믿고 의지하면서, 동시에 내가 돌아갈 자리를 만들고 기다려 줄 만큼 나도 괜찮은 사람이었던 건지도 모르겠다고. 선우가 이렇게 봐 주는 나라면, 그런 내가 선우 곁에 있는 것도 어쩌면 괜찮을 수 있겠다고.

다임은 달콤한 믹스 커피가 마치 선우 같다고 생각하면서 한 모금 한 모금을 아주 소중히, 조심스레 음미했다. 만약 그 기사를 결국 쓰게 된다면, 때때로 이 순간을 꺼내어 보며 힘을 얻고 싶은, 그런 기분이었다.

싸움은 이제 시작

쉴 새 없이 울려 대는 메신저 때문에 다임은 잠에서 깨어났다. 일어나 보니 지각에 가까운 시간이었다. 다임은 회사에서 보낸 메시지가 없다는 사실을 확인한 후 휴대폰 화면을 껐다.

택시에 오르고 나서야 겨우 노트북을 들여다볼 여유가 생겼다.

아침 보고를 늦게 올렸다간 또 불벼락을 맞겠다 싶어 다임은 급히 인터넷 포털 사이트부터 열었다.

사이트 제일 위에는 '[단독] KG그룹 수사 부장검사, 소속 직원 성폭행 의혹'이라는 제목의 기사가 있었다. 다임이 쓴, 바로 그 문제의 기사였다.

며칠 전, 다임은 결국 기사를 내보내기로 결정했다. 확신이 없는 건 여전했지만, 기사를 내보내지 않고 문제를 해결할 방법이 떠오르지 않았기 때문이다.

　다임은 도북 라인 기사를 검색하기 전에 그 기사부터 열어 보았다.

　"제대로 나갔네."

　다임은 주먹을 꽉 쥐었다.

　기사를 내보내기 전, 몇 가지 우여곡절이 있긴 했다.

　다임이 가장 절실하게 필요했던 것은 경험 많은 선배 기자의 조언이었다. 없어진 자신감은 선우 덕분에 조금 돌아왔지만, 부족한 능력을 채워 줄 누군가의 조언이 필요했다.

　종운은 좋은 상담 상대가 아니었다.

　종운과 싸워 댔던 지난 몇 주간의 일들을 떠올려 보면 어쩌면 채은을 '꽃뱀'으로 몰아붙일지도 모른다는 생각이 들었다. 설령 그렇게 되지 않는다 하더라도, 현진이 일러 준 주의 사항을 지킬 수 없을 것 같았다.

　그때, 퍼뜩 스쳐 가는 이름이 하나 있었다.

　"맞다, 바이스!"

　다임은 급히 현주의 연락처를 찾았다. 다행히 현주는 그리 바쁘지 않았는지, 신호음이 몇 번 가기도 전에 전화를 받았다.

　― 어머, 뭐야? 갑자기 전화를 다 하고.

　언제나처럼 나긋나긋한 목소리였다. 그 목소리에, 다임은 불안했던 마음이 조금 가라앉는 것을 느낄 수 있었다.

　"바이스, 보고드릴 게 있는데요. 아직 캡하고 부장한테는 말씀을 안 드렸습니다."

— 그래? 무슨 일인데?

다임은 현진에게서 받은 파일을 꼭 끌어안고서 사건을 간단하게 설명했다. 짧은 설명이 끝나자 현주는 곧바로 말했다.

— 너 지금 어디니?

"저 지금 마포구에 있습니다."

— 내가 지금 거기로 갈게. 근처 카페에라도 들어가서 기다리고 있어. 캡한테는 내가 말해 둘 테니까.

"다임아!"

현주는 문을 밀고 들어오자마자 다임부터 찾았다. 얼마나 급하게 달려왔는지, 가방이며 머리며 어디 하나 제대로 정돈이 된 곳이 없었다. 현주가 보인 다급하고 진지한 모습 때문에 다임은 마음이 조금 더 놓였다.

"오셨어요, 바이스."

"앉아. 일단 얘기부터 해."

현주는 인사도 제대로 받지 않고 황급히 자리에 앉았다. 덩달아 다급해진 다임은 현진이 챙겨 준 자료를 내밀었다.

"여기요, 바이스."

현주가 자료를 휘리릭 넘겨 보는 사이 다임은 현주가 마실 에스프레소를 한 잔 가져와 테이블 위에 올려놓았다. 에스프레소 향이 짙게 깔리자 다임은 다시 마음이 무거워지는 것을 느꼈다.

"이게 다 그 사건 자료라는 거지?"

"네, 바이스."

"오케이. 상황은 알겠어. 일단 제일 먼저 생각해 봐야 할 건 기사 작성에 들어가기 전에 어떻게 하느냐의 문제겠다. 이거 캡이랑 부장한테 보고하고 기사 쓸 거야?"

다임은 곧바로 대답하지 않았다.

사실 다임은 종운이나 정혁에게 보고하지 않고 기사부터 만들어 두는 게 낫지 않을까 생각하고 있던 차였다.

다행히 현주도 다임과 같은 생각이었다.

"이 건은 캡이나 부장한테 보고하지 않고 기사부터 만드는 게 좋겠다."

다임은 속으로 가슴을 쓸어내렸다. 현주와 생각이 같다는 것이 이렇게 위안이 될 줄은 몰랐다.

"캡이랑 부장에게 보고부터 하면 아마 이 사건보다는 성혁수 흠집 내기에 집중할 거야."

"그렇죠, 바이스? 저도 그렇게 생각합니다."

윗선은 어쩌면, 단순한 특종을 넘어서서 성혁수 자체를 죽이는 기사를 쓰라고 지시할지도 모른다. KG그룹 수사에 차질이 빚어지면 KG그룹을 최대 광고주로 두고 있는 하나일보에도 나쁠 것이 없기 때문이다. 하지만 그건 부차적인 것일 뿐, 현주에게 조언을 구하고 싶었던 문제는 다른 곳에 있었다.

"다임아, 내가 검찰 문화를 잘 몰라서 그러는데, 부장검사가 직원을 이름으로 부르는 일이 흔해?"

"그런 경우도 있고 아닌 경우도 있습니다."

"피해자가 피해를 입었다는 사실을 못 믿는 게 아니라, 잘못하면 피해자가 욕먹기 딱 좋아 보인다.”

“네, 그렇죠.”

“피해자가 곧바로 일을 그만두거나 고소하지 않았던 것도 욕먹기 좋은 구실로 보이고. 성혁수와의 대화 말고는 직접적인 증거도 없네.”

현주는 녹취록이 출력된 종이를 다시 집어 든 채 생각에 잠겼다. 현주는 어느새 다임만큼이나 고민이 깊어진 눈이었다.

“게다가 일이 커져서 KG그룹 수사가 중부지검으로 넘어가게 되면 KG와 정해수 의원 둘 다 무혐의 처분을 받을 가능성이 높겠지?”

“그것도 생각해 봤는데요. 저는 KG그룹 수사도 문제지만, 이 사건도 문제라고 생각합니다. 이 일이 정해수 의원이나 KG그룹 비리보다 작은 일이라고 생각하지도 않습니다.”

“나도 같은 생각이야. 하지만 이 사건을 기사화할 경우 KG 수사 때문에 피해자가 더 욕을 먹을 수 있다는 게 문제네.”

결국 현주도 다임과 같은 결론에 도달했다. 다임의 고민을 현주가 모를 리 없다. 그러나 현주는 곧바로 지시를 하지 않고 다시 다임에게 질문을 던졌다.

“너는 어떻게 하고 싶어? 이 기사를 통해 하고 싶은 게 뭐야?”

다임은 잠시 생각에 잠겼다. 다시 생각해 봐도, 달라진 것은 자신감과 확신의 정도일 뿐이었다. 기사를 통해 이루고 싶은 것은 처음부터 지금까지 조금도 달라지지 않았다.

“저는 이 기사가 나가고, 성혁수가 저지른 일에 맞는 대가를 치렀으면 좋겠습니다. 가장 좋은 건 성혁수가 피해자에게 진심으로 사과하는 거겠죠. 그리고 피해자는 다치지 않았으면 합니다."

다임이 바라고 있는 그것, 고민의 뿌리는 거기에 있었다. 이 사건을 기사화했을 때 자신이 원하는 것을 얻어 낼 수 있을지, 다임은 확신이 없었다.

다임의 얼굴이 더욱 어두워졌다. 가게에서 흘러나오는 경쾌한 유행가만 아니었다면 다임은 제 말의 무게에 눌려 질식하고 말았을 것이다.

그런데 의외로, 다임이 토해 놓은 고백을 들은 현주는 눈에 띄게 밝아졌다.

"그럼 됐네. 기사는 써도 좋을 것 같다."

"기사를 쓴다고 하면⋯⋯, 어떻게 해야 할지⋯⋯."

"다임아, 내 생각에 이렇게 포인트가 엇갈리는 기사에서는 기자가 중심을 잘 잡는 게 가장 중요한 것 같거든. 기자마다 다르고 상황마다 다르겠지만 말이야."

"하지만 제가 중심을 잘 잡는다고 해서 딱히 달라질 일이 있을지 모르겠습니다."

"어쨌든 네가 원하는 건 기사가 나가야 얻을 수 있는 거잖아. 그러면 다른 방법이 없는 게 아닐까. 그 대신, 너는 누가 뭐라고 해도 흔들리면 안 돼. 네가 흔들리는 순간 피해자는 2차 피해를 입는 거야."

다임도 이번만은 그러겠노라고 대답을 할 수가 없었다. 현주의 말이 가슴 깊이 와닿지 않았고, 현주의 말대로 밀어붙일 자신도 없었다.

현주는 다임의 그런 속마음을 꿰뚫어 본 듯 한마디를 더 덧붙였다.

"그리고 기사를 쓸 땐 다임이 네가 욕받이를 하도록 해. 기사에서 피해자의 존재를 최대한 숨기면 욕은 피해자가 아닌 이다임 기자에게 집중될 거야."

"네, 바이스. 근데 그렇게 쓰면 캡이랑 부장이 기사를 통과시켜 줄까요?"

"그건 내가 어떻게든 해 줄게."

다임은 무겁게 고개를 끄덕였다. 다른 방법이 없었기 때문이다. 기사를 굳이 써야 한다면, 이런 해법이나마 받아들이지 않을 수 없었다.

그런데 그 직후, 현주는 다임이 전혀 예상하지 못한, 뜻밖의 얘기를 하나 더 꺼냈다.

"정말로 걱정돼서 기사 못 내보내겠거든 그때 바로 기사 엎자. 캡하고 부장한테 보고는 절대 안 할 테니까, 기사는 네가 엎고 싶을 때 엎어도 돼."

"바이스, 그게 무슨……."

"다임이 네가 하고 싶은 대로 하란 얘기야."

다임은 현주의 눈동자를 보고서, 이것이 현주 나름의 응원 방식이라는 사실을 겨우 알 수 있었다. 정말로, 다임은 생각지도 못했던 방식의 응원이었다.

진행하던 기사를 엎어도 된다고 말하는 선배는 많지 않았다. 이렇게 엄청난 특종일 경우에는 더더욱 그랬다.

게다가 다임은 차라리 현주가 기사를 먼저 밀어붙여 주었으면 하는 생각도 조금은 있었다. 그러면 혹여나 일이 잘못되더라도 자신은 책임을 면할 수 있을 거라는 비겁한 생각이 마음 한구석에 있었던 것이다.

그러나 현주는 지금, 기사를 밀어붙이지 않고 다임의 의사를 존중하겠다고 말하고 있다.

모든 판단은 도로 자신에게 맡겨졌지만, 오히려 마음은 한결 가벼워졌다. 그 모든 고민을 듣고서도 '네가 하고 싶은 대로 해.'라고 해 줬다는 것은, '네가 어떤 선택을 하더라도 모두 옳은 거야.'라고 지지해 주는 것과 다르지 않았기 때문이다.

그제야 다임은 언젠가 선우가 했던 말의 의미도 깨달을 수 있었다.

'내가 왜 누나 좋아하는 줄 알아? 이다임 선생님이던 때부터 누나는 한 번도 나를 가볍게 본 적이 없거든. 누나처럼 나를 나 자체로 무겁게 봐 준 사람이 없었어.'

지금 현주가 다임에게 버팀목이 되고 있는 것처럼, 다임도 그동안 선우에게 버팀목이 되어 주었나 보다. 다임이 선우의 고민을 들어 주고 그 선택을 지지하고 존중했던 매 순간이, 선우에게도 든든한 버팀목이 되었을 것이다.

'이다임'이라는 사람은 선우에게 어울리지 않는 부족한 사람이 아니라, 어쩌면 생각 이상으로 괜찮은 사람일지도 모른다는 생각이 다시 다임을 찾아왔다.

"바이스, 진짜 그래도 돼요?"

다임은 혹시나 싶은 마음에 현주에게 그 말을 재차 확인했다. 현주는 태연하게 대답했다.

"그럼. 기사 주인은 내가 아니라 이다임 넌데. 그리고 나랑 상의한 이상, 무슨 문제가 생기면 책임은 나도 같이 지는 거야. 그러니까 너는 너무 부담 갖지 말고, 쓰고 싶으면 쓰고 아니면 말아."

"고맙습니다, 바이스. 바이스한테 보고드리길 잘한 것 같아요."

"선배가 이런 일도 안 하면 뭐 하니. 하긴 우리 캡은 이런 것도 안 하지."

현주는 별소리를 다 한다는 눈으로 다임을 흘겨봤다.

다임은 자료를 테이블 위에 내려놓으면서 크게 숨을 토했다. 숨과 함께 무거웠던 기분도 슬그머니 빠져나가는 느낌이었다.

"바이스, 이 기사 바이라인* 뺏어 가서도 괜찮습니다."

"그럼 어디, 후배 단독 기사 빼앗는 몰상식한 선배 한번 돼볼까?"

"몰상식한 선배도 괜찮으니까 기사는 진짜 잘 좀 봐주세요."

"알았어."

"지도도 많이 해 주시고요."

"그것도 알았어."

---

* 기사에 표시된 기자 이름.

현주는 새침한 표정으로 픽 웃더니 마지막 남은 에스프레소 방울을 입 속에 털어 넣었다.

따져 보면, 아직 무엇 하나 제대로 해결된 것은 없었다. 여전히 가장 근본적인 문제는 해결되지 않았다. 그래도 생각을 하다 보면 어떻게든 결론은 만들어지리라.

이렇게 많은 사람들이 곁에서 버팀목이 되어 준다는 것은, 정말로 기적과도 같은 행운이었다. 그리고 이렇게 많은 사람들이 믿어 주는 이다임이라는 기자는, 어쩌면 조금은 괜찮은 사람일지도 모른다.

다임은 조금이나마 자신을 믿을 수 있을 것 같았다.

⌇⌇⌇

[현진아, 기사 나가게 될 것 같아.]

현주와 상담을 한 날로부터 이틀 후, 다임은 기사를 내보내기로 결심하고 현진에게 메시지를 보냈다. 그리고 그 즉시 종운에게 사건 내용을 보고했다.

"내용 확실한 거야?"

"네, 캡."

"피해자가 누군데?"

"그건 피해자가 밝히기를 원하지 않고 있어서……. 성혁수와도 통화했습니다."

다임은 종운이 피해자의 정체를 계속 캐물을까 봐 은근슬쩍 화제를 돌렸다. 다행히 종운은 다임의 의도를 눈치채지 못한 것 같았다.

"성혁수는 뭐래?"

"보고드린 대로 '자신 있냐.'라고만 했습니다."

"부인은 안 했다는 거네."

"그렇게 볼 수도 있고, 긍정을 하지 않았다고 볼 수도 있습니다. 그래도 반론의 기회를 여러 차례 주었지만, 성혁수 본인이 반론을 거부한 것만은 확실합니다."

명예 훼손 여부는 상대방에게 반론의 기회를 충분히 주었냐로 결정이 된다. 그래서 이 사건의 경우 혹시나 법정으로 가더라도 다임과 하나일보 측의 승소 가능성이 높았다.

"좋다. 이거 쓰자, 다임아."

종운의 결론은 다임이 그동안 고민한 것에 비해 너무나 간단했다.

다임은 어쩐지 힘이 쭉 빠졌다. 종운이 이것저것 물어볼 것에 대비해 대답도 준비해 두었고, 종운이 근거 자료를 달라고 할 수도 있다고 생각해 자료에서 채은의 이름도 지워 두었다.

"캡, 혹시 추가 취재가 필요한 부분은 없을까요?"

"어? 없어. 이다임 네가 취재한 건데 맞겠지."

다임은 못마땅한 마음에 아랫입술을 살짝 물어뜯었다.

정말로 종운이 다임을 신뢰해서 이렇게 간단히 기사를 허락한 것이 아니라는 걸, 다임은 너무나 잘 알고 있었다. 오보가 될지 아닐지, 기사 진행에 있어서 문제가 있는지 없는지는 종운에게 중요한 문제가 아니었던 것이다.

종운이 정혁에게 이 사건을 보고하면, 산업부를 통해 KG그룹 측에도 전달될 것이다. 종운과 정혁으로서는 사내 입지를 다질 수 있어 나쁘지 않은 일이었다. 하나일보 사측으로서도 KG그룹과의 관계가 강화되니 좋은 일이다.

예상은 하고 있었지만, 그래도 막상 닥치니 짜증이 났다.

"네, 캡. 그러면 기사 들어가겠습니다. 기사는 언제쯤 내보내나요? 취재원에게 알려 줘야 해서요."

기사는 이미 완성돼 있었지만, 일부러 그렇게 말했다.

"이르면 내일 아침 자로 나가면 좋고, 늦어도 모레 자로는 나가는 걸로 하자. 기사 완성되면 나한테 먼저 보내 주고."

"네, 캡."

그 후 종운의 하나 마나 한 데스킹을 거쳐, 마침내 오늘 아침 자로 기사가 나오게 된 것이다.

"오, 이다임이 왔어? 다음부터는 그런 큰 건 쓸 거면 미리 얘기 좀 해 주라. 아침부터 졸라 깨졌네."

다임이 기자실에 들어서자, 반갑지 않은 인물이 제일 먼저 다임에게 반갑게 인사를 건넸다. 다임은 창진에게 대충 고개 숙여 인사한 후 자리에 앉았다.

다임의 기사 때문인지, 오늘 기자실에 기자들이 제법 있었다.

"다임 씨, 아침에 그거 어떻게 된 거야? 대검에서는 확인을 안 해 주는데."

어느 석간지 여자 선배가 다임에게 커피를 한 잔 건네며 물었다.

"기사에 나온 센터 있잖아요. 피해자가 거기서 상담받고 있어서, 센터 통해서 들었어요. 대검은 아직 모를 거예요. 진상 파악하느라 바쁠걸요?"

"그래? 다임 씨, 혹시 센터 쪽 연락처 줄 수 있어?"

"메신저로 드릴게요."

"고마워, 다임 씨."

그러는 사이, 아침 보고를 끝낸 다른 선배 하나가 추임새를 넣으며 다임 옆을 지나갔다.

"성혁수 그 새끼 정말 씹새끼였네."

그 외에 다른 기자들도 다임 덕분에 무척 바쁜 아침 시간을 보내고 있는 듯했다. 저마다 강북지검 차장검사와 통화를 하느라, 대검찰청 대변인과 통화를 하느라, 알아낸 내용을 캡에게 보고하느라 정신없이 바빴다.

다임은 어느 기자에게 센터 연락처를 하나 더 보내고 난 후 자신의 기사를 다시 한번 꼼꼼히 읽었다. 그리고 잠깐 망설이다가 스크롤을 내려, 그 아래에 달려 있는 댓글도 찬찬히 읽어 보기 시작했다.

[이런 놈을 KG 저격수라고 띄워 줬단 말이냐? 기레기 다 반성해라. 섹검도 반성해라.]

그 사이사이에는 좋지 않은 댓글도 절반가량 섞여 있었다.

[연기 연출 누가 했냐? KG그룹 아니냐? 이 여자 완전 KG그룹 끄나

풀, 정해수 끄나풀. 전부 권력과 돈으로 움직이고 있다. 기레기와 자본의 합작품.]

[같은 여자지만 이 사건 냄새가 난다. 성폭력을 당한 게 지난해인데 왜 이제 와서 폭로를 할까? 냄새가 난다~]

아무리 마음의 준비를 하고 있었다고 해도 실제로 맞닥뜨리고 나면 기분이 나빠지는 것은 어쩔 수 없다. 혹시라도 채은이 댓글을 보고 상처를 입을까 봐, 그것도 걱정이었다.

다임은 어두운 얼굴로 인터넷 창을 끈 후 메신저를 열었다. 그사이 메시지는 또 주르륵 쌓여 있었다.

다임의 동기들이 보낸 특종 축하 메시지, 변호사나 경찰 등 알고 지내던 취재원이 보낸 기사 내용이 진짜냐고 묻는 메시지, 알고 지내는 검찰이 보낸 피해자가 누구냐고 묻는 메시지가 주르륵 흩어지는 사이, 다임의 눈에 확연히 들어오는 메시지가 몇 건 있었다.

[기사 잘 읽었어. 잘 썼더라. 더 필요한 거 있으면 언제든지 얘기해.]

현진이 보낸 메시지였다. 현주는 '수고했어. 이제 시작이니까 마음 단단히 먹고.'라는 메시지를 보내왔고, 도준은 '기사 잘 읽었습니다.'라는 짧은 메시지를 보내왔다.

그리고 그 아래에는 선우가 보낸 메시지가 있었다.

[누나, 댓글 보지 마라. 뚜껑 따 버려야 할 새끼들 천지네.]

다임은 그만 피식 웃고 말았다.

기사 잘 봤다는 말도 좋았고, 기사 쓰느라 수고했다는 말도 좋았고, 특종 축하한다는 말도 좋았다. 그런데도 축하나 격려,

응원은 한마디도 담지 않은 선우의 메시지가 오히려 더 크게 심장을 울리는 건 왜일까.

다임은 허리에 들어갔던 힘을 스르르 풀면서 의자에 기댔다.

그 수많은 메시지 중에 채은에게서 온 메시지가 아직 없다는 사실이 어쩐지 마음에 걸렸다. 하지만 넋을 놓고 있을 시간이 없었다. 금방 휴대폰이 울렸기 때문이다. 휴대폰 화면에 찍힌 이름은 '대검찰청 대변인 공용폰'이었다.

"네, 하나일보 이다임 기자입니다."

다임은 급하게 전화를 받으며 기자실 밖으로 나갔다. 현주가 한 말대로, 싸움은 이제 시작이었다.

오후가 되자, 기다렸던 메시지가 마침내 도착했다.

[다임 선배, 대검 대변인 브리핑 곧 시작합니다.]

[알았어.]

다임은 자세를 고쳐 앉았다.

조마조마하게 노트북을 들여다본 지 50여 분. 대검찰청 출입 후배에게서 다시 메시지가 도착했다. 이제야 브리핑이 끝난 모양이었다.

[선배, 브리핑입니다. 브리핑이 길어져서 늦었습니다.]

[고마워.]

다임은 후배가 보낸 대검찰청 브리핑 내용을 단숨에 훑어 내려가기 시작했다. 이어 '브리핑 끝.'이라는 글자까지 다 읽어 내린 다임은 침을 뱉듯 한마디를 내던졌다.

"머리 쓴다, 머리 써."

얼핏 보기에, 대검찰청 대변인은 정말로 원론적인 수준의 브리핑을 한 것 같았다.

우선, 이번 사건과 관련해서는 '아직 진상을 파악하고 있는 중이다.'라고 말했다. 다임의 기사가 나오기 전까지 그 내용을 모르고 있었다는 것이다.

"까고 있네."

다임은 코끝으로 비웃었다.

대검찰청은 기사가 나오고 나서도 한참이나 지난 후에야 다임에게 연락을 해 왔다. 원래대로라면 사건의 진위를 파악하기 위해서 그 기사를 쓴 다임에게 제일 먼저 전화를 했어야 했다.

그 말인즉슨, 대검찰청도 이번 기사를 예상하고 있었다는 것이었다. 하나일보 법조팀을 통해 기사가 샌 것이 아니라면 혁수가 직접 윗선에 보고했을 가능성이 높다.

"입장 잘 정리했네. 일단은 모른다고 잡아떼 놔야 진상 파악 운운하면서 시간을 벌지."

다임은 혀를 찼다. 그다음 대목도 다임의 눈에 거슬렸다.

Q. 성혁수 부장검사는 어떻게 처분?
A. 직위를 해제하고 감찰을 실시하겠다.

혁수에 대한 징계 여부는 감찰 결과를 보고 결정하겠다는 것이다. 즉 혁수가 징계, 처벌을 받을지 아닐지는 대검찰청의 손에 달린 셈이 됐다.

다임은 KG그룹 수사와 관련된 부분도 찾아냈다.

Q. KG그룹 수사는 그대로 강북지검에서 진행?

A. 아직 결정된 바 없다.

잔뼈 굵은 검찰 기자들 눈에는 이 말 속에 숨겨진 뜻이 분명히 보일 것이다.

'아직 결정된 바 없다.'라는 것은 '테이블 위에 올려놓고 고민하고 있다.'라는 뜻이었다. 지금은 고민 중이라는 뜻이니 타이밍이 좋을 때 KG그룹 수사 건도 중부지검으로 옮기겠다는 말과 다르지 않았다.

예상하지 못했던 것은 아니지만, 막상 이런 결과를 직접 보게 되자 다임은 심사가 뒤틀렸다.

"제일 나쁜 건 중부지검이 KG그룹 수사를 가져가고 성혁수는 경징계만 받는 건데."

그 최악의 가능성이 현실화되지 않으려면 이제부터는 여론 싸움을 시작해야 했다. 대검찰청에서 그런 결론이 내려지지 못하도록 마구 기사를 쏟아 내서 압박해야 했다.

다임이 인상을 쓰며 키보드에 손을 얹었을 때, 마침 창진이 커피를 들고 그 옆을 지나갔다.

"이다임, 좋겠어?"

다임은 창진의 뒤통수에다 대고 '제가 좋은 게 뭔데요?'라고 쏘아붙이고 싶었지만, 그렇게 하지 못했다.

안 그래도 이번 혁수 건으로 가뜩이나 주목을 받고 있는 처지였다. 이런 때에 창진과 싸움을 벌였다가 기자들 사이에 소문이라도 나게 되면 그 피해는 채은에게까지 미칠지 모른다.

다임은 눈썹 사이에 주름만 잔뜩 잡은 채 키보드를 두드리기 시작했다.

[법조팀장은 브리핑 기사 어떻게 쓰라는 말씀 없으시지? 일단 브리핑 관련해서 대검 입장을 비판하는 기사를 쓰면 될 것 같은데.]

이날 상황은 대검찰청 브리핑이 전부였지만, 다임은 늦은 시간까지 퇴근하지 못했다. 본의 아니게 성혁수 관련 취재를 주도하는 처지가 되었기 때문이다.

달이 머리 꼭대기까지 떠오를 때쯤 드디어 업무도 끝이 났다.

다임은 의자에서 스르륵 무너져 내리면서 인터넷 창을 열었다. 오늘 하루 업무를 마무리하기 전, 혹시나 빠뜨린 기사가 있는지 체크하려는 것이다.

"아오, 오늘도 끝이다 이제!"

다임은 기지개를 쭉 켰다. 그런데 노트북을 덮고 자리에서 일어서려는 찰나, 전화가 한 통 걸려 왔다.

다임은 휴대폰 화면에 찍혀 있는 '서주지검 현도준 검사'라는 글자를 보고서는 시간을 다시 한번 확인했다. 이제 막 밤 11시에 가까워진 시간으로, 이 시간에 도준으로부터 전화를 받을 만한 일은 없었다.

통화 버튼을 누른 다임은 더더욱 의아해졌다.

— 이 기자님, 아직 퇴근 안 하셨지요?

도준이 다짜고짜 이렇게 물어보았던 것이다.

"네, 아직 도북경찰선데요. 이 시간에 어쩐 일이시죠?"

— 그럼 지금 SBC 좀 틀어 보세요.

"SBC요?"

— 네, 지금 보도 나올 거라고 SBC의 아는 기자분이 얘기를 해 주셔서요.

"아니, 메인 뉴스 시간도 지났는데 무슨 뉴스가……."

이 시간에 전화를 걸어온 것만큼이나 뜬금없는 소리였다. 그래도 다임은 일단 도준이 시키는 대로, SBC 방송사 홈페이지로 들어가 '실시간 VOD 보기' 버튼을 눌렀다. 그러자 SBC 밤 뉴스 앵커가 모니터 화면에 나왔다.

그리고 앵커가 멘트를 시작한 직후, 다임의 얼굴은 완벽하게 구겨지고 말았다.

— 성혁수 부장검사 성폭력 의혹 사건과 관련해, 피해를 입었다는 직원이 사건 직후 성 부장검사와 나눈 메신저 대화 내용을 SBC가 단독으로 입수했습니다. 해당 내용을 보면 두 사람이 그 사건 이후에도 굉장히 친밀한 관계를 유지해 왔다는 것을 알 수 있는데요. 보도에 강창진 기자입니다.

나는 언제나
이다임 기자님 편이야

— 해당 여직원은 성폭력 피해를 입었다고 주장한 날 이후로
도 성 부장검사와 친밀한 연락을 주고받았던 것으로 SBC 취재
결과 확인됐습니다. 먼저 첫 번째 메신저 대화 내용입니다.

창진의 목소리에 이어 혁수의 목소리, 그리고 음성 변조 처
리된 채은의 목소리까지 이어폰에서 흘러나왔다.

— 기분이 많이 언짢으세요?
— 글쎄. 별로 좋지가 않네.
— 부장님이 기운 없으시면 저희도 다 기운 내기 어려워요.
부장님 힘내세요.

"이게 왜 지금 나와요? 메인 뉴스 시간도 지났는데."

— 원래는 내일 메인 뉴스에 내보낼 예정이었답니다. 그런데 동화일보 측에서 내일 자 조간으로 기사가 나온다고 해서 단독 놓치지 않으려고 급하게 보도했다나 봐요. 조금 뒤에 동화일보도 인터넷판에 기사 띄울 겁니다.

"동화일보도요?"

다임은 급히 동화일보 홈페이지에도 들어가 보았다.

조금 뒤에 기사가 올라올 것이라는 도준의 말과는 달리, '[단독] 성혁수 측, 피해 주장 여직원 대화 내용 공개…폭로 배경에 의혹 커져'라는 제목의 기사는 벌써 올라와 있었다. 그리고 SBC가 확보하지 못한 메신저 캡처 화면도 일부 공개돼 있었다.

[채은 씨, 어제는 잘 들어갔어? 미안해. 술이 정말 웬수다.]

[아닙니다. 부장님.]

[속 잘 풀고 주말에는 푹 쉬어. 그런 일이 생겨서 정말 미안했다.]

[네, 부장님!! ^^ 너무 신경 쓰지 마세요!]

다임은 마우스를 꽉 쥐고 있던 손을 입술로 가져가 손톱을 마구 물어뜯었다.

— 이 기자님, 그래서 말인데 그 선우라는 친구……

다임의 상태를 아는지 모르는지 도준이 뜬금없는 소리를 꺼냈지만, 다임은 지금 그런 얘기를 들을 정신이 아니었다. 다임은 자신이 생각하기에도 무서울 만큼 험악한 목소리로 도준을 추궁했다.

"현 검사님은 이 메신저 내용 이미 알고 계셨지요? 안 놀라는 걸 보니 알고 계셨던 거 같은데요."

— 네……, 사실 알고 있었습니다.

도준도 선우에 대해 더 묻지 않고, 자신 없는 목소리로 다임의 추궁에 답했다. 평소의 도준을 알고 있는 사람이라면 상상조차 하기 어려운 모습이었기에, 다임은 더 화가 났다.

"알고 계셨으면서 왜 얘기를 안 하셨어요! 피해자분은 당연히 얘기하기 어려우셨겠지만, 검사님은 얘기를 하셨어야죠! 일을 이 지경으로 만드시면 어떡해요!"

— 이 기자님은 이 사실을 아셨더라면 어떻게 하셨을 건데요?

"어떻게든 방법을 생각해 냈겠죠!"

— 방법이요? 어떤 방법을요?

"그건……. 어떻게든요!"

대답할 말을 찾을 수 없었던 다임은 억지를 부렸다. 그러자 도준은 가볍게 한숨을 내쉬었다.

— 그래서 말씀 못 드린 겁니다. 기사 안 쓰실까 봐.

"제가 피해자를 꽃뱀이라고 생각할 리 없잖아요! 이건 사건과 아무런 관련 없는 메시진데요!"

피해자는 사건이 일어난 이후로도 반년이나 혼란스러워했고, 그만둘 생각을 하지 못했다. 그러니 어쩔 수 없이 성혁수 부장과 관계를 유지할 수밖에 없었을 것이다. 도준도 다임이 그렇게 생각하리란 것을 모르지는 않았다. 문제는 다른 곳에 있었다.

— 이 기자님께서 그렇게 생각하고 계신다는 걸 제가 왜 모르

겠습니까. 하지만 대중들은 그렇게 생각하지 않을 테니, 기사화도 꺼리셨겠죠.

다임은 한마디 더 쏘아붙이려다가 입을 다물고 말았다. 도준의 말도 그리 틀리지는 않았기 때문이다.

다임은 처음부터 기사를 쓰는 것 자체를 망설였다. 그랬기 때문에, 이 메신저 내용을 알았다면 기사를 쓰지 않았을 가능성이 높았다.

채은이 상처만 받게 될 가능성이 높으니까. 다임도 대중의 비난을 견뎌 낼 자신이 없는 '뒷심 부족한' 기자니까.

그래도 화가 나는 건 어쩔 수가 없었다.

"그러니까 검사님은 이걸 무조건 기사화시켜야 한다는 생각이 컸다는 거네요, 결국."

— 네, 그런 셈이 됐습니다만…….

"무슨 꿍꿍이인지는 모르겠지만, 덕분에 일이 꼬여도 아주 제대로 꼬였습니다. 이러니까 현 검사님이 진심이라는 걸 제가 못 믿는다는 거예요. 지난번에 주신 얘기에 대한 답은 이걸로 될 것 같네요. 더 이상 할 얘기 없으니 전화 끊겠습니다."

다임은 통화가 끝나자마자 휴대폰을 냅다 던져 버렸다. 하지만 그러고도 분이 풀리지가 않아, 머리를 감싸 쥐었다. 이어폰에서는 속없는 창진의 목소리만 계속 흘러나왔다.

이튿날, 다임은 SBC에 보도된 대화 내용 전체를 보여 줄 수 있냐고 현진에게 물었다. 그러자 현진은 채은으로부터 건네받은 전체 대화 내용을 다임에게 보내 주었다.

[부장님, A씨 폭행 사건 보고입니다. 지금 보실 수 있으신가요?]
[아니, 지금 별로 보고 싶지 않으니 나중에 줘.]
[기분이 많이 언짢으세요?]
[글쎄. 별로 좋지가 않네.]
[부장님이 기운 없으시면 저희도 다 기운 내기 어려워요. 부장님 힘내세요.]

다임은 현주와 종운에게 보고한 후 이 대화 내용을 즉시 기사화했다. 하지만 큰 반향은 없었다. 삽시간에 바뀐 대세는 쉽게 돌아오기 어려울 정도로 멀리 가 버린 것이다.

이제 혁수 관련 기사가 나올 때마다 댓글은 '꽃뱀'이나 'KG그룹의 공작'으로 도배되다시피 했다. 피해자 편을 드는 댓글도 간간이 보이기는 했지만, 그다지 많지는 않았다.

[채은 씨가 성혁수하고 평범하게 대화를 주고받은 게 뭐 어쨌단 거야? 성폭력 피해자들은 그럼 일도 하지 말아야 하나? 일상생활 하지 마? 지들은 그런 일 터지면 곧장 고발하고 상사 직무 배제 요청할 수 있대? 그날 무슨 일이 있었는지 성혁수 입으로 듣고 쓴 기사는 없니? 그런 거 나오면 아주 그 알리바이를 내가 자근자근 밟아 버릴 텐데!]

현진이 메신저로 버럭버럭 화를 냈지만, 다임은 그저 머리만 감싸 쥐었다. 대검찰청 브리핑이 예정돼 있지 않았다면 출근마저 하고 싶지 않았을 것이다.

[다임 선배, 대검찰청 브리핑 내용 공유해 드릴까요?]

다임은 '그래.'라고 짧은 답장을 남긴 후 멍하니 노트북 화면만 바라보았다.

그런 다임과는 달리, 창진은 마치 개선장군이라도 된 양 의기양양하게 이번 브리핑에 대한 얘기를 늘어놓고 있었다.

"이 사건 이제 어떻게 되려나?"

"오늘 브리핑에서 대검 대변인이 뭐라도 얘기하겠죠."

"그러겠지? 그래도 KG그룹 수사라도 여기 남게 되면 다행이겠네."

마치 빈정거리는 것처럼 들리는 말이었다. 경솔한 창진이 아무 생각 없이 내뱉는 소리란 것은 잘 알았지만, 어쩔 수 없이 화는 났다.

그사이 대검찰청 브리핑 내용이 메신저에 올라왔다. 다임은 그 내용을 훑어보자마자 거친 욕설부터 내뱉었다.

이날 브리핑 역시 얼핏 보기에는 굉장히 원론적인 수준의 내용만 담고 있었다.

Q. 보도된 대화 내용은 보셨는가?
A. 살펴보고 있다.

또 이런 질의응답도 있었다.

Q. 피해자의 대응 방식은 사람마다 다르다. 대화 내용만으로는 성

폭력이 없었다고 단정할 수 없지 않는가?

A. 당연히 고려하고 있다.

"까고 있네."

또 욕설이 튀어나왔다.

지난 브리핑 때까지만 해도 KG그룹 수사를 중부지검에서 가져오는 방향을 고려하고 있다던 대검찰청이었다. 혁수에 대한 징계 가능성이 거론됐던 이유였다. 그런데 이번에는 그에 대한 언급이 전혀 없었다. 대검찰청도, 이번 보도가 나온 후 혁수를 어떻게 하는 게 좋을지 여론을 살피며 저울질에 들어간 모양이었다.

다임은 머리를 감싸 쥐면서 브리핑 내용을 몇 번이고 다시 훑어보았다.

채은이 제일 바랐던 것, TV에서 혁수를 보지 않았으면 한다는 소원은 어쩌면 이뤄지지 못할지도 모른다. 게다가 채은만 크게 피해를 입은 꼴이 되고 말았다.

울고 싶은 심정이었다.

"성혁수 아예 죽지는 않겠구먼. KG그룹 수사는 어떻게 되려나. 그것까지 여기 남아야 그나마 다행일 텐데."

창진은 기자실에 있는 모두가 들으라는 듯 큰 소리로 한마디했다. 아마도 브리핑 내용을 보고서 한 얘기인 듯했다.

이제는 채은의 입장이고 뭐고, 다임도 창진을 도저히 참아낼 수가 없었다. 다임은 앞뒤 가리지 않고 창진을 노려보면서 소리를 질렀다.

"피해자 입장에서도 다행인 일이라고 생각하시는 거예요?"

"어어, 이다임이 왜 화났어?"

설마하니 다임이 이런 식으로 덤벼들 것이라고는 생각하지 못한 듯, 창진은 당황스러움을 감추지 못했다.

"선배가 말씀을 이상하게 하시잖아요!"

"내가 네 단독에 초 쳤다고 그러냐?"

"그게 아니잖아요. 왜 그렇게 말을 함부로 하시냐고요. 피해 자는 생각 안 하시냐고요."

"아니, 피해자한테 좀 안된 일이지만 KG그룹 수사만 놓고 보면 다행인 방향으로 흘러가고 있는 게 사실이잖아."

"정말로 피해자한테 안된 일이라고 생각하시긴 하는 거예요?"

결국 창진도 참지 못하고, 안 그래도 험악하기만 한 인상을 더욱 세게 구기면서 자리에서 벌떡 일어났다.

"너 지금 그걸 말이라고 해?"

창진은 다임의 옆으로 성큼성큼 걸어오더니 눈을 부라리며 다임을 내려다보았다. 다분히 위압적인 태도였다.

그러나 다임은 기 하나 죽지 않고 고개를 빳빳이 세웠다.

"못 할 말은 제가 아니라 선배가 하신 거 아닌가요? 아까부 터 계속이요."

"네가 아주 좋은 기사 쓴 건 알겠어. 그런데 그렇다고 해서 이렇게 사람을 무시해도 돼?"

"제가 이런 얘기까진 안 하려고 했는데요. 선배 쓰신 그게 멀쩡한 기사이긴 했어요?"

"뭐? 야, 이다임! 보자 보자 하니까!"

다른 기자들도 그제야 이 말싸움이 심각해지고 있다는 것을 알아차렸다. 자칫하면 큰 싸움으로 번질 수도 있겠다고 생각한 기자 몇 사람이 얼른 창진의 팔을 붙들었다.

"그 기사 누구한테서 받아 쓴 건지 제가 모를 줄 알아요? 성혁수한테 받은 거잖아요. 가해자요! 취재한 게 아니라 가해자 입장 받아서 쓰기만 한 거잖아요! 그 메시지 관련해서 피해자 입장을 한 번이라도 듣기는 하셨어요?"

"피해자인지 아닌지 알 게 뭐야! 피해자라는 여자 너 말고는 아무도 본 적 없잖아! 그리고 너야말로 그 기사 쓰기 전에 성혁수 입장을 듣기나 했어?"

"피해자인지 아닌지? 와, 진심 나오네요. 꽃뱀 소리가 기자 입에서 나올 줄은 몰랐네요. 네! 저, 성혁수랑 몇 번이나 통화했어요!"

"이거 진짜 안 될 애네. 야, 좀 놔 봐."

창진은 기자들의 팔을 뿌리치고 다임에게 바짝 붙어 섰다.

하지만 다임은 창진이 그 큰 몸집으로 해 대는 위협이 하나도 무섭지 않았다. 오히려 가소로웠다.

"선배가 보도하신 그거, 성폭력 사건이랑 전혀 상관없는 이후 사정인 거 아세요? 피해자는 성폭력당했다고 일 안 하나요? 집에 처박혀 있기만 해요? 선배 성혁수랑 그렇게 친하면 성폭력 당시 상황이 어땠는지에 대한 해명을 듣지 그랬어요? 괜히 물타기성 이상한 자료나 받아 오지 말고!"

"이다임 너 꼴페미냐?"

"제가 꼴페미인 게 아니라 선배가 성폭력 사건에 대한 기본적인 지식이 하나도 없으신 거겠죠! 오죽하면 피해자 목소리를 그대로 내보냈겠어요?"

"음성 변조했어!"

"음성 변조했다고 피해자 주변 사람들이 피해자 말투를 못 알아들어요? 그거 2차 가해인 건 아세요?"

"야!"

창진은 책상을 세게 쾅 내리쳤다. 그러자 방송사 막내 기자가 사색이 되어 창진을 말렸다.

"강 선배, 그만하세요."

다른 기자들은 다임에게 얼른 기자실 밖으로 도망치라고 눈짓했다. 그러나 다임은 나가고 싶지 않았다. 잘못하지도 않았는데 도망칠 이유가 없었다.

그래도 계속되는 눈짓에는 방법이 없었다. 이대로 기자실에 남아 있는 것은 다른 기자들에게 민폐가 되는 일이었다.

다임은 아직도 고래고래 소리를 지르고 있는 창진을 한 번 더 째려본 후 휴대폰만 챙겨 든 채 기자실 밖으로 나가 버렸다. 분을 못 이겨 발을 쾅쾅 굴러 대는 소리는 무척 요란했다.

"아오, 씨발!"

다임은 밖으로 나오자마자 머리를 마구 흐트러뜨리며 욕설을 내뱉었다. 일이 안 풀려도 너무 안 풀렸다. 창진에게 더 쏘아붙이지 못한 것도 화가 났다.

창진에게 퍼부은 말이 단순한 화풀이에 지나지 않는다는 것을 다임 자신도 잘 알고 있었다. 하지만 틀린 말을 한 것은 아니라고 생각했다.

"짜증 나. 씨발!"

다임은 제자리에서 발을 한 번 쾅 굴렀다. 그러나 발만 아플 뿐, 달라지는 것은 없었다.

현주는 다임이 뚜렷한 주관을 갖고 의연하게 버티면 된다고 했지만, 의연하게 버티고 있을 수가 없었다.

"기사 쓰지 말걸."

다임의 우울한 목소리가 꺼질 듯 바닥으로 흩어졌다.

다임은 휴대폰을 꺼내서 통화 목록을 열어 보았다. 채은에게서는 아직도 아무런 연락이 오지 않았다.

사실 다임은 채은에게 연락을 해 볼까 하는 생각도 하고 있었다. 하지만 일이 이렇게 되어 버리니 먼저 연락을 하는 것은 더더욱 어려워졌다.

다임은, 펜이 이렇게 힘이 약할 수도 있다는 것을 처음으로 깨닫게 되었다. 펜의 힘보다 더 강한 것은, 결국 수많은 사람의 목소리였다.

그렇게 하염없이 휴대폰만 들여다보고 있을 때, 전화 수신 화면이 떠올라 통화 목록을 가려 버렸다.

이정혁 사회부장

그동안 다임과 종운에게 모든 일을 맡기고서 한 발 물러나 있었던 사람이, 갑자기 전화를 걸어왔다.

전화 건너편에서는, 어울리지 않게 상냥한 목소리가 들려왔다.

— 다임이니? 지금 회사로 좀 들어와라.

다임은 회의실 바닥만 물끄러미 내려다보았다. 어깨를 축 늘어뜨린 다임을 보고 종운이 위로인지 격려인지 모를 소리를 툭 던졌다.

"어깨 좀 펴라. 이다임이 죽상을 하고 있으니까 영 이상하다."

그러고 있는 사이 정혁도 한 손에 머그잔을, 다른 손에 수첩과 펜을 든 채 회의실 안으로 들어왔다.

"다임이 왔어? 김 캡도 일찍 왔네?"

다임과 종운은 누가 먼저랄 것도 없이 자리에서 일어나 정혁에게 깊숙이 허리를 숙였다.

"앉아, 앉아."

정혁은 인사조차 받기 귀찮다는 듯 손을 휘휘 내저으며 빈 의자에 털썩 주저앉았다.

다임은 마른침을 꿀꺽 삼켰다. 회의실이 주는 위압감과 정혁의 표정, 그리고 다임 자신의 죄책감이 어우러져 어깨를 꾹 내리눌렀기 때문이다.

이 회의실은 하나일보 부장들이 아침 회의를 할 때 사용되는 공간이다. 소속 기자 징계를 위한 징계위원회를 소집할 때 이용되기도 한다.

그래서 다임은 이 회의실에서 낯선 위압감을 느꼈다. 저마다 자리에 앉아 심각한 얼굴을 하고 있는 종운과 정혁은 더 낯선 위압감을 주었다.

정혁의 머그잔에서 흐르는 낯선 한약재 냄새가 후텁지근한 공기를 데웠다.

"그래, 다임아. 이제 어떻게 할 생각이야?"

다임은 뭐라고 대답을 해야 할지 몰라 머뭇거리다가, 종운의 눈빛 재촉을 받고 마지못해 입을 열었다.

"일단은 이대로 계속 밀고 가야 하지 않을까 싶습니다."

다임의 대답을 들은 정혁은 머그잔을 테이블 위에 내려놓으면서 빙긋 웃었다. 다임은 정혁이 이런 식으로 웃는 것을 단 한 번도 본 적이 없었기에 오소소 소름이 돋는 것을 느꼈다.

"다임아, 죽을죄 졌니? 혼내려고 부른 거 아니야. 상황이 이렇게 되어 버렸으니 너하고 김 캡한테만 맡겨 둘 수는 없겠다 싶어서 부른 거야. 앞으로 어떻게 할지 얘기를 해야지."

정혁이 부드러운 목소리로 타이르듯 말했다. 이것 역시 평소의 정혁과는 전혀 어울리지 않는 것이었다. 다임은 무언가 이상하다는 것을 본능적으로 알아차렸다.

"피해자라는 분이 검찰청에서 일했다고 했나?"

"네."

정혁은 거기까지 물은 후, 잠시 말을 멈추고 펜 끝으로 테이블을 가볍게 두어 번 두드렸다. 그러더니 다임을 보면서 다시 천천히 입을 열었다.

"그 피해자, 공개하자."

"네?"

다임은 자신이 말을 잘못 알아들은 것인가 싶어 눈을 크게 깜빡였다. 정혁은 다임이 잘못 들은 게 아니라는 것을 확인이라도 시켜 주는 듯 재차 강조해서 말했다.

"피해자 공개하자고. 어제 김 캡과는 얘기 다 했으니까 다임이 너만 오케이하고 피해자 연결해 주면 돼."

"그래, 다임아. 피해자를 공개하면 판세가 다시 우리 쪽으로 기울어질 거야."

"피해자를 공개하자고요?"

"그래."

다임이 정혁과 종운의 말을 완전히 이해하는 데까지는 약간의 시간이 걸렸다. 도저히 생각조차 해 볼 수 없었던 일이었기에, 고막에 파고든 언어가 뇌에 의미를 전달하는 데까지 시간이 필요했던 것이다.

겨우 말뜻을 이해하고 나자, 이번엔 화가 나기 시작했다.

"이미 피해자는 충분히 특정이 된 거 아닌가요! 성혁수 밑에서 일했던 여직원, 그리고 올해 그만뒀다는 것만으로도 이미 알 사람은 다 아는데요!"

"그건 검찰이나 피해자 주변 사람들 얘기지. 일반 국민들은 Y씨가 누구인지 아직 모르잖아."

"일반 국민들이 피해자가 누구인지 알게 되면 뭐가 달라지는

데요? 취재원만은 반드시 보호해 주어야 하는 게 기자 아니었나요?"

"다임아. 기사의 신뢰도와 취재원 보호 둘 다 중요한 가치야. 이번엔 둘 중 하나를 선택해야 하는 거고."

"기사의 신뢰도라는 말씀까지 하신다는 건, 성혁수가 권력형 성범죄를 저질렀다는 것을 못 믿으신다는 건가요? 저는 제 취재원을 믿습니다. 혹시라도 당시 상황에 대해 설명이 부족한 부분이 있다면 얼마든지 다시 설명할 수 있고, 기사로 쓸 수도 있습니다."

"이다임, 네가 믿고 우리가 믿는 게 중요한 게 아니야. 중요한 건 독자가 그걸 진실이라고 믿느냐야."

보다 못한 종운이 다임의 말을 아주 차갑게 잘랐다.

다임은 커다란 망치로 뒤통수를 한 대 맞은 것 같았다. 종운의 말이 옳다고 생각해서가 아니라, 너무나도 충격적인 말이었기 때문이다.

물론 그런 생각을 하고 있는 기자도 있을 수 있다. 하지만 다임 앞에서 그 말을 입 밖에 꺼내어 말한 기자는 종운이 처음이었다.

"지금 뭐라고 하셨어요?"

"중요한 건 독자가 그걸 진실이라고 믿느냐라고. 지금 독자들은 아무도 네 기사가 진실이라고 안 믿어. 네가 쓴 게 얼마나 대단한 진실이든지 상관이 없다고."

"그게 말이 되는 얘기라고 생각하세요?"

"언론이 진실을 보도한다고 사람들이 생각하는 줄 알아? 사람들이 팩트라고 생각하는 게 진실이 되는 거야. 독자들이 믿게 만드는 게 우선이라고. 정신 차려."

"캡!"

"이다임 너, 여론전 할 거 아니었어? 성혁수 어떻게 하고 싶어서 기사 쓰기 시작한 거 아니야?"

다임은 대답을 하지 않고 종운과 정혁을 번갈아 쳐다보기만 했다. 정혁은 슬쩍 눈을 피했고, 종운은 자신을 바라보는 다임을 똑바로 마주 보았다.

"다임아, 네 마음은 충분히 이해한다. 나랑 회사가 KG 때문에 이런 강요를 한다고 생각할 수 있을 거란 것도 충분히 이해해. 그런 점도 고려를 안 했다고 말하지는 않겠다. 하지만 잘 생각해 봐. 이대로 가면 성혁수가 정해수나 KG 사주를 받은 꽃뱀에 물렸다고 생각하는 사람들이 더 많을 거야. 나나 회사는 그렇다 치고, 너도 그 기사를 통해 독자들에게 알리고 싶고 얘기하고 싶었던 게 있던 거 아니야? 성혁수를 그 자리에서 끌어내리지는 못한다고 해도, 최소한 네가 기사를 통해 말한 사건이 거짓이 아니라는 사실은 알려야 되지 않겠어?"

"피해자를 공개한다고 해서 그동안 안 믿었던 사람들이 하루아침에 태도를 바꿀까요? 오히려 피해자를 꽃뱀 취급하는 사람들에게 좋은 먹잇감만 내던져 주는 거 아닌가요?"

"아니지. 금방 태도를 바꾸진 않더라도 이쪽 말에 다시 신뢰도는 부여하겠지. 한국 사람들은 실명과 얼굴을 까고 하는 얘기에 엄청 약하거든."

다임은 대답하지 않았다. 이번에는 대답할 수가 없었다고 하는 것이 맞을 것이다.

오늘은 유독, 정혁이 차근차근 다임을 설득하려 하고 있었다. KG그룹 기사로 소리를 지르며 다임을 법조팀에서 내쫓던 때가 언제였나 싶을 정도였다.

거기에 말려 버린 것인지, 다임은 정혁의 말에도 일리 있는 부분이 있다고 느끼고 말았다.

종운이 했던 '언론이 진실을 보도한다고 사람들이 생각하는 줄 알아? 사람들이 팩트라고 생각하는 게 진실이 되는 거야.'라는 말이 끊임없이 다임의 머릿속을 헤집어 댔다.

하지만 한 발 물러서자니 너무 분했다. 이런 소리에 설득당하려고 하는 자신도 너무 싫었다.

"피해자를 공개하면 그 후는 어떻게 되는 건데요? 피해자는 보호할 수 있는 겁니까?"

"걱정 마. 우리가 최대한 보호해 줘야지."

"공개돼 버린 성폭력 피해자를 보호하는 게 가능하긴 한 일인가요?"

"못 할 리는 없지 않겠어? 최대한 노력한다면. 그리고 지금 상황에서는 피해자를 공개해서 독자들이 기사를 믿게끔 만들면 그게 바로 피해자를 보호하는 길이 되는 거야. 다임아, 무슨 말인지 알겠니?"

다임은 무거운 한숨을 내쉬었다. 어쩌면 틀린 말이 아닐지도 모르겠다는 생각이 들었던 것이다.

채은을 공개함으로써 많은 사람들이 채은의 말을 믿게 된다면 악성 댓글의 숫자는 많이 줄어들 것이다. 그렇다면 오히려 채은은 상처를 입지 않게 될 것이다.

하지만 대중에게 공개된 채은이 뭇매를 맞지 않을 것이란 자신은 없었다.

다임은 혼란스러웠다. 어떤 게 옳고 어떤 게 그른 것인지. 처음에는 종운과 정혁에게 화가 났지만, 이제는 잘 모르겠다.

"부장하고 캡 말씀이 무슨 뜻인지는 잘 알겠습니다. 생각할 시간을 좀 주십시오."

그것은 어쩐지 무척 힘없기만 한, 그리고 한심하기만 한 항복 선언처럼 느껴졌다.

"그래, 다임아. 생각해 보고 다시 얘기하자."

다임의 이성은 두 사람에게 똑같이 고개를 끄덕여 주어야 한다고 말했다. 그러나 다임의 감정이 그것을 거부했다.

"그럼 더 하실 얘기 없는 거죠?"

"그래. 다임아, 잘 생각해 봐라. 어느 쪽이 좋은 일인지."

다임은 아무런 대답을 하지 않은 상태 그대로 회의실 문을 박차고 나가 버렸다.

다임이 향한 곳은 기자실은 아니었다. 창진이 있는 기자실로는 죽어도 돌아가기 싫었다.

카페에 자리를 잡았지만, 노트북도 열어 보지 않았다. 글자를 보는 것 자체가 싫었다.

"어떡하지."

다임은 책상에 머리를 콩 하고 박았다가 그대로 엎드려 버렸다.

"어떻게 해야 할지 진짜 모르겠다."

이것은 다임이 지난 30년 동안 해 왔던 수많은 혼잣말 중에서 가장 진정성이 넘치는 혼잣말일 것이다.

다임은 책상에 고개를 박은 채로 한 번 더 혼잣말을 중얼거렸다.

"진짜로 응원받고 싶다."

응원을 받는다고 현실이 달라질 리는 없겠지만, '다 괜찮다.'라는 말을 들으면 그래도 용기가 날 것 같았다.

그런 다임의 마음을 누군가가 전해 들었는지, 메시지 도착을 알리는 짧은 진동이 느껴졌다. 다임은 힘없이 휴대폰을 만지작거리기만 하다가 마음을 굳게 먹고 슬쩍 화면을 켜 보았다.

곧, 다임의 얼굴이 눈에 띄게 밝아졌다.

[누나. 나 오늘 진짜로 좋은 일 있는데 축하해 줄 수 있어? 연락하지 말라는 누나 말 아직도 지켜야 되는 거 아니지?]

앞뒤 생각할 것도 없었다. 다임은 'ㅇㅇ 보자. 어딘데?'라고 급히 답장을 보내고는 얼른 짐을 쌌다.

다임의 가방 속에는 조그마한 선물 꾸러미도 하나 담겨 있다. 선우가 비공개 오디션을 받게 됐다고 말한 그날, 백화점 근처를 지나던 중 심사숙고해서 골라 놓은 것이다.

선우를 생각하면 수많은 고민도 스르르 녹아 사라지는 것 같았다.

"됐다. 생각은 나중에 할래."

다임은 복잡한 생각을 저 건너편으로 던져 버리려고 애쓰면서, 카페를 박차고 뛰어나갔다. 한 모금도 마시지 않은 아이스 아메리카노만 다임이 앉아 있던 자리에 남았다.

따각.

맥주 캔 따는 소리가 경쾌하게 한강공원을 울렸다. 선우는 다임이 맥주를 한 모금 마시는 것을 보고서 자신도 맥주 캔을 땄다.

사실 선우는 오늘 기필코 다임에게 한턱 쏠 생각이었다. 그러나 다임은 선우가 술을 사겠다는 말을 하자 펄쩍 뛰었다.

"너 돈 아껴야지. 집 안 구할 거야?"

"옥탑방 정도라면 보증금은 충분히 있거든?"

선우는 자존심이 상해 볼을 통통하게 부풀렸다.

"알았어. 오늘은 그럼 캔 맥주나 쏴. 남은 돈은 잘 묻어 뒀다가 생활비로 써. 다음에 진짜로 여유 되면 제대로 사 줘. 그땐 한우 얻어먹을 거야."

다임의 뜻이 너무 확고했기에 선우도 더 이상 토를 달 수가 없었다. 그래서 지금, 다임과 선우는 캔 맥주와 육포가 한가득 들어 있는 비닐봉지를 옆에 두고 한강공원 잔디밭에 나란히 앉아 있는 것이다.

두 사람은 가끔 생각났다는 듯이 맥주를 한두 모금씩 홀짝이 기만 할 뿐 아무 말도 하지 않았다.

하지만 무겁거나 기분 나쁜 침묵은 아니었다. 두 사람은 그저, 이 평온한 분위기를 즐기는 것뿐이었다.

이제는 제법 쌀쌀해진 강바람이 기분 좋게 두 뺨을 간질이자, 다임은 무거운 한숨을 내쉬었다. 한숨과 함께 복잡한 문제들도 다 날아가 버렸으면 좋겠지만, 그렇게 될 리 없었다.

"누나, 있잖아. 나 오늘 진짜로 좋은 일 있다고 했지."

"저번에 말한 오디션에 합격한 거지?"

다임이 무거운 머리를 털어 내리고 애쓰면서 말을 하자, 자기 입으로 그 얘기를 꺼내고 싶었던 선우는 또 볼을 부풀렸다.

"어떻게 알았어? 내가 먼저 얘기하려고 했는데."

"미안. 그런 줄은 몰랐네."

다임은 정말로 미안한 듯 어깨를 움츠렸다. 선우도 다임을 더 탓하지는 않았다.

"그럼 독립은 어떻게 되는 거야? 오디션도 합격했는데 부모님은 계속 집에서 나가래?"

"엄마가 아빠한테 얘기 잘해 본대. 방도 하나 알아봐 놨어."

"어디로?"

"시내에서는 좀 멀어. 옥탑방이고."

"옥탑방이면 겨울에 꽤 추울 텐데."

다임은 엄마의 등쌀에 못 이겨 자취방을 알아보러 다녔던 때를 떠올리면서 중얼거렸다.

다임이 자취를 시작한 것은 2년 전, 그러니까 스물여덟 살 때였다. 다임의 엄마는 다임의 남동생이 제대 후 복학을 하자마자 '다 큰 딸을 이제 더는 못 먹여 살린다.'라며 다임을 집에서 내쫓았다.

다행히 다임은 오피스텔을 구할 만한 보증금은 지원받을 수 있었다. 뿐만 아니라 자취를 시작한 후에도 다임의 엄마는 틈틈이 다임을 찾아와 냉장고 가득 반찬을 채워 주곤 했다.

그랬던 상황을 생각하면, 선우에게 옥탑방보다 좀 더 좋은 방을 구하라고 하는 것은 속 모르는 소리일 수도 있다. 선우는 다임과 달리 부모님의 지원 하나 없이 맨몸으로 독립을 하려는 것이니까.

"그래, 뭐. 옥탑방이라도 방만 좋으면 되지."

"그렇지? 아무튼 누나, 나 혼자 사는 건 처음이라서 집도 그렇고 모르는 것밖에 없어. 그러니 좀 도와줘."

"맡겨만 줘. 그래도 나한테 밥해 달라고는 하지 마라. 그건 절대 안 된다."

"그게 무슨 소리야. 내가 누나 불러서 집들이를 해야지 누나한테 왜 밥을 해 달라고 해?"

"그냥 해 본 얘기야."

다임은 가지고 온 물건이 갑자기 생각나서, 캔을 내려놓고 급하게 가방을 뒤졌다.

선물 꾸러미는 금방 찾아낼 수 있었지만, 어째 영 모양새가 좋지 않았다. 며칠째 가방 속에 넣고 다니다 보니 비닐로 만들어진 포장지는 여기저기 사정없이 구겨져 있었다. 손으로 포장지를 죽죽 잡아당겨 보았지만, 한번 구겨진 비닐 포장지가 그렇게 쉽게 펴질 리 없었다.

다임은 무의미한 노력을 그만두고, 어쩔 수 없이 구겨진 상태 그대로 선물을 건넸다. 안 그래도 커다란 선우의 눈이 두 배 가까이 커졌다.

"이게 뭐야?"

"오디션 축하 선물이야. 너 합격했다고 얘기하면 그 자리에서 바로 선물하려고 산 거거든? 근데 계속 가방 속에 넣고 다녔더니 이게 구겨져서……."

다임은 왠지 쑥스러워서, 슬쩍 시선을 피하면서 대답했다. 그러나 선우에게는 다임이 하는 구구절절한 얘기가 전혀 들리지 않았다. 선우는 입이 찢어져라 함박웃음을 지으며 선물 꾸러미를 만지작거렸다.

"누나, 이거 풀어 봐도 돼?"

"당연히 되지. 너 쓰라고 산 건데."

"아싸!"

다임의 허락이 떨어지기가 무섭게, 선우는 포장부터 벗겨냈다.

그런데 급한 손놀림인데도 어쩐지 조심스러웠다. 포장지가 행여 찢어질까 싶어 포장지를 연결하고 있는 테이프까지 조심조심 뜯어내었다. 포장지를 곱게 접어 조심스레 내려놓는 모양새가, 다임이 준 것이라면 선물뿐 아니라 포장지까지 대대손손

물려줄 수 있을 만큼 귀하게 보관할 기세였다.

"머플러네?"

선우는 포장지 속에서 나온 엷은 잿빛의 머플러를 소중하게 만지작거렸다. 성기고 얇게 짜 둔 것이라 가을에서 늦가을 사이 멋을 내기 좋아 보였다.

"그거 얇은 거라 지금 하면 딱 좋아. 마땅히 선물할 게 없더라고. 회사 다니면 무난하게 넥타이 사 주면 되는데 너한텐 해당 사항 없고. 운동화나 모자 같은 건 너 너무 애 취급하는 것 같고……."

"고마워, 누나! 와, 진짜 좋다!"

선우는 다임의 구구절절한 얘기를 또 듣지 않고 그 자리에서 방방 뛰었다. 뛰는 모양새가 금방이라도 하늘을 뚫고 우주로 날아갈 것 같다.

"누나, 어때?"

선우는 머플러를 목에 두르고서 다임에게 물어보았다. 머플러를 만지는 손놀림 역시 국보를 다루는 것처럼 조심스러웠다. 때마침 티셔츠에 재킷 차림이었던 선우에게, 머플러는 맞춘 것처럼 잘 어울렸다.

"잘 어울린다."

'잘생겨서 더 잘 어울리는 것 같네.'라는 말은 속으로만 묻어 두었다.

이렇게 강아지같이 잔망을 떨 때는 꼭 아이돌 가수 같았다. 아직 젖살이 완전히 빠지지 않아 동글동글하기만 한 인상이지

386

만, 나이가 들어 얼굴선이 날렵해지면 세련된 인상까지 갖출 것도 같다.

다임은 이런 선우를 두고 어떻게 꼬꼬마 고등학생 취급을 했던 건지, 자기 자신을 도통 이해할 수가 없었다.

그런데 셀카를 찍는다, 친구들에게 자랑을 한다며 온갖 주접을 떨어 대고 있던 선우가 갑자기 불쑥, 다임 쪽을 쳐다보았다. 그 짧은 순간, 다임의 머릿속에서 오간 수만 가지 생각은 그 눈동자를 통해 선명하게 드러나고 말았다.

"누나?"

선우는 뭔가 재미난 걸 발견한 어린아이 같은 얼굴로 실실 웃었다. 다임은 자신의 생각이 선우에게 들킨 걸 아는지 모르는지, 그저 뺨만 긁적였다.

"누나는 뭐가 그렇게 좋은데?"

"야!"

선우가 얼굴을 불쑥 들이밀면서 말하는 바람에 다임은 그만 심장이 쿵 내려앉을 뻔했다. 다임은 더 소리를 지르지 못하고, 슬그머니 고개를 돌려 선우의 시선을 피했다.

"아니, 아니야."

선우는 이때다 싶은 마음에 다임이 고개를 돌린 방향으로 쪼르르 따라왔다.

"내가 지금까지 본 다임 쌤 얼굴 중에 제일 이상한 얼굴이야."

"시끄러워."

다임은 붉어진 얼굴을 감추려 다시 한번 반대쪽으로 고개를 돌렸다.

그런데 또였다. 다임의 눈에 또 수많은 말이 떠올랐다가 사라진 것이다. 이번에도 다임 본인은 전혀 의식하지 못하고 있었다.

처음이었다. 선우가 다임의 눈에서 그런 말을 본 것은. 그리고 그것은 착각이라고 느끼고 지나치기엔 너무나도 선명한 말들이었다.

선우가 가까이 다가오자 다임은 화들짝 놀라 선우를 쳐다보았다. 그러나 피하지는 않았다.

다임의 눈은 수많은 말을 하고 있었지만, 선우의 눈은 단 한 가지 말만을 하고 있었다.

"다임 쌤, 놀랐어?"

선우가 장난스레 웃으면서 슬그머니 뒤로 물러섰다. 다임은 당황한 나머지 두 뺨을 새빨갛게 물들이고 말았다.

예전 같았다면 다임도 갑작스레 다가온 선우에게 불같이 화를 냈을 것이다. 하지만 눈에 수많은 말을 담고 있는 지금은 그렇게 할 수 없었다.

선우도 그것을 잘 알고 있었기에 감히 다임을 상대로 이런 장난을 친 것이다.

"다임 쌤, 아니, 다임 누나, 정말로 많이 고맙고 고마웠어. 앞으로 가야 할 길은 여전히 멀지만, 지금 여기까지 온 것도 누나가 없었다면 안 됐을 거야."

선우는 천천히, 속에 묻어 둔 말을 꺼냈다. 그 목소리는 마치

청량한 에이드 음료 같았다. 이런 목소리로 스크린에 나선다면 선우의 매력에 빠지지 않을 사람은 없을 것이다.

다임은 그런 생각을 하는 자신이 낯설면서도 낯익었다.

그래서 다임은 가볍게 숨을 들이마신 후, 한마디 질문을 꺼냈다. 그 질문 역시, 다임이 그동안 마음속 깊숙이 묻어 놓기만 했던 것이다.

"선우야, 너는 내가 왜 좋은데?"

짧았지만, 깊은 무게가 있었다. 눈치 빠른 선우는 자신의 감정에 대해 묻는 단순한 질문이 아니라는 것을 쉽게 알아차렸다.

"누나, 무슨 안 좋은 일 있었어?"

"글쎄, 잘 모르겠다. 그냥 묻는 거야."

"그냥이라니……. 나는 그냥 다임 누나라는 사람이 좋은 거야. 좋은데 이유가 어딨겠어."

그 대답에, 다임은 조금 자조적으로 웃었다. '다임 누나라는 사람이 좋은 거야.'라는 문장이, 다임이라는 사람을 빠져나가 공기 중으로 공허하게 사라져 버린 것 같았기 때문이다.

선우는 다임의 웃음을 걱정스레 살피면서 그 옆에 조심스레 앉았다.

"그럼 내가 잘못하면 어떡할 건데? 그래도 좋을까?"

"누나가 잘못할 리가 없잖아."

"나도 사람인데 잘못하는 게 왜 없겠어."

다임은 발갛게 달아오른 눈을 하고서 맥주를 한 모금 마셨다. 울고 싶었던 것은 아닌데 요즘 들어 부쩍 눈물이 많아졌다.

특히 선우 앞에서는 더더욱.

그래도 다임은 울지 않으려고 애썼다. 지금 울 사람은 다임이 아니라 채은이었다.

"성혁수 사건 때문에."

"성혁수가 피해자랑 주고받은 대화 때문이지?"

"응."

조금 전까지 선물이 좋아 방방 뛰던 녀석은 어디로 가 버린 것인지, 선우는 '성혁수'라는 단어가 나오자 갑자기 차분해졌다.

반응을 보니, 선우도 문제의 그 보도를 이미 봤던 모양이다. 하지만 그 얘기를 먼저 꺼내지 않았던 것은, 아마도 속 시끄러울 다임을 배려했기 때문이리라.

선우는 나이에 어울리지 않게 이렇게 속이 깊은 녀석이다. 그런 생각에 다임은 그만 픽 웃고 말았다.

"아무튼, 그것 때문에 여론이 많이 안 좋으니까 회사에서도 어떻게 조치를 해야겠다고 생각했나 봐. 피해자를 공개하자고 해."

"누나는 어떻게 생각하는데?"

"그걸 나도 잘 모르겠어. 처음에는 절대 안 된다는 쪽이었는데 마음이 자꾸 오락가락하네."

"난 되도록이면 공개를 안 하는 게 좋을 것 같은데."

"그치? 나도 처음엔 그렇게 생각했어. 그런데 지금은 잘 모르겠어."

다임은 '언론이 진실을 보도한다고 사람들이 생각하는 줄 알아? 사람들이 팩트라고 생각하는 게 진실이 되는 거야.'라는 종운의 말만은 차마 선우에게 전할 수가 없었다.

종운의 말에 틀린 것은 없다고 다임도 내심으로는 인정하고 말았다. 하지만 그것을 입 밖에 꺼내어 말하면 자신이 그동안 지켜 왔던 가치가 모두 무너져 내리고 말 것 같았다.

"다른 방법은 없어?"

"내가 머리가 나빠서 그런지……, 없는 것 같아."

현주에게 상담을 했지만, 현주도 다른 방법은 생각해 내지 못했다. 현진은 그저 '어쩔 수 없는 일'이라며 다임에게 '너는 충분히 잘해 줬어.'라고 위로해 주기만 했다.

지금 이 상황에서는, 성혁수가 성범죄자라는 것을 알리고 대가를 치를 수 있게끔 할 다른 방법이 없었다.

"누나, 어느 쪽이든 누나가 하고 싶은 쪽으로 해."

"그랬다가 잘못되면 어떡하지?"

"조금 잘못되면 어때. 누나는 최선을 다한 건데. 세상 사람이 다 욕한다고 해도 나는 무조건 이다임 기자님 편이야."

선우의 따뜻한 목소리가 다임을 감싸 안았다. 다임은 하마터면 눈물이 울컥 솟아오를 뻔했다.

그래, 다임은 선우에게서 어떤 해결책을 듣고 싶었던 게 아니라 이런 말을 듣고 싶었던 것이다.

세상 사람 모두가 등을 돌려도 한 명만은 이다임 기자의 편에 있어 주겠다는 것. 다임에게 '돌아갈 곳'은 여전히 선우 하나였다.

그렇게 생각하니 선우에게 더 미안해졌다. 이렇게 따스하고 상냥한 사람이 제 옆에 묶여 있다고 생각하면 미안해서 견딜 수가 없었다. 선우는 다임이 돌아갈 곳에 묶여 있을 녀석이 아니라, 더 먼 곳으로 훨훨 날아가야 할 녀석이었다.

"선우야."

"응, 누나. 말해."

"저번에 얘기했지? 기다리지 말라고. 네가 가고 싶은 곳이 있다면 어디든지 가. 저번에도 말했지만, 나는 실패할 걸 알면서 달리고 싶지 않아."

냉정하게 선우를 내쳤을 때보다는 훨씬 더 많은 진심과 복잡한 감정이 담겨 있는 말이었다. 그러나 깊은 진심으로 선우를 밀어내는 지금, 오히려 다임은 선우에게 더 가까이 다가선 것 같은 느낌을 받았다.

선우 역시 화를 내거나 섭섭해하지 않고 빙긋이 웃었다.

"가고 싶은 곳은 한군데밖에 없으니까, 그런 말은 하지 마."

그 말에, 다임은 아무런 대답도 하지 못했다. 고맙다는 말을 하기엔 너무 미안했고, 미안하다는 말을 하자니 더 미안했기 때문이다.

"누나, 그리고 실패를 너무 무서워하지 마. 실패를 해도 누나는 누나니까, 누나가 실패해서 멀리 돌아온다 해도 난 여기서 기다릴 거야."

그 '실패'가 기사에 대한 것을 말하는 건지, 아니면 두 사람의 관계를 말하는 건지 알 수 없었다. 하지만 어느 쪽이든 선우의 그 한마디는 무척 진정성 있게 다가왔다.

그래서 다임은 마음이 자꾸만 흔들렸다. 실패를 하더라도 선우와 함께 가고 싶다는 생각이 자꾸만 들었다.

선우와 함께라면 실패하지 않을 것 같다는 생각이 어느 순간부터 들기 시작했고, 실패를 하더라도 아프지 않을 것 같다는 생각도 또 어느 순간부터 들기 시작했다.

그래서 미안하고 더 미안했다.

다임은 더 이상 어떤 말도 할 수가 없어서 말없이 한강만 멀거니 바라보았다. 선우도 다임을 따라 한강으로 시선을 돌렸다.

수많은 감정을 싣고 떠다니는 밤의 한강에서, 두 사람은 더 이상 말을 하지 않았다. 그러나 그 침묵은, 수천 가지의 말보다도 더 많은 의미를 담고 있는 것이었다.

그리고 그 순간, 선우는 문득 알 수 있었다. 말로는 다른 사람을 찾으라 하면서도, 어느새 다임이 아주 가까운 곳에 다가와 있다는 것을.

어쩌면 곧 오랜 기다림이 끝날지도 모른다. 그런 예감이 선우의 가슴을 기분 좋게 간질였다.

기자라는 사람은

다임은 한참을 망설인 끝에 조심스레 기사 제목을 클릭했다.

[단독] 성혁수 성폭력 피해자 "지난 몇 달, 죽을 것같이 힘들었다"

'하나일보'라는 글자와 기사 제목 아래 '이다임 기자'라는 바이라인이 있었다. 바이라인이 이렇게 무거운 것이라는 사실을, 다임은 새삼 실감했다.

그래도 피해자를 공개하는 것만은 다임이 필사적으로 막았다. 다임은 피해자 공개 대신, 익명의 인터뷰를 통해 채은이 그간 겪은 마음고생을 알리자고 종운과 정혁을 설득했다.

다임은 아랫입술을 꽉 깨물고 스크롤을 천천히, 아주 천천히 아래로 내렸다. 그리고 첫 댓글을 보자마자 작게 '씨발.'이라고 내뱉었다.

[감성팔이 하지 마라. 본질은 둘이 좋아서 잔 거지. 떳떳하면 얼굴 공개해라. 성혁수는 얼굴 나오는데 저 여자는 왜 안 나오는데?]

입술을 꽉 깨물고 화면을 아래로 내리자 두 번째 댓글이 보였다.

[피해자분 그동안 정말로 마음고생이 심하셨네요. 너무 마음이 아픕니다. 성혁수가 천벌을 받기를 진심으로 기도합니다.]

다임은 겨우 가슴을 쓸어내렸다.

동화일보와 SBC의 보도가 나온 후로는 온통 채은에 대한 비난만 가득했다. 그때에 비하면 상황이 어느 정도 나아지기는 한 것이다.

다임은 다시 화면을 위로 올려 자신의 기사를 글자 하나하나 꼼꼼하게 읽어 보기 시작했다.

그때 전화가 걸려왔다. 현주였다. 다임은 고개를 갸웃거리면서 전화를 받았다.

"네, 바이스. 이다임입니다."

— 다임아, 기자실이지?

"네, 바이스."

현주의 분위기가 심상치 않았다. 무서울 만큼 목소리가 착 깔려 있었던 것이다.

— 그러면 YBC 뉴스 좀 봐 봐. 지금 바로 단독 보도 하나 나올 거라고 YBC 선배가 그러네.

전에 없이 무미건조한 어조였다. 현주는 그 말만을 남긴 채

가타부타 설명 없이 전화를 끊었다. 다임은 또 고개를 갸웃거렸다.

"단독?"

어쨌든 현주가 실없는 말을 할 리는 없었기에, 다임은 현주가 시키는 대로 휴대폰 DMB를 켰다.

뉴스 전문 채널인 YBC에서는 때마침 오후 뉴스가 흘러나오고 있었다.

— 성혁수 부장검사의 성폭력 의혹에 대한 감찰을 진행 중인 대검찰청이 성폭력은 없었다는 쪽으로 잠정 결론을 내렸다고 합니다.

순간, 다임의 심장이 쿵 내려앉았다.

"결과가 왜 벌써 나와!"

다임은 피가 나도록 아랫입술을 깨물면서 '이다임 기자'라는 바이라인이 박혀 있는 채은의 인터뷰 기사를 다시 보았다.

— 다만 부적절한 처신이 있었다는 것은 인정하고 성 부장검사를 징계위에 회부하기로 했지만, 징계 수위는 그다지 높지 않을 것으로 전망됩니다. YBC가 단독으로 전해 드렸습니다.

이어폰에서 흘러나오는 앵커의 목소리는 언제나처럼 밝고 경쾌했다. 그러나 그 목소리를 듣고 있는 다임은 한없이 아래로 아래로 추락하는 것만 같았다.

YBC의 단독 보도는 금방 사실로 드러났다. 대검찰청 대변인이 급하게 브리핑을 열어 YBC의 보도 내용이 사실이라고 확인해 준 것이다.

대검찰청 대변인은 '피해자가 정상적인 의사 표시를 할 수 없는 상황에서 성혁수 부장검사가 강압적으로 성관계를 했다고 볼 증거가 없다.'라고 밝혔다.

대검찰청이 이런 식의 브리핑을 가진 것도 무척 이례적인 일이었다. 그동안은 이런 종류의 사전 유출 보도가 있었다 해도, 최종 결론이 내려질 때까지는 '아직 결정된 사항은 없다.' 혹은 '확인해 줄 수 없다.'라는 말만 앵무새처럼 반복했었기 때문이다.

그 문제를 의아하게 여기는 기자들에게는 중부지검이 답을 줬다. KG그룹 수사와 정해수 의원 유착 관계에 대한 수사도 중부지검에서 맡기로 했다는 기사가 뒤따라 나온 것이다.

이 같은 논란을 의식한 검찰은 '성혁수 부장검사 감찰과는 무관하게 결정된 사안'이라고 밝혔다. '기존에 중부지검에서 KG그룹에 대한 수사가 진행되고 있었기 때문'이라는 것이 검찰의 입장이다.

기사는 그렇게 말하고 있었지만, 이 기사 내용을 곧이곧대로 믿는 사람은 없었다.

아마도 대검찰청은 혁수와 채은이 주고받은 메시지 내용이 보도된 이후 KG그룹 수사와 성폭력 사건 징계 건을 놓고 혁수와 거래를 했을 것이다. 그런데 채은의 인터뷰 기사가 나오면서 여론이 악화될 조짐이 보이자 곧바로 선수를 쳐 버린 것이다.

이쯤 되면 YBC의 보도가 정말 '사전 유출'이 맞는지도 의심스러웠다. 대검찰청 측에서 여론을 떠보기 위해 YBC에 감찰 결과를 일부러 흘려 준 게 아닌가 의심스러울 정도였다.

점점 더 암담해지는 상황 속에서, 다임은 머리를 감싸 쥐는 것 외에 달리 할 수 있는 일이 없었다.

그래도 회사에서는 다임을 질책하는 사람이 없었다. KG그룹 수사가 중부지검으로 옮겨 가기는 했으니 회사 차원에서는 만족할 만한 결과였기 때문이다.

KG그룹 수사는 중부지검으로 옮겨 가 버렸고 혁수는 범죄에 대한 대가를 치르지 않는다. 징계야 내려지겠지만, '부적절한 처신'으로 인한 징계니 그 수위는 매우 낮을 것이다.

간신히 기사를 마무리 지은 다임은 기계적으로 인터넷 포털 사이트에 들어갔다. 제일 위에는 '검찰, 성혁수 성폭력 의혹에 혐의 없음 결론'이라는 기사가 떠 있었다.

[이럴 줄 알았다. 명불허전 대한민국 떡검일세.]

[손바닥으로 하늘을 가리세요. 대한민국 국민이라면 다 아는 진실을 언제까지 모른 척할 겁니까?]

이런 댓글은 그나마 나았다. 다른 댓글을 보자 다임은 숨이 턱턱 막혀 오는 것 같았다.

[검찰은 꽃뱀녀를 무고죄로 기소해라. 한 사람 인생 엉망으로 만들었는데 처벌을 못 해?]

[무고녀 철저히 수사해서 KG그룹으로부터 뒷돈을 받았는지 확인해

야 한다.]

채은의 인터뷰 기사에 달려 있던 '떳떳하면 피해자도 얼굴 공개해라.'라는 댓글이 오버랩되자 다임은 숨을 쉴 수가 없었다.

게다가 실시간 검색어 순위에는 '성혁수 꽃뱀', '성혁수 무죄', '성혁수 꽃뱀 여직원 실명' 같은 키워드까지 주르륵 펼쳐져 있었다. 인터넷 커뮤니티 반응은 볼 엄두조차 나지 않았다.

[누나, 괜찮아?]

소식을 접한 것인지, 선우에게서도 메시지가 왔다. 다임은 억지로 손가락을 움직여서 답장을 보냈다.

[괜찮아. 예상했는데, 뭐.]

선우가 걱정하지 않도록 하기 위한 답장이었을 뿐, 사실 괜찮지 않았다. 어느 것 하나 후회되지 않는 것이 없었다.

선우가 '누나, 이따 경찰서로 갈게. 집에 갈 때 같이 가자. 누구라도 같이 있으면 괜찮을 거야.'라는 다정한 메시지를 하나 더 보냈지만, 다임은 그 메시지를 읽어 보지도 못했다.

"이제 뭐가 옳은지도 모르겠다."

손이 떨렸다.

옳은 일을 한 것인데 결과가 좋지 않은 것인지, 아니면 처음부터 옳지 않은 일을 한 것인지 헷갈렸다. 펜으로 분명히 진실을 전달하고자 했는데도 사람들은 그 진실을 믿지 않았다. 사람들은 다임이 펜으로 전달한 진실을 외면하고, 자신이 믿고싶은 것만 믿었다.

"그만둘까."

손가락 사이로 진심이 새어 나왔다.

펜으로 진실을 전달할 수 없다면 기자의 존재 의의는 대체 무엇일까?

다임은 인터넷 검색창에 '사표 양식'이라는 글자를 써넣었다. 깊어진 한숨에, 노트북 화면은 무척 어둡게만 보였다.

ㅡ~ll~

저녁 먹을 시간도 한참 지난 후에야 다임은 겨우겨우 경찰서 밖으로 나왔다.

일이 많았던 것은 아니었다. 그저 아무것도 하고 싶지 않았던 것뿐이었다. 저녁을 먹는 것도, 심지어 퇴근을 하는 것조차도.

퇴근길 버스에서 사람들을 마주하는 것도 무서웠다. 세상 모든 사람이 자신을 손가락질할 것 같아 다임은 겁이 났다.

그렇게 어영부영 있다 보니, 해가 지고 어스름한 달이 뜰 시간이 되었다. 기자실에서 더 버틸 수도 없어서 다임은 천천히 짐을 챙겨 밖으로 나왔다.

다임은 경찰서 건물 밖으로 나오자마자 눈썹을 찌푸렸다. 경찰서 부근이 조금 소란스러웠던 것이다.

"뭐지?"

얼핏 보기에, 사람 대여섯 명 정도가 모여 있는 것 같았다. 경찰 두세 명이 그 사람들에게 뭐라 말을 걸고 있었고, 주변에는 의경도 몇 명 서 있었다.

"시위면 해산시켰을 거고. 민원인가?"

여느 때였다면 다임도 종종걸음으로 달려 나가 경찰서 앞에서 무슨 일이 벌어지고 있는지 알아봤을 것이다. 경찰에 민원이나 진정을 넣으려고 하는 사람들이 모여 있는 것이라면 내용에 따라서는 특종이 될 수도 있었다.

그러나 지금은 다 귀찮았다. 아무것도 하고 싶지 않았다.

"저거 그 기자 아닙니까?"

그 말 때문에, 다임은 잠시 고개를 들고 그 사람들을 쳐다보았다. 어느새 사람들과의 거리는 목소리가 또렷하게 들릴 만큼 가까워져 있었다.

그런데 분위기가 이상했다. 경찰서 앞에 모인 사람 모두가 다임을 노려보고 있었던 것이다.

"맞네, 그 기자."

모여 있던 사람 중 하나가 '기자수첩' 기사 속 여기자의 사진과 눈앞에 있는 다임의 얼굴을 비교한 후 그렇게 말했다.

작았지만 확실한 한마디에, 다임은 그 자리에서 그대로 굳어버렸다. 이 사람들은 '이다임 기자'를 찾아온 사람들이었다. 등골을 따라 차가운 것이 흘러내렸다.

사람들을 말리고 있던 경찰 하나가 다임이 정문 쪽으로 오고 있는 것을 알아차리고 허겁지겁 달려왔다.

"이 기자님! 남자들 많은 인터넷 커뮤니티에 이 기자님 사진과 오늘 항의하러 가자는 글이 같이 올라왔나 봅니다."

"네? 그게 어떻게……."

"지금은 상황이 좋지 않으니까 이따가 나오시는 게 좋겠습니다."

하지만 다임은 자리를 피하지 못했다. 자신을 향해 쏟아지는 고성을 듣자 그만 두 다리가 굳어 버리고 만 것이다.

"이 기레기야, KG그룹 돈 얼마나 받아먹은 거야!"

"꽃뱀 기사나 쓰고 자알한다."

젊은 남자 한 사람은 다임에게로 뛰어온 경찰을 향해 목소리를 높이기도 했다.

"지금 경찰이 그 여자 감싸는 겁니까! 그 여잘 보호해 주는 게 아니라 무고죄로 잡아넣는 게 대한민국 경찰이 할 일 아닙니까!"

다임은 정신을 차리려고 애썼다. 하지만 눈앞이 캄캄했다.

인터넷상에서 악플은 많이 받아 봤지만, 이렇게 눈앞에서 직접 비난을 듣는 것은 처음 겪는 일이었다. 차라리 그냥 이유 없는 분노라면 좋을 것을, 이 사람들은 다임이 쓴 기사 때문에 이렇게까지 화가 나 있다. 다임은 이 사람들을 피해야 할지, 아니면 이 사람들과 맞서 싸워야 할지 도저히 판단할 수가 없었다.

"이 기레기 년아!"

욕설 섞인 고함과 함께, 다임은 머리에서 낯설고 기분 나쁜 충격을 느꼈다. 끈적거리는 것이 다임의 눈앞에 주르륵 흘러내렸다. 날달걀이었다.

"지금 누가 던지신 겁니까? 이거 폭행입니다! 현행범으로 체포되신다고요!"

당황한 경찰이 사람들을 말렸지만, 사람들은 도리어 '저 여

자가 현행범이지! 무고죄 현행범부터 먼저 체포하라고요!'라고
고래고래 소리를 질렀다.

날달걀 잔해를 걷어 내는 손이 덜덜 떨렸다. 귀가 먹먹했다.
어지러운 소용돌이 한가운데에 갇혀 있는 것 같았다. 손가락
하나도 움직일 수 없었고, 목소리조차 나오지 않았다.

그렇게 바닥없는 늪 속으로 빠져들고 있는 다임에게 하나의
구원이 겨우 찾아왔다.

"이 미친 새끼들이 지금 뭐 하는 거야!"

선우였다.

메시지 내용대로, 선우가 정말로 퇴근하는 다임을 찾아온 것
이다. 다임은 그제야 간신히 정신을 차릴 수 있었다. 단단히 얼
어 있던 몸에도 온기가 번졌다.

"선우?"

다임은 황급히 앞으로 달려 나가려고 했으나, 충돌을 걱정한
경찰이 다임을 가로막아 섰다.

"이봐요, 당신들 뭐야! 경찰은 이걸 보고만 있어요?"

선우는 이미 눈에 보이는 게 없는 것 같았다. 당장이라도
사람들의 멱살을 잡을 것처럼 눈에 불을 켜고 이쪽으로 달려
왔다.

"저건 또 뭐야!"

"저 새끼도 KG그룹에서 돈 받아 처먹은 기레기 새끼인가?"

난데없는 선우의 등장에 사람들의 흥분이 더욱 커졌다. 사람
들은 이제 선우에게까지 달려들 기세였다. 경찰들은 급히 앞으

로 뛰어나가 사람들과 선우 사이를 가로막았다.

"이러시면 안 됩니다. 물러서세요."

다임을 막아서고 있던 경찰마저 선우와 사람들 간의 충돌을 막기 위해 뛰어나간 덕분에, 다임은 겨우 선우에게로 달려갈 수 있었다.

"선우야, 여긴 어떻게 왔어?"

"누나, 저 새끼들 뭐야? 뭐 하는 새끼들이야!"

선우는 손에 들고 있던 가방으로 몰려 있는 사람들을 두들겨 패기라도 할 것처럼 덤볐다. 다임은 금방이라도 눈물을 쏟을 것 같은 얼굴로 선우의 팔에 매달렸다.

"아니야, 선우야. 아니야."

뭐가 아니라는 건지 모르겠다. 그냥 저 사람들과 싸우는 것이 싫었다. 선우가 저 사람들에게 험한 꼴을 당하는 것은 더더욱 싫었다. 그저 이 자리에서 도망치고 싶을 뿐이었다.

보다 못한 경찰이 다시 다임의 곁으로 다가왔다.

"이 기자님, 일단 옆으로 빠져나가십쇼. 여기 계속 있어 봤자 좋을 것 없습니다."

"아니, 지금 무슨 소리 하시는 거예요! 저 사람들부터 당장 체포하라고요! 씨발, 이게 경찰이야? 경찰이 있는데 저런 새끼들 하나 처리 못 하냐고요!"

"선우야, 제발……. 괜찮으니까, 일단 가자. 가자, 제발."

다임은 선우에게 거의 빌다시피 매달리면서 선우의 팔을 잡아당겼다.

선우의 시선이 비로소 금방이라도 울 것 같은 다임의 눈동자에 맞닿았다. 그것은 너무나도 간절한 눈이었다. 선우는 흥분한 것이 언제였냐는 듯 쉽게 꼬리를 내렸다.

"알았어, 누나."

이러니저러니 해도 다임의 말에는 약하기만 한 선우였다.

다임은 재빨리 선우의 팔을 잡아당기면서 골목을 뛰었다. 다임을 쫓아오려는 사람들은 경찰들이 재차 막아섰다.

선우의 팔을 잡고 달리는 다임의 눈에서 눈물이 비 오듯 쏟아졌다. 왜 우는지도 모르는데 자꾸만 눈물이 났다.

사람들의 성난 고함 소리는, 사라지는 두 사람 뒤로 그치지 않고 계속 이어졌다.

다임이 덜덜 떨리는 손으로 간신히 번호 키를 누르자 현관문은 선우가 대신 열어 주었다. 다임은 신발을 벗자마자 그대로 자리에 주저앉아 버리고 말았다.

"누, 누나."

놀란 선우는 다임을 일으켜 세우려고 했지만, 차마 허락 없는 스킨십을 할 수가 없었다. 선우는 이러지도 저러지도 못하고 다임의 주변을 빙빙 맴돌았다.

다행히 다임은 어딘가 다치거나 하지는 않은 것 같았다. 그저 넋이 나간 듯 앉아 있을 뿐이었다.

"누나, 괜찮아?"

선우가 걱정이 잔뜩 어린 말을 다임에게 건넸지만, 그녀의 귀에는 아무 소리도 들리지 않는 것 같았다.

선우는 어찌할 바를 모르고 한참 동안 계속 다임의 주변을 서성거렸다. 그러다가 결국에는 자기도 다임의 곁에 주저앉아 버렸다.

선우는 움직이지 못하는 다임을 말없이 가만히 지켜보기만 했다. 함부로 위로의 말을 건네기엔, 다임의 상처가 너무 깊어 보였던 것이다.

그렇게 30분쯤 지났을까. 다임은 간신히 입을 열어 말을 시작했다.

"나 뒷심 약하다는 얘기 여러 번 들었거든? 그냥 단점이라고만 생각했는데, 그게 치명적인 문제였나 봐. 채은 씨 인터뷰 기사도 내지 않겠다고 버텨야 했는데, 왜 냈을까. 나 같은 사람이 기자를 해도 되는 걸까."

선우는 여전히 아무 말도 할 수 없었다. 힘내라는 말조차 지금의 다임에게는 괴롭게만 들릴 것 같았다.

"이제 어떻게 해야 할지 모르겠어, 정말로."

마치 혼이 빠져나간 듯한 넋두리였다.

선우의 손가락이 다임의 어깨에 아주 잠깐 닿았다가 떨어졌다. 마음 같아서는 그녀를 꼭 끌어안고 위로해 주고 싶었다.

그러나 차마 그렇게 하지는 못하고, 그저 머리카락을 가볍게 쓸어 주기만 했다. 날달걀은 다 닦아 냈지만, 그래도 축축함은 남아 있었다.

그 영원과도 같던 순간, 다임이 갑자기 선우의 이름을 불렀다.

"선우야."

다임은 자신의 머리카락을 쓸어 주던 손을 잡더니 머리를 그 가슴에 기댔다. 선우의 심장 소리가 다임의 고막을 요란하게 울렸다.

"누나?"

선우가 불렀지만, 다임은 말없이 숨을 죽이고 있기만 했다.

선우는 가볍게 숨을 토하며 다임의 어깨에 팔을 둘러 주었다. 자그마한 어깨가 품 안에 쏙 들어왔다. 그러자 조금이나마 진정이 됐는지, 겨우 떨림도 멈추었다.

한참 후, 다임은 또다시 선우의 이름을 부르며 고개를 들었다.

"선우야."

선우의 눈에 비친 다임의 눈동자에는 체념, 혼란, 괴로움, 미안함 등 온갖 감정이 한데 다 뒤섞여 있었다. 그렇게 많은 감정이 자그마한 머리 안에 뒤섞여 있으니 괴로울 만도 했다. 감정의 총량은 이미 다임 자신이 감당할 만한 수준을 넘어선 것 같았다.

선우는 그 눈동자를 보는 것만으로도 안타까워서 견딜 수가 없었다. 선우는 다임의 등을 가볍게 쓸어 주었다. 어깨도 토닥여 주었다. 지금 선우가 다임에게 해 줄 수 있는 것은 이 정도밖에 없었다.

그 순간, 다임의 입술이 갑자기 선우의 입술 가까이 다가왔다.

"누나?"

선우가 놀란 목소리로 다임을 불렀지만, 무어라고 더 말할 새도 없었다. 다임의 입술은 곧장 선우의 입술에 겹쳐졌다.

뜨거운 숨결이 교차했다. 다임의 손가락 끝도 선우의 등을 헤집었다. 선우는 놀란 눈을 동그랗게 떴지만, 차마 다임을 밀어내지는 못했다.

당황한 머릿속은 지금 이게 무슨 상황인지를 생각하느라 바빴다. 하지만 무슨 상황인지 이성으로 이해할 수 있을 턱이 없었다.

선우가 혼란스러워하는 동안에도 다임의 호흡은 더욱 농밀해지고 손끝은 더욱 격렬하게 움직였다.

그러나 곧, 선우는 퍼뜩 정신이 들었다.

"누나, 잠시만."

선우는 다임의 입술에서 자신의 입술을 떼어 내며 그렇게 말했다. 이어 다임의 어깨를 조심스레 밀어 자신에게서 떼어 냈다.

선우는 다시 다임의 눈동자를 보았다. 여전히 온갖 감정을 다 담고 있는 혼란스러운 눈동자였다. 다임은 지금, 자신을 스스로 컨트롤할 수 없는 상태인 것 같았다.

선우는 무거운 한숨을 내쉬면서 고개를 저었다.

'이건 아니야.'

선우는 다임을 진정시키기 위해 다시 머리칼을 쓰다듬어 주었다. 다임은 선우의 부드러운 손길에 아기 고양이인 양 자신을 맡겼다.

"누나, 지금 많이 피곤하지?"

다임은 대답하지 않고 고개만 끄덕였다. 마치 말을 할 줄 모르는 어린아이 같았다.

"누나, 일단 좀 자자. 자고 일어나서 생각하자."

다임은 다시 또 고개만 끄덕였다.

선우는 한숨을 쉬었다. 멈추길 잘한 것 같았다.

다임은 일단 자겠다고 고개를 끄덕이긴 했지만, 앉아 있는 자리를 뜰 생각이 없어 보였다. 다임은 지금, 움직이는 방법조차 잊어버린 것처럼 보였다.

선우는 할 수 없이 다임을 번쩍 안아 올렸다.

되도록 허락받지 않은 스킨십은 하기 싫었지만, 다임을 재우려면 어쩔 수 없었다.

다임도 별다른 저항 없이 얌전히 선우의 품에 안겼다.

"누나, 오늘 많이 피곤했을 거야. 그러니까 일단 자자. 좀 자고 나면 괜찮아질 거야."

선우는 침대에 다임을 조심스레 눕혀 주었다.

정말로 많이 피곤했던 건지, 다임은 침대에 눕자마자 금방 수마에 빠져들었다. 정신적인 피로감을 견디지 못한 것이다.

선우는 침대 밑에 떨어져 있던 이불을 들어 올려 다임에게 덮어 주었다.

"누나."

선우는 다임의 옆에 앉아, 한 손으로는 잠자는 그녀의 머리칼을 가만히 쓸어 주면서 다른 손으로는 그녀의 손을 꼭 잡았다.

선우는 다임이 완전히 잠에 빠져들고 난 뒤에도 그녀의 손을 놓지 못했다. 손을 놓으면 어디론가 사라져 버릴 것처럼 다임이 위태로워 보였기 때문이다.

처음에는 불규칙했던 다임의 숨소리가 어느 순간부터 고르게 바뀌었다. 그제야 선우는 안심하고 자리에서 일어날 수 있었다.

"잘한 거야."

선우는 잠이 든 다임을 내려다보면서 중얼거렸다. 그것은 자신을 향한 말이면서, 또 다임을 향한 말이기도 했다.

후회할 일은 만들지 않는 게 좋았다.

선우가 잠든 다임을 두고 나가는 게 좋을지 아니면 밤새 다임을 지켜보고 있는 게 좋을지 고민하고 있을 막 그때 즈음, 주머니 속에 넣어 둔 휴대폰에서 자그마한 진동이 울렸다.

선우는 휴대폰을 꺼내 화면을 보았다. 화면에는 010으로 시작하는 번호만 찍혀 있을 뿐 전화를 건 상대의 이름은 없었다. 모르는 사람이 건 전화라는 뜻이었다.

선우는 전화를 받을까 말까 고민하다가 별생각 없이 통화 버튼을 눌렀다. 그런데 휴대폰 건너편에서는 아주 뜻밖의 목소리가 들려왔다.

— 선우 씨죠? 이 기자님 기사 문제로 얘기 좀 했으면 합니다. 시간 괜찮으시죠?

귀에 익은 듯 익지 않은 목소리. 선우와는 딱 한 번 마주친 적이 있는 사람의 목소리였다.

선우는 불쾌한 기색을 전혀 감추지 않은 채 대답했다.

"그쪽이 왜 저한테 전화를 겁니까?"

— 번호도 있고 할 얘기도 있으니까요. 아무튼, 만나서 얘기합시다.

도준의 태연한 대구에, 선우의 미간에는 깊은 주름이 새겨졌다.

선우가 몇 번이나 다임의 퇴근을 기다렸던 그 골목길. 그러나 오늘은 다임 아닌 다른 사람이 그 골목에 서 있었다.

도준은 입에는 담배를 물고, 손에는 두툼한 서류 봉투를 하나 든 채였다. 선우는 하필 그 자리에서 기다리고 있는 도준이 마뜩잖아서 또 인상을 썼다.

"일찍 왔네요. 이 기자님 댁에 있었던 건가."

선우가 가까이 다가가자 도준이 그 기척을 눈치채고 알은체를 했다.

"그쪽이 신경 쓸 일은 아닐 텐데요."

"선우 씨한테 신경 쓰는 게 아니라 이 기자님께 신경을 쓰는 겁니다. 이 기자님은 좀 어떻습니까?"

선우가 대답하지 않고 무섭게 노려보기만 하자, 도준은 피식 웃으면서 담배 연기를 뿜었다.

"뭐, 그건 제가 이 기자님께 직접 물어보면 되고. 피차 길게 얘기 나눌 만한 사이는 아니죠? 간단하게 얘기합시다."

도준은 손에 들고 있던 서류 봉투를 선우에게 내밀었다. 그러나 선우는 서류 봉투를 받기는커녕 그 서류 봉투가 무엇인지조차 물어보지 않았다.

"사람 참 무안하게 하네."

도준은 머쓱해하며 일단 서류 봉투를 거둬들였다.

"할 얘기나 빨리하시죠."

선우가 무뚝뚝하게 쏘아붙이자 도준은 또 피식 웃었다.

다임은 도준의 이런 표정이 능구렁이 같아 기분 나쁘다고 했다. 그러나 선우는 어딘가 사람을 긁는 데가 있는 표정이라고 생각했다.

"선우 씨, 이번에 영화 오디션 합격하지 않았습니까?"

전혀 예상치 못한 말이었다. 선우는 놀란 눈을 치켜떴다가, 금방 눈빛을 바꾸고 도준을 향해 으르렁거렸다.

"그쪽이 그걸 어떻게 압니까."

"다 아는 방법이 있지."

도준은 다임에게 늘 그래 왔듯, 능청을 떨면서 대답을 피했다. 그리고 선우에게 다시 서류 봉투를 내밀었다.

선우는 도준의 얼굴과 서류 봉투를 번갈아 가며 바라본 후, 낚아채듯 서류 봉투를 받아 들었다.

"선우 씨, 그런데 그 영화 말입니다. 제작사가 어딘지 압니까?"

"알아서 뭐 하시게요."

"에이, 다 알고 말하는 건데 그렇게 말씀하면 섭하지. 아무튼, 거기 SG엔터테인먼트 맞지요? 최근에 갑자기 성장한 신생 회사고."

"하고 싶은 말이 뭡니까?"

도준은 대답하지 않았다. 대신 턱 끝으로 서류 봉투를 가리

켰다. 열어 보라는 뜻이었다.

도준이 시키는 대로 하는 것이 탐탁지 않았지만, 선우는 마지못해 봉투 속에서 서류를 꺼내어 보았다. 선우의 얼굴이 삽시간에 굳었다.

"이건."

"보는 대로야."

도준은 이제 존댓말조차 사용하지 않았다. 체면치레마저 벗어던진 것이다. 선우는 기분 나쁜 듯 눈썹을 찌푸리면서 똑같이 반말로 응수해 주었다.

"이게 지금 나하고 무슨 상관인데?"

"그걸 보고서도 그런 말이 나오나? 보고 있는 그대로 그 제작사, KG그룹 쪽 자금으로 만들어진 회사야. SG의 G는 KG와의 연결 고리를 만들어 두겠다고 농담처럼 남겨 둔 글자겠지."

"……."

"그리고 이건 너만 몰랐던 게 아니라 아무도 몰라. 더 중요한 건 뭔지 알아? KG그룹에서 정해수한테로 넘어간 돈은 전부 그 회사 외국 법인에서 자금 세탁을 거친 돈이라는 거지. 성혁수 부장님이 압수 수색을 한 자회사는 꼬리야, 꼬리."

"그걸 그쪽이 어떻게 알지?"

"수사 기법은 남한테 함부로 알려 주는 게 아니니까."

도준은 어깨를 한 번 으쓱해 보였다. 정말로 불쾌하기 짝이 없는 여유로움이었다.

"그래, 그렇다 치자. 그런데 이걸 왜 나한테 주는 건데?"

"좋은 질문이야. 그게 핵심이거든. 네가 이 자료를 전달해 줬으면 하는 사람이 있어. 대본 리딩이든 사전 미팅이든 SG 쪽 사람 만날 거 아냐. 그때 이 사람 만나면 그 자료 건네주라고."

얼떨결에 도준이 건넨 명함을 받은 선우는, 거기 적힌 이름을 보고서는 도준을 잡아먹을 듯 노려보았다.

이 현도준이라는 사람은 대체 무엇을 어디까지 알고 있는 걸까.

명함에 적혀 있는 이름은 SG엔터테인먼트에서 오디션 관련 보조 업무를 담당하고 있는 사람의 이름이었다. 선우도 오디션을 전후해 이 사람을 만난 적이 여러 번 있었다.

"내부 정보를 꽤 많이 알고 있는 사람인데, 그 자료를 보면 본인이 선처받기 위해서라도 증거를 줄줄이 넘길 거야. 밑 작업도 벌써 다 해 놨으니까, 너는 그거 넘겨주고 그 사람이 주는 자료를 다시 받아 오기만 하면 돼."

"그럼 굳이 내가 아니라 아무라도 갖다주면 되는 거 아냐?"

"아니, 그건 안 돼. 이 사람이 외부인과 만났다는 걸 KG가 알면 곤란하거든. 그런데 짜잔, 마침 눈앞에 내부 관계자가 있더라고."

도준이 마술 쇼를 하듯 펼쳐 보인 양손을, 선우는 서류 봉투로 팍 쳐 버렸다. 그러나 도준은 불쾌한 기색도 보이지 않고 씩 웃기만 했다.

"그래, 그것도 그렇다고 쳐. 그런데 이게 다임 누나랑 무슨 관련인데?"

"그것도 아주 좋은 질문이야. 그 사람이 주는 자료를 나 말고 이 기자님 갖다드려. 그럼 이 기자님은 그 자료를 나한테 가지고 오겠지? 이 기자님은 기사를 쓰고, 나는 그걸 윗선에 보고하는 거지. 검찰이 그 첩보를 입수했다는 보도가 먼저 나가 버리면 제아무리 중부지검이라도 무혐의 처리는 못 할 거야. 하나일보도 검찰이 수사 들어간 사안과 관련된 단독 기사를 함부로 못 내리겠지. 그런 윈윈 전략이라는 거다."

틀린 말은 아니었다.

다임이 KG그룹 의혹을 폭로하는 단독 기사를 쓰고, 그 기사에 따라 검찰 수사가 제대로 진행된다고 해도 채은과 관련된 상황이 크게 바뀌지는 않을 것이다. 하지만 적어도 다임이나 채은이 KG그룹으로부터 돈을 받고 거짓 폭로를 했다는 의혹은 어느 정도 사라질 것이다. KG그룹으로부터 돈을 받은 기자가 KG그룹의 비리를 폭로하는 기사를 쓸 리는 없으니까.

선우는 이 엄청난 얘기를 하면서도 여유롭기만 한 도준이 마음에 들지 않아, 애꿎은 서류 봉투만 꽉 움켜쥐었다.

게다가 걱정되는 부분도 있었다.

"수사 들어가면 영화는 어떻게 되는 거지?"

"글쎄. 엎어질 가능성이 크지 않을까? 내 알 바는 아니지만."

"알 바 아니라니, 그런 무책임한 말이 어딨어?"

"어쨌거나 이 기자님 구해 주는 게 우선 아냐? 내가 볼 땐 너도 분명히 이 기자님한테 마음이 있는 것 같은데."

이번에도 또 틀린 말은 아니었다.

선우는 다임을 도울 수만 있다면 고양이 손이라도 빌릴 수 있었다. 내키지는 않지만, 눈앞에 있는 남자가 그 고양이 손을 빌려주겠다는 것이었다.

'그래도 그렇게 하면 누난 분명히……, 화낼 텐데.'

선우가 일생일대의 기회를 포기하면서까지 자신을 도왔다는 것을 알면, 다임은 불같이 화를 낼 것이다. 선우를 영영 안 보려고 할지도 모른다.

그러나 방법이 없었다. 선우는 가볍게 한숨을 쉬면서 서류 봉투를 든 손을 아래로 떨어뜨렸다.

"하나만 더 묻자. 그쪽이 직접 나서지 않는 이유는 뭔데? 밑작업을 미리 해 놓은 거라면 복잡하게 갈 거 없이 그냥 그 사람 불러서 바로 조사하면 되잖아."

"일단은……, 이래 봬도 말단이라서 말이야. 검찰에도 지휘 체계란 게 있어서 윗선 지시도 없이 나 혼자서 수사를 할 수는 없거든."

"그럼 그냥 이런 정보가 있다고 위에다 보고하면 되잖아."

"아니지. 그럼 윗선에서는 이 첩보를 중부에 넘겨 버리겠지. 그래서 기사가 먼저 나가야 한다는 거야. 서주에 있는 어떤 검사가 이 첩보를 받았다고."

"그러니까 KG 사건을 그쪽이 가져가겠다는 수작질이란 거지?"

"수작질이라니, 젊은 친구가 말 한번 험하게 하네. 말이 그렇단 거지, 서주가 KG 사건 못 가져올 가능성이 더 커. 그냥 누이 좋고 매부 좋은 거라고 생각해. 이 기자님도 특종을 하시면 성혁수 부장님 사건 면피도 하고, 또 만에 하나 내가 이 사건을 할 수 있게 되면 그것도 좋은 거고."

"결국 그쪽 좋으라고 나만 희생하라는 건가?"

"에이, 나만 좋은 건가. 그래도 어쩔 수 없잖아. 넌 좋아하는 사람을 위해서 희생도 못 하나?"

"그리고 그쪽은 다임 누나를 위해서 아무것도 희생할 생각이 없는 거고."

"좋은 방법이 따로 있는데 굳이 어려운 길로 돌아갈 필요는 없으니까."

도준은 한심하다는 눈으로 선우를 쳐다보았다. 아니, 어린애를 보는 듯한 눈이라고 하는 것이 맞을 것이다.

하지만 선우는 오히려 도준이 한심하게만 보였다. 도준은 그저 다임을 자신과 적당히 보폭을 맞춰 함께 걸어갈 여자로 생각하고 있을 뿐이다. 그래서 다임을 위해 자신의 일부를 내어 줄 생각이 없었다.

그러나 선우는 그렇지 않았다. 선우는 다임을 위해서라면 정말 자신의 모든 것을 버리고 불속에라도 뛰어들 수 있었다. 마음의 깊이에서 확연한 차이가 난다는 사실을 선우도 이제는 알 수 있었다.

아무리 눈앞의 남자가 자신보다 조건이 더 좋다고 해도, 다임에게는 자신이 훨씬 더 나은 사람일 것이다. 이 남자 때문에 다임 앞에서 기가 죽을 필요는 없다는 사실 역시, 선우는 그제야 알게 됐다.

"아무튼, 잘 알겠고. 하든지 말든지 판단은 내 몫이니까."

선우는 괜한 오기로 그렇게 말했다.

도준은 선우의 속을 꿰뚫어 보는 듯한 눈으로 피식 웃기만 했다. 어차피 선우가 이 제안을 받아들일 수밖에 없다는 걸 아주 잘 알고 있는 얼굴이었다.

"젊은 친구, 그럼 부탁 좀 할게."

도준은 입에 물고 있던 담배를 바닥에 내던진 후 천천히 골목길을 벗어났다. 선우는 도준이 남긴 서류 봉투를 꽉 쥐면서, 사라지는 도준의 뒷모습을 언제까지고 노려보기만 했다.

~ell~

오후도 한참 지나고서야 다임은 눈을 떴다. 다행히 오늘은 쉬는 날이었다.

머릿속은 안개가 낀 듯 희뿌옇기만 했다.

다임이 눈을 뜬 것은 휴대폰 소리 때문이었다. 그러나 그것은 알람이 아니라 전화벨이었다.

다임은 채은과 관계된 일 때문에 종운이나 정혁이 전화를 걸었겠거니 생각하면서 발신자를 확인하지도 않고 전화를 받았다.

"하나일보 이다임입니다."

웬일인지, 전화를 걸어온 상대방은 잠깐 말이 없었다.

다임이 휴대폰을 귀에서 떼어 내고 발신인을 확인하려고 했다. 그러나 곧 수화기에서 흘러나온 아주 가느다랗고 힘없는 목소리에, 다임은 숨이 턱 막혔다.

— 이 기자님? 윤채은이에요.

머릿속에 가득했던 안개가 싹 걷혀 나가는 기분이 들었다.

바닥없는 낭떠러지로 떨어지는 것 같은 기분이 고작 자기 연민에 지나지 않는 감정일 뿐이라는 것을, 다임은 그 순간 깨달을 수 있었다.

지금은 추락하고 있는 기분을 느끼며 스스로를 불쌍해할 때가 아니었다. 저질러 놓은 일이 있었고, 그에 따른 결과를 오롯이 감수해야 하는 사람이 있었다.

다임은 자신이 너무나 한심스러워, 그리고 채은을 대하는 것이 무서워 아랫입술을 꼭 깨물면서 간신히 대답했다.

"네, 말씀하세요."

갑자기 전화를 걸어온 채은의 용건은, 지금 바로 만났으면 좋겠다는 것이었다. 그리고 다임에게는 그 용건을 거절할 수 있는 권리가 없었다.

상담실 안에는 모자를 푹 눌러쓴 채은이 다소곳이 앉아 있었다. 다임이 차마 채은을 똑바로 바라보지 못하고 쭈뼛거리기만 하자 채은이 먼저 인사를 건네 왔다.

"이다임 기자님이세요?"

다임은 어찌할 바를 모르다가 일단 채은을 향해 깊이 고개를 숙였다.

"안녕하세요. 하나일보 이다임입니다."

다임은 채은의 얼굴을 보는 것이 무척 괴로워, 눈도 마주치지 못한 채 그 맞은편에 슬그머니 앉았다.

다임과 채은이 아무 말도 하지 않고 있는 사이 현진이 머그잔 두 개를 들고 상담실에 들어왔다.

"다임아, 믹스 커피 괜찮지?"

다임은 현진과도 도저히 눈을 마주칠 수 없어 그저 머그잔만 물끄러미 바라보았다.

"뭐 크게 잘못했니? 왜 그렇게 기죽어 있어. 채은 씨, 다임이랑 얘기 잘 나누세요."

현진은 상냥한 한마디를 남긴 후 조용히 상담실 문을 닫고 나갔다. 다임은 그런 현진마저 부담스러웠다. 차라리 왜 그랬냐고 비난이라도 하면 좋을 것을. 꼭 커다란 돌멩이 하나가 심장에 돌돌 매여 있는 것 같은 기분이었다.

"이 기자님, 여현진 선생님 말씀이 맞아요. 저도 이 기자님이 잘못했다고 생각하지 않으니까 그런 얼굴 하지 마세요. 그러시면 오히려 제가 더 미안해요. 제가 잘못한 것도 있는데요."

다임은 그제야 간신히 용기를 내어 고개를 들고 채은을 보았다. 아무리 면목이 없다고 해도 이렇게 피하기만 해서는 안 되는 거였다.

"이제야 얼굴을 보여 주시네요."

채은이 또 상냥하게 웃었다. 다임도 어색하게 마주 웃어 주면서 최대한 어깨를 펴려고 노력했다.

"진작 얼굴을 뵈었어야 했는데 일이 이렇게 되고 나서야 뵙게 돼서 죄송해요."

"아니에요. 일이 이렇게 돼 버린 건 제 탓인데요. 죄송합니다. 연락도 못 드리고."

다임이 한 말은 그대로 날카로운 비수가 되어 자신의 심장을 푹 찔러 왔다.

하지만 눈을 감거나 외면할 수는 없었다. 너무도 죄스럽고 미안하지만, 이것 모두 자신이 감내해야 할 감정들이었다.

"그렇게 환자 대하듯 하지 않으셔도 괜찮아요. 계속 상담받고, 여현진 선생님 도움도 받아서 조금씩 나아지고 있어요."

"그래도 사람 많은 곳은 아직 어려우시다고……."

"그것도 괜찮아지겠지요. 그만두고 나서는 정말 집 밖에 나오는 것조차 어려울 정도였는데, 지금은 잘 나오고 있잖아요."

괜찮다는 말과는 달리 채은의 목소리에는 가느다란 떨림이 있었다. 그래서 다임은 채은이 자신을 안심시키기 위해 거짓말을 했다는 것을 눈치챌 수 있었다.

깨닫고 보니 채은의 손도 미세하게 떨렸다. 말을 하면서도 자꾸만 눈을 마주치는 것을 피했다.

그래도 곧, 채은의 분위기가 진지해졌다. 많은 것을 놓아 버린 것 같은 느낌은 가시지 않았으나 그래도 한결 묵직해진 분위기였다.

"오늘 뵙자고 한 건 이 기자님께 고맙다는 말씀을 드리고 싶어서였어요."

채은은 감사의 표시로 고개를 가볍게 숙였다.

그러나 다임은 그것마저도 부담스러웠다. 다임 자신이 생각하기에, 자신은 채은으로부터 감사 인사를 받을 수 있을 만한 일을 하나도 하지 못했다.

그러면서도 갑자기, 마음 한구석에서는 채은을 향한 원망이 밀려왔다.

'왜 그 메신저 대화 내용을 미리 얘기하지 않아서 일을 이 지경까지 만드신 거예요? 대체 왜?'

그렇게 따져 묻고 싶은 마음이 목구멍까지 치밀어 올랐다.

하지만 떨리고 있는 채은의 눈을 보면 차마 그런 얘기는 할 수 없었다. 다임은 겨우겨우, 원망을 목구멍 깊은 곳으로 밀어 넣었다.

"저 이민 가려고 해요. 이민을 떠나는 거로 그렇게 그냥 모든 걸 다 놔 버릴 생각이었는데, 그래도 억울하더라고요. 뭐라도 한번 해 봐야 억울하지 않을 것 같아서 발버둥을 친 것뿐이에요. 그러니까 결과가 어떻든 신경 안 쓰셔도 돼요. 그래도 떠나기 전에 이 기자님을 한 번은 봬야 할 것 같아서 연락드렸어요."

채은은 아주 차분한 목소리로, 다임이 알지 못했던 사실 하나를 더 꺼내 놓았다. 다임은 대답하는 대신 묵묵히 경청하기만 했다. 그러자 채은도 이번엔 다임에게 질문을 던졌다.

"그런데 이 기자님, 제 인터뷰 기사 만들 때 힘들지 않으셨어요?"

"아니에요. 저는 어차피 채은 씨가 보내 준 답변지를 편집한
것뿐인데요."

채은이 얼굴을 보고 얘기하는 것은 힘들다고 해서 이메일로
질문지를 보내 인터뷰를 했다. 그리고 채은으로부터 온 답변을
편집하고 기사로 만드는 것은 다임이 도맡아 했다.

그러나 다임의 대답에서 거짓말을 알아차린 채은은 씩 웃고
말았다.

"거짓말을 못 하시네요."

"……."

"괜찮아요. 힘드셨을 거라 생각했어요. 답변을 한 저도 힘들
었는데, 그걸 보시는 분이 힘들지 않으셨을 리가 없죠. 아마 이
기자님이라서 힘들게 느끼셨던 것 같아서, 그것도 참 다행이고
미안하고 고맙네요."

어느새 채은의 눈에는 다임을 향한 신뢰가 비치고 있었다.
다임은 그 눈빛이 괴롭기만 했다. 다임이 생각하기에, 자신은
채은이 믿어도 좋을 만한 사람이 아니었다.

지금도 이렇게 자꾸만 채은을 원망하는 마음이 불쑥불쑥 솟
아오르는데. 나는 정말로 믿어도 괜찮은 기자일까.

"처음에 기사화를 마음먹었을 때는 이 기자님 말고 다른 기
자분을 찾아갈까 고민했었어요. 그런데 여현진 선생님이랑 현
검사님께서 이 기자님이라면 단순히 흥미 위주로 기사를 쓰지
않을 것이다, 윤채은이라는 사람을 위해 기사를 쓰려고 정말

노력을 할 것이다, 그렇게 보증을 해 주시더라고요. 기사를 보고 나서는 그 말이 옳았다고 생각했어요."

"……."

"그래서 인터뷰도 하겠다고 한 거예요. 이 기자님이라면 정말로 저를 위해 인터뷰를 하려고 한다는 믿음이 있었거든요. 그러니까 너무 괴로워하지 마세요. 인터뷰도, 기사도 다 제가 결정한 일이에요. 그리고 제가 결정한 일에 대한 결과는 제가 책임을 져야죠."

"그건……."

"그리고 사실, 이 기자님께 죄송하단 말씀도 드리고 싶었어요. 그 메시지랑 대화 내용을 처음부터 말씀드렸어야 했는데 그걸 말씀을 안 드려서."

다임이 무슨 생각을 하고 있는지 속마음이라도 꿰뚫어 본 것일까. 다임의 목덜미가 창피함 때문에 그만 새빨갛게 물들고 말았다.

"변명을 드리면, 저 무서웠어요."

"무서웠……다고요?"

"네, 무서웠어요. 이 부분까지 털어놓으면 사람들이 날 어떻게 볼까, 또 이 기자님은 날 어떻게 생각할까 무서웠어요. 그건 성폭력이 아니라고 하고, 윗사람과 그런 관계를 맺은 저를 손가락질할 것 같았어요. 그러면 내가 겪었던 힘든 시간들은 전부 아무것도 아닌 게 되고, 저는 그냥 윗사람과 그런 관계를 가진 나쁜 여자가 되니까요. 그렇게 될까 봐 무서웠어요. 죄송해요. 무서웠어도 얘기를 했어야 되는 거였는데……."

말은 끊어지지 않았지만, 지금까지 들은 것 중 목소리가 가장 강하게 떨리고 있었다. 아직도 채은은 무서워하고 있는 것 같았다.

그 공포의 깊이는 다임도 잘 알고 있는 것이었다.

다임도 성화로부터 데이트폭력을 당하고 있었던 것이라는 사실을 인정하기 싫었다. 그것을 인정하면 '데이트폭력을 당하면서도 남자를 떠나지 못하는 한심하고 멍청한 여자'가 될 것 같아 무서웠다.

사실은 그게 아닌데.

상황이 꼬여 질질 끌려다닌 것뿐인데. 나쁜 사람은 따로 있는데.

'누군가 뒤에서 지키고 있으면 정희 씨도 옛날만큼 상처를 입진 않을 거야. 돌아갈 곳이 있다는 게 얼마나 큰 축복이고 안심되는 일인데.'

다임은 선우가 했던 연극 대사가 갑자기 떠올랐다. 다임에게는 선우라는 '돌아갈 곳'이 있었다. 그러나 채은에게는 그런 곳이 없었던 모양이다. 다임이 그런 버팀목이 되어 주어야 했는데, 그러질 못했던 모양이다.

그래서 다임은 아무 말도 하지 못했다. 아니, 아무 말도 할수가 없었다. 채은의 버팀목이 되어 주어야 했는데, 오히려 채은을 대중들에게 내던져 주고 말았다.

목덜미를 물들였던 발간빛이 두 뺨을 지나 눈으로까지 번졌다. 그리고 빨갛게 변한 다임의 눈가에서 생각지도 못한 굵은 눈물이 툭 하고 떨어졌다.

"이 기자님?"

채은의 당황한 목소리가 들렸지만, 다임은 채은이 어떤 얼굴을 하고 있는지 차마 쳐다볼 수조차 없었다.

한번 떨어지기 시작한 눈물방울은 줄기를 이루면서 쏟아져 내렸다.

"미안합니다. 죄송해요. 정말로 죄송해요."

"이 기자님."

채은은 차마 다임을 위로하는 말을 건네지는 못했다. 다임이 무엇을 사죄하는지도 물어보지 않았다.

그 대신 채은은 다임의 손을 꼭 잡아 주었다.

다임은 그런 채은의 앞에서 눈물을 쏟아 내며 '죄송해요.'라는 말만 몇 번이고 계속 되뇌었다.

—ele—

다임은 센터를 나오자마자 다리에 힘이 풀려 무너져 내리고 말았다. 기다리고 있던 선우가 간신히 다임을 붙잡았다.

"누나!"

정신이 없는 와중에도 선우에게 미리 메시지를 보내 둔 것은 다행이었다. 선우 아닌 다른 사람은 생각나지 않았다.

속 깊은 선우는, 짧은 메시지 한 통만 받고서도 다임이 힘든 시간을 보내리라는 것을 직감하고, 만사를 제쳐 둔 채 센터로 달려왔다.

다임은 선우의 팔을 꽉 붙들었다. 몸에 힘이 들어가지 않아 그 자리에 서 있는 것조차 버거웠다.

"누나……."

선우는 눈물이 말라붙은 다임의 얼굴을 애처롭게 바라보았다. 다임이 아무 설명을 하지 않아도 선우는 그 속에 담겨 있는 심정을 충분히 짐작할 수 있었다.

"선우야, 나 기자 그만둘까 봐."

"누나……."

"선우야, 나 기자라는 직업에 굉장히 큰 기대를 품고 있었나 봐. 펜으로 옳은 일을 하는 게 너무 매력적이라서 대학 졸업하고도 계속 언론 고시를 준비했는데 이제는 모르겠어."

외면하고 외면해 왔던 현실을, 다임은 이제야 겨우 정면에서 마주하고 있었다.

사실 기자는 펜으로 정의를 구현하는 직업이 아니라 매일같이 국가 기관, 기업의 보도 자료를 받아쓰는 나팔수 같은 직업이었다. 기자도 직장인이기 때문에 보도 자료를 쓰지 않겠다는 말도 함부로 하지 못했다.

펜으로는 진실을 전달해야 한다고 배웠는데 정말로 진실을 전달하고 있는 것인지도 이제는 알 수 없었다.

종운이 말한 대로, 펜이 진실을 전달하는 것이 아니라 보는 사람들이 믿는 것이 진실인가 싶어졌다. 그리고 사람들이 믿는 그 진실이 곧 정의인 것만 같았다.

"내가 더 기자 생활을 할 필요가 있을까. 늦지 않았을 때 다른 길을 찾는 게 낫지 않을까. 이제 정말 나도 모르겠어."

다임은 울먹거리면서도 처음 언론사 입사를 준비하던 때를 떠올렸다.

다른 기자 지망생처럼, 다임도 매일같이 주요 일간지를 읽어 보면서 기사를 비판하고 분석했다. 불의를 접할 때면 '나중에 기자가 되면 이런 일들을 펜으로 바로잡고 싶다.'라고 생각하기도 했다.

다임은 눈을 꼭 감았다. 말라붙은 줄만 알았던 눈물이 또 한 줄기 주르륵 흘러내렸다.

그러나 눈물은 그것뿐이었다. 눈물을 더 흘리기엔 지금은 너무 염치가 없었다.

"선우야, 나 이제 어떡하지? 어떡하면 좋을까?"

선우는 아무런 대답도 할 수가 없었다. 어떤 말을 건네도 겉치레 이상이 될 수 없다는 것을 잘 알았기 때문이다. 다임이 느끼고 있는 절망은 그만큼이나 깊고 무거웠다.

그래서 선우는 다임을 꼭 안아 주었다.

다임은 선우에게 온몸을 기대고 그 가슴에 얼굴을 파묻었다. 다임의 어깨에 둘린 선우의 팔에 더욱 힘이 들어갔다.

그것은, 백 마디 말보다도 더 큰 위로였다.

나를 지탱해 주는 사람들

혼이 빠져나간 듯한 날들이었다. 다임은 아무런 의욕 없이 그저 출퇴근만 반복했다.

그래도 일주일이 지나자 겨우 정신을 차릴 수 있었다.

많은 것을 놓아 버린 듯한 채은을 생각하면 마냥 이렇게 손을 놓고 있을 수만은 없었다. 아직 뉴스를 보는 것조차 괴로웠지만, 다임은 꾹 참고 뉴스를 하나하나 챙겨 보기 시작했다.

다임이 갈피를 잡지 못하고 몇 번이나 인터넷 창을 열었다가 닫았을 때쯤 선우에게서 메시지가 왔다.

[누나, 나 일하고 있는 카페 알지? 저녁에 이쪽으로 와 줄 수 있어?]

다임은 눈썹 사이를 가볍게 접었다.

여태껏 선우가 먼저 찾아와 일이 끝날 때까지 기다린 적은 많았다. 하지만 자신이 있는 곳으로 다임을 부른 적은 단 한 번도 없었다.

[무슨 일인데?]

[줄 게 있는데 사람들 많은 데서 주긴 좀 그래서. 오늘 사장님도 일찍 퇴근하셔서 마감만 하고 나면 카페에 사람이 없거든.]

다임은 잠깐 생각했다. 그러나 큰 고민 없이 곧바로 답장을 보냈다. 가끔 철없는 소리를 하긴 해도 쓸데없는 짓은 하지 않는 녀석이 선우였기 때문이다.

[알았어. 언제쯤 가면 돼?]

[10시 넘어서.]

[○○ 오늘 야근이니까 끝나고 나가면 그쯤 되겠다. 회사에 안 들어가고 경찰서에서 야근하고 있어.]

왜 부르는 거냐고도, 주려는 게 뭐냐고도 굳이 묻지 않았다. 선우가 판단하기에 어련히 중요한 일이 아니었겠냐는 생각이었다.

퇴근 시간이 가까워질수록 점점 궁금증이 커지는 것은 어쩔 수가 없었다. 다임은 야근 보고를 올리는 둥 마는 둥 하고 급하게 짐을 챙겨 도북경찰서를 나왔다.

카페에 도착하자마자 다임은 유리창 안쪽부터 들여다보았다. 멍하니 의자에 앉아 있는 선우가 보였다. 선우를 본 다임은 두 뺨을 발갛게 물들이고 말았다. 지난주 일이 떠올랐던 것이다.

하도 정신이 없어서 제대로 생각할 여유조차 없는 시간을 보냈다. 다임은 소모된 감정을 반쯤 채워 넣고 나서야 선우에게

키스를 했던 일을 겨우 떠올릴 수 있었다.

"내가 정말 미쳤지……."

그 일이 떠올랐을 때는 온몸에서 힘이 다 빠지는 기분이었다. 그건 '흑역사'도 아니고, 명백한 잘못이자 실수였다.

처음에는 다임도 '한동안 선우 못 보겠구나.'라고 생각했다. 하지만 선우는 그 일에 대해 별말 하지 않고 '누나 오늘은 좀 괜찮아?'라며 안부를 묻는 메시지만 보내왔다.

한 번만 안부를 물은 것도 아니었다. 선우는 매일같이 다임의 상태를 살펴 주었다. 다임이 어느 정도 정신을 차릴 수 있었던 데에는 선우 덕이 컸을 것이다.

그래서 다임도 일단은 아무렇지 않은 척하기로 했다. 아무렇지 않은 척해 주는 게 선우가 원하는 일 같았기 때문이다.

'조금 더 정신 차리고 제대로 사과해야지.'

다임은 그렇게 생각하면서 붉게 달아오른 두 뺨에 차가운 양손을 갖다 댔다.

"누나 왔어?"

선우는 도어 벨 소리가 들리자마자 금방 환하게 웃으면서 자리에서 일어났다. 다임이 오기만을 목이 빠져라 기다리고 있었던 모양이다.

"어, 선우야. 나 왔어."

아무리 아닌 척하려 해도, 선우와 눈을 마주치는 것은 왠지 껄끄러웠다. 목덜미가 빨갛게 달아오른 것을 선우에게 들키진 않았는지 모르겠다.

"누나, 앉아. 오늘은 그래도 안색이 좀 괜찮네. 뭐 마시고 싶은 거 있어?"

"마감 끝난 거 아냐? 내가 뭐 마시면 다시 설거지해야 되잖아."

"에이, 그 정도야 뭐."

"마감 끝나고 이렇게 네 개인 손님 받는 거 사장님한테도 민폐잖아. 그냥 얘기만 하고 일어날게."

"걱정 마. 사장님한테는 미리 얘기해 놨어. 누나 오면 주라고 사장님이 케이크도 하나 빼 주셨는데?"

도대체 다임에 대해 어떻게 얘기를 했기에, 사장이 케이크까지 내주면서 다임을 환영하는 걸까.

궁금했지만 깊게 생각하지 않기로 했다. 깊게 파고들면 뭔가 골치가 아파질 것 같은 느낌이 강하게 들었다.

곧 따뜻한 화이트 초코 한 잔과 레드벨벳 케이크 하나가 다임 앞에 세팅되었다. 선우는 자기 몫으로 허브티를 한 잔 가져왔다.

"그런데 주겠다는 게 대체 뭐야?"

"아, 참. 그래서 누나 불렀지."

선우는 카운터로 달려가 안을 뒤적거리더니 두툼한 서류 봉투 하나를 찾아 왔다. 다임은 선우가 건넨 서류 봉투를 미심쩍은 눈으로 살펴보았다.

"이게 뭔데?"

"읽어 봐."

다임은 의아해하면서 봉투 속에 있는 서류 뭉치를 꺼내 한

장 한 장 천천히 넘겨 보기 시작했다. 서류를 살펴보는 다임의 얼굴이 조금씩 굳어 갔다.

열 장쯤 넘겼을 때, 다임은 서류를 더 살펴보지 않고 테이블에 내려놓았다. 탁 소리가 날 만큼 거센 동작이었다.

"이걸 네가 어떻게? 이거 어디서 났어?"

선우가 예상했던 그대로의 반응이었다. 선우는 당황하지 않고 빙긋이 웃기만 했다.

"SG가 우리 영화 제작사잖아. SG 쪽 사람하고 미팅하면서 몇 번 만났는데, 어쩌다 기자 중에 아는 사람 있다는 얘기를 하니까 이걸 주시더라."

"그게 말이 되는 얘기야?"

"그치? 말도 안 되지? 내가 생각해도 설득력이 없다. 그래도 SG 쪽 사람이 준 자료는 맞아. 안에 보면 증거도 있을 거야."

선우는 더 설명을 붙이지 않고 허브티만 한 모금 마셨다. 더 이상 캐묻지 말라는 뜻이었다. 다임은 표정을 심각하게 구기면서 서류를 꽉 움켜쥐었다.

"그래, 출처는 얘기하고 싶지 않으면 얘기하지 마. 이걸 왜 주는지 그 이유나 묻자."

"기자님께 자료를 왜 드리겠어요. 당연히 기사 써 달라는 거지. 기사 쓰고 나서 검찰 아무한테나 그 자료 넘기면 되는 거 아냐?"

"기사 써 달라고 줬다는 건 나도 알아. 근데 그렇게 하면 네 영화는 어떻게 되는 거냐고."

"에이, 이런 일로 문제 생길까. 문제 생긴다고 해도 아직 제작 발표회도 안 한 영화 엎어지는 건 흔한 일인데, 뭐."

"그래도 네 손으로 기회를 엎는 거랑 다른 이유로 엎어지는 건 완전 다르지!"

"누나, 기회라는 건 언제든 다시 오기 마련이야. 그리고 혹시라도 SG가 영화를 엎는다 해도 감독님이 다른 제작사 찾아 오실 거야. 유명한 감독님이잖아."

선우는 여전히 아무 일 아니라는 듯 태연했지만, 다임은 심각한 표정을 풀지 않았다.

"이건 아닌 것 같다."

한참을 생각한 끝에, 결국 다임은 서류 봉투를 선우에게 돌려줬다. 그러자 선우는 다시 다임의 손에 서류 봉투를 꼭 쥐여 줬다.

"이건 내가 누나 주는 거야. 이걸 어떻게 쓰든 그건 누나 몫이고. 정 마음에 걸리면 안 쓰면 돼. 난 그냥 누나 돕기 위해 내가 할 수 있는 건 다 해 주고 싶은 것뿐이야."

"선우야."

"괜찮다니까, 누나."

선우가 씩 웃었다.

다임은 눈앞에 있는 남자가 자신이 생각하고 있던 것보다 훨씬 더 믿음직스러워졌다는 사실을 그제야 겨우 알게 됐다. 그 철없던 고등학생이 언제 이렇게 듬직해진 걸까. 아니, 생각해 보면 이제 와서 겨우 알게 된 사실은 아니었다.

이미 언젠가부터, 다임은 선우를 '돌아갈 곳'이자 '버팀목'으로 생각하고 있었다. 그만큼 선우는 믿음직스러웠다. 다임이 힘들 때마다 선우는 항상 옆에 묵묵히 버티고 서 있어 주었다. 울고 있는 다임에게 어깨를 빌려준 적도 많았다.

그렇게 생각하면 이 서류를 지금 이 자리에서 선우에게 되돌려 줄 수는 없다. 그래서 다임은 가볍게 한숨을 쉰 후 일단 서류를 가방에 챙겨 넣었다.

"일단은 고맙게 받을게."

"뭐, 그런 걸 가지고."

"이걸 쓸지 말지는 나도 조금 생각을 해 볼게. 그냥 네 마음이 고마워서."

"별것도 아닌데, 뭐."

다임의 감사 인사에 선우는 쑥스러운 듯이 머리를 조금 긁었다.

조금 전까지는 믿음직스럽더니, 이런 모습은 또 귀엽기만 하다. 그래서 다임의 입에서는 절로 웃음이 새어 나왔다.

"왜 웃어?"

다임이 피식 웃자 선우가 또 눈을 동그랗게 떴다. 웃을 상황이 아닌데도 다임이 웃어 버리니, 자신이 뭘 또 잘못한 게 아닌가 걱정이 된 모양이다.

다임의 표정 하나, 말 하나에 이렇게 소소하게 반응해 주는 것 역시 선우였다. 그러면서 나이에 맞지 않게 속이 깊고 다정한 것 역시 선우였다.

분노한 사람들로부터 날달걀을 맞았던 그날, 다임이 저지른 실수에도 선우는 아직 다임을 탓하지 않았다.

선우는 다임을 탓해야 할 일과 탓할 수 있는 시기를 알고 있었다. 지금은 그저 묵묵히 다임이 얘기를 먼저 꺼내 주기를 기다리고 있을 뿐이다.

그 끝을 실패로 예상하고 행동할 만큼, 선우도 마냥 어리기만 한 남자는 아니라는 얘기였다.

선우와 함께라면 실패를 두려워하지 않아도 괜찮을 것 같다는 생각도, 이제는 확신이 될 수 있었다. 설령 실패를 하더라도 선우라면 그리 아프지는 않을 것 같다는 생각 역시 확신이 되었다.

이 타이밍에 갑작스럽게 찾아온 이런 확신들이, 다임은 스스로도 당황스러웠다.

하지만 곧 빙긋 웃었다. 선우를 밀어내면서도 사실은 알고 있었던 것이다. 자신이 더 이상 선우를 밀어낼 수 없다는 것을.

"아니, 그냥. 다 고마워서 웃었어. 이거 말고도 전부 다."

"별말씀을 다 하십니다, 이다임 기자님."

다임은 생각했다.

이다임은, 생각 이상으로 괜찮은 사람이야. 괜찮은 기자이고, 괜찮은 여자야.

선우같이 이렇게 괜찮은 녀석이 자신의 미래를 내던지고 도울 만한 사람이라면, 나 역시 괜찮은 사람이 아닐까.

다임은 드디어 선우의 감정을, 그리고 선우의 얼굴을 똑바로 마주할 수 있었다.

현주가 다임에게 해 주었듯, 그리고 선우가 다임에게 해 주었듯, 다임 역시 선우에게는 든든한 버팀목이었다. 다임이 의식하지 못하는 사이에, 선우는 다임의 그런 모습들을 보면서 감정을 차곡차곡 쌓아 나갔었다. 그리고 그 사실을 다임은 비로소 알게 되었다.

다임이 선우의 마음을 받아들이는 것은, 훨훨 날아가야 할 선우를 이다임이라는 부족한 사람 옆에 묶어 두는 것이 아니었다. 서로가 서로의 어깨에 날개를 달아 주고 함께 훨훨 날아가는 것이었다.

"그래, 이렇게 보니까 알겠다. 갈 길이 먼데 같이 갈 사람 있으면 좋지. 네가 가는 길에는 내가 같이 가고, 내가 가는 길에는 네가 같이 가고. 그러면 좋을지도 모르겠다."

너무 갑작스러운, 상황에 맞지도 않는 고백이었다. 그러면서도 몹시 자연스럽게 흘러나온 고백이었다. 정말로 갑작스러웠지만, 지금 떠오른 이 감정들은 지금이 아니면 얘기할 수 없을 것만 같았다.

어느새 흘러나와 버린 마음은, 이성과 상관없는 언어가 되었다. 그리고 그 흐름은 다임의 힘으로 멈출 수 있는 것이 아니었다.

선우가 고백했을 때부터, 아니, 선우가 고백하기 전부터, 다임의 마음은 이미 멀리 떠날 수 없을 만큼 선우에게 가까이 다가가 있었다.

"너무 늦은 대답일지는 모르겠다. 그래도 보폭 맞춰서 같이 걷자. 이게 맞는 건지는 모르겠지만, 그렇게 하자. 혹시라도 실패한다면 그건 내가 감수해야지, 뭐."

그렇게 말하면서 다임은 가방에 챙겨 넣은 서류 봉투를 손으로 살짝 쓰다듬었다.

언젠가 다임이 건네준 공연 전단지를 연애편지 같다고 느낀 선우처럼, 다임은 선우가 건네준 이 서류 봉투가 마치 연애편지처럼 느껴졌다.

어쩌면 정말로 정신이 나가 버려서 이런 소리를 한 것일지도 모른다. 하지만 이제 그런 것 따위는 상관없었다. 감정에 휩쓸려 잘못된 판단을 한 것이라 해도 좋았다.

"누나?"

너무나 자연스럽게 흘러나온 말이라, 처음에는 선우도 다임이 무슨 말을 하는지 몰라 눈만 동그랗게 떴다. 선우는 다임의 이 느닷없는 고백을 제대로 이해하지 못하고 눈을 깜빡였다.

청각은 다임이 한 말을 토씨 하나 빼놓지 않고 잡아챘다. 그러나 머리가 아직 그 의미를 제대로 파악하지 못했다.

그래도 아주 조금씩, 선우의 입꼬리는 위를 향하기 시작했다.

"누나, 그 말……."

"그래, 맞아."

선우는 다시 한번 눈을 깜빡였다.

다음 순간, 다임의 몸이 갑자기 허공을 날았다. 선우가 자리에서 일어나 다임을 번쩍 안아 올린 것이다.

"야, 야. 내려놔. 갑자기 뭐야!"

다임은 소리를 질렀지만, 그리 불쾌해하지는 않았다.

선우는 정말로 하늘 멀리 날아갈 것 같아 보였다.

"누나!"

선우는 다임을 내려놓지 못하고, 다임을 안은 채로 빙글빙글 그 자리를 맴돌기만 했다.

"나 어지러워!"

참다못한 다임이 비명 비슷한 소리를 내지르자 선우는 그제야 다임을 조심스레 땅에 내려놓았다.

"누나, 그러니까 지금 우리 만나자는 말, 사귀자는 말 한 거지? 그런 거지?"

선우는 지금 이 상황이 도저히 믿기지 않는지 몇 번이나 되물었다. 다임은 '그래, 우리 사귀자.'라고 말하기가 어쩐지 민망해서 고개만 끄덕였다.

활짝 웃는 선우의 두 손이 다임의 두 어깨에 닿았다.

선우의 따스한 숨결이 다임의 이마에 또 닿았다. 이번에는 아주 길게, 그리고 강하게.

선우의 숨결이 떨어져 나가자 다임은 선우를 째려봤다. 그 시선은 반쯤은 장난스러운 것이었다.

다임이 이마를 슥슥 문지르는 사이 선우도 다임의 곁에 사뿐히 앉았다.

"누나, 진짜지? 진짜 진짜지?"

선우는 아무래도 기쁨을 주체할 수가 없는 모양이었다. 선우는 또다시 다임의 어깨를 꽉 끌어안았다.

"진짜 너무 좋다. 누나, 이다임 누나. 누나."

선우는 다임의 이름을 계속 부르면서 끌어안은 어깨를 놓지 못했다. 마음 같아서는 다시 또 다임을 번쩍 하늘로 들어 올리고 싶었지만, 그러면 다임이 정말 싫어할 것 같아서 행동으로 옮기지는 않았다.

"이제 정말 나도 모르겠다. 너도 그렇고 일도 그렇고 다 될 대로 되라지."

다임은 입에서 나오는 대로 아무렇게나 지껄였다. 그래도 마음은 조금 전보다도 훨씬 평온했다.

선우의 웃는 얼굴을 보고 있으면 고민마저 모두 스르르 녹아 흩어져 버리는 것 같았다.

힘이 나고 기운이 났다. 선우의 웃는 얼굴을 보는 것만으로도 이렇게 기운이 나는데, 그동안 대체 어떻게 선우의 마음을 외면해 왔던 것인지 잘 모르겠다.

'참, 그 일도 있었지.'

다임은 지난번 밤, 그러니까 정신을 제대로 차리지 못했던 밤의 일을 떠올렸다.

즉흥적이었지만 선우의 마음을 받아들이기로 했다. 그러니 이참에 정리할 문제는 제대로 정리하는 게 옳았다.

"선우야."

다임은 싱글벙글 웃고 있는 선우를 불렀다.

갑자기 정색한 것 때문에 놀랐는지 선우는 웃다 말고 또 다임의 눈치를 살폈다. 다임이 방금 자신이 한 말을 뒤집을까 겁이 난 것이다.

선우의 표정이 하도 변화무쌍해서 저절로 웃음이 나왔지만, 다임은 웃음을 꾹 참았다.

"저번에 그 일 말인데……."

"저번?"

"그……, 있잖아, 나 날달걀 맞았던 날."

'날달걀 맞았던 날'이라는 단어가 나오자 선우의 얼굴에서도 긴장이 썰물처럼 빠져나갔다. 말을 뒤집으려고 정색을 한 게 아니란 것을 알고 겨우 안심한 모양이었다.

"그 일은 신경 쓰지 마. 사람이 아플 때, 힘들 때 온기가 그리우면 가끔 실수도 할 수 있는 거지, 뭐. 그리고 누나 지금 눈만 봐도 충분히 반성하고 있는 거 보이니까 그거면 됐어."

선우가 다시 싱글벙글 웃기 시작했다. 그래서 다임도 민망한 감정을 지우고 선우를 따라 웃을 수 있었다.

그런데 또 참 이상했다. 싱글벙글한 선우의 얼굴을 보고 있자니 어쩐지 무척 얄밉다는 생각이 드는 것이다. 선우의 코를 콱 잡아당기고 싶은 기분이 들었다.

그러나 다임은 그렇게 하지 못했다. 선우의 숨결이 다임의 바로 코끝까지 다가왔기 때문이다.

"이번 거는 실수 아니다? 그러니까 사과할 필요도 없다?"

선우가 다임의 입술에 자신의 입술을 겹쳤다. 다임은 선우의 코를 잡아당기는 대신, 조용히 눈을 감았다.

허락이었다.

선우의 숨결이 다임에게로 조금 더 가까이 다가왔다. 그렇게 두 사람은 불이 꺼진 늦은 밤의 카페에서, 오래도록 깊은 숨결을 나누었다.

~ele~

메신저로 현주의 질책이 떨어졌다.

[몰매 맞는 거 한두 번이야? 이런 식으로라도 조금씩 사회가 앞으로 나아가면 그걸로 충분한 거야.]

정신을 차리지 못하고 있는 것은 사실이었다. 다임은 두 손을 들어 찰싹 소리가 날 만큼 양 볼을 세게 때린 후 현주에게 답장을 보냈다.

[네, 정신 차리겠습니다.]

상황이 어떻게 됐든 간에, 벌여 놓은 판이니 자신의 손으로 마무리 지어야 했다. 그리고 지금부터 그 방법을 찾아내야 했다.

'다임이 너 뒷심 부족하잖아. 이참에 김 캡한테 제대로 배우러 간다고 생각해.'

"그래, 뒷심 부족하고 형편없는 기자 맞지, 뭐. 이게 난데 뭐 어쩔 거야."

다임은 눈을 부릅떴다.

"언제까지 그런 기자일 수는 없잖아. 나도 노력해야지."

이렇게 정신 줄을 놓고 사표 양식이나 뒤지고 있는 것이야말로 정말로 미안해해야 할 일이었다. 그만둘 때 그만두더라도, 지금은 자신을 지탱해 주는 사람들을 위해서 어떻게든 힘을 내야 할 때였다.

다임은 책상 위에 놓아둔 오늘 자 서울시 내 집회 시위 목록부터 물끄러미 바라보았다.

목록에는 빨간 동그라미가 하나 그려져 있었다. 다임이 '성혁수 무혐의 처분에 항의하는 여성 단체 연합' 명의의 집회에 표시를 해 둔 것이었다.

하지만 지금 상태로는 집회가 열린다고 해도 화력이 부족할 것이다. 여성 단체 회원들 외에는 아무도 관심을 가지지 않을 가능성이 컸다.

지금 필요한 것은 집회에 쏟아부을 '기름'이었다.

다임은 일단 진형에게 메시지부터 하나 보내 놓았다.

[오빠랑 친하게 지내는 여당 국회 의원 있다고 하지 않았어? 원래 기업 쪽 저격수였는데 최근에 검찰 담당으로 옮겼다는 의원.]

다임이 진형의 대답을 기다리고 있는 사이 선우에게서도 메시지가 하나 왔다. 다임은 입가에 절로 웃음이 걸리는 것을 느끼면서 메신저 창을 열어 보았다.

[누나, 출근은 잘 했어?]

[당연하지. 출근은 잘 했는데 오자마자 혼부터 났네.]

[왜? 누가 우리 이다임 기자님 혼내는데.]

[정신 못 차리고 있었으니까. 혼나도 싸지.]

연인이 되기로 했지만, 아직 대화 내용은 크게 달라지지 않았다.

하지만 서로 오래도록 잘 알아 온 사이인 만큼 그건 어쩔 수 없는 일이었다. 시간이 흐르고 나면 조금 더 연인 같은 대화도 나눌 수 있게 될 것이다.

[어, 있긴 한데. 무슨 일이야?]

진형에게서 답장이 도착했다. 그러나 다임은 곧바로 메시지를 보내지 않고 잠시 생각에 잠겼다.

진형을 통해 국회를 움직인다면 검찰도 압력을 느낄 것이다. 문제는 국회 의원을 움직일 만한 카드가 전혀 없다는 것이었다.

그래도 실마리가 아예 없는 건 아니었다.

다임은 책상 위에 올려 둔 서류 봉투를 물끄러미 바라보았다. 그러다가 이내 고개를 가로저었다.

[성혁수 성폭력 건과 관련해서 연락할 수 있을까 해서. 그 의원, 검찰도 잘 알지?]

[연락은 가능한데 얘기를 받아 줄지를 모르겠다. 여당은 성혁수를 정해수 수사하다가 정치 공작 당한 희생양으로 보고 있잖아. 성혁수가 뭔가 정해수 봐주기 위해 딜을 했다든가 그런 얘기 없으면 어려울 거야.]

예상했던 대로의 답변이었다. 다임은 한숨을 팍팍 내쉬면서 책상에 고개를 콩콩 박았다.

"어떻게 하지, 이걸."

다임이 고민에 빠져 있는 사이 다시 메신저 알림이 울렸다. 다임은 책상에 머리를 박은 채로 눈동자만 데구루루 굴려 노트북을 보았다. 또 선우였다.

[누나, 그거 아직 고민하고 있는 거지? 그렇게 고민할 거면 그 자료 쓰는 게 좋을 것 같아. 고민할 정도라면 누나도 그 자료 써 보고 싶단 거잖아.]

다임은 엎드린 채로 키보드를 두드려 '아니야.'라는 글자를 만들었다. 그런데 다임이 그 메시지를 보내기도 전에, 선우가 먼저 메시지를 한 줄 더 보냈다.

[누나, 아직 내가 많이 못 미덥지?]

"엥? 이건 갑자기 무슨 소리야?"

다임은 선우의 뚱딴지같은 소리에 엔터 키를 연타했다. 다른 말에 대해 '아니야.'라고 대답한 것이었지만, 어쨌든 선우가 못 미더운 것도 '아니긴' 했으니까.

[누나, 하나 알아줬으면 하는 게 있는데. 그 자료를 받아 온 것도, 그 자료를 누나에게 준 것도, 전부 내 선택이야. 선택에 대한 결과는 나도 충분히 생각하고 한 거야. 그러니까 너무 그렇게 마음 쓰지 마.]

다임은 그 메시지를 읽자마자 저도 모르게 상체를 벌떡 일으켰다. 순간, 망치로 머리를 한 대 얻어맞은 것 같은 기분이 들었기 때문이다.

선우가 한 말대로, 다임은 아직도 선우를 어리게 보고 있었던 모양이다. 선우를 보호해 줘야 한다는 생각에, 계속 이 자료를 사용하길 망설였던 것이다.

물론 선우에게 찾아온 기회가 엎어지지 않길 바라면서, 이 자료를 사용하지 않을 수도 있었다.

하지만 그건 선우를 걱정하는 마음을 앞세워서 선우가 한 선택을 무시하는 게 아닐까.

말로는 써도 되고 안 써도 된다고 말하고 있지만, 사실 선우는 영화가 어떻게 되든 간에 다임이 이 자료를 써 주기를 진심으로 바라고 있었다.

배려한답시고 선우의 이 뚜렷한 의사를 무시하는 것은, 결국 아직도 선우를 어린애 취급하고 있는 것에 지나지 않았다.

다임은 그 긴 생각을 한마디 문장으로 만들어 선우에게 표현했다.

[미안해, 선우야.]

선우의 마음을 받아들이긴 했지만, 선우와 나란히 서서 선우의 눈높이에서 바라보기가 여전히 그렇게 쉽지만은 않은 일이었다.

그래도 앞으로는 그렇게 해야 했다. 다임은 자신을 지탱해 줄 사람으로 선우를 택한 만큼, 선우와 같은 눈높이에서 함께 걸어 나가야 했다.

[미안해하라고 한 말 아닌데.]

[아니, 자료를 써야 돼서 미안한 게 아니라 네 의사를 무시해서 미안하다고.]

그러자 선우는 조금 기분이 좋아졌는지, 쑥스러워하는 모양의 이모티콘을 여러 개 연달아 보냈다.

다임도 입가에 살짝 미소를 걸었다. 쑥스러워하는 표정의 선우를 눈으로 직접 보고 있는 것 같았기 때문이다.

[그럼 그 자료 써도 될까? 그래도 괜찮을까?]

다임은 망설임을 모두 걷어 내고 그렇게 물었다. 그러자 메신저 건너편에서는 확신에 찬 대답이 돌아왔다.

[그럼, 괜찮아.]

[그래, 그럼 그렇게 할게.]

[응응, 꼭 그렇게 해 줘.]

다임은 기뻐하는 선우를 보면서 입가에 걸린 미소를 더 크게 만들었다. 이어 봉투에서 서류를 꺼내, 하나하나 제대로 읽어 보기 시작했다.

~~~

사람이 없어 조용한 카페 안. 손님이라고는 다임 한 사람밖에 없었다. 주인은 시름이 깊어 보였지만, 다임은 이런 장소를 찾을 수 있어 다행이라고 생각했다.

곧 다임 외의 손님이 나타났다. 도준은 문을 열고 들어오자마자 다임에게 인사부터 건넸다.

"저번에 그러고 나서 이제 연락이 끊길 줄 알았는데, 이 기자님이 이렇게 저를 불러내시는 일도 다 있네요."

"뭐, 그래도 같이 작업을 하자니 검사님만큼 믿음직한 사람이 따로 없더라고요."

"그거참 영광입니다."

다임이 알고 있는 검사들을 하나하나 검토하면서 얼마나 고민에 고민을 거듭했는지 도준은 알지 못할 것이다.

아무리 따져 봐도 도준밖에 없었다. 지난번 일로 껄끄러워지긴 했지만 그래도 이런 일에는 아무런 감정 없이 쿨하게 나서 줄 것이라는 생각에, 어쩔 수 없이 도준에게 연락했다.

다임은 도준이 뭐라고 하건 말건 신경 쓰지 않고 서류 봉투를 불쑥 내밀었다. 이제 더 이상 도준의 페이스에 말리지 않겠다고 굳게 마음을 먹고 나온 참이었다.

"이게 뭡니까?"

도준은 다임이 내민 자료가 무엇인지 모르는 척 너스레를 떨었다.

다임이 대답 대신 손가락으로 서류 봉투를 한 번 쿡 찔렀다. 그러자 도준도 더 너스레를 떨지 않고 봉투에서 서류를 꺼냈다.

"SG엔터테인먼트."

도준은 서류 표지에 적혀 있는 작은 로고를 보며 작게 중얼거렸다. 이어 서류를 한 장씩 넘겨 보기 시작했다.

도준은 마지막 장까지 다 훑어본 뒤 테이블에 서류를 내려놓았다.

"KG 수사 관련 정보로군요. 정해수 의원 수사와 관련된."

"맞아요. 성혁수 부장이 수사하던 건과 관련된 거죠. 현 검사님, 이걸로 수사 개시 가능하시죠?"

"이 정도로 확실한 첩보는 잘 없죠. 일단 윗선에 보고는 드려 보는데, 중부에서 이 첩보를 가져갈 수도 있습니다."

"중부에서요? 그건 곤란한데요. 그렇게 되지 말라고 현 검사

448

님 드린 건데…….”

“물론 그렇게 되게 만들진 않을 겁니다. 이 기자님께서 주신 건데요.”

“네, 다행이다.”

다임은 간신히 안도의 숨을 토할 수 있었다.

“일부러 기사도 안 쓰고, 윗선에 보고도 안 하고, 현 검사님 먼저 드리는 거니까 최대한 빠른 처리 부탁드릴게요. 검찰 수사 들어가지도 않았는데 기사부터 쓰면 회사에서 이 자료 묻어 버리려 할 거예요. 현 검사님께서 일을 진행하셔야 저도 ‘검찰 수사 들어간 사안’이라고 회사와 딜을 할 수가 있다고요.”

“네, 잘 알겠습니다. 그렇게 하죠.”

도준은 가타부타 토를 달지 않고 고개를 끄덕였다. 다임도 안도했다. 반격을 위한 첫 계단을 겨우 오른 셈이었다.

“이 기자님께서 그런 말씀까지 해 주시니까 말씀 하나 더 드 릴 게 있습니다만.”

그런데 도준은 이 자료에 대해 아직 할 말이 남아 있었는지, 의뭉스러운 말을 하면서 다임의 눈치를 슬쩍 살폈다.

이 이상 얘기할 게 더 있을까.

도준은 어쩐지 곧바로 말을 잇지 않고 잠시 뜸을 들였다. 손 가락 끝을 까딱거리기만 하는 것이 이 말을 해도 괜찮을지 고 민하는 눈치였다.

도준은 결국 짧은 고민을 끝내고 머뭇머뭇 얘기를 털어놓 았다.

"이 자료 말입니다만. 원래 성 부장님이 확보하고 계셨던 자료입니다."

"네?"

다임의 눈이 커졌다.

혁수가 이미 가지고 있던 자료라니. 다임은 그 말을 귀로 듣고서도 머리로는 이해하지 못해 어리둥절해했다.

"그게 무슨 말이에요? 성혁수 부장이 갖고 있던 자료라고요? 그런데 왜 수사는……."

혁수가 가지고 있었던 게 사실이라면 왜 이 자료로 수사를 진행하지 않았을까. 아니, 그 전에 도준은 그 사실을 어떻게 알고 있는 것일까.

말로 만들어지지 못한 의문들이 다임의 머릿속을 뱅뱅 돌았다.

도준 역시 다임이 의문을 가질 것을 안 듯, 평소 맴돌던 장난기 어린 분위기를 싹 지워 버렸다.

"이 자료 갖고 있던 사람, 성 부장님이 먼저 접촉했던 사람입니다."

"아니, 그 사람이……. 그런데 현 검사님은 그걸 어떻게 알고 있는 거죠? 현 검사님 말고도 알고 있는 사람 있어요?"

"아마 거의 없을 겁니다. 대검찰청이나 중부 쪽은 알지도 모르겠네요. KG 사건, 채은 씨가 검찰 있을 때부터 내사가 진행되고 있던 사건이거든요. 성 부장님께서 꽤 초기에 이 사람과 접촉한 모양입니다. 그때 채은 씨가 알려 줘서 저도 알고 있었는데, 채은 씨 본인은 정작 잊어버렸을 겁니다."

"그럼 KG 자금 세탁처가 SG엔터테인먼트라는 거, 성혁수 부장도 처음부터 알고 있었던 거 아니에요? 그런데 SG는 수사 안 했잖아요."

"맞습니다. 생각하시는 그대로입니다."

다임은 기가 막혔다. 성폭력 가해자라고만 생각하고 있었는데, 생각보다 더 질이 나쁜 사람이었던 것이다.

대검찰청은 원래 성폭력 사건이 터지자마자 혁수에게 중징계를 내릴 생각이었을 것이다. 그러면 KG 수사도 중부지검으로 가져올 수 있기 때문이다.

하지만 혁수가 갖고 있었던 이 결정적 자료가 문제였던 모양이다.

지금 도준이 한 얘기를 정리하면, 혁수는 성폭력 사건에 대해 조사가 진행되자 그동안 숨겨 놨던 이 자료를 갖고 대검찰청과 거래를 한 모양이다. 그래서 대검찰청도 혁수에게 경징계 처분을 내릴 수밖에 없었던 것이다.

"상상 이상으로 질이 나쁜 사람이네요."

"사람이 늘 좋은 사람일 수만은 없으니까요. 다들 가끔 이런 짓도 하고 사는 거죠."

능글거리긴 해도, 도준은 뼛속까지 검사였다. 조직과 관련된 일이라 보호 논리가 먼저 움직여 버린다.

그나마 이번에는 아꼈던 여직원과 관련된 사건이다 보니, 조직 보호 논리도 조금쯤 뒤로 물러선 모양이었다.

그래도 도준이 어떤 심정으로 얘기를 해 주었든, 얘기 자체는 꽤 쓸모 있었다.

여당 의원들에게 이 얘기를 알려 준다면, KG그룹과 정해수 의원 수사를 무마하기 위해 이딴 거래를 했냐며 대검찰청과 성혁수 공격에 나설 것이다. 그리고 거래 조건이 성폭력 사건이었던 만큼 그 사건 역시 다시 불거질 수 있을 것이다.

[오빠, 그 국회 의원 자리 좀 만들어 줘. 그쪽에서 구미가 당길 만한 카드가 나왔어.]

다임은 급히 진형에게 메시지를 한 통 보낸 후, 도준에게도 고개를 꾸벅 숙여 감사 인사를 했다.

"정보 감사드리고요. 이틀, 사흘 안에 이거 기사화할 수 있도록 할게요. 현 검사님도 내사를 하시든 아니면 윗선에 보고를 하시든 작업 시작하시면 되고요."

"네, 알겠습니다."

다임은 서류를 가방에 집어넣는 도준을 보며 머리를 복잡하게 굴리기 시작했다.

우선, 해야 할 일의 순위를 따지자면 진형을 통해 국회 의원을 만나는 것이 가장 먼저다. 그리고 현진에게도 이 사실을 알려야 할 것이다.

그러면서 회사와도 맞짱을 떠야 한다.

다임은 회의실에 자신을 몰아넣고 윽박질러 대던 종운과 정혁을 떠올렸다. 벌써부터 기가 다 빠지는 기분이었다.

"그 친구는 잘 지냅니까?"

452

다임이 이리저리 머리를 굴리고 있는 사이, 야무지게 서류를 챙겨 넣던 도준이 갑자기 생각난 듯 지나가는 말 한마디를 불쑥 건넸다. 하지만 생각에 빠져 있던 다임은 그 말을 제대로 알아듣지 못했다.

"그 친구라뇨?"

"선우라고 했던가요? 그 친구요."

"선우요? 잘 지내죠. 선우는 갑자기 왜요?"

"뭐, 이래저래 신세 진 게 있어서."

"검사님이 선우한테요?"

"그런 게 있습니다."

도준이 능글맞게 말을 흘렸지만, 그 속을 알 리 없는 다임은 고개만 갸웃거렸다.

그런데 선우 얘기가 나오고 보니, 다임은 도준을 만나는 것을 선우가 무척이나 싫어했던 것이 문득 떠올랐다. 오늘 이 자리도 입이 댓 발이나 나온 채 마지못해 고개를 끄덕여 준 선우였다.

그런 선우를 생각하면, 아무래도 말을 해야 하긴 할 것 같았다. 취재원에게 사생활을 알리는 것은 아무래도 내키지 않는 일이었지만.

"이제 남자 친구예요. 제 남자 친구."

다른 사람 앞에서 선우를 '남자 친구'라고 소개하는 것은 이번이 처음이라 다임은 뺨을 살짝 물들였다. 성화 때는 전혀 그런 생각이 들지 않았는데, '남자 친구'라는 단어는 참 간질간질하기만 단어다 싶었다.

그런데 웬일인지, 도준의 분위기가 갑자기 묘해졌다. 당황한 것 같기도 하고, 황당한 것 같기도 하고, 잠시 생각에 잠긴 것 같기도 했다.

그러나 이내 그 모든 감정을 얼굴에서 싹 지워 내고, 도준은 느닷없는 말을 한마디 툭 꺼내 놓았다.

"그 친구, 일을 제법 잘하는 친구예요. 잘됐네요."

"네? 그게 무슨 말씀이세요?"

다임이 무슨 말인지 몰라 눈을 동그랗게 뜨자, 도준은 들고 있던 자료를 손가락 끝으로 두어 번 두드렸다.

"이 자료, 그 친구가 가져다줬죠?"

"맞는데, 그걸 현 검사님이 어떻게 아세요?"

"제가 출처도 모르는 자료를 함부로 받겠습니까."

다임은 도준이 이 자료의 출처를 물어보지 않았다는 점에 비로소 생각이 미쳤다. 하지만 그게 중요한 게 아니었다.

"아니, 선우가 이 자료를 줬다는 걸 검사님이 어떻게 아시냐고요."

"제가 가져오라고 한 거니까요. 이 기자님 구출하려고 그 친구에게 제가 부탁한 겁니다."

"그럼, 이거 설마."

"네, 이 기자님 생각하시는 게 맞을 겁니다."

"검사님, 정말……."

다임은 더 이상 말을 잇지 못했다. 일이 어떻게 돌아간 것인지 비로소 깨닫게 된 것이다.

자료의 출처에 대해 제대로 얘기하지 않은 것은 선우도 마찬가지였다. 그래서 다임은 계속 의아해했다. SG엔터테인먼트가 어떤 회사인지, 이 자료를 가지고 있을 법한 사람이 누구인지, 선우가 알 턱이 없었기 때문이다.

그런데 도준의 이야기를 듣고 나니, 앞뒤가 딱 들어맞았다.

도준은 채은에게서 들은 정보를 기억하고 있다가 선우를 불러 자료를 가져오라고 시킨 것이다. 선우는 다임을 걱정시키지 않기 위해 자료의 출처에 관해 얘기하지 않고 자료만 줬다. 그리고 다임은 도준이 처음 생각했던 대로, 도준에게 이 자료를 가지고 왔다.

다임은 도준이 굳이 이 이야기를 지금 꺼내는 이유 역시 금세 알아차리고 싸늘하게 굳어 버렸다. 전에 없이 차가운 표정이었다.

"지난번에도 말씀드렸지만, 정말로 저질이시네요."

"화나셨어요?"

"네, 조금요."

도준이 굳이 지금 이 얘기를 꺼낸 것은 '너를 도운 것은 선우가 아니라 나다.'라고 강조하기 위한 것이었다. 그리고 그 속에는 '선우가 네 인생에 얼마나 도움이 되겠냐, 차라리 내가 도움이 될 것이다.'라는 뜻이 숨어 있었다.

그래서 다임은 화가 났다.

정보를 알려 준 것이 도준이라 하더라도 선택을 한 것은 선우였다. 선우는 일생일대의 기회가 엎어지는 것도 무릅쓰고 다임을 위해 애를 써 주었다.

그리고 도준은, 그 일이 선우에게 일생일대의 기회라는 것을 알면서도 선우에게 그런 지시를 한 것이다.

"그 말씀이 사실이라면, 결국 저는 현 검사님이 깔아 놓은 판 위에서 놀아난 거네요. 선우 시켜서 이 자료 받아 와서 기사 나가면 KG 사건 가져올 수 있을지도 모른다고 생각하신 거죠? 아니면 중부지검 KG 수사팀에 파견 나가실 수도 있고. 가장 나쁜 경우라 해도, 이 자료 갖고 있다는 것만으로도 검찰 내 입지는 좋아지니까?"

"역시 계산이 빠르시네요. 겸사겸사죠. 이 기자님도 그 구덩이에서 나오시고, 저도 좋은 거고."

"메신저 내용 숨겨 가면서까지 채은 씨 사건 기사화를 계속 강행하신 이유도 이제 겨우 알겠네요. 기사화가 안 되면 이 판을 못 까니까. 그래서 그러셨던 거네요."

제일 처음, 넌지시 그런 사건이 있었다고 흘렸던 것도 도준이었고, 도준이 내민 미끼를 다임이 알아차리지 못하자 채은에게 다임을 추천한 것도 도준이었다.

그러고도 모자라 혹시나 하는 마음에 다임을 불러 기사를 잘 부탁한다고 못을 박기까지 했다. 그날 그 자리는, 다임에게 교제를 제안하는 목적이 없었다고는 할 수 없겠지만 채은의 기사를 정말로 쓸 생각이 있는지 확인하기 위한 목적이 더 컸으리라.

도준은 자신의 그런 꿍꿍이를 깔끔히 인정했다.

"그런 이유만 있었던 건 아니었습니다. 채은 씨 사건은 어찌 됐건 풀어야 하는 일이라고 생각했습니다. 성폭력 가해자가 중요한 일을 맡는다는 거, 저도 잘못된 일이라고 생각했으니까요. 그리고 기사화를 한다면 이 기자님이 제일 나으리라고 생각했던 것도 사실입니다."

다임은 주먹을 꽉 움켜쥐었다. 결국 이 모든 것은 도준이 깔아 놓은 판이었던 셈이다.

물론 도준이 하는 말대로 겸사겸사라고 생각할 수도 있다. 어쨌든 채은 사건은 기사화가 됐고, 이래저래 정리될 실마리가 나왔다. 그리고 무혐의로 흘러갈 뻔했던 KG그룹 사건도 정리될 수 있게 되었다.

하지만 도준이 깔아 놓은 판 위에서 놀아났다는 사실은 기분이 나쁠 수밖에 없었다. 이건 다른 문제를 다 떠나, 기자로서의 자존심이 걸린 문제였다.

"뭐, 이번 건도 그렇고. 이 기자님, 저희 꽤 좋은 파트너가 될 수 있다고 생각하지 않으십니까? 나쁘지 않은 것 같은데."

"제가 현 검사님 손바닥 안에서 놀아나는 관계요?"

"아니, 그런 얘기가 아니라 전 무미건조한 여자는 재미없어하거든요. 이 기자님 정도면 딱 성격도 맞을 것 같고 잘 지낼 수 있을 것 같은데."

"저희가 성격이 잘 맞는다고 생각하세요?"

그때, 다임은 다시 또 말을 멈추었다. 언젠가 도준이 했던 말이 문득 떠올랐던 것이다.

'저는 자기 일에 확신을 갖고 일 잘하는 여자분이 더 좋습니다. 그래야 연애나 결혼을 하더라도 저에게 의존하지 않고 혼자서 잘해 나갈 것 같거든요.'

다임도 지금은 알 수 있었다. 그 말은 아마 진심이었을 것이다. 도준은, 판을 깔아 놓고 다임을 불러들인 것도 정말로 그녀를 위한 일이라고 생각했을 것이다.

하지만 다임이 어떤 기자인지 제대로 몰랐다는 것이 도준의 실수였다.

취재원이 깔아 놓은 '판' 위에서 춤을 추는 것을 좋아하는 기자도 있지만, 다임은 그런 기자가 아니었다. 다임은 온전히 자신의 뜻으로, 자신의 페이스에 맞춰 춤 선을 꾸려 나가는 것이야말로 진짜 기자라고 생각하는, 그런 기자였다.

그래도 도준의 말대로, 도준과는 연애나 결혼 생활을 아마도 그리 어렵지 않게 풀어 나갈 수 있을지도 모른다. 불꽃같은 연애가 아니라 무난하게 서로를 맞춰 가는 연애, 결혼이라면 분명히 큰 탈 없이 잘해 나갈 수 있을 것이다.

하지만 도준이 다임을 이용하는 판을 깔아 놓고 움직였듯이, 그리고 다임을 위해 자신을 모두 내던지지 않았듯이, 다임 역시 도준을 이용하기만 하면서 도준에게 자신을 완전히 내던지지는 않는 그런 연애, 결혼을 하게 될 것이다.

그러나 다임은 그렇게 계산적인 연애를 선택하고 싶지 않았다. 아직은 사랑하는 사람을 이용하기보다는 사랑하는 사람 앞에서 가슴이 떨리는 쪽이 더 좋았다.

그래서 다임은 선우를 받아들였다. 이다임이라는 사람에게는 현도준보다 선우가 훨씬 더 필요했다.

"검사님은 연애결혼을 하시는 것보다는 중매결혼을 하시는 게 나을 것 같은데요. 조건에는 크게 무게를 두지 않으시는 것 같으니 성격 위주로요."

이번에는 기다리든 말든 상관없다는 말도 아닌, 정말로 칼 같은 거절이었다.

도준의 눈동자가 처음으로 크게 흔들렸다. 다임이 그 어떤 여지 하나 남겨 두지 않았다는 것을 알아차렸기 때문이다.

잠깐의 침묵 후, 도준은 결국 쓴웃음을 짓고 말았다.

"접근 방법에 문제가 있었나 보군요."

"뭐, 세상사 어려운 것도 있는 법이죠."

이번엔 다임이 도준이 하는 평소 모습을 흉내 내, 어깨를 한 번 으쓱해 보였다. 도준은 그런 다임을 보면서 긴 한숨과 함께 한 번 더 쓴웃음을 짓고 말았다.

"저희 그럼 오늘 용건은 끝난 거지요?"

"그렇게 되겠습니다."

"좋은 파트너로만 지내시죠, 현 검사님. 단, 이번처럼 판을 깔아 놓고 저를 이용하려고 하면 앞으로는 좋은 파트너로도 지내기 어려울 것 같네요."

다임은 자신을 따라 일어서는 도준에게 불쑥 손을 내밀었다. 도준의 고백에 대한 거절, 그리고 작별의 의미를 가진 악수였다.

그것을 모를 리 없는 도준이었지만, 군말 않고 다임의 손을 맞잡았다.

"이게 검찰과 언론의 유착이군요."

"검사님이 벌여 놓은 판인데요, 뭐."

도준은 다임의 손을 오래 붙잡고 있지는 않았다. 가벼운 악수를 끝낸 후 도준은 금방 다임의 손을 놓아주었다. 마치 다임에게 어떤 감정도 표시한 적이 없었던 것처럼.

어쩌면 파트너로서는 아주 나쁘지만은 않은 사람일지도 모른다. 친구로서도 꽤 괜찮은 사람일 것이다.

다임은 다시 생각했다. 도준이 벌여 놓은 판 위에서 움직이긴 했지만, 그래도 매 순간순간 결론을 내린 것은 자신이었다고.

첫 기사화도 선우의 응원을 듣고 현주와 상담을 한 뒤, 오랜 고민 끝에 내린 결정이었다. 또 일이 결국 꼬여 버리긴 했지만, 채은의 인터뷰를 강행한 것도 역시 자신의 선택이었다.

그리고 이 자료. 도준이 깔아 놓은 판 위에서 선우가 심부름을 했고 다임은 장기짝만 된 꼴이었지만, 그래도 자료의 활용 방법을 생각한 것은 다임이었다. 이 자료를 도준에게 갖다 줘서 수사를 시작하게끔 하고, 여당 국회 의원에게 갖다 주기로 한 것도 다임이었다.

그래서 다임은 도준에 대한 분노도 이성적으로 간단히 정리할 수 있었다.

"이번 일은 고마웠고요. 다음번엔 더 좋은 일로 뵙도록 해요, 현 검사님."

그녀는 뒤도 돌아보지 않고 카페를 벗어났다.

다임은 이를 꽉 다물고 종운에게 전화를 걸었다.

처음에는 다임도 현주에게만 허락을 받고 돌파구를 찾아볼 생각이었다.

그러나 곧 생각을 고쳐먹었다. 지금 상황에서 종운을 돌파할 수 없다면 아무것도 돌파할 수 없다는 생각이 들었던 것이다.

그런 생각을 털어놓자, 현주는 무척 시원하게 응원을 해 주었다.

'잘 싸워 봐. 캡이랑 싸워서 꼭 이기고.'

그래서 다임은 지금 종운에게 전화를 걸고 있는 참이었다. 다임은 통화 연결음이 '어, 그래 다임아.'라는 말로 바뀌기 전, 침을 꿀꺽 삼켰다.

그런데 의외의 일이 벌어졌다. 종운 역시 흔쾌히 기사를 허락해 준 것이다.

— KG그룹 비리와 관련된 자료가 있다는 거지? 검찰도 수사 들어갔고. 그럼 쓰고 싶으면 써.

종운은 아직 구체적인 기사 내용도 듣지 않은 상태에서 허락부터 먼저 해 주었다.

다임은 그런 종운의 반응이 너무 의외라서 오히려 아무 말도 하지 못했다. 그러자 종운은 한숨을 푹 내쉬더니 한마디 덧붙였다.

— 너, 내가 KG그룹 봐주려고 이 사건 처음부터 기사 허락했다고 생각하고 있었지? 너, 너무 너만 옳다고 생각하고 다른 사람 무시하지만 말고, 힘든 일 있을 때는 기대고 좀 그래라.

"캡……."

다임도 그 말에는 그만 울컥하고 말았다.

종운도 어쨌든 기자는 기자였던 것이다. 아무리 월급쟁이가 다 되어 부장과 편집국장의 눈치를 본다고 해도 다임과 같은 기자였다. 다임이 했던 고민을 종운 역시 해 본 적이 있었을 것이고 그 고민의 결과 지금의 종운이 만들어졌을 것이다.

물론 다임은 지금의 종운과 같은 기자가 되고 싶지 않았다. 그리고 어쩌면, 종운은 그런 다임의 속마음까지 정확히 꿰뚫어 보고 있는지도 모른다.

"그럼 기사는……."

— 내보내도록 내가 노력해 보지. 안 되면 인터넷판으로라도 내가 내보내면 돼. 인터넷판 데스킹 권한은 나한테 있잖아. 기사 나가고 나면 뭘 어쩌겠어.

"감사합니다, 캡."

그제야 팔다리에도 힘이 붙는 것 같았다. 아직도 눈앞은 깜깜하지만, 그 암흑을 헤쳐 나갈 수 있는 힘을 얻은 것만으로도 지금은 충분했다.

선우뿐만이 아니었다. 다임의 곁에는, 정말로 많은 사람이 다임을 지탱하며 서 있었다.

그것을 새삼 다시 깨닫고 나니 다임은 정신을 차리지 못하고 있었던 일이 더더욱 죄송스러워졌다.

눈앞에는 여전히 수많은 벽이 있고, 다임은 그것을 제대로 돌파해 내지 못했다. 하지만 이 사람들을 생각해서라도 그 벽을 돌파할 길을 계속 찾아 나가야 한다. 계속 열심히 달려야 한다.

다임은 두 주먹을 꽉 쥐었다.

벌써 달리는 것을 포기하기엔 아직은 많이 이른 나이였다.

포기는 조금 더 나이가 든 후에 하자.

다임은 그렇게 생각했다.

엔딩이 별로면 어때,
영원한 사랑이면 됐지

기사는 당연히, 정혁을 비롯한 회사의 완강한 반대에 부딪혔다. 예상한 상황이었기에 종운은 사내 징계까지 감수하면서 팀장 권한으로 인터넷판 기사를 내보냈다.

다임은 일부러 기사를 쪼개서 내보내는 방법을 선택했다. 한번에 기사를 올렸다가 통째로 삭제당하는 위험을 감수하느니, 여러 번으로 쪼개서 내보내는 게 나으리라는 판단에서였다.

여기에는 진형도 힘을 보탰다. 진형은 성화만큼이나 영향력 있는 소셜 인플루엔서였다. 진형은 그런 자신의 위치를 십분 활용해, 페이스북 계정을 아주 효과적으로 이용했다.

혹시나 다임의 기사가 나가지 않을 것 같은 날에는 '내일도 큰 기사가 나간다고 합니다. 기대해 주세요.' 같은 글을 페이스북에 올렸다.

반향은 엄청났다. 연일 주요 인터넷 포털 사이트 메인 화면을 장식할 만큼 핫 이슈로 떠오르자, 결국 하나일보 사측도 두 손을 들고 말았다.

이 시리즈의 마지막은 혁수와 대검찰청의 거래 의혹에 대한 것이었다.

여당은 기사가 나온 즉시 혁수와 대검찰청 감찰 관계자들을 직접 국회로 부를 것을 요구했다. 여차하면 특검까지도 요구할 심산으로 보였다.

— 다음 소식입니다. 정해수 의원이 KG그룹으로부터 뇌물을 수수했다는 의혹과 관련해 검찰이 특별 수사팀을 꾸려 수사에 나서겠다고 밝혔습니다. 이 특별 수사팀은 검찰총장에게 수사 진행 상황을 따로 보고하지도 않는다고 합니다. 의혹이 연일 불거지자 초강수를 둔 셈인데요. 검찰의 정면 돌파가 통할 수 있을지는 미지수입니다.

다임은 휴대폰 DMB에서 흘러나오는 오후 뉴스 소리에 귀를 기울이며 의자 위로 주르륵 미끄러져 내렸다.

"끝났네."

지금 도북경찰서 기자실에 앉아 있는 사람은 다임 하나뿐이었다. 다른 기자들은 대검찰청으로 지원을 나간다, 국회로 지원을 나간다 하면서 라인을 잠시 떠나 있는 상태였다.

다른 뉴스 채널로 돌리자 혁수가 국회에 출석하고 있는 장면이 생중계로 나왔다. 다임은 혁수의 얼굴도 보기 싫어 채널을 돌려 버리려고 했지만, 이어폰으로 흘러나오는 기자의 멘트가 흥미로워서 그대로 놔뒀다.

— 방금 성혁수 부장검사가 뒤늦게 국회에 출석했습니다만, 출석 도중 한 시민 단체 회원으로부터 날달걀을 맞는 일이 벌어졌습니다. 시민 단체 회원은 현장에서 체포되었는데요…….

날달걀을 맞고 인상을 잔뜩 찌푸린 혁수의 모습이 클로즈업 되어 떠올랐다. 다임은 조금 기분이 좋아졌다.

의기양양하게 방송에 나와 마이크를 쥐고 수사 결과를 발표 하는 것보다는 날달걀을 뒤집어쓴 모습이 혁수에게 훨씬 더 잘 어울렸다. 그리고 이만하면 자신이 맞았던 날달걀에 대한 소소 한 복수도 될 것 같았다.

다임은 오늘도 밤늦은 시간까지 퇴근하지 못했다. 국회 상황 이 끝날 때까지 계속 지켜보아야 했기 때문이다. 달이 하늘 꼭 대기까지 떠오르고 나서야 다임도 겨우 기자실을 빠져나올 수 있었다.

그런데 다임은 경찰서 정문을 빠져나오자마자 반가운 얼굴 을 발견했다.

"어? 선우?"

"누나! 이제 퇴근해?"

선우도 금세 다임을 발견한 듯 환하게 웃으며 손을 흔들었 다. 선우의 손에는 새빨간 히비스커스 한 다발이 들려 있었다.

선우는 다임이 가까이 오자, 품에 꽃다발을 안겨 주었다. 꽃 에서 올라오는 연한 향기가 다임의 후각을 간질였다.

"웬 꽃이야?"

"그냥, 오다가 보이기에 샀어. 일 잘 풀린 거 축하할 겸, 겸 사겸사. 누나랑 되게 잘 어울리지 않아?"

히비스커스의 꽃말은 '섬세한 아름다움, 남몰래 간직한 사랑'. 어디가 다임과 잘 어울린다는 것인지 모르겠다.

꽃말도 그렇고, 새빨갛고 커다란 꽃잎은 오히려 선우와 더 잘 어울렸다. 니트에 청바지 차림의 선우가 달빛 아래 꽃을 들고 있는 모습은 그 자체로 한 폭의 그림 같았다.

"연락이라도 하지. 언제 나올 줄 알고."

"좀 기다려 보다가 누나 안 나온다 싶으면 연락해 보려고 했지."

"고마워."

다임은 꽃을 들지 않은 나머지 한쪽 손으로 선우의 손을 꼭 잡았다. 그러자 선우는 다임의 뺨에 살짝 입을 맞추었다.

두 사람은 손을 잡고서 나란히, 다임의 집으로 가는 길을 걸었다.

같이 살기로 한 것은 아니었지만, 어찌어찌하다 보니 요즘 선우는 대체로 다임의 집으로 귀가하곤 했다. 이렇게 다임의 출입처나 다임의 집 앞에서 퇴근을 기다리고 있는데, 어떻게 같이 집으로 가지 않을 수 있을까.

"누나, 오늘도 꽤 바빴어?"

"국회 상황 보느라고 정신이 없었어. 내 출입처도 아닌데 분석 기사를 쓰라고 난리라서. 아주 대문짝만 하게 걸 모양이야.

사회부장이고 정치부장이고 다 얄미워 죽겠어. 그런데 너는 영화 소식 아직 없어?"

"감독님이 방법 찾고 계신 모양이야."

"그렇구나. 너도 마음고생이 많다."

보도가 나가자, SG엔터테인먼트는 영화 제작을 무기한 연기시켜 버리고 말았다. 말이 무기한 연기지 실제로는 취소된 것이나 다름없었다. SG엔터테인먼트라는 회사의 존립 자체가 위태로워진 상황이었기 때문이다.

"너 근데 저녁은 먹었어?"

"아니, 근데 이것저것 주워 먹어서 별로 배 안 고파."

"뭘 그렇게 주워 먹었는데?"

"사장님이 샌드위치를 좀 많이 주셔서. 그거 다 먹었어."

결국 밥은 아직 먹지 않았다는 얘기였다. 다임은 미간을 살짝 찌푸렸다.

"저녁은 안 먹은 거네. 밥 먹어야지."

"누나는 저녁 먹었어?"

"아니, 나도 야근하느라 아직 못 먹었어. 내가 사 줄 테니까 저녁 먹으러 가자. 이 근처에 맛있는 집 있더라."

하지만 선우는 고개를 절레절레 내저었다. 샌드위치를 많이 먹었다는 말은 정말이었기 때문이다.

"누나 밥 먹으면 내가 앞에서 보고 있을게. 누나는 밥 먹어."

"그런 게 어디 있어?"

다임은 눈을 가늘게 뜨고 곁눈으로 선우를 보았다. 째려보기

468

는 했지만, 그래도 애정이 가득 담긴 눈초리였다.

"그럼 집에 가는 길에 먹을 거 몇 개 사 가자. 너 배도 별로 안 고프다고 하니."

"그래도 누나는 식사 제대로 해야지."

"됐네요. 너 안 먹으면 나도 입맛 없어."

결국, 다임과 선우는 식당에 들르지 않고 집으로 가는 버스에 올랐다.

퇴근 시간도 한참 지난 시간이라 버스에는 사람이 많지 않았다. 덕분에 다임과 선우는 뒷좌석에 사이좋게 나란히 앉을 수 있었다.

"나 궁금한 게 있어, 누나."

선우는 자리에 앉자마자 또 다임에게 말을 걸었다. 선우의 강아지 같은 눈망울을 보자 다임도 선우가 궁금하다는 것이 뭔가 궁금해졌다.

"뭐가 궁금한데?"

"그냥, 누나가 언제부터 알았나 해서."

"뭘?"

"내가 누나 좋아하는 거."

다임은 그만 심하게 기침을 하고 말았다. 버스에서 음료수를 마시는 것이 금지되어 있기에 망정이지, 뭐라도 마시고 있었다면 선우에게 추한 꼴을 보이고 말았을 것이다.

"넌 왜 갑자기 그런 걸 묻고 그러냐."

"그냥, 아까 누나 기다리다가 갑자기 궁금해지더라고. 언제부터였는데?"

"언제부터였더라⋯⋯."

다임은 어쩐지 부끄러운 마음에 대답을 피하고 싶었다. 하지만 강아지같이 초롱초롱하기만 한 선우의 눈망울을 보고 있자니 대답을 피할 수가 없었다.

"알았어."

다임은 길게 한숨을 쉰 후 기억을 되짚어 보았다. 그런 그녀를 보는 선우의 눈망울이 더욱더 초롱초롱하게 빛났다.

휴대폰 너머로 들리는 목소리가 좋지 않다며 훌쩍 달려왔을 때였나, 아니면 밥 못 먹고 있을까 걱정된다며 죽이나 샌드위치 같은 것을 들고 불쑥 찾아왔을 때였나.

다임도 순간순간 혹시 하는 생각이 들었던 때는 있었다. 그러나 애써 모른 척하려 했던 마음이 더 커서, 그리고 다임이 모른 척하려 할 때면 선우도 언제나 한 발짝 뒤로 물러나 주었기에, 그때까지는 다임도 긴가민가했던 것 같다.

그래도 끝내 선우의 마음을 모른 척할 수 없게 되었던 때를 고르자면, 역시 도준이 '그 친구도 이 기자님한테 관심이 있나 보네요.'라고 했을 즈음일 거다.

"현 검사님이네. 현 검사님 덕에 잘된 거라고 보면 될걸."

"현 검사님?"

"그러니까 말이야, 네가 나 좋아하는 것 같다고 현 검사님이 얘기한 적이 있거든. 아마 그때부터 같은데?"

"현도준 얘기야?"

도준의 이름이 나오자 선우의 얼굴이 구겨졌다. 선우는 볼을 통통하게 부풀리면서 창밖으로 시선을 홱 돌려 버렸다.

"그 사람이랑 그런 얘기는 왜 했는데?"

"아니, 그게……. 박성화 바람피우는 현장을 직접 보여 준 것도 현 검사님이고, 그냥 오지랖 부리고 싶었나 보지."

아마 도준도 다임에게 품고 있었던 감정 때문에 그런 소리를 한 것이리라. 선우를 견제하느라 그런 소리를 했겠지.

창밖만 뚫어져라 쳐다보면서 다임 쪽으로는 아예 눈길조차 주지 않는 선우를 보고, 다임은 킥킥거리고 웃었다. 그리고 손가락을 들어 선우의 볼을 쿡 찔렀다.

"삐치지 마."

"내가 언제 삐쳤는데?"

"지금."

다임은 손가락으로 선우의 뺨을 약하게 꼬집었다. 선우는 겨우 다임 쪽으로 눈길을 주었지만, 불평불만 가득한 얼굴은 그대로였다.

다임은 한 번 더 킥킥 웃고서는 선우의 손을 꼭 잡아 주었다. 그러자 선우는 통통하게 뺨을 부풀렸던 것이 언제였냐는 듯 불평불만을 모두 흘려보내고 말았다.

다임과 선우는 집에 들어가기 전 동네 슈퍼마켓에 들러 이것저것 먹을 것을 골랐다. 선우는 그다지 배고프지 않다고 하고 다임은 저녁을 먹어야 하니, 만두나 육포 같은 간단한 요깃거리를 비닐봉지에 채워 넣었다.

집에 들어온 직후, 이번엔 누가 만두를 굽느냐 하는 문제로 잠깐 실랑이를 벌였다.

"누나가 계산한 건데 굽는 건 내가 구워야지."

"됐어. 너 매일 아침 만들어 주잖아. 그러니까 오늘 만두는 내가 굽는다."

다임은 그렇게 말하면서 만두를 뺏고 선우를 거실로 내쫓았다.

만두 굽는 자글자글한 냄새가 금방 집 안 가득 퍼졌다. 다임은 잘 구워진 만두를 담은 접시와 맥주 두 캔을 들고 거실로 나갔다. 그런데 다임은 선우를 보고서 갑자기 눈썹을 치켜세웠다. 선우가 거실에 얌전히 앉아 있지 않고 구석에서 자꾸만 서성거리고 있었기 때문이다.

"너 뭐 하냐?"

다임은 거실 테이블 위에 쟁반을 내려놓으면서 물어보았다.

선우는 다임이 군만두와 맥주를 테이블 위에 펼쳐 놓는 것을 기웃거리면서 계속 서 있기만 했다. 그러다가 다임이 세팅을 모두 마치자 그제야 주춤주춤 자리에 앉았다.

한데 앉기는 했어도, 선우는 또 다임의 옆에 바로 앉지 않고 조금 간격을 두고 떨어져서 앉았다.

"너 진짜 뭐 하냐?"

다임은 더 이상하다는 듯한 얼굴로 물어보았다. 선우는 그제야 입가에 살짝 미소를 띠면서 다임에게 말을 건넸다. 그런데 그 말이 또 영 생뚱맞았다.

"어떤 술 좋아해요?"

"엥? 갑자기 무슨 소리야?"

"아니, 술이 다양해서……. 혼자 산 지 오래됐어요?"

"갑자기 무슨 술?"

그런데 그때, 다임의 머릿속을 퍼뜩 스쳐 지나가는 생각이 하나 있었다. 이건 분명히 들은 적이 있는 대사이자 본 적이 있는 장면이었다.

그래서 다임은 '너 진짜 뭐 하는 거야?'라고 한 번 더 물어보는 대신, 어이가 없다는 얼굴로 이렇게 말했다.

"너 지금 유지태 따라 한 거야?"

영화 〈봄날은 간다〉의 한 장면이었다는 걸 알아차리기 쉽지 않았지만, 어쨌든 옳은 추측이었던 모양이다. 선우는 그제야 이상한 분위기를 풀고 대답했다.

"따라 하다니. 연기한 거야."

입을 삐죽거리기는 해도 굉장히 당당했다. 선우가 하도 당당하게 말하고 있어서, 다임은 어설프고 상황에 맞지 않는 이 '이상한 나 홀로 단막극'을 차마 비웃을 수가 없었다.

"아, 그래? 뭐, 그랬던 거로 하자. 맥주나 마셔."

그러면서 선우에게 맥주 캔을 건네주는 게 다임이 할 수 있는 전부였다. 그러자 선우의 입이 한참은 더 삐죽 튀어나왔다.

"이런 게 다 연기 연습인데 누나가 안 받아 주면 어떡해?"

"아니, 아냐. 미안하다, 내가."

다임은 정말로 어이가 없었지만, 내색하지 않고 군만두를 하나 입으로 가져갔다. 그러자 선우도 볼이 퉁퉁 부은 채 맥주를 한 모금 마셨다.

그런데 다임은 또 하나 짚이는 게 있어 고개를 갸웃거렸다.

'설마 이거, 애교랍시고 해 본 거였나?'

이것 역시 맞는 추측 같았다. 선우가 왜 저렇게 뚱딴지같은 짓을 하나 했더니, 선우 나름의 애교 겸 애정 표현이었던 모양이다.

다임이 선우의 애교를 받아서 이영애의 대사를 해 주었다면 좋았겠지만, 그러지 않는 바람에 선우도 대충 연기 연습이라고 둘러댄 것 같았다.

다임은 웃음을 참을 수 없었지만, 짐짓 태연한 척하면서 선우에게 농담을 건넸다.

"너 근데 그 영화 배드 엔딩인 건 알고 따라 한 거야?"

"어? 배드 엔딩이었어?"

선우가 눈에 띄게 당황하자, 다임은 속으로 '역시나.'라고 생각했다. 그러나 다임은 또 태연한 척하며 짓궂게 말했다.

"제대로 못 봤나 보네. 그거 배드 엔딩이야. 이영애랑 유지태랑 헤어지거든? '어떻게 사랑이 변하니?'라는 대사 있잖아. 그것도 그 영화에서 나온 대사야."

"그랬구나."

선우는 시무룩하게 어깨를 늘어뜨렸다. 제 딴에는 멜로 영화를 따라 하면서 분위기 한번 잡아 볼 요량이었는데 실패하고, 심지어 배드 엔딩이기까지 하다니 더욱 풀이 죽어 버린 것이다.

시무룩한 선우는 그 나름대로 귀여웠지만, 그대로 놔둘 수는 없었다. 다임은 군만두를 한 입 베어 물어 먹으면서 한마디 덧붙였다.

"그래도 이탈리아에 있는 줄리엣의 집에 가면 로미오와 줄리엣에게 영원한 사랑을 비는 커플이 엄청 많대. 배드 엔딩인 게 무슨 소용이겠니. 유명한 멜로 영화면 됐지."

들은 건지, 듣고서도 생각이 많은 건지 선우는 맥주를 홀짝이기만 할 뿐 아무 말이 없었다. 다임은 화제를 돌리기 위해 젓가락으로 군만두 하나를 찍어 선우의 입 앞으로 가져갔다.

"이거 먹어. 되게 맛있어."

선우가 대답 없이 입만 벌리자 다임은 그 입에 만두를 물려 주었다. 그러자 선우의 표정도 겨우 풀렸다. 선우는 조금 전까지 시무룩해했던 것도 싹 잊고, 다임이 입에 넣어 준 만두를 우적우적 씹으면서 더없이 행복하게 웃었다.

"이거 진짜 맛있다, 누나."

"그치? 몇 개 더 구울 걸 그랬나?"

웃음은 딱 거기까지였다.

선우가 갑자기 웃음을 멈추더니 테이블에 젓가락을 내려놓았다. 그러고는 슬그머니 다임에게로 다가왔다.

"아니, 만두는 됐고. 누나."

다임은 입가심으로 맥주 한 모금을 마시다 말고 얼떨결에 주춤 뒤로 물러섰다. 선우의 얼굴에 굉장히 엉큼한 웃음이 떠올라 있었기 때문이다. 엉큼하게 웃고 있는 그 입으로, 선우는 다임의 입술에 쪽 하고 가볍게 입을 맞추었다.

"뭐 하는 거야. 나 지금 기름 잔뜩 묻었는데."

다임은 짜증을 내며 티슈를 뽑아 입술을 닦았다. 그러더니 선우의 입술에도 기름이 옮겨 묻은 걸 보고 그것도 닦아 주었다. 선우는 아랑곳하지 않고 다시 한번 다임의 입술에 쪽 하고 버드키스를 했다.

"누나, 누나 말이 맞아."

"뭐가?"

"뭐, 배드 엔딩이면 어때. 유명하면 되고 멜로 영화인 게 중요하지."

"그렇지?"

다임은 선우가 왜 또 이러나 싶어 다시금 뒤로 슬금슬금 물러났다. 그러자 선우는 다임에게 더욱 바짝 몸을 붙여 왔다.

"그래서 물어보는 건데. 누나, 라면 먹고 갈래?"

'라면 먹고 갈래?'

선우가 방금 흉내 낸 영화에서 나온 너무나도 유명한 대사였다. 그리고 지금 선우가 웃고 있는 바로 그 이유.

다임은 미간을 접으면서 선우의 상체를 뒤로 밀어냈다.

"나 아직 저녁도 다 안 먹었거든?"

"저녁이야 이따 먹지, 뭐."

선우의 입술이 다시 또 다임에게로 다가왔다. 이번에는 짙고, 아주 깊은 접촉이었다. 다임도 이번만은 도저히 선우를 밀어낼 수가 없었다.

선우는 다임과 숨결을 얽은 채로 그녀를 안아 올렸다. 그리고 그대로 침대로 향했다.

침대 위에 다임을 내려놓는 손길이 무척 조심스럽다. 다임을 살포시 내려놓으면서도 선우는 얽은 숨결을 놓지 않았다.

다임을 감싸고 있던 장벽과 선우를 감싸고 있던 장벽이 방 한구석으로 내던져졌다.

선우가 잠깐 입술을 떼자 다임은 자리에서 일어났다. 이번엔 다임 쪽에서 선우의 어깨를 살짝 밀어 넘어뜨렸다.

"선우야."

다임은 선우의 이름을 부르면서 가슴에 입을 맞추고 아래로 내려갔다. 그 입술이 선우의 아래에 다다랐다. 당황한 선우는 다임을 밀어내려고 했지만, 다임은 씩 웃으면서 그대로 입을 살짝 열었다.

선우의 민감한 곳에 다임의 속살이 닿았다. 그 부드럽고 촉촉한 느낌에 선우의 입에서 낮은 신음이 터져 나왔다. 낮은 신음은 그 자체로도 너무나 매력적이라서 다임은 가만히 입술을 움직였다.

그러는 사이 선우도 더 이상 참을 수 없게 되었다. 선우는 곧바로 다임을 떼어 내고 조금 전까지 자신의 민감한 곳에 닿았던 그 입술에, 자신의 입을 갖다 대었다.

뜨거운 숨결이 얽히고 서로의 속살이 교차했다. 선우의 커다란 손끝이 다임의 온몸을 부드럽게 쓸어내렸다. 다임의 입에서 연거푸 격한 소리가 터져 나오려고 했지만, 선우의 입술에 가로막혀 밭은 숨소리로 흩어졌다.

이번엔 선우의 손끝이 다임의 민감한 곳을 헤집었다.

"선우야, 아!"

선우의 입술에 가로막힌 입에서 알아듣기 힘든 목소리가 새어 나왔지만, 선우는 그 말을 모두 알아들을 수 있었다. 그 소리를 들을수록 선우의 손끝은 점점 더 강하게 움직였다. 움직임은 강하면서도 부드러웠다.

선우의 손끝과 입술이 모두 슬그머니 다임에게서 떨어져 나갔다. 선우는 가만히 다임을 내려다보았다. 다임의 눈에는 깊은 열기가 감돌고 있었다. 선우는 다임의 눈에서 이런 열기를 볼 수 있으리라고는 감히 단 한 번도 상상해 본 적이 없었다. 그래서 매 순간이 꿈만 같고 믿기지가 않았다.

"왜?"

다임이 부드럽게 선우를 부르면서 그의 귓가를 살짝 깨물었다. 그러자 선우는 다임을 꽉 끌어안았다. 다임의 아래로는 선우가 있는 힘껏 치받아 들어왔다.

"아!"

다임의 입에서 또 신음이 터져 나왔다.

선우가 거친 움직임을 시작했다.

아무래도 오늘 밤 역시, 샛별이 뜨기 전에 잠들기는 틀린 것 같다.

다임은 뺨에 닿는 차가운 감촉에 잠에서 깼다. 다임은 눈을 감은 채 손만 머리 위로 휘휘 내저었다.

"나 오늘 쉬는 날이니까 더 잘래."

다임은 이불을 머리끝까지 뒤집어썼다. 그러자 이번에는 차가운 감촉이 입 속으로 파고들었다. 선우가 입을 맞추면서 자신의 입에 머금고 있던 차가운 물을 다임의 입으로 옮긴 것이다.

다임은 더 잠을 이루지 못하고 눈을 뜰 수밖에 없었다. 부스스한 시야에 선우의 얼굴이 한가득 보였다.

"누나."

몸을 내리누르는 선우의 무게가 기분 좋았다. 곧이어 선우의 손이 다임의 옷자락 안쪽으로 쑥 들어왔다. 오른손은 봉긋한 곳을 문질렀고, 왼손은 가장 민감한 곳을 헤집었다.

다임은 잠에서 깨자마자 헉하고 신음을 흘렸다. 선우는 그게 만족스러운 듯 다임의 입술 속으로 자신의 숨결을 불어 넣었다.

허벅지 위로 단단한 것이 느껴진다. 선우는 금방 다임의 하체를 감싼 얇은 천을 벗겨 내었다.

하지만 딱 거기까지였다. 다임이 두 팔을 뻗어 선우를 옆으로 밀어낸 것이다.

"그만, 나 그럴 체력 없어. 너도 서른 넘어 봐."

"쳇."

아침 댓바람부터 문전 박대를 당한 꼴이 된 선우는, 툴툴거리면서도 얌전히 다임의 옷을 도로 입혀 주었다. 그러고는 다임의 옆에 몸을 눕혔다. 성난 것을 가라앉히기 위해선 충분한 시간이 필요할 것 같았다. 선우는 슬쩍 옆으로 돌아누웠다.

"지금 몇 시야?"

"7시."

아무리 툴툴거려도 다임이 묻는 말에는 재깍 잘 대답하는 선우였다.

다임은 부서질 것 같은 몸을 일으켜 자리에 앉았다. 그러자 선우가 침대맡에 놓아둔 따뜻한 커피 한 잔을 내밀었다. 커피는 또 언제 내려놓은 건지. 하는 짓 하나하나가 참으로 기특한 녀석이다.

"마셔, 누나."

"어, 고마워. 근데 나 더 자야 할 것 같은데."

다임은 한참 후에야 겨우 정신이 들어 옆을 흘끗 보았다. 선우는 여전히 볼을 빵빵하게 부풀린 채 벽만 보고 있었다.

"나 저질 체력인 거 싫으면 네 또래 만나든가."

다임은 그렇게 말하고 단숨에 커피를 비웠다.

선우는 다임의 이번 말 역시 불만인 것 같아 보였지만, 별말하지 않고 빈 잔을 건네받았다. 그래도 주방으로 향하면서 다임의 뺨에 가볍게 입을 맞추는 것은 잊지 않았다.

카페인의 기운을 빌리기는 했지만, 아직도 머리가 멍했다. 하지만 멍하니 넋을 놓고 앉아 있을 여유는 없었다. 휴대폰에 메시지 하나가 왔기 때문이다.

주방에서 돌아온 선우는 다시 다임의 옆에 털썩 드러누웠다.

"쉬는 날인데 더 자지?"

"네가 깨웠잖아."

이번에는 다임 쪽이 툴툴거리면서 선우에게 쏘아붙였다. 선우는 머쓱한 듯 뺨을 살짝 긁었다. 다임은 더 말하지 않고 휴대폰 메신저를 들여다보았다.

"아이고, 이런."

"무슨 일인데?"

선우도 자리에서 일어나 다임의 휴대폰을 같이 들여다보았다. 그러나 선우가 메시지 내용을 볼 새도 없이, 다임은 곧바로 통화 버튼을 눌러 버렸다.

"네, 현 검사님. 아침부터 죄송합니다."

'현 검사'라는 단어를 들은 선우는 금세 불쾌한 기분을 내비쳤다. 선우는 입을 삐죽거리더니 일부러 다임의 옷자락을 만지작거렸다. 하지만 다임이 인상을 찌푸리며 손을 탁 쳐 내는 바람에 그 이상 훼방을 놓지는 못했다.

"네, 오늘 채은 씨 출국인 걸 제가 깜빡하고 있었네요. 채은 씨는 지금 전화 안 받을 거 같고. 몇 시예요? 5시요? 네, 알겠습니다. 이따 봐요."

짧은 통화가 끝난 후 다임은 머리를 긁으면서 휴대폰으로 다시 날짜를 확인했다.

선우는 다임이 휴대폰 내려놓기만을 기다렸다는 듯 그녀에게 확 덮쳐들었다. 다임은 자신의 위에 올라탄 선우를 못마땅하게 쳐다보았다.

"왜 그래, 갑자기?"

"그 피해자분 출국이라는 거지? 거기 현도준도 오는 거고."

"어? 어. 당연하지. 채은 씨가 마음 열고 있는 몇 안 되는 사람이라."

다임은 선우가 퉁퉁 부은 이유를 비로소 알아차렸다. 선우 앞에선 도준이란 이름이 폭탄이란 걸 또 깜빡했다.

그러나 뾰로통한 선우를 달래 줄 틈도 없이, 선우는 입을 삐죽거리면서 돌발 발언을 툭 내뱉었다.

"그럼 나도 갈래."

"너도?"

다임은 미간을 살짝 접으면서 말했다.

오늘은 토요일. 기자는 쉬는 날이지만, 선우는 아닐 것이다.

"너 안 바빠? 오늘 쉬는 날 아니잖아."

"카페는 사장님께 말씀드리고 오후에 잠깐 빠지면 돼."

다임은 선우에게 뭐라고 잔소리를 하려다가 그만뒀다. 이번만은 선우도 끝까지 떼를 쓸 기세였기 때문이다. 게다가 뭐, 적적한 채은의 출국 현장에 사람이 하나라도 더 있는 게 나쁠 건 없을 것이다.

그렇게 생각한 다임은 고개를 살짝 들어 선우의 이마에 가볍게 입을 맞추었다.

"알았어. 그럼 같이 가자. 오후 5시에 인천 공항이래."

"네, 알겠습니다, 이다임 선생님."

다임의 흔쾌한 승낙에 선우의 표정도 금방 풀렸다. 그런데 표정만 풀린 것이 아니었다. 선우의 입가에 아주 묘한 웃음이 떠오른 것이다.

"너 또 왜 웃냐?"

선우는 대답 대신 다임의 입술에 입을 포갰다. 손으로는 슬 그머니 다임의 하체를 가리고 있는 천을 벗겨 내었다.

다임은 입 속으로 들어오는 선우를 느끼며 또 '아이고.'라고 생각했다. 출국은 오후 5시니 시간은 넉넉할 것이다.

오늘은 체력을 비축해 두고 싶은 휴일이었다. 하지만 선우와 함께 있는 한, 체력을 비축할 수 있는 휴일이란 영영 오지 않을 것이 분명했다.

~~~

토요일 오후의 인천 국제공항은 사람들로 북적거렸다.

다임은 행여나 선우를 놓칠세라 그의 손을 꼭 쥐었다. 선우 는 다임이 손을 잡아 주는 것이 그렇게 행복한지 입가에서 웃 음이 떠나질 않았다.

"누나, 그분은 어디에서 보기로 한 거야?"

"1번 출국장 앞에서."

다임은 눈을 가늘게 뜨고 두리번거리면서 채은을 찾았다. 어떤 화려한 남자 하나가 채은보다 먼저 눈에 띄었다. 도준이 었다.

"현 검사님 저기 있네. 채은 씨도 저기 있나 보다."

선우는 도준을 보자마자 인상을 구겼다. 그러나 다임은 신경 쓰지 않았다.

도준은 밝은 스카이블루 빛깔의 트렌치코트를 입고 있어 멀리서도 쉽게 눈에 띄었다. 출근 때는 보통 무채색 옷을 입는 도준이니, 오늘은 채은을 배웅하기 위해 연차라도 낸 모양이다.

그 옆에서는 채은이 자그마한 핸드백을 둘러멘 채로 도준과 얘기를 나누고 있었다. 상담실에서 처음 만났던 때와 비교하면 안색이 훨씬 좋았다. 그래서 다임도 적잖이 마음이 놓였다.

"채은 씨도 저기 있네."

그 말에, 선우는 더욱 인상을 구겼다. 그러나 마지못해 표정을 풀고 다임을 격려했다.

"누나, 잘하고 와."

다임은 선우의 손을 놓고서 담소를 나누고 있는 채은과 도준에게로 다가갔다. 도준의 존재가 달갑지 않은 건 다임도 마찬가지였지만, 별수 없었다.

"아이고, 우리 대특종 이 기자님 오셨습니다."

채은보다도 도준이 먼저 다임을 발견하고 밉살맞은 소리를 툭 내뱉었다. 다임은 도준을 한 대 치기라도 할 것 같은 기세로 확 째려보았다.

"시끄러워요."

"반가워서 그럽니다, 반가워서."

다임이 뭐라 하거나 말거나, 도준은 넉살 좋게 잘도 대답한다. 다임은 그 모습이 얄미워서 몇 마디 더 쏘아붙였다.

"그래도 안 죽고 살아 있었네요? KG그룹 특별 수사팀에서 과로로 죽어 가고 있는 거 아닌가 했는데."

"제가 과로사하는 걸 기다리셨나 봅니다? 덕분에 과로사 직전이긴 합니다. 그래도 이 기자님이야말로 표정이 편안해 보여서 다행이네요."

"저야말로 정말 덕분에 편안하거든요. 신경 써 주신 것에 무척 감사드릴 뿐이죠."

"별말씀을 다 하십니다."

날이 탁탁 서 있는 농담이었지만, 그래도 그리 험악한 분위기는 아니었다. 그래서인지 채은도 두 사람의 대화를 말리지 않았다.

아니, 어쩌면 이전과 비교하면 오히려 더 친근한 대화라고 하는 것이 맞을 것이다. 이전에는 격의와 예의를 갖춘, 업무상 대화밖에 주고받지 않았던 두 사람이었다. 도준에게서 느끼고 있던 벽이 많이 무너져 내린 것 같은 느낌이었다.

다임은 화려한 코트로 멋을 낸 검사님 따위는 더 이상 신경 쓰지 않기로 하고, 아예 채은 쪽으로 몸을 틀어 버렸다.

"이런 말 하기 뭐하지만, 그래도 요 며칠은 잘 지내셨지요?"

"떠날 준비 하느라 정신이 없어서 잘 지내니 뭐니 할 것도 없었어요."

"준비는 다 되신 거예요?"

"아직 서류가 좀 남긴 했는데, 가서 하려고요."

다임은 또 죄스러워졌다. 서류 준비를 다 마치지도 못한 채 출국할 만큼 촉박한 일정이었나 보다. 일정이 그렇게 촉박해진 이유가 다임은 자신의 기사 때문인 것만 같았다.

"채은 씨는 좋겠네요. 나는 언제쯤 한국 뜨나."

다임이 시무룩해진 것을 눈치채기라도 한 것인지, 도준이 불쑥 대화에 끼어들었다. 채은도 그 의도를 알아차리고 웃으면서 대답했다.

"자리 잡고 좀 괜찮아지면 한번 놀러 오시겠어요?"

"그래도 괜찮겠습니까? 뉴질랜드가 오죽 좋아야지요."

"너무 자주는 말고요. 아무리 그래도 전 직장 상사라서 좀 부담스러워요."

"그럼 이 기자님하고 같이 가죠, 뭐. 이 기자님, 내년 여름에 둘이서 같이 여행이나 가실까요? 채은 씨 잘 살고 있는지 볼 겸, 겸사겸사해서."

"제가 왜 현 검사님이랑 둘이 여행을 가요?"

다임이 눈을 부라리자 도준은 '이크.'라고 외치면서 한 발짝 뒤로 물러섰다.

도준의 농담 덕분에 다임은 한결 마음이 가벼워졌다. 고마운 농담이었다. 정말 실없이 장난으로 한 말이었는지, 아니면 아주 조금쯤 진심을 담은 말이었는지는 알 수 없었지만.

채은은 이상한 소리를 해 대는 도준을 잠깐 묘한 눈으로 쳐다보았다.

"어쨌든 이 기자님, 고마웠어요. 그리고 바쁘실 텐데 이렇게 나와 주셔서 더 고맙고요. 생각보다 배웅해 주는 사람이 많아서 한국에서의 마지막이 나쁘지는 않네요."

"아닙니다. 제가 죄송스러운 게 아직 너무 많아서……."

다임이 또 어깨를 움츠리자 채은이 빙긋 웃었다. 많은 것을 내려놓은 것 같았던 예전과는 달리, 이제는 채은도 진심이 조금쯤 비치는 미소를 만들어 낼 수 있었다.

"떠나는 사람이 이런 말을 한다는 게 참 염치가 없지만, 이 기자님께는 계속 싸워 달라는 부탁을 꼭 해 드리고 싶네요. 이 기자님은 아직 싸울 힘이 남아 있는 것 같아요."

그 말에 다임의 볼이 살짝 붉어졌다. 채은에게 그런 칭찬을 들을 상황이 아니라고 생각했기 때문이다. 오히려 채은에게 사과해야 할 일이 더 많았다. 그렇지만 떠나는 사람 앞에서 그런 얘기를 하며 다툼을 벌일 수도 없었기에 다임은 채은이 하는 얘기를 가만히 듣기만 했다.

"이 기자님이 계속 싸워 주시는 걸 보면 저도 힘이 날 것 같아요. 지금 당장은 도망치지만, 힘이 생기면 언젠가 다시 돌아올지도 모르잖아요."

그 말은 다임을 격려하기 위한 말이면서 동시에 채은 자신을 격려하는 말이었다. 다임도 고개를 살짝 숙여 채은에게 감사를 표했다.

"채은 씨, 작별 인사는 이쯤에서 끝냅시다. 이러다 비행기 놓치겠어요."

도준의 재촉에 채은은 시간을 확인했다.

"이런, 시간이 벌써 이렇게 됐네. 그럼 이 기자님, 정말 고마웠습니다. 저쪽에서 자리 잡으면 그때 연락드릴게요."

"네, 채은 씨. 몸조심하세요."

다임은 채은에게 깊이 허리를 숙여 인사했다. 채은도 가볍게 고개를 숙여 다임에게 인사를 했다. 그 인사를 끝으로 채은은 마침내 출국장으로 떠났다.

한국을 떠나는 채은의 뒷모습은 정말로 홀가분해 보였다. 마치 한국 땅에 대한 미련이 하나도 남아 있지 않은 것처럼.

다임은 언젠가 채은이 돌아왔으면 좋겠다는 생각을 했다. 채은이 한국으로 돌아와, 사회가 조금이라도 바뀐 모습을 본다면 조금이나마 위안이 되지 않을까 하는 생각이었다. 그것은, 한국에 남겨진 다임이 짊어져야 할 짐이었다.

다임은 입국 심사대로 사라지는 채은의 뒷모습을 하염없이 계속 지켜보면서 양 주먹을 꽉 쥐었다. 그런 다임의 진지한 결의 사이로, 도준이 불쑥 고개를 들이밀었다.

"그런데 저한테는 감사하다거나 죄송하다고 안 하십니까?"

도준 덕분에 다임이 느끼고 있던 여운은 와장창 깨져 버리고 말았다. 다임은 '이 양반도 있었지.'라고 속으로 중얼거리면서 곁눈으로 도준을 째려보았다.

"아, 네. 검사님께도 많이 감사하고 있습니다. 놀아나긴 했어도 뭐, 고마운 부분은 고오마운 부분이니까요. 아주 고오맙습니다."

"뭐가 감사한지 구체적으로 듣고 싶은데요?"

"이것저것 다아 고오맙습니다."

"그것참, 대답이 미묘하네요. 아무튼, 그렇게 감사하시다면 언제 저녁이라도 같이하시죠?"

"또 이상한 장면이나 보여 주시려고요?"

"사람 참 못 믿으시네. 보통 감사 인사는 원래 식사 대접으로 하는 게 한국인의 미덕 아닙니까."

"그런 미덕이 언제부터 있었대요?"

다임은 도준과 주거니 받거니 하면서 대기실 쪽으로 걸어 나왔다. 그녀를 기다리고 있는 선우가 보였다. 다임은 입가에 슬그머니 미소를 걸었다.

"그리고 그 식사 대접이라는 거, 제 '남자 친구'가 별로 안 좋아할 것 같네요."

다임은 선우에게 손을 흔들었다. 잘 끝냈다는 의미였다. 이제나저제나 다임을 기다리고 있던 선우는 다임을 보고는 저도 반갑게 양손을 흔들면서 자리에서 콩콩 뛰었다.

그런데 곧 선우의 얼굴이 또 구겨졌다. 다임의 곁에 서 있는 남자, 도준을 발견한 모양이었다. 도준 역시 선우를 알아보고 묘한 얼굴을 했다.

지난번 골목길 대면 이후로 처음 만나는 두 사람이었다. 어쨌거나 안면이 있는 사이임은 분명했지만, 선우는 도준에게, 도준은 선우에게 인사를 하지 않았다.

다임은 선우에게로 걸어가기 전, 도준에게 가볍게 고개를 숙여 인사했다. 이번에는 정말로 진심을 담은 감사 인사였다.

도준도 빙긋이 웃었다. 모처럼 후련한 얼굴이었다. 선우를 보고서, 남은 미련을 깔끔하게 털어 내 버린 것처럼.

선우는 다임이 가까이 오자마자 어깨를 확 끌어안았다.

"선우야, 뭐 하는 거야."

다임이 가볍게 선우의 어깨를 톡톡 두드렸다. 선우는 다임을 안은 팔에 오히려 더 힘을 주면서 도준을 한없이 노려보았다.

'아이고.'

다임은 차마 곤란한 티를 내지 못해서 속으로만 중얼거렸다.

다임은 사실, 어쩌면 도준과 좋은 친구가 될 수 있을지도 모른다고 생각하고 있었다. 도준은 취재원으로만 생각할 때는 능글맞고 속을 알 수 없는 양반이었다. 그러나 겪어 보니 대놓고 나쁘기만 한 사람은 아니었다. 그래서 어쩌면 언젠가 포장마차에서 술 한 잔 같이 마실 좋은 친구가 될 수 있지 않을까 하고 생각했다.

하지만 지금 선우의 반응을 보니 그것은 불가능한 꿈처럼만 느껴졌다.

'나중에 선우랑 같이 자리나 만들어 볼까.'

그래도 불가능하다는 이유로 꿈을 포기하고 싶지 않았기에 다임은 혼자 이런 생각을 했다. 아무래도 선우와 도준이 함께 있는 자리를 만드는 것부터 험난한 여정이 될 것만 같았다.

에필로그 :
처음 그대로

"캡, 이걸 대체 왜 씁니까?"

아무도 없는 도북경찰서 기자실에 오늘도 다임의 목소리가 크게 울려 퍼졌다. 아니, 아무도 없는 기자실은 아니다. 웬일인지 아침 일찍 기자실에 모습을 드러냈던 창진이 지금 구석에 마련된 침대에서 숙면 중이니까. '도북스러운 평화 라인'이라는 명성에 걸맞은 모습이었다.

"그러니까 제가 쓰고 싶지 않다니까요!"

다임의 목소리는 점점 더 커졌다. 이렇게까지 언성을 높이면 창진의 잠도 방해받고 말 것이다. 하지만 다임은 신경 쓰지 않았다.

— 기사 가치가 있으니까 쓰라고 하는 거 아니야!

"이만큼 흔한 교통사고가 어디 있습니까! 저는 기사 가치가 없다고 생각합니다."

— 운전자가 여자잖아! 여자가 이런 사고를 내는 게 얼마나 재미있냐고.

"그러니까 캡은 운전자가 여자라서 재미있다는 거잖아요. 남자 운전자가 이런 사고를 내는 건 흔하다고 캡도 생각하시는 거 아닙니까!"

종운이 이마를 짚는 모습이 눈에 선하게 그려졌다. 그래도 다임은 제 할 말을 막무가내로 이어 갔다.

"흔하지 않은 일이면 무조건 기사 가치가 있는 겁니까? 재밌으면 기사 가치가 있는 거예요? 기사 가치에 공익은 고려 안 하세요?"

— 운전자들에게 이런 사고를 주의하라는 사소한 공익은 공익이 아니야? 너 왜 이렇게 시야가 좁아. 그리고 독자들 읽을거리는 생각 안 하냐?

"캡, 기사로 전달하는 읽을거리라는 게 결국 사회의 한 단면이잖아요. 독자들은 저희 기사를 보고 '이게 한국 사회의 모습이구나.'라고 생각한다고요. 여성 운전자들이 이런 사고를 내는 게 흔하지 않다는 이유로 계속 이런 종류의 기사만 내면 독자들도 '이런 사고를 주로 내는 건 여성 운전자들이구나.'라고 생각할 게 뻔하잖습니까."

— 남성 운전자들이 이런 사고 냈다는 팩트 갖고 있어? 갖고 있냐고!

"캡도 운전하시잖아요. 경험적으로 뻔히 아시면서 왜 그런 말씀을 하시는 거예요."

이번에는 종운의 긴 한숨 소리가 휴대폰 너머로 건너왔다.

다임의 입매에 승기를 잡은 웃음이 번졌다. 이번에는 드디어 종운을 이길 수 있을 분위기였다.

"아무튼, 저는 모릅니다. 이거 제 이름으로는 절대 안 쓸 거니까, 캡이 처리하시든 마시든 마음대로 하세요. 저는 아침에 보고한 다른 기사 때문에 나가야 됩니다."

제 할 말만 하고 다임은 전화를 탁 끊어 버렸다.

"하여간 매번 이러지."

말은 이렇게 해도, 다임은 이전보다 종운과 싸우는 것이 좀 더 편해진 것 같다고 느꼈다.

어쩌면 종운은 그리 나쁜 팀장이 아닐지도 모른다. 매일같이 언성을 높이며 싸우는 것이 일과가 됐지만, 이렇게 언쟁이라도 벌일 수 있다는 것에 오히려 만족했다.

법조팀에 있을 때 다임은 한 번도 팀장과 이런 식으로 싸워 본 적이 없었다. 법조팀장은 '이래도 좋다, 저래도 좋다.' 하는 줏대 없는 예스맨 타입이라, 온종일 하는 일이라고는 사회부장의 지시를 아래에 전달하는 일과 현장 기자들의 불만을 제 선에서 뭉개는 일뿐이었다.

다임은 언젠가는 종운과도 속을 터놓고 깊은 이야기를 나누어 볼 필요가 있다고 생각했다. 어쨌거나 그건 나중의 일이지만.

다임은 짐을 다 챙긴 후 가방을 둘러멨다. 그제야 잠에서 깨어난 창진이 부스스 침대에서 일어났다.

“이다임, 어디 특종 따러 가?”

“네.”

“진짜?”

“선배가 아실 바 아니죠.”

“기사 내보내기 전에 얘기나 해 주라. 보고라도 안 놓치고 하게.”

창진은 그렇게 얘기한 후 다시 침대에 드러누웠다. 다임과 드잡이 직전까지 싸웠던 게 언제 일이라고, 참으로 염치도 좋은 양반이었다. 다임은 그런 창진을 한심스럽게 쳐다본 후 기자실 장에게 인사를 하고 기자실 밖으로 슬슬 걸어 나왔다.

다임의 휴대폰이 짧은 진동을 울리면서 메시지가 왔음을 알렸다. 지금은 모든 라인이 다 한가한 시간. 연락 올 곳이 있을 리 없었다.

다임은 선우인가 싶어 메신저를 열어 보았다. 의외로 메시지를 보낸 사람은 한 사람이 아니었다. 다임은 현주가 보낸 메시지부터 먼저 눈으로 훑었다.

[이다임, 저녁에 한가하냐? 술이나 한잔하자. 좋은 취재원 소개시켜 주마.]

다임은 저녁 스케줄을 곰곰이 되짚어 보았다. 아쉽게도 선우와의 데이트가 있는 날이었다.

[바이스, 죄송합니다. 오늘은 제가 개인 약속이 있습니다. TT]

[그래? 아쉽네. 그럼 날짜 다시 잡자. 다음 주 중에 괜찮은 날 있으면 정해서 메시지 주라.]

[네, 바이스]

다임은 이번엔 진형이 보낸 메시지를 열어 보았다. 메시지를 본 다임의 눈이 가늘어졌다. 진형이 보낸 것은 어떤 인터넷 게시판 링크였던 것이다.

"이게 뭐야."

수상쩍다. 아니, 엄청나게 수상쩍다.

어쩌면 진형인 척하는 누군가가 피싱 링크를 보낸 것일지도 모른다. 하지만 다임은 궁금함을 이길 수가 없었다. 진짜로 피싱이라서 돈이라도 빠져나가면 진형을 갈구겠다는 마음으로 다임은 링크를 열어 보았다. 그리고 곧, 다임의 코끝에서는 웃음이 새어 나왔다.

"이게 뭐야."

진형이 보낸 링크에는 남자 친구의 결백을 주장하는 어떤 여성이 올린 글이 연결되어 있었다. 그 내용을 대충 요약하자면 이런 것이었다.

제 남자 친구가 성매매 혐의로 현장에서 체포되었습니다. 그리고 남자 친구의 회사에서는 이 일 때문에 회사의 이미지가 실추되는 것을 막기 위해 남자 친구에게 회삿돈 횡령 누명을 씌워 해고하려고 합니다.

제 남자 친구는 그럴 사람이 아닙니다. 성매매 현장에서 체포된 것은 사실이지만, 성매매 업소에 가자는 선배의 권유를 거절할 수가 없었을 뿐입니다. 남자 친구는 성매매 여성에게 손도 대지 않았다고 합니다.

제발 도와주세요. 제 남자 친구가 이런 억울한 일로 직장을 잃고 감옥까지 가는 일이 없도록 제발 도와주세요.

글 말미에는 청와대 청원 링크도 붙어 있었다.

마지못해 선배를 따라갔을 뿐 성매매는 하지 않았다는 이야기나 회사가 횡령 누명을 씌웠다는 이야기 모두 글 속 '남자 친구'의 주장일 뿐이었다. 근거도 없고, 글을 쓴 '여자 친구'라는 사람이 직접 경험한 내용도 없었다.

게다가 직원의 성매매로 회사 이미지가 실추된다며 횡령 누명까지 씌우려 하는 회사가 어디 있단 말인가. 차라리 사규 위반을 이유로 징계를 한다면 모를까.

[이거 뭐야? 혹시 오빠 지금 취재하는 거야? 이런 이상한 거에 다 관심이 있었어?]

[이거 누군지 모르겠어?]

[누군데?]

[글 속 남자 친구분 성함이 박성화 씨라고 하는 사람이란다.]

[진짜?]

[○○ 이쪽 동네 소문 이미 파다하게 퍼짐.]

다임은 그 자리에서 '풉.' 하고 크게 비웃어 버렸다.

진형이 그렇다고 하면 뜬소문은 아닐 것이다. 진형은 KG그룹 기사 사태 이후 산업부에서 쫓겨나다시피 부서를 옮기게 되었다. 그러나 그렇게 고대하던 문화부나 정치부, 사회부로는 가지 못했다. 경제부장의 강력한 주장으로, 진형은 결국 경제부 증권팀에 눌러앉게 되었다.

아무튼, 증권팀에 있으니 증권사 쪽 소식은 누구보다도 빠삭할 것이다. 진형이 증권사 직원인 성화의 소식을 안다는 게 이상한 것은 아니었다.

[그럼 이 글 올린 사람은 김지나 씨래?]

[김지나? 이름은 모르겠지만, 아마 너랑 헤어지고 나서 만난 그 여자분 맞을걸.]

[둘이 천생연분이네. 백년해로했으면 좋겠다.]

[그 횡령이라는 것도 박성화 씨가 여성 고객 돈을 좀 빼돌린 거래. 어떤 여성 고객이랑 바람을 피웠나 본데, 겁도 없이 그 여자 돈 빼 쓰다가 걸린 거래.]

[그거 김지나 씨는 알고?]

[나야 모르지.]

다임은 낄낄거리고 웃었다. 남의 불행을 보고 즐거워하는 건 참 못된 일이지만, 그래도 즐거워지는 것은 어쩔 수 없었다.

[유쾌한 소식 아주 고마워, 진형 오빠. 역시 동기 사랑 나라 사랑이야.]

다임은 마지막 답을 보낸 후 휴대폰을 주머니에 밀어 넣었다.

안타까운 마음에 그 글을 열심히 썼을 지나를 생각하니 어쩐지 애처로웠다. 하지만 설령 지나가 사건의 내막을 모두 안다고 해도 결코 화를 내지는 못할 것이다. 본인이 한 짓을 그대로 돌려받는 것에 불과하니까.

어차피 세상사 다 돌고 도는 법.

"그래도 그것 역시 사랑이겠지! 천생연분이다!"

다임은 그렇게 외치면서 도북경찰서 정문을 후다닥 뛰어나 갔다.

⁓ℓℓ⁓

다임은 홀에 들어서자마자 자리부터 먼저 확보했다. 다임이 고른 자리는 감독과 배우가 가장 잘 보이는 자리, 그러니까 제일 앞 가운데 자리였다.

이 행사는 원래 문화부에서 처리하기로 예정돼 있던 것으로, 행사장을 둘러봐도 사회부 소속 기자는 다임 혼자밖에 없었다. 기자 회견이 아니라 독립 영화 제작 발표회였으니 문화부에서 맡는 게 당연하긴 했다. 게다가 지난해 칸 영화제에서 큰 상을 받은 감독이 메가폰을 잡은 영화이기도 했다.

그러나 다임은 사회부가 처리해야 하는 행사라고 박박 우겨서 기어이 여기로 왔다. 실제로 발생한 성폭력 사건과 그 처리 과정을 스크린에 옮겨 담았기에 이건 사회적인 영화라는 궤변을 내세웠지만, 그래도 회사는 받아들여 줬다.

해당 사건의 가해자인 국회 의원 아들은 잘 먹고 잘 살고 있으며, 피해자 여성은 이민을 간 것으로 알려져 있다. 감독은 당시 언론이 저질렀던 2차 가해도 영화에 고스란히 담을 계획이라고 했다.

영화 제작 과정은 순탄치 못했다. 영화 제작사였던 SG엔터 테인먼트는 KG그룹 자금 세탁 의혹으로 검찰 수사를 받게 되자 영화를 엎어 버렸다. 감독은 급히 다른 제작사를 찾았지만, 한 번 엎어진 영화에 손을 대려는 회사는 찾기 어려웠다. 감독은 고민 끝에, 결국 자비를 들여 독립 영화 형태로 영화를 제작하기로 결정했다.

이런 우여곡절이 있었으니 문화부 기자들이 흥미를 갖는 것도 당연했다. 하지만 흥미를 느끼는 것은 다임 역시 마찬가지였다. 영화가 엎어지게 된 과정은 물론이고, 영화의 소재가 된 사건과 영화에 출연하는 배우까지도 모두 다임의 관심 사안이었기 때문이다.

다임이 제작 발표회에서 오가는 말을 단 한마디도 놓치지 않고 받아 치기 위해 손목을 풀고 있을 때쯤, 감독과 배우들이 입장했다. 홀 안으로 걸어 들어온 사람 중에는 다임이 무척 잘 아는 사람도 있었다. 이번 영화의 주연을 맡게 된 배우, 선우였다.

다임은 감독 옆에 나란히 선 선우를 보면서 씩 웃었다. 선우도 다임과 잠깐 눈을 마주쳤다. 그러나 잔뜩 긴장한 선우는 표정 관리만으로도 벅찬지 다임에게 눈인사도 제대로 하지 못했다.

"많이들 기다리셨죠?"

감독은 마이크를 잡자마자 곧바로 제작 발표회를 시작했다. 기자들의 질문은 당연히 감독, 그리고 혜성같이 나타난 무명의 주연 배우에게 집중됐다.

처음 선우가 맡았던 역할은 남자 주인공의 친구였다. 그런데 영화가 한 번 엎어지면서 도리어 선우에게는 기회가 찾아왔다. 원래 주연을 맡기로 했던 충무로 정상급 배우가 출연료 문제로 이 영화를 떠나게 된 것이다. 감독은 의리를 지켜 영화에 남기로 한 배우들에게 다시 오디션 기회를 줬다. 그리고 그 기회를, 선우가 잡았다. 감독은 선우를 남자 주인공으로 낙점했다.

다임은 차마 다른 기자들처럼 자유롭게 선우에게 질문을 던질 수가 없었다. 혹시라도, 나중에 선우의 발목을 잡게 될지도 모르는 행동이었기 때문이다. 선우와 다임의 관계가 만에 하나 알려지기라도 한다면, 공적인 자리를 이용해 연애질이나 했다는 얘기가 따라붙을 것이다.

그래도 이 간질거리는 순간은 영원히 남겨 두고 싶어, 다임은 휴대폰으로 연신 사진을 찍어 댔다. 사진을 찍는 동안 선우와도 살짝 눈이 마주쳤다. 다임을 본 선우의 눈에서 긴장이 스르르 풀려나갔다. 다임은 살짝 미소를 짓는 것으로 선우를 응원한 후 휴대폰을 내려놓고 다시 키보드 위에 손을 얹었다.

그런데 아무래도 눈이 마주쳤던 것이 문제였나 보다. 긴장이 풀린 선우가 뜬금없이 폭탄 발언을 내뱉은 것이다.

"제가 여자 친구가 있는데요."

기자가 던졌던 질문은 '실제 있었던 사건을 기반으로 한 팩션 영화라 부담이 되지는 않으셨나요?'라는 것이었다. 질문과 관련이 있는 듯 없는 듯 애매한 대답이었다.

다임은 순간적으로 창백해졌지만, 선우는 아랑곳하지 않고 말을 이어 나갔다.

"언론계에 있는 사람이에요. 여자 친구가 이 영화의 내용과 비슷한 일을 경험한 적이 있어서 영화의 전반적인 흐름을 이해하는 데 많은 도움이 됐습니다. 제가 맡은 배역의 경우엔……."

다임은 혹시나 누군가 자신을 알아볼까 봐 조마조마한 마음에 노트북 깊이 얼굴을 파묻었다. 기자들은 배우 선우의 '기자 여자 친구'를 궁금해하긴 했지만, 다행히도 그것이 다임이라는 사실을 알아차린 기자는 없는 것 같았다.

"너는 그 자리에서 그런 얘기를 하면 어떡해!"

"그래도 '이다임 기자'라고는 얘기 안 했는데."

"그래도 그렇지!"

다임은 선우의 뽀로통한 얼굴을 보면서 이마를 짚었다. 다임의 이름을 얘기했느냐 안 했느냐가 중요한 게 아니었다. 선우의 앞길에 흠이 될 수도 있는 발언이라는 게 문제였다.

"아니, 넌 이제 막 기회를 잡은 신인 배우잖아. 신인 배우가 처음부터 여자 친구 있다고 공표하고 시작하는 게 어딨어!"

"아니, 그게……. 나도 나한테 페널티를 줘야 할 것 같아서."

"그건 또 무슨 소리야?"

선우는 머쓱한 표정으로 말을 잇지 못했다. 하지만 다임이 계속 째려보는 데는 선우도 당해 낼 재간이 없었다. 선우는 기어들어 가는 목소리로 머뭇머뭇 입을 열었다.

"여자 친구 있다고 공개적으로 얘기를 해 버렸으니까……, 우리 관계가 실패하면 나도 잃는 게 많아지잖아. 누나만 실패

무서워하는 게 어쩐지 공평하지 않은 것 같아서⋯⋯."

"뭐?"

다임은 이게 무슨 괴상한 논리인가 싶어 말문이 탁 막혔다.

선우의 눈을 쳐다보니 선우는 정말 진심으로 그렇게 생각하고 행동한 모양이었다. 어떤 때는 굉장히 듬직하고 어른스러워 보이는데, 이럴 때 보면 영락없는 어린애였다.

"선우, 너⋯⋯. 아니다."

다임은 뭐라고 한마디 더 하려던 것을 그냥 그만두기로 했다. 나쁜 마음으로 한 말도 아니었던 것 같고, 기가 죽은 선우를 그대로 놔두자니 마음도 안 좋았기 때문이다.

"알았어. 내가 너를 어찌 말리니."

다임은 선우의 머리를 쓱쓱 쓰다듬은 후, 봄 거리를 향해 폴짝폴짝 뛰어갔다. 선우도 그제야 환하게 웃었다.

추운 겨울이 지나고 나니 벌써 봄이었다. 아직 벚꽃은 피지 않아도 노란 개나리가 곳곳에서 몽실몽실 꽃망울을 터뜨렸다. 다임과 선우가 만나기 시작한 지도 이제 4개월이 조금 넘어간다. 다임은 햇살 아래 피어난 꽃망울들이 기분 좋아, 헤벌쭉 웃었다.

"누나, 혼자 웃지 말고 같이 좀 웃자."

선우는 다임의 손을 꼭 잡으면서 말했다. 다임은 선우와 눈을 맞추며 배시시 웃어 주었다.

"그래도 봄이 가까워지니까 좋네. 날씨도 좋고."

"그러게. 누나는 안 추워?"

"응. 아까 제작 발표회장의 열기가 엄청나서 그런가, 아직 후끈함이 남았네."

"그래도 몸조심해야지. 감기 걸릴라."

선우는 자신이 두르고 있던 목도리를 풀어서 다임의 어깨에 숄처럼 둘러 주었다. 그러고는 한쪽 팔을 뻗어 다임의 어깨를 살짝 감쌌다. 뭐가 그리 좋은지 선우는 헤실헤실 웃어 댔다.

"혼자 웃지 말자더니 이번엔 네가 혼자 웃는다?"

"그냥. 좋아서."

그렇게 말한 선우는 나머지 팔까지 다임의 어깨에 두르고 자신의 품으로 끌어당겼다.

"좀 놓지? 보는 사람 많아."

다임은 선우의 체취에 폭 파묻힌 채로 작게 항의했다.

"뭐 어때서."

"남사스럽잖아."

"남자 친구가 여자 친구 안아 준다는데, 그게 뭐?"

말은 그렇게 하면서도 선우는 다임을 안았던 두 팔의 힘을 풀었다. 이러니저러니 해도 다임이 하는 말에는 참 약하기만 한 선우였다.

선우는 손가락으로 다임의 짧은 머리카락을 들어 올려 그 끝에 가볍게 입을 맞췄다.

"얘가 진짜!"

다임은 볼멘소리를 내면서 선우가 입을 맞춘 머리카락을 손으로 슥슥 문질렀다.

이번엔 선우가 두 손을 들어 다임의 얼굴을 가볍게 감싸 안았다. 다임의 눈이 동그래졌다.

"야, 너 뭐 하냐?"

선우는 다임이 이렇게 눈을 동그랗게 뜰 때면 꼭 자그마한 다람쥐나 햄스터 같다는 생각이 들었다. 선우는 눈동자에 한가득 웃음을 싣고서 말했다.

"이다임 기자님."

"왜 부르시는데요, 선우 배우님?"

입으로는 못된 소리를 내뱉는 것 같아도 선우가 부르는 말에는 재깍 대답한다. 선우가 다임이 하는 말에 약한 것만큼이나, 다임도 선우가 하는 말에 약했다.

선우의 눈동자에 실린 웃음이 더욱 커졌다.

"사랑해요."

그 말에, 다임은 더 이상 못된 소리를 하지 못했다. 다임의 얼굴은 빨갛게 달아올랐다. 그러자 선우의 입가에 장난기 띤 미소가 슬쩍 묻어 나왔다.

"그런데 이다임 기자님."

"아, 자꾸 왜 그래?"

다임은 시선을 돌리고 싶었다. 하지만 선우가 얼굴을 감싸 쥐고 있어서 영 마땅치 않았다.

강아지처럼 커다란 선우의 눈망울이 다임의 눈앞에 더욱 가까이 다가왔다.

"그런데 말이에요. 제가 아직 이다임 기자님한테 사랑한다는 말을 못 들었거든요? 이다임 기자님은 어떻게 생각하세요?"

"야, 됐어."

다임은 참지 못하고 선우의 손을 뿌리쳤다. 바닥을 향한 다임의 얼굴이 터질 듯이 새빨개진 것을 보고 선우는 킥킥거리고 웃었다.

선우의 웃음에도 다임은 볼멘소리를 내뱉지 않았다. 다임은 볼멘소리를 내뱉는 대신, 아주 자그마한 목소리로 중얼거렸다.

"나도 사랑해."

주의 깊게 듣지 않았으면 제대로 들리지 않았을 말이었다. 그러나 언제 어디서나 다임에게 집중하고 있는 선우는 절대로 못 들을 수 없는 말이었다. 하지만 선우는 다임의 입술 가까이에 귀를 가져다 대며 물었다.

"뭐라고 했는지 못 들었는데요?"

들은 것이 분명하니, 이것은 그저 장난에 지나지 않았다.

다임의 얼굴은 이제 아주 예쁘게 피어오른 한 떨기 모란꽃 같은 색깔이 되어 버렸다.

이번엔 다임이 역습을 할 차례였다. 다임은 자신의 입술 가까이 다가온 선우의 귓가에 소리를 빽 질렀다.

"선우 씨, 사랑한다고요!"

소리를 질렀다고는 해도 듣는 사람의 귀가 상하지는 않을 만큼 작은 목소리이기도 했다.

다임은 혀를 쏙 내민 후 냅다 뛰었다. 그러나 다임의 도주는 채 30초도 되지 못해 실패로 끝이 났다. 다임은 다리가 몇 뼘이나 더 긴 선우를 따돌릴 수 있을 만큼 빠르지 못했던 것이다.

선우는 다임에게 재차 장난을 치지는 않았다. 그저 붙잡은 다임을 품에 꼭 끌어안고 그녀의 귀에 작은 속삭임을 남겼을 뿐이다.

"나도 다임 누나 엄청 사랑해."

개나리가 만개한 이른 봄이었다. 샛노란 점이 무수히 펼쳐진 꽃바다 아래, 다임과 선우는 깊게 입을 맞추었다.

〈너의 바이라인〉 끝

작가 후기

안녕하세요. 김이비입니다.

퇴사 후 네 번의 계절을 보내고, 첫 소설이 나왔네요. 30년 가까운 시간 동안 계속 꿈꿨던 일이 정말로 이뤄지고 나니 아직도 실감이 나질 않아요.

선우는 제 마음 속에 꽤 오랫동안 품고 있었던 남자입니다.

선우는 이런 애일 거야, 저런 애일 거야 하는 생각은 무척 많았지만, 품고 있던 선우를 문장으로 만들어 내는 것은 정말로 쉽지 않은 일이더군요. 다른 작가분들이 얼마나 대단하신 분들인지 새삼 실감하는 시간이기도 했습니다.

그래도 선우 그리고 다임이와 함께 하는 시간들이 굉장히 행복했습니다.

작업을 진행하는 내내 제가 선우와 연애를 하는 것 같은 기분이었어요. 그래서 마지막 문장을 쓰고 난 후에는 짧았던 연애가 끝나 버린 것 같은 아쉬움도 찾아왔습니다.

작업을 하면서 제가 느꼈던 그 행복한 감정들을 독자분들께서도 느낄 수 있으셨다면 좋겠습니다.

그리고 다임이가 하고 싶었던 말이 독자분들께 잘 전달됐으면 좋겠고요.

아쉬운 것도 많고 내가 조금 더 글을 잘 썼더라면 좋았을걸 하는 부분도 무척 많았던 작업이었던 만큼, 다음에는 더욱 좋은 글 그리고 더욱 행복해질 수 있는 사람들과 함께 독자분들을 찾을 수 있도록 열심히 노력하겠습니다.

읽어 주셔서 감사합니다.